HE XING AN WEN JI

贺兴安文集

第3卷

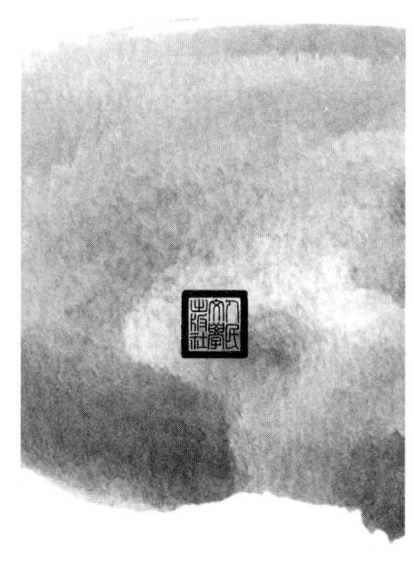

目　次

第五辑　非竹的印痕

序言 …………………………………………………… 3
我没有登上那个"关山尖" ………………………… 4
童年小景 ……………………………………………… 6
晨笛 …………………………………………………… 11
爱情四章 ……………………………………………… 13
鸽群何时在北京街头飞起 ………………………… 17
雾的联想 ……………………………………………… 19
天鹅之死 ……………………………………………… 21
承德石市记 …………………………………………… 23
舞场的孤独 …………………………………………… 26
北戴河抒情 …………………………………………… 28
青春赞 ………………………………………………… 30
老人两篇 ……………………………………………… 32
从情欲到爱情 ………………………………………… 34
现实向英雄挑战 ……………………………………… 36
番客婶 ………………………………………………… 38
说说忘年交 …………………………………………… 40

吊脚楼的爱与怨 …………………………… 42
妓船 …………………………………………… 44
一个变态女人 ………………………………… 46
评论者的泪水 ………………………………… 48
书的生命 ……………………………………… 54
重游伦敦遐想 ………………………………… 56
那是一个迷人的世界 ………………………… 60
柔弱而倔强的灵魂 …………………………… 63
爱丁堡之韵 …………………………………… 67
牛津和剑桥的"心教" ………………………… 69
旅行 …………………………………………… 71
坡地 …………………………………………… 74
冬雪图·老货郎·坐轿 ……………………… 77
说说"放"情 ………………………………… 80
再说"真"情 ………………………………… 83
瞬间 …………………………………………… 87
永生 …………………………………………… 89
爱的神秘 ……………………………………… 91
空寂的古塔 …………………………………… 95
"留春者"的狂舞 …………………………… 98
爱的此岸与彼岸 ……………………………… 102
乌鲁木齐之憾 ………………………………… 105
文赤壁及其他 ………………………………… 110
调整情绪 ……………………………………… 113
要紧的还是那颗心 …………………………… 117
迎接老年 ……………………………………… 119

第六辑　渴求对语

·往日回想·

童年忏悔	125
沉重的乡情	128
战后的蒲中	131
我这一次回家	134
夜深人静的时候	137
旧情的归依	139
故乡的山	142
乡恋,我的那份	145
故土的情歌	148
北国游子遥致故乡	151
故乡回首	156
识尽他乡是我乡	160
黏附着太多生命的乡情	163
清怨的乡情	166
友情至少有一半是缺少交往的	170
回首华林师友情	173
青春学涯之忆	176

·异域情思·

夜宿牛津	179
那灵魂,那窗口——访狄更斯故居	181

目 次

瀑布之典 …………………………………… 185

千岛行 ……………………………………… 187

天塔行旅 …………………………………… 189

渥太华街景 ………………………………… 191

渥太华的人物雕像 ………………………… 193

渥太华的公共图书馆及其他 ……………… 195

逛"亚赛儿" ………………………………… 198

空游渥太华 ………………………………… 201

爱的闪失与寻求 …………………………… 203

情欲·爱情·文学 ………………………… 206

拾穗人,必须游荡不止 …………………… 209

廊桥留下什么 ……………………………… 212

灵魂的自我审判 …………………………… 215

温哥华岛抒情 ……………………………… 218

从寻梦遭捕到炼狱超越 …………………… 221

再见吧,我的爱土 ………………………… 223

宽待独行者 ………………………………… 225

·贵有"血色"·

贵有"血色" ………………………………… 228

以生命的形式呈现出来 …………………… 234

从反思到自省想到的 ……………………… 239

"多"并不拒斥"一" ……………………… 242

"村庄"的爱情 ……………………………… 245

说"书虫" …………………………………… 248

味儿 ………………………………………… 250

音乐电视应向深度进军 ………………………… 252

湘西人 ………………………………………… 254

"注水肉"的联想 ……………………………… 257

偶发于一瞬的真情 …………………………… 259

·审慎与执拗·

文学评论与评论文学 ………………………… 262

审慎与执拗 …………………………………… 265

稳实的批评品格 ……………………………… 268

其势难挡的两个涌动 ………………………… 273

文学语言在本质上是反规范的 ……………… 277

新情况,新处置 ……………………………… 280

读书杂谈 ……………………………………… 284

自赞与他吹 …………………………………… 286

人·死亡·权利 ……………………………… 289

孤独与共鸣 …………………………………… 292

荣誉与业绩 …………………………………… 295

佚名与包装 …………………………………… 297

揳进一个"情"字 …………………………… 299

"绝人"与"人绝" …………………………… 301

·自然之唤·

自然之唤 ……………………………………… 303

冬之旅 ………………………………………… 310

春之光 ………………………………………… 312

夏之郁 ………………………………………… 314

秋之朗 ················ 316

香山即景 ················ 318

瞥香山 ················ 320

一景二名 ················ 322

无言的曾侯乙 ················ 324

"诸葛庐"观后 ················ 326

潭柘寺的故事 ················ 329

钩魂 ················ 332

把个性带入收藏 ················ 335

再到凤凰 ················ 337

· 心火传递 ·

作一点世纪反思 ················ 339

文化不文 ················ 342

心火的传递 ················ 344

勇于孤守 ················ 347

自我抗争 ················ 349

羞怯·忘却·透明 ················ 351

马路上那盏灯 ················ 358

精神产品的上帝是谁 ················ 361

十个臭皮匠顶不了半个诸葛亮 ················ 363

未能书传 ················ 365

香山盲艺人 ················ 367

进一步　天地美 ················ 369

情歌 ················ 372

说"老年" ················ 375

还是有点不满足好 …………………………………… 378

文艺改革随想 ……………………………………… 381

收藏者的拥有 ……………………………………… 383

监督舆论及其他 …………………………………… 385

视点厘定 …………………………………………… 387

听歌 ………………………………………………… 390

呀,无边的涌动 …………………………………… 393

阅读 ………………………………………………… 396

写作 ………………………………………………… 398

功夫在"身"外 …………………………………… 400

觉民同志走了 ……………………………………… 403

松与石 ……………………………………………… 405

灵山行 ……………………………………………… 407

第七辑　雪鸿泥爪

未完的絮语 ………………………………………… 411

编辑插科 …………………………………………… 413

存目六篇 …………………………………………… 415

非竹的印痕

序　言

　　我剃着光头，身着长袍，在堪称现代化标志的粤汉铁路旁边"吧嗒吧嗒"嬉戏小跑的时候，我完全意识不到这种反差。然而，我的穷酸土貌，和我们民族的苦难，注成了我永生的一种悲哀。我是在目睹日本兵牵着吐着红舌头的东洋大狗的环境中长大的，我没有别人常有的好的童年。之后，随着星移物换，周围世界的巨大变化，我也由少年，而青年，而中年，如今已是十足的老头儿。沙场杀伐，香枕厮磨，自然是生命展示的繁多形式。我作为最普通的一名知识分子，经历最一般，最无色彩。我的过去了的长长的日子，狂欢有之，忧愁亦有之，先是行动多于思索，后来又是思索多于行动。如今，我反顾自身，羽毛已经有些凋落，顶冠现白，眼球晶体开始浑浊。然而，在我的永生的悲凉忧郁的性格里，已经激荡起一种从未有过的兴奋和活力。我把它叫作自觉的精神拥有，一种任何外力无法掀动的信念。我还将继续我的飞行，时光和天空都太美好了，内底里我尚觉年轻。

　　这是我留下的印痕。"缥缈孤鸿影"，太缥缈了。泪竹现斑，那是古人留下的传说，我不过是记录一下我的鸣号、心迹、忧虑和些许欢愉。

　　我忽然觉得，也许我们真正记住了过去，我们就会长进。

1993 年 6 月 15 日

我没有登上那个"关山尖"

有时候,我傻想,如果时间真的能倒转,如果我能再一次经历我的童年和少年,我真想补偿那未实现过的心愿。可至今仍是一件常常萦绕在我心头的憾事。

孩提时代,我家门前有一口塘,塘那边有一条小河。塘里飘满了绿色的浮萍,小河的水清澈见底。我常和小伙伴们在塘边比赛谁用瓦片打的漂漂最多,我们还经常在小河里打鼓泗(狗爬式),溅水嬉戏。我们也时常向远处眺望,静静地眺望那高高的、和白云连在一起的名叫"关山尖"的山峰。夏日里,这山,瓦蓝瓦蓝,山腰露出一条通向山顶的小路,那条弯曲的小路是黄色的。在冬天,白雪覆盖着山野,小路又变成黑色的了。山顶有一座古庙,听说庙里的和尚常在山下买米背上山,储够了半年的粮食,他们就可以几个月不下山。庙旁古树参天,那些树也随着四季的交替,忽儿是郁郁葱葱,忽儿只剩下光秃的枝杈。

我没有上去过。我和小伙伴们,在塘边的木瓜树下,在流水淙淙的小河旁,总是老远老远望着它,对它说过很多很多话。听大人说,在"关山尖"可以看到长江,还可以看到洞庭湖。长江多宽?洞庭湖多大?我没有见过。反正要比我们村里那口塘、那条河要宽,要长,要大。如果坐火车,往南走到岳阳,才能看到洞庭湖,往北开到武汉,才能见到长江。那是少数大人才能去的地方。在邻近我们那个名叫粤汉铁路的小小的中点站上,北上武汉,火车差不多整整要走一天哩。要是能登上"关山尖",把两个地方都看到,那该多好啊!不论是清晨或黄昏,我独自一人,常常望着,想着那高高的山峰,遥远的山峰,神秘的山峰,我梦里无数次追念过的山峰。

每逢春节,我好几次走远亲,都从"关山尖"山脚下走过。靠近它时,我就抬头向山巅探望,离开它时,总要回头留恋地张望。是大人高低不许我上去?还是自己的胆怯?我记不清楚了。但我始终未能登上过"关山尖"。

后来,我离别了家乡。我见到了长江,见到了洞庭湖。一次,出国访问,我的列车经过贝加尔湖,在那蓝得发黑、不时泛起雪白浪花的湖边,几乎逗留了一整天。我还曾在英格兰的岸边,面对大西洋凝望过好久。记得那一天风浪很大,似乎是逝去的"关山尖"的少年回忆的触发,我随即脱下了衣服,跃入了大西洋的浪花丛中。

然而,这一切都弥补不了我那未登上过故乡"关山尖"峰顶的遗憾,我的那个不可弥补的少年时代的遗憾。

多少日子过去了,可是我至今还没有上过那个"关山尖"。只是每次出差由北往南,或由南往北,当我乘着飞驰的火车,轰轰隆隆穿越我的家乡的时候,我总是伏在窗口,探出头来,以无限的眷恋望着我推测的"关山尖"的方向,一阵莫名的乡愁涌上心头,我的眼里慢慢地溢出了泪水。

(附记)此文后来以《看山》为题,选载于小学二年级下册《语文》课本。

童年小景

1

小时候,我们那群孩子很爱玩打"弹珠",就是现在说的玻璃球。我们趴在地上,用屈着的大拇指将夹在食指间的珠子弹出,以击中对方为乐事。在黄土的、碎石的、杂草丛生的地面上,看见圆圆的、透明的、嵌有花纹的玻璃球的滚动,甚是快乐。

我们挖三个小洞,划四条交叉线,或贴着地面,或悬手在空中,让珠子弹出各种花样,见出本事的高强。我的手背关节处,有经年擦洗不净的油泥印记,也从不当一回事。我很喜欢这种弹珠。我奇怪那五颜六色的花纹是怎样镶嵌进去的。在当时我们那个粤汉铁路的小站上,我怎么也不曾拥有这种弹珠。街上卖的都不圆,都带有赘瘤,颜色深,里面也没有嵌花。我只能玩这种弹珠。我对人们头上戴的瓜皮帽上的红珠子很感兴趣。它比较圆,颜色也还好,只是略小一点,不透明没嵌花,更可惜的是中间穿了一个小眼。不过,玩它已经风光多了。我只能弄到这红色的帽珠。我每天晚上把它放在枕头边,或者在肚皮上搓磨一下,然后睡觉。我大概做过许多美好的梦。

后来,进大城市了,这种玻璃球就好买了。至今,我的书柜的一个小碟里,存有我不知道什么时候挑选的两颗圆圆的、透明的、嵌有最美花纹的"弹珠"。

2

我总记得，我们那个老屋又高大，又阴森，又破烂。门前有一株高高的木瓜树。据说可以用木瓜洗凉粉，但也未见谁试过。树下有池塘，布满绿色的浮萍，那也只是我们甩石头、打漂漂的场所。每当秋去冬来，树叶飘落，飘向屋顶，飘向庭院，飘向池塘。用现在的感觉来说，我们的老屋从来没有做过"大扫除"。

在月光下的场地嬉戏，是童年最美好的回忆。我们这群读私塾的孩子，玩丢手绢，玩捉羊，玩捉迷藏，是童年智力和体力的无挂碍的显示。村后有个桑家坡，布满坟冢。我们玩得最起兴的时候，只要谁念一首村谣："桑家坡，鬼又多，扯的扯，拖的拖"，我们旋即如鸟兽散。

我有一个手烘炉，那是用日本人留下的罐头筒做的。边上扎两个眼，拴上铁丝做把，底下垫灰，上面烧木炭即可。我用它在空中抡几圈，木炭不撒，火力兴旺。我们那个沦陷区的村落经常驻扎日本兵，他们用的如鞋板形的饭盒，如红糖的固体酱油，如麻将的饼干，我是熟悉的。他们经常用洋镐和枪托在墙上扎些窗户眼，喜欢通风。他们到村里"打闹"，搜查袭击他们的"坏人"，就抡起洋镐，从我们的鼻前扎下去，直到我们的脚前。我的去世甚早的祖父的那张肖像，我记得那绿色的小圆疤，就是日本兵用他的鸟形拐杖的嘴扎下的。他们指着我们骂"羌古奴"（亡国奴）。

我爱拿着手烘炉站在木瓜树下，看着遥远的天边，那远山里穿过的粤汉铁路。有火车的驰驶，也有日本兵的铁路引车。烟雨中，日本军官骑着高大的马匹，硕大的雨衣一直覆盖到马肚马屁股，士兵戴着帘片般的军帽呼扇呼扇地相随。我的印象中，那火车像一个疯妇，浓浓的白烟像飘卷着长长的散发，带着一声声长长的呜咽。然而，却永恒地在我心灵里驶过。

3

我们那个小镇上寄居着一群群寻食者,他们匆匆忙忙,又似乎很久很久,从周围的农村赶来,借着火车的停泊,简易地搭起一些茅草棚子。现今的赵李桥当时叫茅棚街。那里没有历史,没有古迹,没有文化,一如临时赶来、不通文墨、只会打豆腐的我的父亲。

你呀,你为什么老是对着我笑,老远老远见着我就笑。你走路一跛一跛,每走一步就挺一次肩部和腹部,然而,总是见我就笑。我们沾着一点亲邻关系,她从小就作为丫头卖到我的远亲家,是被我的一个祖母辈活活把腿打瘸的。她是我眼中的大人,很喜欢我。她后来由别人许配给一个哑人,是帮我父亲推磨打豆腐的,是小镇长得最俊的一个男人。我离开小镇后,他们的音讯和下落,也全无所知了。然而,小镇和她的笑容始终重叠在我的记忆里。我觉得,她全然不计较自己的身世,给予我的只是这个笑。

日本人投降后,小镇也曾热闹过。商贩们从武汉贩货,从岳阳贩货,卖给那些卖菜、卖柴、卖木炭的农民。街上闪动过妓女走过的香味和那绵羊般的烫发。她们一不小心,把一些富商和官员的照片掉在街上,孩子们便奔走相告。可悲的是,火灾一来,茅棚街化为灰烬。我见过一个妇人从山上砍柴回来,只得把锁在屋里被烧死的孩子搬出来,小肉体浑身焦煳,腹部爆出雪白的肠子。

列车停站,我第一次从车窗里见到高鼻子洋人。他们把白色的擤鼻涕纸扔下。我们小镇上叫卖的孩子和妇人,把盐茶鸡蛋举得高高,递向一个个窗口。火车刚过,铁轨内的煤渣还在熊熊燃烧,孩子们便忙着把燃煤拣出来,夹进自己的篮子里。

有时,全镇很静。可以听到算命的瞎子拉着忧郁的二胡,拉"孟姜女哭长城",拉"月儿弯弯照九州",从街的这一头一直拉到街的那一头。这时，我在屋里，可以看见苍蝇的振翅的飞翔，听见它的嗡嗡的飞鸣。

4

我至今不明了服装对人的精神风貌怎么具有那么大的意义。抗战胜利那一年，我脱下长袍，第一次穿着中山服，心里有一种说不出的滋味。我好像是同一个旧的时代作了告别，迎接我的生活的新世纪。我第一次用牙粉刷牙，私塾师父第一次允许我们拳着手在场地上跑步时喊"一、二、三、四"，我第一次看见女学生脱下旗袍换上白衬衣黑裙子，品尝着这种新生活的滋味。

那身长袍也有一个优点，把前摆的两个角牵起来，可以装进大量春节的苕片、糖食、米泡和花生。用完了，手一松，把渣滓一拍。其方便程度足以同眼下女士们的时髦大口袋相匹。其实，我那套中山服很土，是用湖南省青布做的，直纹，粗纱，黑得发亮。同周围同学穿的斜纹卡其相比，我总是惭愧得有点无地自容。当我第一次穿这身衣服，搭火车去相隔两站的县城上初中的时候，在车厢里遇到一个老外，他友善地送我两个鸡蛋。我只是愣愣地站在那里，那时不知为什么就是不肯接受。

不管怎么说，那身中山服把我同旧的童年私塾生活隔离开来了。这之前，我读《四书》，读《左传》，读《幼学》，读《古文观止》，我是一个很能强记背书的孩子，后来都忘得一干二净了。那时候，也有记得住的，就是我们那群男女孩子在月光下唱的一首情歌：

　　天会老，
　　地会荒，

花会残，

月会缺。

我俩的爱情呀，

永远像中秋月。

曼丽（亚莫），我爱你，

从今以后，永远不会分离。

你永远在这里，我希望你，永远像茶花一样的美丽。

（永远像明月一样的皎洁。）

这首歌是男女对唱，后来我怎么也查找不出是哪位词曲作者喂养给我们的。七十年代在伦敦新华分社工作，我们的一位印度朋友要来告别。他早先带着妻子，带着七弦琴，到英国各地卖唱。妻子患癌症，新近死于一家伦敦医院。我们决定为他饯行。我们也不把他当贵宾，做饺子吃，加几盘菜。那天，他没有带着七弦琴，这位浓眉、大眼、厚唇以及被南国骄阳烤得皮肤发黑的浪人，把妻子永远留在那里，第二天只身一人回加尔各答。他的不能令人忘怀的身世，使我联想起这首童年的情歌。自然，词曲都是低沉的。也只有在那时，从伦敦的回视中，我感受到，为什么经印度半岛，绕孟加拉湾，到爪哇岛，从美索不达米亚平原，经印度河平原，到黄土高原，东方的音乐舞蹈居多都是悒郁的、哀婉的。东方音乐有太多的竹笛、螺号、钟铃以及竖琴等弦拨乐。舞女在丁字、八字乃至铜盘上辗转，身姿的柔媚不是展示人体美，而是献神的工具。过多的纤指柔臂，塌腰深蹲，也给人一种低首垂眉的愁肠百结之感。

晨　笛

　　1975年，我客居西子湖畔。我因短期采访，住在当时的西湖东北角不远的新华社浙江分社的院子里。作为一个旅人，客居就意味着生疏，意味着敏感。早上醒来，听听窗外陌生的声音，看看陌生的天花板和室内的轮廓。当时，正值动乱时期，到处是夺权与反夺取的斗争。政治渗透一切，弥漫一切。闲暇之时，我也选择阴晴风雨之时，独自骑自行车，背着保俶塔，从环湖南路，经柳浪闻莺，上苏堤，绕环湖北路，从白堤迎着保俶塔归来，费时四十五分钟。我也在莫干山小住两三天。然而，西湖是荒凉的，莫干山是荒凉的。那时，没有文化观念，没有旅游意识，只能在苏堤和白堤上兜风，观赏莫干山的翠竹。莫干山上的别墅小楼全都关闭着，西湖的景点也十分萧条，我的心分外寂寞。

　　就在每天天一蒙蒙亮，我正准备看看陌生的天花板听听陌生的声音的时候，总有一缕悠扬的笛声从远处传来。它太动听、太诱人了。那是我客居杭州时最难忘的声音。后来，1981年，我在《少年文艺》上发了一首题为《晨笛》的小诗，兹录如下：

　　　　记得第一次你轻轻地把我唤醒，
　　　　我推开门窗，向黎明探问……
　　　　从此，我穿过芳草，踏着落叶，
　　　　漫步在这雾霭飘拂的茉莉园林。

我追觅这轻快而又悠远的声音,
看见短笛下抖动着红领巾,
笛音越过树梢,绕过楼角,
直到东方雾散日红。

我不想寻问你的姓名和年龄,
在远处站定,仿佛是你的守护者,
又像是你忠实的记录者,
鉴别你昨天的旧谱,今晨的新音。

待来年你吹奏出万种风情,
描摹这白色蝴蝶般飞舞着的茉莉,
当哗哗掌声把你从横管上惊醒,
我呵,登上舞台,作你此时此景的见证。

爱情四章

1

那时候，我陡然感到一种新鲜，一种生气，一种兴奋和活力。我的心如春天草木的萌发，鸟儿的啭啼。当我从一个封闭的、落后的、凋敝的、私塾管制的乡村生活中走出来的时候。

你高出我半个头，我不觉得有什么不顺当。你在族谱中大我两个辈分，我不觉得有必要以祖辈恭称。

我厌倦了嗡嗡的乡塾朗读声，那种钟摆般摇摆的背书姿态，那从亮瓦透过的一束阳光下师父搔挠小腿泛起的飞翔的白屑。我不愿拜年时跪在地上给长辈磕头，也讨厌因族派高低年长者得称年幼者一个"爹"一个"叔"。

我们相处平等而又纯真，彼此相待如清澈的水明净如镜。当你撩起裙子，露出白白的腿儿，一脚把皮球踢得高高，我感觉说不出的美丽。你身材苗条，微露乳峰，我感觉这岁月这人生有说不出的魅力。我们都从长袍大褂的包裹中挣脱出来，初次感到这肢体、身躯和生命为自己所拥有，这天空这大地真正是自己的。我们谈天，打球，散步，连"散步"这个词儿都是新鲜的。语言和思绪伴随着河中的流水，天边的云霞和新奇的火车远去的白烟及鸣鸣。

我不知不觉对你产生了爱意。它无视世俗规约的前提，冲破这个前提，又不执着爱情常有的后果，不计较那种后果。

是啊，我们此后不再追寻，不再攀问。我只是默默地把它藏在心底，也许是因为它发生在我的生活由陈态转入新态、由旧质转生新质的时候。我不去追悔我们不再相聚，不再相逢。然而，往事悠悠，私塾背诵的古文大半已经忘却，唯独这回忆撩拨我遥远的思绪，好似注入我永生的活力。

2

最初在老师那里听到对她的才智的称赞，老师决然意想不到我是一个不经心的留心者。她并非美丽得发艳发怵，只是在微黑皮肤的质朴中露出一种秀丽，一种聪慧。

然而，世人无法知晓我的承受。我们接近得不多也不少，毕竟是不多。在漫长的时日中，我静静地作一种期待，一种等候。宛如肩任一扇沉重的感情闸门，窥视她像一只蝶儿、一只鸟儿，在闸前门后飞舞。我从远处高处照看这一切，把我的目光变成照耀她的一缕阳光，把我的情意变成温暖她的氛围和气候。我太反感"追求"这两个字。"追求"太像猎人的一种捕获一种猎取，既是对她的贬损，也是对己的一点自轻。我坚守自强自立，作长长的守候。我敢说，天底下任何一种"追求"，在它面前也要下跌三分。

我无意让她不觉察，我决意让她在我的期候中作沉默的自忖。太热的言词容易灼伤她的纯洁，急近的要求又会阻碍或伤害她翱翔的羽翼。我无言地承受着，坚韧地扛住闸门，随时都放任她在海阔天空中的自主自由。

在跨过了长长的日子、月份、季节和年岁之后，我们依然接近不多也不少。经历这种常人难以想象的跨度，我陈述了我的爱，连同我肩上的闸门和她的自由。我如此珍视我自己，我的这种富有，人生啊，我又悼念我逝去的岁月，我的心灵。

3

我们一直亲密，在那僻远的乡村师范学校里。

我们并不幻想在一个大社会里显露身手，只醉心于一个小社会。凭着我们学校的语文＋算术＋风琴＋秧歌腰鼓，外加一点作曲的简单练习。我们自信可以在山下有寨、湖里有鱼、岸边是田的乡间，创建一所书声琅琅的学校，营造一个和谐的、乐陶陶的小社会。

我们不顾别人对我们的议论，因为我们自己就不曾议论。然而，我们太亲密，我们有许许多多功课工作，我们也需要娱乐休息，我们太多漫步在冬日阳光下、夏天和风里。毕业后我们又通信，继续着在校的亲密。一个只身在山区拼搏的小姑娘的你呀，请接受我的祝福，顺带我的深深的忧虑。

你的答复真使我无地自容，在那别后重逢的一个暑假里。我们见了面，我终于让一位好友转达我对你的爱意。好友回来说你十分冒火，生了很大的气。你说我们那么亲密我竟会有那种念头那种思想，越是亲密就越不应该朝那方面想，越是亲密就越应该支持你在乡间去实现理想。

我又染上了肺结核住进了疗养院，生活几乎把我击倒。我结识了一个女病友，我们都想在病魔的苦海里，荡起一叶走向安全彼岸的小舟。

我的好友忽然一天闯来了，拿着你的信，说你一直怀着对我的思念对我的爱恋，一种别人无从占有的思念和爱恋，即使在那次暑假我们相聚的时候。你呀你诉说着，在长长的信里诉说着。你说你等着我，永远永远等着我，不管病魔纠缠我多久多久。

4

我对她的喜欢和爱慕，倒不是因为她不曾爱恋。她确曾爱恋。打动我的，恰恰是她爱恋后如船只犁过水面留下的长长的痛苦的心迹。当周围人一致地、铁定无疑地劝她离开那位受到处置的、当时不可能料想到会平反的男友的时候，她想随他而去，为他而献出自己。

她终于平服了。在明朗的秋日里，田间劳动焕发了她的微笑，我记住了她大大的黑珠明眸的一瞥。

我们的结交，一开始就混合着彼此的相悦和外人的推促。我们相聚，带着自觉又不自觉的意愿，如天边两颗小星，作着长远的窥视和闪烁。

轮到她又受到处置了。那是一种只有开头、没有结尾的审查。它牵涉到有人怀疑她同一位领导的个人关系。那开头是因为有人寄了材料，那无结尾是因为无从结尾。

我们的相处，是她的久久的泪诉。我如她对男友有过的那样，作着我的守候。对于这种已经开头、不会结尾的审查，我怀有我的信念。我和她又痴意地企望那不会到来的结尾。她的劝我离去，一如我的劝她放弃。

我们在秋夜虫鸣唧唧的草丛中相依相坐。我们岔开话题，在浩渺苍穹下，漫话着各自的和共同的设想，那些如春花如彩霞如鸟儿飞翔的勇士攀缘的话题。只有在这时，我才发现她脱去人生忧愁所特有的美丽。在那轻言细语中，面对月光照耀的她的白皙的脸庞，我终于未去作轻轻地一呷。

鸽群何时在北京街头飞起

北京人骑着自行车,徜徉于大街小巷的时候,一些有识见的外国朋友,是非常称道的。可以节省石油,可以减少交通拥挤。再就是,免除废气排放,污染环境。西方大城市,小汽车泛滥成灾。行车高峰期,排队的汽车长达一公里,它们等着交通信号,然后,缓缓蠕动。北京人骑自行车,可以裸露于大自然中,无遮拦地头顶蓝天白云,沐浴于阳光轻风,而不必蜷曲在甲壳似的汽车里,活动不自由,精神不舒畅,身体得不到全面发展。

老舍描写的龙须沟,在北京消失了。北京地区的森林覆盖率,已由解放初的一点三个百分点增加到了七点五个百分点。北京在中国大城市里,公园最多。但是,从我个人的直觉来看,最大的不足是鸟儿少,街上见不到白鸽。北京的鸽子都是私养,极少,怕人。天安门和体育场在大的集会里,放出那么多鸽子,我不知道它们是从哪里来的。

鸟儿少,街上见不到鸽子,这是综合因素的一个征象。鸽子形态优雅,羽毛秀美,特别是那钻石般转动的眼珠,使人感到单纯而又天真,人见人爱。有人说,城市见不到鸽群和鸟儿,就像海面见不到海鸥,容易产生一种单调乃至荒凉之感,是有道理的。

假如有一个老者,拄着拐杖,踯躅在街头,一不小心,惊动了地面的鸽群,于是,它们拍翅而起,你会觉得画面顿时活跃,洋溢着一派生气,甚至连老人也会激起自己青春的回忆。

伦敦有一个特拉法尔加广场,那是为纪念纳尔逊海军上将而建立的。叫它特拉法尔加，是指纳尔逊率舰在加的斯和直布罗陀海峡之间的特拉法尔加角击败了法国-西班牙联合舰队，是拿破仑战争中的一次海战地点。这个英文名字很拗口，中国人干脆把它叫"鸽子广场"。这个广场鸽子真多，游人与鸽为伍，用食物召唤鸽子。笔者就曾用小片面包，让两只鸽子同时飞来，停歇在我的肩上和臂上，我的同伴赶紧抢了一个镜头。至今，我观赏这张照片，还乐从中来。公园里都设有一种装置，面对一种鸟儿、一棵树，只要你投进硬币，它就自动广播，讲解这种鸟和树的知识。孩子们的生物知识和爱鸟习惯，最初都是在那里得到培养的。我们的条件差些，得慢慢来，但是他们的思路和构想值得我们吸取。

世界的城市和居民的命运是共同的。据载，伦敦由于大气污染，1952年2月5至8日，从家庭和工厂排放的烟尘连续几天不散，致使每立方米空气含二氧化硫3.8毫克、烟尘4.5毫克，市民咳嗽呕吐发烧，四天死亡四千人。北京市区现在每年烧煤产生的烟尘达39万吨，二氧化硫26万吨。北京交通干线的平均噪音达75分贝，尽管如此，我还是觉得大大低于伦敦的噪音污染。对此，恩格斯早就说得好："我们不要过分陶醉于我们对自然界的胜利。对于每一次这样的胜利，自然界都报复了我们。"

我的印象中，英国的海滨城市是另一种风景。我去过一个海边小城市，名字说不确切了。海鸥似占主要位置，空中密集的海鸥的飞翔，装点了整个城市。海鸥的嘎嘎鸣叫，压倒了公共汽车的噪音。"鸟鸣山更幽"，我觉得那轻灵而又悦耳的鸣叫，是大自然赐给这个小城的音乐。

自然，也同时留下了问题。那近乎遮云蔽日的海鸥的飞翔，给城市的房屋和建筑洒下了许许多多白粪。那"鸽子广场"圆柱上站立着的纳尔逊塑像，只要仔细一看，雕像的肩上和头顶都留下了白色的鸽粪。我一直捉摸这些白粪如何清除。雨水可能解决一部分。但这么一想，我又觉得太超前了。

雾的联想

雾,被称作地面上的云,不像天上的云那样可爱。雾都,雾重庆,给人的印象不怎么好。

在伦敦的时候,我就想体验这种雾。然而,现在默算起来,一年之中,只有冬天的三五个晚上有雾。深夜时,它升腾起来,早晨就消失了。其景状同北京差不了多少。英国朋友说,伦敦的雾的帽子快要摘掉了。

伦敦的雾的逐渐消失,没有读到全面的科学的解释。只听伦敦的居民说,50年代以前,城里主要用煤,到处烟囱林立,空中悬浮的大量水蒸气凝聚而成雾。后来,改用石油,取消了烟囱,雾也就慢慢稀少了。不管怎样,像过去描写的伦敦:浓雾持续六十八小时,白昼如同黄昏,十步之遥辨不出人影,全市车辆交通断绝等等,那是决然不见了。我想起了北京的风沙。比起伦敦治理雾来说,治理风沙更为艰难。内蒙古发出大风警报,沙借风势,风助沙威,终日浑浑,那是不仅仅着眼于北京就能解决问题的。

伦敦过去也是泥土地,后来改用木头地。地面陷了一个洞,就用树干塞进去,慢慢扩展,成了高低不平的木路。后来加以改善,把煤胶里煮沸过的方木块镶嵌在三合土上。水泥路,柏油路,白金汉宫附近铺起暗红色的柏油路,那是以后的事。现在,伦敦地面不是草坪,就是盖上柏油和水泥,沙土地很少露出来。这样,即使狂风大作,也扬不起灰尘。

伦敦历史上除了遭受火灾和战争的破坏,再就是瘟疫。17世纪两次大瘟疫，全市总计不到五十万人口，就先后死去近十二万，逼得国王和宫廷逃离伦敦，听老百姓说，历史上也流行过肺结核。后来，政府决定广辟绿地，全市布局数百处花园广场和公园，健康状况改善多了。公园里，都设有足球场。英国较高的足球水平，同城市的足球场数量有关系。正像中国的乒乓球水平高，与乒乓台多有关。发展足球，光靠专业队投资，没有足够数量的足球场，孩子们在里弄胡同里踢球，是培养不出球星的。这是另话，不赘。

　　人类总是靠不断地完善自己、强健自己，来求得发展的。中央决定在我国三北地区，筑起绿色长城，这是一项世界性的伟大决策。去年夏天，北京的长安街东西两侧不远的立交桥路上，修整了一块块对称的草坪。虽然离不开喷灌，但是，绿茵如毯，甚是可爱。对于北京居民来说，走过那里，总是投去欣慰的一瞥。北京大街小胡同的柏油路和水泥砖路不断延伸和扩展，绿地面积猛增，北京的春天有风雨无沙，如秋日的明净，兼春时的绚丽，是完全可以做到的。

　　闲静之时，有时乱想，傻想。伦敦的雾是消失了，上个世纪的印象派画家莫奈把伦敦的雾画成红色，对现在的画家，是无从莅场观察感受了。但是，当年那群法国印象派画家跑到伦敦去画雪画冰，研究把不同颜色的色块拼放起来，产生"雪的白色效果"，也无从再现了。伦敦现在的冬天，几乎看不到雪。北京的老人，总是怀念他们小时候北京冬天的大雪。北京的雪也少了、小了。能否让伦敦和北京的雪花如当初那般？让北冰洋和南极洲的冰块摆脱融化的趋势，让地球的臭氧层不再变薄乃至出现黑洞，让三北工程同非洲的沙漠改造遥相呼应，让沙漠北移楼兰古城、白城子重新浮现于地表绿水青山环抱，让温室排放量减少人口减少中国重新回到四万万五千万，让人类把主要人力财力和科技力量用于改善生态改造自然作人类历史一次伟大的战略转移？

天鹅之死

初秋的玉渊潭，宁静。

我越过横亘东西的山丘，进入北区的湖面。北湖又分东湖和西湖。在西湖的游泳场岸边上，行走着一只雍容安详的白天鹅。

一个女青年，剥着面包屑，托在掌上，天鹅便伸着脖子，准确地啄食。孩子们喜欢抚摸它，它虽不乐意，但不拒绝抚爱。岸边不远，还有两只。和我一年前看到的情况不同，这里的天鹅是和人群和谐相处了。

天鹅以造型的典雅、线条的优美、羽毛的丰满堪称禽类中的皇后。更主要的是它的神态的自若，内秀而不外炫，矜持而不做作，始终以平和友善的态度对待大千世界，从不盛气称霸。布封说，"地上的狮、虎，空中的鹰、鹫，都只以善战称雄，以逞强行凶统治群众；而天鹅就不是这样，它在水上为王，是凭着一切足以缔造太平世界的美德，以高尚、尊严、仁厚等等"。大概，人类文明体现于水上的一切设施和制作，凡优美者，其仿生造型的对象都总根于天鹅。

我看见一位女管理员拿着话筒，向湖面远处的另一只天鹅呼喊："鹅，鹅，鹅……"那一只便慢慢向她游来。她说，这岸边的三只和远处那一只不怎么合群。远处那一只小，不会飞。这三只，有两只是一对。这三只的另一只的对象是谁，为什么远处只剩下一只，均不得而知。但是，这三只能飞，它们能腾起展翅，越过梧桐和柳树编织的林荫道，向玉渊潭的东湖飞去。

白天鹅下游泳场的台阶，不怎么灵活。一不小心，就摔跤。显然，游泳者的台阶，对它们是太高了。但一滑入水中，却是那样悠然自得。

印象最深最动人的，是白天鹅在岸上的表演。它昂首，张开两只硕大的翅膀，露出护理得很好的圆圆的胸脯，不断地拍翅，疾走而不飞翔，就像一个舞者，意欲跃起，展开神采飞扬的轻纱和羽衣，要展露自己的全部肢体乃至神经末梢，准备毫无保留地拥抱这大自然。

这是一只大天鹅，白羽，黑掌，黄嘴镶黑边。管理员说，去年刚从动物园迁来时，断了翅，它们吓得连水也不敢下。现在是自由多了。一天喂三顿玉米。它们在湖里吃些水草，但不吃鱼，不吃荤。冬天，喂大白菜就行了。

湖心，安置了一块木板，它们夜晚可以在上面栖息。

游客向管理员发问，去年玉渊潭飞来的四只野天鹅呢？她说，一对今年惊蛰飞走了。一只遭到了一个工人的枪击，北京电视台为此嚷呼了一阵。亡去者的同伴第二天也飞走了。

相传，天鹅临终前，会在弥留时唱歌，其声如怨如诉。又传，人们只能在朝暾初上、风平浪静的时候，听到这种歌声，它们是在音乐声中气绝的。人们更相信这样一种比喻，这种天鹅之歌，就如同一个伟大天才临终前的一次辉煌表现，悲哀而又壮丽。

临走时，我在岸边陈列室里，看到了那只被滥杀的天鹅，她已制成标本安置在一个玻璃盒里。我记得管理员介绍过的一句话，那只第二天哀号飞走的它的同伴，肯定会死的。

承德石市记

到承德去避暑,好几个月过去了。只是那石市的景状,久久难以忘去。

一早,四时许,还是破晓前的朦胧。避暑山庄的正门——丽正门外的一条街上,空荡荡的。忽然,自行车轻轻地划过街心,跟着便是"喊嚓喊嚓"的脚步声。人们追着,赶着,拥向那自行车。他们帮助卖石头的人把后座两边的柳条筐卸下来,争着挑石头。

离宫内外当然是美的。避暑山庄这个国内最大的皇家花园汇集了塞北风光和江南景色,外八庙又展示着各民族的建筑风格。这一切,人们觉得花两三天观赏,也就够了。即使在色调上,外八庙金碧辉煌,离宫清淡古朴,地势上,前者踞山俯瞰,后者安居湖侧。人们因之想象当年康熙皇帝如何解放思想,突破陈规旧习,他又如何以"澹泊致诚"的匾额自我炫耀,赢得了前来归顺的少数民族首领的欢欣。大家议论一下,也就过去了。

独有这一晨一度的石市,天天吸引着消夏客。

离市中心三十里地一座石灰岩山上采来的这种石头,不同于浙江的青田、福建的寿山、内蒙古的巴林,那是少数文人墨客、篆刻家案头把玩的清玩。它叫山影石,形状像山,又名上水石,搁在水里,可以把水汲到顶端。有雪白的,深褐的,烟灰的,有的还间有或绿或紫或红的斑块,如玛瑙,如珊瑚,很是好看。它周身布满了明显的经络,水对它就像血液一样。有了水,它光华润泽，有了水，它本身还能生长。至于造型，千姿百态，完全可以放开你的想象。你还可以拿回去施展你的鬼斧神工。

招待所的大门老是咿呀作响。人们鱼贯而入，或鱼贯而出。一个个抱着石头，匆匆走回自己的住室，或者，应着天边火车笛音的召唤，提着一兜兜石头，返回全国各地。

有的是自己买，有的自己不买，却天天观赏人家买。作为集市，大概有它特殊的诱人之处。它昨天售出的石头成为人们怀念的对象，今天的石头又提供人们新的现场品味，明天又会带来希冀和期求。艺术家、作家自然是里手，他们挑的石头很快受到称赞，又能讲出其中的意境。和艺术交往较少的同志，头一两天潜心听取别人的讲解，过了两三天，他们也成了行家里手。

对美的爱恋和探求，像一个精灵，如此执着人们的心，荡漾在这晨市之中。"人为财死，鸟为食亡"，食品匮乏可以迫使人们排队或抢购，但那毕竟是低层次的。只有爱美才现出人的本性，而且见出个性的选择。德国诗人席勒说："只有美才使全世界人都快乐，在美的魔力之下，每个人都忘了他的局限。"陀思妥耶夫斯基说："美一定能拯救世界"，是对美的崇高赞誉。

"前两天有个人买了一块绡云峰似的石头，像云，像烟，似有一股按捺不住的力量冉冉向上腾起，才七毛钱。"一位游客说。

"刚才有个老头买了一块双峰贯顶的石头，兀立的山峰上面连接起来了，底座很稳，深咖啡色，才五毛！"另一位说。我向来同意集市贸易的卖者与买者总有利害冲突的说法，但是，当我发现顾客经常替卖主说话，卖主又细心体贴顾客的要求时，我的看法改变了。一声声信约，一句句祝愿，真诚的目光碰击中一拍即成的交易，超出买卖之外的更深的询问和攀谈，双方融洽极了。一位老人对一个卖石头的孩子说："你回去找一两本艺术方面的书看一看，学会挑选，学会加工。凿峰钻洞不要太平太直，还可以点缀一些青苔，配上一个陶盘或碟子。"我看见一个年轻人拿着一块别致的石头,迎着晨光,在街上噔噔地奔跑着,途中摆脱有人愿付两三倍价钱的纠缠,一心要把它送到他曾经许诺的游客手里。

记得在报上读过一篇谈走路的杂文,说美国人走路是冲的,香港人走路是追的,我们却在慢吞吞地踱方步。也有文章批评有些人一心向钱看。然而,在这美的集散地,那"喊嚓喊嚓"作响的急促的脚步声,那买卖双方不时泛出的和谐的笑声,分明提供了另一种解答。

舞场上的孤独

十二月的伦敦、无雪,但天气常阴沉沉的,冷风袭人。我们把车开到泰晤士河边的记协俱乐部,正好是圣诞节前的一个晚上。

一年一度,英国东道主总要在这个晚上为各国驻伦敦的记者提供一个欢庆和聚会的机会。英国公主和一些议员、名流要到会祝贺,记者们可借此进行广泛的交际。除了东道主出资,我们每张票还另交6镑,这在当时,是一个不小的数字。

室内温暖如春。我们坐在会场靠墙的一排台席上,看见女士们穿着各色各样的晚礼服,寒冬俨然被隔离到室外了。单是这穿着,就够我们两个中国人犯愁。按社交礼仪,我们两个男士还必须佩领结,胸前插花。而在当时那个动乱的年月,除了可穿西服,领结和花朵是不能佩带的。我们有一个对付办法:穿中山服。中山服应付一切场合,以不变应万变。在一阵寒暄和握手之后,大家都入席了。每一桌上点着五根蜡烛,间隔着摆五把扇子。烛光与灯光相映,那扇子显然是跳舞之后备用的。穿红色燕尾服的侍者鱼贯出入,桌面满盈,碰杯声也开始了。

当时,我们有个纪律,国内禁止跳交谊舞,国外也得沿用。在主宾简单致辞、舞池音乐响起的时候,我们只能坐着看舞。那次舞会跟我们现在看的国内舞会不同,我们的舞会看者与舞者可以多达一半对一半,那次是倾席出动,我们扫视邻席和整排台席,只剩下孤零零的我们两个了。

一些熟悉的外国记者打招呼,要我们跳舞,我们挥手辞谢,

"你们跳吧!"

间歇时一些朋友回到席桌上,邀我们下一轮跳舞,我们恭手致意:"I'm sorry, I can't!"

个别外国朋友以他们各人携带夫人的优势,再一次邀我们跳,有的甚至点我们的名,把自己美丽的夫人推到我们面前。面对这些受丈夫指派、满面春风、袒胸露背的夫人们,我们只得起身:"I'm sorry, I can't!"

我是能跳舞的。50年代初的大学生生活,我念着加里宁的语录:"不会跳舞的人走路都难看",在班上参与消灭死角。然而,我不敢跳,我本想牵着那些美丽的女士们走下台席,作一轮或数轮旋转,然而,我不敢。我不会抽烟,只是枯坐。我发现,在舞池正酣的时候,除我而外的那一位同伴正不断抽烟,烟云在他头顶上缭绕。

我至今记忆犹新的,在那众多的著名西方舞曲中,忽然加入一首《喀秋莎》。这个旋律我太熟悉了。我带着意识形态对垒的思维定式,先觉吃惊,似乎认为他们不应该演奏这支曲子,末后又觉好笑。

这一页生活随着我们的改革开放,已经一去不复返了。此后的回忆中,它时常刺激我。当伊朗妇女上街必须佩带面纱,妇女不得上广告,我曾经以自我拥有的文明心态,嘲笑过他(她)们。我不知当时人们怎么看待我们。我之视人易,知人之如何视我难。然而,那一次,我尝到了公众交往中自我孤立的滋味。

我也知道了我的为人。

北戴河抒情

海啊，我又一次来到了你的身边。

这次我是只身一人而来。早八点从北京出发，乘京沈特快，中停天津、唐山，十二点五十二分抵达。

我从大轿车窗口里一眼就望见了你，就被你吸引住了。浩渺的烟波，不息的撼动，永恒的岸边波浪拍击，还有，你那存在于大地之上、太空之下的那种安然、坦然。我来了，你是伟大，你是包容，你是抚慰，你发出了地母的声音，好像你也等待了我很久。

我是抱着"张而不弛，吾不为也"的心情来的么？我是抱着贝多芬临终时对他的好友的呼唤"你愿同我一道去看看我那些始终不渝的朋友——葱郁的灌木、高耸的大树、青翠的树篱和凉亭，以及那潺潺的流水么"的心情来的么？我是抱着经历波折、瞻前顾后、患得患失又踌躇满志的心情来的么？我是因为刚转换工作、想起了罗曼·罗兰说的"他的目的不是成功，是信仰"的心情来的么？

我是受你的洗礼而来的，我要受你蕴藏的力量和智慧的启迪。我是向你倾诉而来的，倾诉我的心的隐秘。

这一次，不同于上一次在大连只泡了一次水，不同于在英吉利海峡，只下海十分钟。这次来北戴河，有足足的十五天。

我受伤了么？我气馁了么？或者，我觉得我的年纪太大，经受不住你对我的灵魂的拷问了么？我有足够的力量支撑你对我的嘱咐么？

我将每天凝视你，无论是清晨还是黄昏后的夜晚。我观赏你的容貌，谛听你的声音，在繁星闪烁之下，同你作长时间坦露心灵的对语。我将全身心地冲击在你的波涛里，我的头颅，我的每一根发丝，我的心脏的搏动应和着你的波浪的律动，达到某种和谐和契合。甚至，我想把泪水洒在波涛里，向你撒娇，像婴儿一样毫无顾忌地托付于你。

第一个清晨，在海边拾石拾贝，不断猫腰，我把搁在口袋里的一块手表丢失了。第一天下海，我忘了眼镜腿上系绳，一抬头一副眼镜不见了。真是心不在焉，我这是怎么啦？慢慢地，慢慢地，海浪相托着我，摇荡着我，帮我不断清除我的愁云，理清我的思绪。在一次刚刚上岸时，应着扬声器里一段优美的乐曲，一个姑娘自动地手执飘动的纱巾，在沙滩上起舞翩跹，作了几次美丽的旋转。我立刻愉悦而兴奋，看见她还是一双赤脚。当海浪不断地冲击着海岸，被糟践的、污秽的、零乱的沙滩，顿时变成平整的纯净的处女沙滩，于是，很快地烙上一行行脚印，有皮鞋的、运动鞋的，还有赤脚的。

还有一次，我们相约第二天去东山看日出，半夜起床乘车。山上黑压压的，一簇簇的，披长衣、被单、毯子的，带相机、望远镜的，我也夹在当中。结果，等到看清太阳，已是朦胧地出现在云隙之间，不是在海面上升起。

是咆哮？是怒吼？某夜忽然狂风大作，第二天整个海面浑黄浑黄，海水沸腾着、翻滚着。渔船下不了海，一人抱不动的石头冲上了岸边，公路被毁。从拾贝到游泳，全部停顿。在我住处不远，有一丛耸立的礁石，形状嶙峋，据知，无人攀缘过，或者无人愿意作这种攀缘。石丛间冲击着浪花，泛出白沫。我沿着乱石，曲折而行，登上了礁石的顶端，我有一点孤独，又似乎略略有一点慰藉。

青春赞

  青春是富于魅力的。从年龄上说，它仅仅属于青年。然而，它给一切中年和老年以遐想，引起他们往昔的自我回忆，或者，使他们对今日新的、多彩的青春产生一种好问和求知。从这个角度说，青春是青年献给中年和老年或者一切中老年希求获得的一份宝贵的馈赠。

  自然，如人们常说，青春不就是花朵，树梢，月光和海贝。青春有着巨大的筛选力。它摈除怯懦和矫饰，又不是那种一次完成的白璧无瑕。

  他几乎走遍了北方的河。在他的心目中，河流不只是身外的、异己的、与之搏斗的自然物，它们简直充注灵性，具有记忆，可作见证，善于启示，成了可以对话、可以交心的生命体。这位自然之子，仿佛他的整个人生，都同河流结下了不解之缘，他那满腔沸腾之血都同北方的河流经络发生神秘的联系。或者说，他的性格就是河流的性格，那就是，不断修正，不断丰富，经历曲折，又勇往向前。

  如果生活为庸人设计，给那些软弱者、苟安者留下就便的港湾，那么，对于一位有志者来说，抗拒生活的剥蚀力量，完成自己已经起步的行程，是至关重要的。当他发现自己热恋的美丽的情人，一个一度飞翔的姑娘终于敛翅，他悲哀了。面对这个姑娘选择他的一位有些俗气的朋友的可能性，他坠于深深的孤寂。即使此时，爱情的天平微微向他倾斜，他完全可能在情场上击败那个对手,他也断然拒绝了。不,这不是他所需要的爱情。"古来圣贤皆寂寞",他似乎有那么一点点体验了。

自然可以折射人生和社会。一个人的追求和奋斗,常常从自然山川和民俗民情中汲取启示和力量。古罗马一位大演说家常常面对咆哮的大海练习演说,《黄河大合唱》在突出"保卫黄河"这个主题之前,有《黄河颂》《黄水谣》《船夫曲》作它的准备,这位自然之子,将要进击人生了。

老人两篇

1

他使人联想起罗中立的油画《父亲》，但作品说他"褐黄的眼仁已经浑浊"，不如油画那般有神。他生活在我国西南一个僻远的村庄，又住在一个离村人偏远的瓦房里。他的脸、脖颈和手都干枯了，那手和脚像露到地面上的树根。然而，过路人向他讨一个火吸烟，借水瓢喝口凉水，夜间，他给赶路人一棵点燃的干葵花秆，把向过路人狂吠的犬吆开。他干活"不能很敏捷，于是就不急躁，也不停歇"。他佝偻着身躯，扛了锄头出门，或是担了粪桶回家。他排水在苞谷地里，握一只水瓢，一步步往苞谷林深处挪动。他把一瓢水分成两半，分给两株苞谷，最后盛下一浅瓢，就全部给了这一株。

等到搬苞谷，他种的足足搬了五十七排，不下三千斤。他还给远嫁的女儿做了一些家什，还了欠下的国家贷款。他病了，仿佛做完了该做的事，坦然地准备离开人间了。

我是那样自然地反省，我是否忘了这个好远、好远的，重重青山那一边的老人，我仿佛觉着，我吃的玉米面里，也有他种下的。

于是，乡亲们自发地，不约而同地，都赶到这间瓦屋里来。女人失声啜泣，有人轻声呼唤，递过一碗水，打发人去叫女儿，去乡场上请医生。不一会儿，各条村路上响起了急促的脚步声，人们心里都想，赶紧，赶紧！

2

一位母亲长期守寡之后，萌发了少女时青梅竹马式的恋情，主动要求投奔那位爱她而又一辈子打单身的庄稼汉，然而，遭到了女儿们否定性的"裁决"。

这位勤劳善良、心灵手巧、标致宜人的乡村妇女，有过一次没有爱情的婚姻，却不能借婚姻去实现她的真正的爱情。当她作为生育工具卖给一个男人的时候，那男人的暴病身亡并不能构成她追求新的生活的契机。那位痴情的庄稼汉只能以"走亲戚"的名义来探望她，对她身边留下的一大群女儿做些力所能及的帮助。他们只能把恋情压制在心底里，低低哼唱诸如"长长的河，高高的山"的儿时山歌。那汉子也只能带来些她少女时喜爱的用马兰草编织的小鹿、小马、小羊等耍活儿。

这个女人一直在"缺理少势"中度日。解放前，她因给丈夫连着生女儿，感到"缺理少势"，见人低眉敛颜；解放后，想到改嫁，又感到"缺理少势"，对女儿们的否决只是觉得"羞惭"，好像做了一件不光彩的事。她只能大包加小包，以火车、汽车、马车和架子车为工具，奔走于女儿之间。不久，她也就病故了。她养育的女儿们，终于成了她的精神生活、爱情生活的掘墓人。那个汉子又在她入殓时赶来，把马兰草编织的小鹿、小马和小羊放在她的枕边，或者年年给她的坟头添一把新土，插几根柳枝。

值得注意的，做出这种"裁决"的女儿们，不是共青团员，就是共产党员。她们确甚单纯，对马克思主义的信奉与封建的卫道士竟扮演于一身。"一切已死的先辈们的传统，像梦魇一样纠缠着活人的头脑"（马克思），大概，一切活着的人，都不应自视拥有这种豁免权。

从情欲到爱情

　　这是一种寒灯苦读、但闻机杼式的东方爱情。这个男人与这个女人始终纠缠在情欲与爱情、有文化与无文化的重重矛盾里。

　　当他稍稍有一点自由，他是带着青春的复苏和感恩图报去亲近那个吸引他的女性。这位劳动妇女不管什么"右派"不"右派"，只凭直觉去判断生活，判断人。她觉得他"遭罪哩"，为他构筑一个温馨的窝，怀着郎君读书妹织布的古老憧憬。大概古往今来的一切高压政治，都是在这种女人的强悍的襁褓下，才使那些无辜者幸免遭难的。

　　他最初沉醉于、满足于情欲的搂抱和热吻而不能自拔的时候，正是这个女人，升华了他的境界。假如在这种情欲中完成他们的爱情，那也只能是情欲。最多，只是重演一个公子落难、美人搭救、男方占有女方的陈旧故事。但是，这个女人的挣脱，又不同于知识女性那种谨慎、矜持的自我掌握，即使这样做，她也是无私的，为他的："干这个伤身骨，你还是好好念你的书吧！"多么震撼心魂的声音。正是她的心，启动了他的"超越自己"的哲理梦幻，领悟了"超越自己就是你的天堂"。

　　他超越了这一步。胸中已经能够盛下情欲之外的更多的东西。他仍在思考他们之间的文化差距，这个问题得不到解决，他们的爱情还可能还原为情欲。他不断窥见她"内心的异彩"，怀着"顿然窥见了人生的底蕴的那种狂喜"去向她求婚。这个女性形象又"谜"一样展开了。她的"'老婆孩子热炕头'，那最是个没起色的货","只要你念书,哪怕我苦得头上长草也心甘情愿"的回答,是光彩照人的。他不再感到彼此的"高低",存在着"施舍"或"屈就"。及至他固执地要求马上登记,她发出了"要不,你现时就把它拿去吧"那句表面似乎轻率、实则深沉得令人揪心的回答。他顿时感受到了一种"令人心酸的、致命的幸福"。这一次,是他轻轻地推开她。他们已经双双进入了一个更高的爱的世界。

现实向英雄挑战

　　一个贫苦农民的孩子，聪慧而无钱读书，中经参军而成长为村里的领导干部，感受新生活的阳光又遭受人世的坎坷，既有体恤人民、改变农村面貌的英雄气概，又有个人报复、膨胀权势的阴暗面，最后在农村实行改革、搞责任田的时候，蜕变成一个顽强抵抗、不惜以血肉之躯作孤注一掷的可悲人物。

　　他少年时期被迫中途辍学，只能扶着中学校门流泪；成年之后，又不得不违心地讨一个大红脸、黄牙黑根子的老婆。现实不允许他行使自我选择，他就对自己的老婆施以"奴隶"般的叱喝。他同一位知青发生爱情，又必须把这种爱强压在心底，残酷地防范他那"心中的鬼"。我们不得不哀叹他那乖戾的青春。对于这种状况，历史也许要比个人承担更多一份责任。

　　他曾经信奉过一个口号："我是全村人的儿子。"吃苦在前，舍身忘我，勇气非凡，又不乏韬略。同时，他又迷信"楚霸王就败在心慈手软上"的古训，强横地在乡亲中树立自己的权威。他明知在当时"典型就是剥削"，却为当这种典型在大年初一强令社员修渠。他一跃而成为风云人物，主宰村民命运。权力成了他的护身符，同时权力又导致他走向末路。当农村经济改革涌现出新的人物，他顽抗而又失败了。这里，我们又似乎看到，个人的责任多于历史的责任。的确说得好："他用农民的伟大完成了他的进取，又以农民的渺小完成了他的衰颓。"

　　我们就是这样看到，历史常常以神奇的力量，把某个生活领域的大智大勇者铸造成为英雄，同时，它自身又是一面高悬的明镜，照见其中一些人如何演变成一个可怜而又可笑的人物。这其中，必然是那可悲的英雄身负着过多的历史沉淀物，一种受时代挑战、被时代淘汰的沉淀物。我们说，让那逝去的逝去，埋葬那应该埋葬的吧。

番客婶①

女性一旦依附于男性，就等于把精神和肉体交给了男性。中国的番客婶们又增加了一层痛苦。在归侨和侨眷占 80% 的侨乡，她们重复着守活寡与守死寡的命运。无恩爱的丈夫得无限期地等待，有恩爱的丈夫又不知过去的恩爱是否存在。她们对丈夫的在世与不在世都不自知，能自知的只是等待。那一座座有如贞节牌坊的青石宅院，不知无日无夜地哭诉着多少痛苦的灵魂！

历史的因循总是以人的命运的因循作为表征的。番客婶们做媳妇时，被老一辈的婆婆用木板把新房的窗户钉死，以防不测；她们做了婆婆，又以同样的方法监视媳妇。多年的媳妇熬成婆，成婆以后又去虐待媳妇。番客婶的命运是靠制度、靠礼教维系下来的，又是靠它的受害者维系下来的，受害者成了施害者。

还有另一种因循，那就是番客婶们自身意识的因循。她们常常在父母以死相威胁下嫁给那些番客，又在婆家以不许自己见孩子的压力下不敢追寻自己新的爱情。这两招很厉害，尤其是对中国妇女。但是，这一来，忠孝节义她们就占了三条。中国妇女的爱情悲剧太多柏拉图式，太多蝴蝶合坟式，太多宝黛怨艾式，而缺少娜娜出走式，缺少安娜勇敢决裂式。

我曾经为《桑树坪》里一名女子的命运深深打动。她被逼嫁给一名傻子兼神经病，她只能独出心裁地在一个夜晚的精心打扮

---

① 番客指在海外谋生的男人，他们在沿海一带的侨乡的妻子称番客婶。

之后，企望同这个不懂"合欢"的丈夫合一次"欢"，她以为留下一个种也就留下了自己的人生。这比《香魂女》中那个女子遇到一个不会"合欢"的傻子，更为惨烈。番客婶们常常等到不期而归的丈夫，他们在外面有家室有子女，她们也只是要求再"合欢"一次，让丈夫使自己怀孕后再走。这是令人战栗的东方女性的悲哀。

中国妇女要比世界妇女承受更多的历史重负。她们在世界妇女命运的总乐章中，常常弹出自己的变奏，弹出自己的变调。然而，经济与意识，物质与精神，必须兼而具之，必须两方面同时得到解放。舍其一，都不能获得自立自救。

说说忘年交

且不说辞书上解释"忘年交"是"指不拘年岁辈分，而成为莫逆之交"，"忘年交"一词所出的《南史·何逊传》里说那个鼎鼎大名的孔融如何看中并结交了祢衡这个"小年轻"。单说"忘年"一词，就着重针对长辈、老者，似无多大疑问。忘掉年龄辈分，忘掉资历地位，以"礼贤下士""返老还童"的赤子之心，同毛孩子、小伙子结交朋友，这友谊的赞扬所指，是长辈、老者的风范。这里，我想另外补充一点，即从社会结构来看，一般说来，社会生活、国家命运的决策者，都是那些饱有阅历、经验丰富、远见卓识的人，他们多是长辈、老年。从这点出发，在我们的生活中倡导"忘年交"，填平"代沟"，或者在"代沟"上架设桥梁，关键的、起决定作用的，是长者、老者。希望在青年，决定在老年，未来在青年，现实在老年，大概是这么个理儿。

然而，这忘年之交，绝非一种"俯就"，既不是青年对老年的"俯就"，也不是老年对青年的"俯就"。"俯就"是一种糟糕的心态，是一种不好的调和剂。它不是使忘年交砸锅，便是使这种交情流于俗弊，丧失这友谊的真正的精魂。也就是说，我们要审视这种友谊的契合点。它不是契合于落后，而是契合于进步，不是契合于冥顽和反动，而是契合于创造和革新。在今天，就是契合于改革开放，契合于振兴中华的精神文明。元春省亲，连贾母都得跪下，是那老者对幼者的俯就，契合于皇权。王祥卧冰取鲤，是那样愚钝，少说也得闹个感冒咳嗽，而老莱子戏亲，故意穿得花里胡哨，作跌倒状，学婴儿啼，真是扭曲个性的十足酸溜溜。那种契合点是那样可怕，它扼杀人的活力和生机，成为中华民族长期落后的一个基因。

当然，在此前提下，忘年交还呼求一种宽容，一种勇气。老字辈和小字辈，各有优势，又难以十全十美。一般说来，老年稳健，青年勇于创新，老年持重，青年爱"放炮"，老年容易怀旧，青年耽于幻想，老年爱对社会生活作纵向比较，青年爱作横向比较。这就要求两代人既不苟且，又相互宽容。忘年交不可能是天生的珠联璧合，而是各自自我超越、奋力攀登的胜利会师。

陆娟有诗云："万点落花舟一叶，载得春色过江南"，那是两人渡口送别的一派绿色向往。忘年交能从一个侧面窥见一个社会的征候，我们应朝着一派春色的未来走去。

吊脚楼的爱与怨

作为湘西河流特有的生活景观，吊脚楼面对河街，背靠河水，房子用木架支撑在河崖上，宛如后腿。终年在船上卖力的船夫，同漂泊寄食的妇人，过一种吊脚楼夜生活，掀开了旧时中国乡镇下层者、流浪者生活的一角。

沈从文的《柏子》展示了他们炽热的情欲，那种不乏真诚的信誓，过后又是那种两难诉说的凄凉与悲苦。最初，船只靠岸，桅子上的歌声唱起。妇人把后窗打开，一盏小红风灯在桅子上挂起。一会儿，唱歌人就跃上吊脚楼，来到了妇人身边。

"门开了，一只泥腿在门里，一只泥腿在门外，身子便为两条臂缠紧了，在那新刮过的日炎雨淋粗糙的脸上，就贴紧了一个宽宽的温暖的脸子"。

这种头油香是他所熟悉的，这种抱人的章法，先虽说不出，这时一上身却也熟悉之至。还有脸，那么软软的，混着粉的香，用口可以吮。到后是，他把嘴一歪，便找到了一个湿的舌子了，他咬着。

作者顺便一笔："房中那盏满堂红油灯是亮堂堂的，照了一堆泥脚迹在黄色楼板上"。真绝！一位德文译者至此连呼："妙极了，妙极了！"还有，那人物对话的村野，女人说："悖时的！我以为到常德被婊子尿冲你到洞庭湖底了！"船夫说："老子把你舌子咬断！"等到互表"忠贞"，男人说："你规矩！你赌咒你干净得可以进天王庙！"女人说："来你妈！别人早就等你，我掐手指算到日子，我还算到你这尸……"真是可以载入地方志的人物语言。

然而，在那阵欢爱戏谑之后，我们看到了铁的交易：先是女人把船夫的身上搜光，雪花膏，卷纸，手巾，香粉罐子。再就是男人把腰边板带中塞满的铜钱倒光，这是他一两个月的储蓄。最后，船夫点燃废缆子，返回船上。此后，一去又是半月一月，也许不到两月他又可能回来。

他们的恩爱是有的。你可以看到，在那么一个早晨，各种船只准备起锚离岸，那吊脚楼窗口鬓发散乱的妇人向跪着下河的水手发出一声声叮咛，嘱他快点回来，准时回来。那水手边跪边回头，嚷着要她"快上床去"，免得冻着。或者，水手临到开船时，灵机一动，把旅客送给的小食品、小礼物拿着飞奔而去，献给那吊脚楼的妇人。

时光就这么如流水般的过去了。船夫们也终于不知道飘落何处，老死何方。吊脚楼的妇人们到了年老多病，就只能胡乱地吃药、打针，朱砂茯苓乱吃一阵，六零六、三零三扎那么几下。难救了，就叫毛伙用门板抬到那类住在空船中孤身过日子的老妇人身边去，咽最后一口气。或者死去时亲人呼天抢地哭一阵，罄尽所有请和尚念念经，再托人赊购副四合头棺木，埋在土里了事。

春夏复冬秋，一代接一代，湘西的吊脚楼生活就是这么扮演着。

妓　船

　　同吊脚楼的妇人不同，妓船的女人是生活在船上。她可以把船系在吊脚楼下的支柱上，也可能明天上升为吊脚楼的主人。这一切都带有一种草创性、匆忙性，或者，更多变动不尽，更令人惊目咋舌。

　　这些女人刚从乡下来，离开了家园，离开了石磨同小牛，也离开了丈夫，来到这船上做"生意"。沈从文的《丈夫》把她们的来历写得很清淡："事情非常简单，一个不亟亟于生养孩子的妇人，到了城市，能够每月把从城市里两个晚上所得的钱，送给那留在乡下诚实耐劳种田为生的丈夫处去，在那方面就可以过了好日子，名分不失，利益存在，所以许多年轻的丈夫，在娶妻以后，把妻送出来，自己留在家中耕田种地安分过日子，也竟是极其平常的事。"这种清淡的介绍暗含着难言的悲苦。

　　丈夫照例要换一身浆洗干净的衣服，腰里挂了短烟袋，背了红薯糍粑，带了妻子喜欢吃的圆而发乌金光泽的板栗，赶到河街上去探亲。及至上了女人的船，却不能亲近自己的妻子，"如今与妻接近，与家庭却离得很远"。面对妻子油光的发髻、扯得细细的眉毛、白粉的脸、绯红的胭脂，以及城里人的衣着派头，已经有点手足无措。接着又因妻子接客，自己只得怯生生钻到后梢舱上低低喘气了。

　　一条船就这样度过它的夜晚时分。一位读者说这篇小说像普希金说过的，"伟大的俄罗斯的悲哀"，当然，这是中国式的。到了半夜，丈夫从板缝里看看客人还不走，也就一人拥着新棉絮睡了。有时，那女人抽空爬过了后舱，问丈夫是不是想吃一点糖，丈夫也应允，塞了一小片冰糖在口里。有时，丈夫拉着妻子为他买的一把二胡，船上醉鬼要追查拉琴的人，妻子只得"急中生智，拖着那醉鬼的手，安置到自己的奶上"。

  船码头上，还出现了水保这个兼船上一霸和妓女干爹为一身的人物，上船行乐的副爷，"考察"女人的巡官，他们都是可以随意占有那个妻子而丈夫只能躲进后舱的人物。妻子老七身边还有两个女人，一个是掌班大娘，一个年仅十二的五多，她们是这个妻子的未来和过去的影子。老青幼三代妇女，维系着妓船的生活。

  专职妓女是大城市、商品经济繁荣的都埠或资本主义国家的产物，这种丈夫就在身边的兼职妓女，就是中国自然经济的特殊产物。她们依傍着小农经济，也许还有那么一点点自由。后来，丈夫坚决要走，妻子把一夜两笔卖淫的钱交给丈夫，这个男人"两只大而粗的手掌捣着脸孔，像小孩子那样莫名其妙地哭了起来"。他们终于要走了。这一对夫妻第二天一早就回转乡下去了。但是，读者会问，在那样的日子里，他们能长久待在乡下不再回来吗？

一个变态女人

一个美丽的女人，原来是一切作家、艺术家都爱用来雕塑的一块材料。沈从文笔下的《都市一妇人》，按照她的背景和出身，完全可以加入绅士太太们的行列，成为一名上层贵妇，另外，由于命运的捉弄，她也可能沦为妓女，实际上一度也成了上海名妓。这一切，她都经历了。最后，她成了一名酷爱自己的丈夫、忠实自己的丈夫、又亲自弄瞎丈夫眼睛的妇人。

这是一个变态女性。如果把她的曲折复杂的经历加以大致的划分，可以理出一条"正常——反常——又正常——又反常"的线索。这个民国初年出入北京上层社交界的小家碧玉，聪明俏丽。先依母居住，后成为某外交家养女，原本有一个锦衣玉食的贵妇生涯在等待着她。她嫁给外交部某年轻俊美的科长，可谓一对璧人。后因骄奢而负债，丈夫下落不明，被一个中年绅士引诱了去，也大致过着正常的姨太太生活。但是，第二个丈夫被刺后，她有感于自身的"命运启示"，开始了不再给男子糟蹋，却应"糟蹋一下男子"的不正常生活，成了上海的名妓。她带着复仇的满足，使一些男人为她破产为她自杀。十年之后，厌倦了欲海沉浮的劳累，离开上海，到长江中部一镇去寻觅从良者的生活。终于又成为一名将军的恩爱别室，算是唤起了近乎宗教的感情，过了两年安定规矩的日子。将军一死，她对自己的命运发生了质问："为什么我不愿弃去的人，总先把我弃下？"于是，她在老兵俱乐部工作的日子里，又遇到一名英俊不群的年轻上尉。她同这个郑同志相爱，又终于同居、结婚。就在他们十分快乐的日子里，这个妇人把这位比自己小十岁的英俊丈夫的眼睛用药毒瞎了。

读者会十分惊叹：这是一个怎样的爱恋者兼毁灭者呀！这个妇人从自己的坎坷经历中，为了使自己这个被弃者不再被弃，由爱恋走向自私，走向谋害。也就是那个少将解释的：她"爱她的男子，因为自己的渐渐老去，恐怕又复被弃，做出这件事情"。她谋害他，是为了占有他，直至永远。在她陪他由武汉而上海而大连的治疗中，在一种真诚殷勤的陪伴和护理里，作恶的悔悟不多，真挚的爱恋有余，她是以对他的永恒献身求得丈夫的永恒存在。

这个极端复杂的女性，容易使人联想起埃及女王克莉奥佩特拉。德国诗人海涅评论莎士比亚笔下这个埃及女王同罗马统帅安东尼的关系时说："她恋爱着，同时又背叛着"。"每当她对他使出一次背叛之后，她的爱情反而更加炽烈地燃烧起来"。认为她只是背叛，没有爱情，这是错误的。海涅认为这个女王具有"魅人的真实性"，"她的背叛只是她的蛇性的外在表现，她多半是无意识，出于天生的或者习惯的刁顽，才实行背叛的……而在灵魂的深处，却潜藏着对于安东尼的至死不渝的爱"。

人性发展至变态，本人要承担多少责任，社会要承担多少责任，这是极复杂的课题。银幕上曾经反响很大的那个瑞典女皇，从一个女人的角度看，她无疑是那个社会关系的牺牲品。这位都市妇人，受到的折磨太多，读者比较自然地把那份谴责较多地移向那个糟蹋妇女的社会环境，移向历史延续下来的欺压妇女的传统惯例，这是可以理解的。克莉奥佩特拉身为女王，醉心于政治权势的算计，她的双重性格只是让人可气、可恼和可恶，这位都市妇人的恶行，在一阵可责、可憾之后，还留给人一点可怜。

评论者的泪水

1

当一个评论者用泪水、也借墨水写作的时候,你是很难简单地用墨水制服他的。

他单纯得像一个情不自已的稚童,在作品面前;同时,他又冷峻得像一个僧人,即使面对一部杰作。

评论,在创造一个世界,一个独立的艺术世界。

2

如果像有人比喻的,把作家说成是远离家门的远行者、孤独的狩猎者,是从此岸走向彼岸;那么,评论家似乎相反,他是远行、求索之后,从彼岸回到了此岸。他不是凝结成书,而是回到了书,面对了书,写就了书后的书。

正因如此,当我回顾过去,对年轻批评家的早死,跟对青年诗人的早夭一样,在灵魂上感到惊吓。他们都是把热血沸腾的生命、难以言对的苦痛,献给了评论,献给了艺术。且不谈他们的作品、评论,单看这种用热血、用生命去换取文字,这行为,这交易,是何等悲壮呀!

也正因如此，我把包括评论家在内的所从事的文学事业，比作"杜鹃啼血"的事业。那是对我心中的景慕者的最美的赞词。

赫尔岑曾经这样评论别林斯基："你在每一句话里都可以感觉到，他是用自己的血，用自己的神经在写作着，你可以感觉到，他怎样地消耗着它们，又怎样地烧毁了自己。"也许，评论家有许多秘密，我们可以列举一大堆、一大堆，而这是最深刻的秘密。

3

评论是什么？是辙印？是航迹？其形其声如天幕上的雁群？或是，是那传说中的号手的号筒管壁上的缕缕血丝？

一次观看费雯·丽主演的《欲望号街车》，那女人天真，善良而又可怜的堕落，催人欲泪。其时，她可称"疯女"影后，是长期饰演复杂性格使她精神失常，还是精神失常深化了如此动人的表演？她扮演妓女布兰奇，又评论那个折磨布兰奇的社会。

从"泛评论"的观点看，评论就是生命的烙迹，一切烙迹着生命的创造，也同时是评论。作家的创作就是作家的评论。与其说是评论接近科学、走向美学，不如说它更与生命相连。勃兰兑斯在推崇圣勃夫时，把评论看成同戏剧、抒情诗一样的艺术部门。他说："虽然各种智能或许有优劣等级之分，但如说各种艺术也有优劣等级之分，那就是极其可疑了。"

评论仍日渐独立、日渐重要；似乎也在于它从前主要面对作家作品，现今则同时面对读者观众。它不单在解释一个灵魂，更在塑造自己的灵魂。评论是评论家创造的艺术世界。

也因如此，评论的天地很大，不必那么学院气、书卷气，为创建理论流派，做出种种限制。

4

包括笔者在内，过去看待批评标准的一个根本性弊病，就是把它看成纯然外在的东西。像是悬挂在墙上的一管标尺，用它可以衡量裁决一切。我们似乎只需把这管标尺弄得精美一些。我们花去太多精力，从引证到解说，想把标准说得完美。

然而我们突然发现，这常常是徒劳，无济于事。

多元化时代，必然是批评标准多样化的时代。

那么，这"多"中能否提炼出"一"呢？当然可以。同时，如果说物理学的任务是寻找宇宙万物最大的统一，文艺批评则相反，它要去发现这种多样，评价这种多样。

不能否认这个"一"。"一"是通向"多"的桥梁，它为"多"开放心灵，如同春天的胸怀容纳奇花异草的生长与开放。批评的保守、僵化，直白地说就是守成，用已然控制未然，用已成指挥将成和未成。如果批评标准必然要涵盖外在与内在，已定与待定，说出与不说出，我们过去往往是醉心那个外在，那个已定，那个说出。

5

托尔斯泰的魅力何在？他给我们带来了活泼的娜塔莎，忧郁的安娜·卡列宁娜，还有如他一般不断忏悔、苦苦求索的聂赫留道夫。除此而外，就是他的出走。

他的出走，一个八十二岁的老人在一个冬日未晓时分的出走，如此震撼人心。它不同于绞索套在脖子的殉道者的那种多少带点受动的懔然，而是主动去寻求苦难。他客死于一个乡村车站，一张陌生床上,以抛却幸福去应验自己的艺术、自己的哲学,有如释迦牟尼舍弃王子生活而出家修道。莫里亚克称"托尔斯泰对于我永远是我的良心的一种呼声",说出了众人的心声。似乎仅从这一点,就看出了文学批评只讲文本分析而忽视作家、忽视其他方法的形式主义主张的某种迂阔。

然而,文学浩荡而去,批评家、理论家倾注了自己的才智,倾注了自己的情怀,他们的批评理论建树,功不可没。局限与突破,失误与辉煌,如此交织和苦恼着一个评论家的人生,他们抱憾而去,又无愧而去。理论也一如这真实的人生。对象的丰富和不可穷尽性,主体的永无止境的创造性,决定了视角、方法以及新的观点、理论的无终极性。批评中的科学主义和人文主义还会争论下去,它们相斥又互补,由此滋生出许多新人耳目、给人启发的思想。文学评论依然在人文精神、艺术精神的鼓动下壮大自己,方法毕竟从属于素养各异、个性各异的评论家。

6

对事物的直观的、直觉的把握,是一种直接的、完整的把握,一种无间隔的、无理性干预和成见的把握,真正的认识从此开始。叔本华把这一点提得很高:"所有深刻的认识,不,连本来的知识亦同,它们的根柢是在直观的理解中。"我们接触作品,是赤诚面对,还是隔着一层观念的云翳?我们想起罗伯-格里耶要求阅读时"彻底忘却固有的观念"。

自后,从欣赏到判断,从动机到结果,批评家行进在一条特殊的道路上。是科学认识?还是艺术创造?如果不把二者截然割离,人们的认识已经在向后者倾移。这里,有两个层面:深入作品,剖析入微,逻辑严密,文字绚丽,成为高水平的书评。超越这一层，同时也跃动着艺术家的灵魂，使评论不受见解过时而消失，因永葆艺术生命而长存。这也就是为什么批评家的灵感并非全然来自书籍，书籍只是触媒，可以从单薄贫弱的作品写出才情洋溢、巍然壮观的评论。

解释和判断是永无止境的过程，它们的生命不是依赖评论的对象，而是依赖评论家的解释和判断本身。一个批评家并不企求做出盖棺论定、后世享用无穷的答案，而是满足于、陶醉于过程本身。河水一任向前流去，他却如此把玩于、赏心悦目于那一段风光，那一段美丽。就自身来说，批评过程完成于对艺术发现的发现，对艺术创造的创造，即常说的"第二次创造"。

7

笔者景仰批评家的功绩，尝试着从实际评论的角度，作一个粗略的、片面的描述。

争论评论与创作孰优孰劣，批评家与作家孰一流孰二流，纯属庸人自扰。歌德写评论、谈评论，绝非是从事第二等职业，鲁迅的评论文字又恰是最好的作品。妥帖的说法是，一种包括气质、良知在内的艺术家的动力、内驱力，推动了某某写出评论，推动了某某写出小说，推动了某某写出诗歌。据说，罗斯金用散文进行评论，布朗宁运用无韵诗进行评论，雷南运用对话、佩特运用小说、罗塞蒂运用十四行诗进行评论，未及查找。陆机的《文赋》神采飞扬，彪炳日月，这是都知道的。

完全可以列出他们的各种区别。有说评论家偏向公正，作家偏向个性。在论说批评家时，有的偏重公正，有的偏重个性。实际上，在注入进理性、灵智的评论文字中，固然需要超越作家作品，超越局部限制，但同时，又包容在一个宏大的个性里。艾布拉姆斯说:"在现代,文学上的新发展几乎总是与批评上的新见解伴随而来,这些见解的不足之处,有时恰好助成有关文学作品的特质。所以如果批评家的分歧不是那么厉害,我们的艺术遗产无疑就不会这样丰富多彩。"

我们的批评理论建设,已经从政治工具的轨道转向新文化建设的轨道,从你死我活的两条路线斗争转向人类文化遗产的全面吸收。我们将敞开胸怀,接纳英才。

书的生命

历史的尘封，以无言的判断，宣布有些作品的生命早已消亡，虽然其中有的作者尚存。而另一些书籍，或者再版，或由读者和管理员裹上新的封皮。于是，在我的凝视中，它们幻化出许多强烈的生命，燃烧着，喷吐着，在书架上显示永不衰竭的生命力，虽然其中许多作者早已故世。

以自己有限的生命换取作品的无限的永存，这是艺术的伟大和悲壮之所在。

无疑，这种换取是残酷的。左拉称圣西门是"一个蘸着自己的血液和胆汁来写作的作家"，尼采说"在一切著作中，我只爱作者以他的心血写成的著作"，许寿裳称鲁迅作品是"字中有泪的"，巴金称我国新时期有些作品"是用作家的生命之水写成的"。

这道理也简单。如果作者不在作品中倾注自己的生命，文字不能跳动着生命的脉搏，作品的艺术生命就无从附着，读者也无由得到感受。

于是，我们看到作家与读者之间产生了一种崇高的精神际会，一种以身相许、以生命相掷的精神际会。在作者，大有写出一部好作品、虽死无憾的感觉，就像契诃夫当年发出的只要写出莱蒙托夫《当代英雄》那样的作品，再加上一个好的通俗喜剧就可以"心安理得地死去"的慨叹；在读者，则产生读了一部好作品，没有虚度此生的心理，如同舒尔巴特阅读歌德作品所说的"宁肯终生穷困，一辈子睡干草、饮清水、吃树根，也不愿失去体察这位多情善感的作家的心曲的机会"那样的话。

  我想起契诃夫称赞莱蒙托夫的《孤帆》所作的评语，他说："这首诗就抵得上整个的乌列尼乌斯以及他们的全部作品。"契诃夫说得多好啊，这两位诗人的全部作品抵不上十二句诗的《孤帆》，抵不上那注入作者激情的、几乎是诗人一生自我写照的、使后世一切从"风暴"中寻求"安详"的奋战者都能从中吸取诗情的《孤帆》。我们看到，大量作品虽存形骸，却已消失，而《孤帆》却不胫而走，超越媒体，永存于世人心中，如同我国的许多名诗一样。

重游伦敦遐想

　　刚刚走过新牛津街，沿着牛津街向西前行，前面便是海德公园。我不禁在这一条历史悠久、闻名于世的繁华街道上停留了下来。牛津街，算得上英国一座活动博物馆了。街道不宽，豪华的、古老的商店陈列左右。这条街的标记大概是街心一排立柱上饰以许多三角形彩色金属片，阳光下，五彩缤纷，随风而过，叮当作响。人群如织，建筑依旧，英国资本主义的风云变迁给这条街道留下的烙迹和沉淀，足够旅行者玩味的了。

　　我依然躇行在牛津街。抬头一望，街道两旁没有栽树木。我不知道当初设计者是怎样考虑的。是拥挤的人群扼杀了树木，还是这被石油浸泡的表土压根儿就容不下这树木？只是人行道上，定距离摆着一个个大型水泥钵，钵内伸展着一根根树。尽管这树的枝干上装饰着可爱的彩灯，但树叶几近脱尽，枝杈瘦弱可怜。于是，我联想起北京王府井一排排活泼的、枝叶摇曳的槐木，心里掠起一阵欣慰。

　　他们是把它不可更改地、保存古迹式地留在那里了。同我十四年前的印象相比，伦敦的变化不大。那些仿效美国的拔地而起的摩天建筑，似乎还是那么少。它们就像伦敦雾海上星星点点的孤帆，有些刺目，依然为英国人所诟病。伦敦仍然流动着英国人的旋律和节奏。

　　然而，这碰击在街面上的清脆步履，无论男性的、女性的，低跟的，高跟的，都是匆忙的，急促的。它们指向一个目的，从一个门里出来,向一个门里进去。连日使我感觉新鲜而惊异的,是知识分子的谈吐和面容。内心深处某种信心和喜悦使你从每个人的神情中捕捉得到。十四年前,我接触到的中高级知识分子,普遍沉浸于怨艾心境。罢工浪潮此伏彼起,北爱尔兰的暴力恐怖活动成了每晚电视新闻中的必备节目,西德和日本正在崛起,面对美国的诱惑,大量知识分子外流。英国一位教育大臣曾说,英国的教育经费一半给美国拿走了。这大概就是前不久美国《读者文摘》说的,在七十年代末,"英国国势日衰,民气消沉"。

这一次我见到的知识分子,在同一个档次中,工资收入比十四年前增加了四五倍。尽管这期间,英镑贬值,通货膨胀,物价上涨,但是,工资增长的速度远远高出这个负数。这大概是他们情绪转变的一个原因。英国《中国季刊》主编对我说:"我们的经济情况、生活水平当然比不上西德,但是跟法国、意大利比,就难说了。"这种自信是我过去不曾见到的。

这一切要留待经济学家去研究。西方容易把一切归之于撒切尔夫人的政绩,但是真实的表述应该是她的某些政策推动了生产力。拿去年来说,英国经济增长4%,超过美国、法国、西德和日本等主要工业国,失业人数比前年减少七十多万,通货膨胀率已由七十年代的27%下降至4%。撒切尔夫人三度连任,成为本世纪任期最长的英国首相。据民意测验,英国支持保守党的人数还在上升。英国工党在大选失败之后,已经喊出全国回顾工党政策的口号。

当今西方,竞争已经成了铁的、冷酷无情的法则。人与人之间,企业之间,政党之间,领袖之间,无不受制于这个法则。英国经济的转机与伦敦街头不时可见的乞丐,都是这一法则的不同表征。国内和国际两个大舞台,各政党极尽角逐和较量之能事。执政党和首相的政治生命,全系于此。发展经济,刺激生产力,成了现今一切清醒的政党的共同要求。问题就看你拿不拿得出新的解数。

　　历史的发展远远高出理论概括，丰富多变的实践供人以思考，也留下戏剧材料。在 19 世纪，"大英帝国"进入全盛时期，它倚仗炮舰曾经占有世界总面积、总人口四分之一的殖民地。这个号称"日不落之国"当然不曾料到 20 世纪 70 年代出现的哀叹。如今这一次转机，英国出现了 80 年代的"撒切尔时代"，也将成为一个历史话题，供后人叙谈。

　　在伦敦参观，依旧感到变化不大。牛津街略东而南折，坐落在泰晤士河畔的议会大厦里的大笨钟依旧定时鸣响。顺河而东行，显示创造奇迹的塔桥，仍然很少开启，只是在桥下博物馆的电视屏幕上不断展示这桥桁双臂式的启合。圣保罗教堂在星期天依旧吸引几近罄尽的街道上的稀疏人群。世人常称，英国人好古而怀旧。伦敦的街道不准改建和扩建。当你对牛津街两旁的树木感到惋惜，你只要往街道两旁伸展开去，仍然可以看到参天大树。何况海德公园在西边等待着人们。英国人有他们的逻辑。英国经济重心已经由北部而南移，新兴的航空、电子、化工在南部蓬勃兴起，传统的煤炭和纺织业在北部日渐衰落，只有北海石油工业在海浪中作业。据说，北部苏格兰地区，就业人员平均月工资只有一百六十多镑，南部已上升到二百四十多镑。

　　当我乘列车来往于伦敦与牛津、剑桥、利兹、爱丁堡之间，我惊异乘客的稀少。在非高峰时间，乘客只能占去座席的四分之一或三分之一。靠座整洁，铺满地毯，只有检票员和餐车服务员频繁穿梭于车厢之间。英国铁路国营，票价昂贵，几乎同飞机票相等，而铁路仍然亏本。人们宁愿自己驱车于城市之间，不愿意坐火车。英国的问题不少，教育处于困境，失业、通货膨胀、北爱尔兰问题仍然困扰着人们。撒切尔夫人近些年将国营企业变成民营，大量出售公司股票，在刺激企业活力、分享与秩序方面采取了强有力的政策，但是，未来的前景如何，所能取得的进展的幅度，都是难以预料的未知数、未定数。

  英国经济的转机和撒切尔夫人任期的破本世纪纪录，一下把这位"铁娘子"推上了世界的新闻人物。在我这次离开伦敦的时候，离最近一次圣诞节尚有半个月，伦敦街头早已张灯结彩了。据说，在这之前三四个月，人们就在准备了。社会学家分析，提前准备过节，已经成了世界性潮流。撒切尔夫人在年初表示"对未来的一年兴奋不已"。一个政党领导人的宏愿，常常给民众带来兴奋，但历史从不给一切有志者打包票。英国政党之间的新角逐，执政党的应变能力，世界的风云和民众的选择，只能这样说：等着瞧。

那是一个迷人的世界
——访莎士比亚故居

从伦敦往西北一百五十公里，就是莎士比亚的故乡——斯特拉福镇。

驱车在这片称之为"快乐的英格兰"（merry England）的风景秀丽的英格兰中部原野上，是够令人惬意的。间或有稀少的牧牛游荡在青翠的草地上，亭亭如盖的大树点缀其间，汽车穿过如波似浪的岗峦和草原，宛如航行在海洋之上。对于居住伦敦感到阴沉、感到郁闷的我来说，心情豁然开朗。

你好，斯特拉福。在天幕之下，你用树篱划出一道轮廓，让艾冯河温柔地绕过，你构筑了一个莎士比亚的世界，一个被德国诗人海涅称誉为"精神上的太阳"的莎士比亚生存过的世界。你那古朴的街道，你那清一色的两色楼的木楞白墙的房子，简直把我这个异乡人亲切地拥抱了。地图上很少有你这样的标名：艾冯河畔斯特拉福（Strarfordon Avon）。我陶醉于你的熏风沐浴你的阳光，听到艾冯河款款的船桨声，我在心灵上开始了对你抚育的这位戏剧大师的长时间的默默拜谒。

一踏上亨利街故居咿呀作响的二层楼，走进标志为莎比士亚出生的房间，我就被一张小床吸引住了。这张莎士比亚童年时睡过的床铺，木板厚重，床架结实。我想，即使是我这个成年之躯，也够踢腾几十年的。大概，这是莎士比亚第一个纵情活动的舞台。他从小就熟悉丰富的民歌和神话传说，对大自然感受极为敏锐，小学老师又都是牛津大学的学生，伦敦等地的剧团常来这里巡回演出，加上这个小镇地处伯明翰通往牛津和伦敦的商途，使他自幼就阅读了一本人生的大书。他二十二岁离开了故乡，去伦敦过打杂工、演员、诗人、剧作家、剧场股东的剧团生活。这一切，大概解释了他成长为举世闻名的"戏剧元勋"的缘由。

和那个明朗的、充满人间温暖气息的故居相对照的，是那座阴森、寂静的教堂。莎士比亚安葬在这里。此外，还有一座现代化的纪念剧院。这是三个必访之地。前两个，摇篮和墓地，是他人生的起点和终点，那是有限的，一去不复返了。而后人在艾冯河边建造的剧院，可以让我们世世代代听到他的声音，那是无限的，永生的。莎士比亚似乎撇开了他的摇篮和墓穴，借助历年最好的演员和剧团，向来这里旅游的一百个左右国家的世人，宣泄他的思想和感情，像汤汤河水，永流不息。

莎士比亚是1616年4月23日辞世的，这一天正好是他的生日，享年五十二岁。他的墓旁放着游人敬献的鲜花，石碑上刻有他为自己写下的墓志铭：

> 看在耶稣的面上，好朋友，
> 切莫掘动这底下一抔黄土。
> 让我安息者上天保佑，
> 移我尸骨者永受诅咒。

莎士比亚死后，有的诗人认为必须按最高的荣誉，把他葬在伦敦威斯敏斯特教堂里，和乔叟等名人墓并列。也许是由于他的这个遗言，此议未能实现。莎士比亚永远和家乡人民在一起，安息在他的故土里。

当我告别艾冯河上划船嬉戏的青少年，成片成片的灿烂的郁金香逐渐远去，斯特拉福的轮廓从视野中慢慢消失的时候，莎士比亚仍然使我困惑。他简直是一个谜。一位四百年前的英国平民的儿子，竟有那样如山似海的艺术情怀，他把悲与喜、崇高与滑稽、丰富深刻的抒情哲理与令人捧腹的插科打诨、上至王公贵族下至仆役皂隶各色人等，全纳入他的艺术世界里去了。在戏剧艺术上，他至今还找不到一个全面的挑战者和匹敌者。这只能归因于他在《哈姆莱特》里说的，人是"宇宙的精华，万物的灵长"。这是人的智慧之谜，人的创造力之谜。

柔弱而倔强的灵魂

——访勃朗特姐妹故居

这一路，同前两天从伦敦到利兹沿途所见完全不同。那是典型的英格兰风光，常人笔下是：山峦起伏，远树亭亭，羊群似云，牧场如锦。

这一路，从利兹到霍沃斯——勃朗特姐妹的故乡，却是一片荒原，寂寥的、苍莽的荒原。

利兹到霍沃斯驱车不到一个小时，不通公共汽车。当我们参观访问利兹大学中文系的时候，前系主任黎明墩先生提出自己开车送我们参观勃朗特姐妹故居，我是毫不客气地应允了。陪我们去的还有詹纳尔先生，他是英国负有盛名的汉学家。

那一天，天气少有的晴朗。主人笑我们走运气。不过，这两位英国朋友说，要参观勃氏姐妹故居，最好是在阴雨和刮风的时节，你可以充分领略当年勃氏三姐妹笔下的世界。我们一出利兹，仿佛就进入了这样一个世界：荒凉，远僻，山地陡峻，土质贫瘠，黑黝黝的石头覆盖着荒丘，在这十一月的阳光下，它是过早地显露出黄褐色了。

给我印象最深的是石头。一出利兹，你就看不见一座砖砌的建筑。沿路的民房全是石头墙，材料取自荒原，结构沉稳，冬暖而夏凉。旷野里，远近稀疏的厂房和农舍似乎也增添不了多少温柔。树上停留的不再是美丽的鸽，而是独栖的鸦。霍沃斯就是这荒山野岭蜿蜒环抱中的一座石头小镇。朦胧中，我觉得这是山民之地，大概容易铸造山民式的倔强性格吧。

　　如果乔治·桑活动在繁荣的巴黎，周旋于上层文化人之中，有助于她成为文坛一代女杰，为什么在这荒凉的呼啸山庄，成长了勃氏姐妹这样垂诸文学史的非凡才女呢？我们先在镇上一家酒馆稍稍停歇，牌子上刻有"黑公牛——热切"字样，英国朋友请我们品尝了有地方风味的烤牛肉和约克夏布丁。这家酒馆因当年夏洛蒂·勃朗特的弟弟勃兰威尔经常在里面酗酒而闻名。之后，我们走向久已渴慕的勃朗特姐妹故居，这是勃朗特牧师住宅，是一栋灰石头砌成的两层楼的十八世纪建筑。夏洛蒂四岁时，全家就住在里面，直到她们去世。

　　生活在里面的勃氏姐妹，当年只有靠书籍报刊才得以同外部世界发生联系。她们自幼就过着双重生活，或者说，生活在两个世界里：一个是羞怯的、深居闺房的、不幸家世的现实世界；一个是她们相互构想、创造的文学世界。她们的母亲在婚后八年内生了他们六兄妹，到了第九年就因癌症离他们而去，临终时哀叹："啊，上帝，我的可怜的孩子！"夏洛蒂的两个姐姐外出就读一所教士学校，因饮食、住房差，纪律严酷，病倒后回家就死去了，年仅十岁。她们常常是在夏天的荒原和山涧里，摆脱家庭的阴影，得到嬉戏的欢乐。然而，她们勤奋地阅读，不停地写作。在冬天，在大风呼啸而过的住宅里，在每天晚上九点钟后，她们相濡以沫，一起朗读和讨论各自的创作。像盖斯凯尔夫人说的，夏洛蒂、艾米莉和安妮"像不安的野生动物似的在客厅里来回踱步"，创造"她们奇妙的故事"。这些故事一直编到她们二十多岁，计手稿一百多种，成了她们姐妹发挥想象、构思练笔的园地。

　　我们在玻璃柜里看到一种最小的手稿本，一英寸半长，比手掌还小，上面密密麻麻烙印着她们微缩般的字迹。她们精细地、艰辛地、长年累月地从事不为世人知晓的耕耘。除开禀赋与气质，她们的文学生涯大概得力于父亲。这位清寒的牧师上过剑桥大学，出版过诗作、散文和小册子，他讲的童话成了她们最早的模仿对象。另外，她们也爱围坐在温暖的厨房里，听女仆讲故事。母亲去世后来照料家务的姨妈，除了女红，还教她们唱赞美诗，念祈祷文。这三姐妹从小就抱有成为作家的梦想。夏洛蒂自幼踌躇满志，在弟妹中实际承担母亲的职责。艾米莉生性自信，含蓄，富于独立思考。安妮比较虔诚，性格温柔，才气上稍逊于两个姐姐。

英国朋友还特意引导我们观赏了一本诗集，那是略小的印本。她们三姐妹曾用假名，合出了这一本《柯勒·贝尔、埃利斯·贝尔和阿克顿·贝尔诗集》。这是向诸多出版商求告无门的情况下自费出版的。结果，只售出两册。

从文学到生活，她们的路途都是崎岖不平的。她们都当过家庭教师，境遇都不顺当。她们用自己天真的眼睛观察世界，用自己纯真的心灵感受世界，怀抱理想，对生活的价值和真义作不倦的探掘。

住宅的一楼是书房、餐厅、厨房，二楼才是她们的卧室。室内展出了她们瘦小的衣服和鞋帽，手稿和鹅毛笔，还有当年的家具和瓷器。夏洛蒂的执着和激情，艾米莉的深沉和顽强，安妮的宁静和温柔，各自都凝结在她们的著作里。也许，这卧室才是她们写作的唯一见证人。至今，只有乔治·里奇蒙于1850年为夏洛蒂留下了肖像画，她两个妹妹的真确形象无从辨认了。那位兄弟曾为她们三姐妹画像，有千人一面之感。有一幅古旧的侧面头像，究竟是艾米莉，还是安妮，仍然争执未定。这两位妹妹病逝时年仅三十岁，终身未嫁。到了1855年，三十八岁的夏洛蒂也在婚后不到一年的时间里去世了。

她们都是追求者，而不是猎名者。人世间，名声同实体经常发生奇异的矛盾。如果猎名者只注重在世的荣耀，追求者是不计此前此后的。艾米莉死前，那部内涵奇异而丰富的《呼啸山庄》如石沉大海，听不到任何反响。她当然想象不到，进入20世纪，评论界出现了"艾米莉热"或"《呼啸山庄》学"的潮流。夏洛蒂比妹妹稍稍幸运，1847年，发表了流传世界的名著《简·爱》，前后还写了《教师》《维莱特》和《爱玛》（未完成），为两个妹妹写过序言和生平纪略，但她也推测不到，她们的牧师住宅成了现今一座永恒的"勃朗特学会博物馆"。

　　离开这个住宅，我对它作了最后一瞥。我想，秉性聪慧的人是不难寻访的，如果加上生而有志，再乘以锲而不舍，就能像她们那样做出贡献。

爱丁堡之韵

一种特殊的风韵和神韵伴随我的爱丁堡之行。列车由伦敦向北行驶，岛国常有的云厚天低的感觉越来越鲜明了。穿过山地又走向低地高地，北海的港汊插入铁路线，冷风袭人，阴霾四合，头顶的云絮几近可以触摸，天空越来越低了。

"我的心呀在高原"，我想起了苏格兰大诗人彭斯的名句。苏格兰在英国是带有诗幻色彩的神奇之地，不仅有怪兽传闻的尼斯湖，有酿坛盛名的威士忌，有一年一度的国际艺术节，更主要的是淳厚而坚执的苏格兰人。一队队壮实的男子汉，吹着风笛行进，膝盖有规则地撩动着裙裾，我被他们脸部的憨厚与诚实感动了。

我们一下火车，旋即拾级登上街面，城市中心峭岩上耸立着著名的古堡，带形的峡谷在古堡下向东西两边延展。峡谷旁边的王子街，一面是五光十色的商店，一面点缀着包括作家司各特、哲学家休谟、经济学家亚当·史密斯在内的各种塑像、纪念碑和古建筑。

稍事安顿后，我们便步行去爱丁堡大学，在古老的南城，看到一家东药（中草药）店，又从北桥街和南桥街直行稍拐，就看到了有三四百年历史的、墙面古痕斑斑的爱丁堡大学。大学中文系教师热情地接待我们，他们说中国朋友极少来爱丁堡。他们领我们去他们的教研室，他们说全系五十名学生只有他们三位教师。他们安排一名青年教师这几天陪伴我们，当晚他们在馆子里凑份子请我们吃饭，趁下午未关门他们三个人一起陪我们参观古堡。

登上城门，就看到苏格兰民族英雄华莱士和布鲁士的塑像。华莱士在历史上成功地抗击了英格兰国王爱德华一世的入侵，后来被捕，绞死于伦敦。布鲁士是苏格兰国王，击败过英格兰侵略者。在古堡的博物馆里，我们看到了苏格兰国王的皇冠、权杖、宝剑和盔甲，历代兵器和军服，还参观了堡内的国王寝宫、教堂和书房。在苏格兰人的心目中，古堡是一座精神的圣殿，人们可以从远近四周端详它。它自身又像一位历史巨人，俯瞰全城的欢乐。下面的王子街花园占据峡谷的主要部分，玫瑰、郁金香、杜鹃等花圃星罗棋布，草地如毯。花园一角挺立着一座花钟，是用鲜花镶成的、终年走动的巨钟，与日内瓦湖的花钟齐名。

爱丁堡流贯着苏格兰特有的神韵，好像无形的手，将诸种对立统一编织进和谐的弦音与键音里去。经过全面探测的尼斯湖，虽未发现怪兽，而神秘色彩未减。王子街的豪华商店里，苏格兰粗格尼褶裙同各种新潮服装并陈。爱丁堡大学接纳上百个国家的成万名留学生；苏格兰土地酿制的以大麦芽为主料的威士忌，每年近亿加仑地输往世界各地。

当我乘返程车南去时，翻出一本苏格兰的诗集。我忽然注意到拜伦是半个苏格兰人。他母亲为苏格兰贵妇，童年在苏格兰度过。或许因为这特殊的出身影响他后来反抗英国反动当局，怀着去国之忧，唱出了一曲《哀希腊》。苏格兰土地在窗外迅速离去，我默诵拜伦的诗句："我只压抑／而未割舍苏格兰的乡土之亲，／啊，我爱的仍是那急流和峻岭。"

牛津和剑桥的"心教"

如果把伦敦比作一个头,那么,朝北偏西约80公里的牛津和剑桥,就是它的突出的两只眼睛。七八百年建校史留下的古老学院建筑,修葺得如织锦般的草地,还有,剑桥一弯静静的卡姆(剑)河,河上架起的各种风格的桥梁,以及从各学院教堂传出的风琴的鸣响,自然是给旅人留下的最初印象。

也许,更深层次的,是它们深蕴的文化观念。这两座大学城,像两位历史老人,向一切来者作着他们的诉说。我们参观剑桥大学三一学院的时候,英国朋友指着学院门口一株似乎向来人微微弯腰而风姿绰约的树木,说是从牛顿家乡移植来的。牛顿曾经在里面教学、居住达三十年。学院教堂里站立着众多文化名人的青铜塑像,碑刻记载着他们的贡献,牛顿就站在他们的首位。除此而外,著名学者的住房、藏书箱、图书馆、当初设计的各种建筑,都保存得完好无损。参观牛津大学图书馆时,主人从珍藏室里拿出一本徐志摩当年署名的中文书。英国大诗人弥尔顿曾经在一棵桑树下写诗,至今,这棵桑树仍在剑桥大学基督学院校园里。

从文化史的观念看,现实只是历史的延续,又是未来历史的评判对象。而政治,只是大文化中的一个部分。在大学这样的文化殿堂里,历史和文化应向学人洞开,让他们有一个广大深远的纵横视野,只能尊重,不许阉割。在文化领域里,不应该出现我们在动乱时期的"进驻""横扫""占领"以及"全面专政"。

自然,这里也保留着浓厚的古俗、礼仪、章法和服饰。我们曾在牛津的一个学院餐厅入席，坐在高台的教师席上，学生在下面两竖条餐桌上就餐。烛光闪烁，正襟危坐，一声鸣响，骤然起立，随后迅即离散。对此，人们一笑置之，不去批判。据朋友介绍，美国大学学科教学从树梢上（最新成就）讲起，英国是从树根上（学科渊源）讲起。孰优孰劣，投谁一票，也许你就不应有这样的思维方式，文化就不应该是单向度、统归于一的。

全世界的学人都是慕名而来。尽管英国也存在人才外流，但美国知识界以就读牛津和剑桥而提高身份。培根曾在牛津从事科研和讲学。弥尔顿、华兹华斯、达尔文都是剑桥学生。诺贝尔文学奖得主艾略特、戈尔丁、格林、格雷夫斯都是牛津学子。仅战后，英国就有五位首相就读于牛津。据说，剑桥三一学院的物理等自然科学的诺贝尔获奖者就有二十人左右。这两所大学为世界培养了人才。1986年的牛津，就有一百零九个国家的留学生，美国涌来的多达六百三十人左右。

至此，我想起了一个教育观念。除了教师的"言教""身教"，更重要的是"心教"。学生入学，亲临文化故园，观赏文化古迹，踏着文化名人当年经常散步的小道，走进著名学者进出的图书馆，或者，回想一下当初哲人、科学家某个角度的远眺。于是，追慕前贤，创造未来。"心教"是文化教育成熟的一个征象，是不投资的投资，是不设教的设教。它是学人仰慕和修炼的一块"圣地"，一个民族的创造力在此得到最初说明。

旅　行

旅行，最直白的解释，就是外出。它的另外一些意思，是离异，摆脱，解脱，远足，探问，索求，是休息又是紧张，是新涉足的天地，甚至会诞生出你意想不到的智慧后果。

窗外是连绵的屋脊，迷蒙的天际，天际之外就是远方。这世界似乎可以分为两个：定居的世界，旅行的世界。一如我现在，定时起居，墨守习惯和陈规，和亲人、朋友、同事作例行的交往，同固定路线擦肩而过的熟悉人和陌生人作有言与无言的应酬，我渐渐有些疲倦了。然而，我也偶尔被掷入一个旅行的世界，新鲜而又兴奋，不安而又期待，全然有别于近乎可以不假思索的定居。

旅行是一种陌生者的邂逅，偶逢者的契合。随着车船的第一次启动，飞机的发动和我们必须系好安全带，我们向亲友道别，把过往的定居生活画上了一个句号。在车船飞机上，在异地客舍，人们将携带卸下，先是无言而相应相通，接着是会心的交谈，真诚的谦让。旅行者各自都抛却了人世的纠纷，相聚于这人生的逆旅，生死与共的命运至少暂时把人们联络起来了。

旅行是一份美好的事业。人们忘却了彼此的辈分与等级职别，平等地相聚。在短暂的适应之后，言语变得有深度了，表述开始不掩饰己见了。有的旅行者甚至慷慨激昂，把自己的全部冤枉向新识者和盘托出。细数家珍，详叙履历有之，友谊乃至姻缘起源于旅行，也确有其例。我见过一个新客谈话进入高潮时，如怨如诉，泪下如注。旅行是别开生面的人生天地，真像一首流行歌曲所唱的：我们结伴同行，/走一走人生之路。

旅行开发出新的情思。黑塞在他的《流浪》里，有一段令人感动和思索不已的散文。那是因为他是不安定的旅行者的思维成果。我时常把它翻出来，独自阅读和默诵：

> 克服定居的习性，鄙视边界，会使像我这种类型的人成为指向未来的路标。如果有许多人，像我似的由心底里鄙视国界，那就不会有战争和封锁。可憎的莫过于边界，无聊的莫过于边界。它们同大炮，同将军们一样，只要理性、人道与和平占着优势，人们就感觉不到它们的存在，无视它们而微笑……

他是超前地发挥世界大同的思想，然而，他那美好的、世界如一家、人类的亲兄弟的和乐共处、敌视战争的向往，情见乎辞，滋润读者的心田。

我们长期保持一种内陆人的固守心态，随着开放，见识与经验也多了，思想开始不那么固守了。我们感受了马克思、爱因斯坦作为世界公民的博大胸怀，它从一个方面动摇了历来划疆分治、固守经营的狭隘心态。诗人海涅一段关于爱国主义的论述，给人以很大的启发。他说："法国人的爱国主义是在于先使他的心脏温暖起来，通过温暖而膨胀、扩大，使得他不再仅仅爱亲近的亲戚，而用它的爱概括整个文化的世界。德国人的爱国主义相反地使他的心脏狭窄起来，使它收缩得像严寒中的皮革一样，使他憎恨外国的一切，使他不再愿意做世界公民，不再愿意做欧洲人，而仅仅愿意做一个狭隘的德国人。"他对法国人和德国人的这种概括是否确当，姑且不论，他的思想是光辉的。一个不狭隘、放眼于世界的人，我想也得力于他们的旅行，他们的周游列国。爱因斯坦在德国出生后，几乎不安定地周游世界各地。在实在的环境里，他觉得自己是"孤独的旅客"，面对周围的人群，他反而觉得陌生，他发出如下的惊世骇俗的言论："我对社会正义和社会责任的强烈感觉，同我显然的对别人和社会直接接触的淡漠，两者总是形成古怪的对照。我实在是一个'孤独的旅客'，我未曾全心全意地属于我的国家，我的家庭，我的朋友，甚至我最接近的亲人，在所有这些关系面前，我总是感觉到有一定距离并且需要保持孤独——而这种感受正与年俱增。"他到处奔波，摆脱了狭窄的家庭、国家观念，为全人类的科学事业、和平事业做出了杰出的贡献。

  旅行，就要向人们展开道路，展开扑面而来的新的大自然、新的人造景色。旅行激起作家的创作热情。果戈理把旅行当作构思、打腹稿的极好时机。他歌颂过旅行的道路，认为许许多多奇特、诱人、飘逸、美妙的思绪都隐匿在"道路"两个字里。对于这种旅行的道路，他从心灵里发出呼唤："天哪！你有时是多么美好啊，遥远的迢迢道路！多少次，每当我像一个将要毁灭或者沉溺的人的时候，我总抓住你，而你也总是宽厚地把我托出水面，拯救了我！而在你的怀抱中又产生过多少奇妙的构思、诗情的梦幻啊，感受过多少美妙的印象啊！"作家艺术家把行万里路看作人生的惠赐，大地展现的深刻和广远，一种从未认识过的复杂和繁富。

  然而，旅行绝非风平浪静。它是新安的家，流动的家，变动的家，可能遭受意外的家。它是流浪者之家，也是常遇风险、易受毁灭的家。我想起了影片《苦海余生》，那条满载犹太人的"圣路易斯"号客轮，从汉堡驶向哈瓦那，飘行大西洋三十天，古巴不接纳，回到法西斯德国就意味着死亡。一条无大陆可依傍的船，一条被放逐、被遗弃的船。印象之中，除了几个人的命运，就是那位善良的船长。他充满对恶的愤怒，对旅人的挚爱。我总是记得他的眼神，那含泪欲滴又坚定不移的眼神。那是这艘客轮的父亲的眼神，正是凭着这种眼神，人类的各种旅行照样进行。

坡 地
（外一篇）

你太美丽，在那高高的坡地上，你向我投过热情的一瞥。有蓝天白云作背景，有微风拂动你的秀发，你回过头来，主动要求帮助我把自行车推上坡地。你是在俯瞰的坡地上，向我投来的这一瞥。不知为什么，我太惊异于你的美丽，珍藏你的美丽。

你有丈夫和孩子在前面扶着自行车，他们已经上了坡地。我从你们三人的关系中判断那男子和小孩是你的丈夫和孩子。轮到我独自一人推着车，你把他们留在上面，对我呼唤着："我帮你推吧！"按照惯例，我用右手掌顶住后座，竭尽全身之力，完全可以独自一人推上坡地。这也不是我第一次推车上这坡地。然而，我总觉得，一个女人像你这样美丽，应该是冷傲、矫饰，至少是矜持，伴随着对陌生者的淡然、漠然。你与这一切无缘，而你确又太美丽。

人世际遇，居多都是流星般擦肩而过，居多是目击点头，今世不再相逢。我惊异于你的美丽，却无从辨认美丽的你。我珍藏你俯瞰的一瞥，却日渐模糊你的形象。我们多半不再相遇，即使相见，也不可能再认出你。

一个英国老头和英国警察

我手执伦敦地图在伦敦街上大摇大摆的时候，只要你一停歇，稍稍犹豫，或者用地图核对街名，居多情况下，总有人主动上来问你：

"Are you lost?（迷路了吗？）"

我把这看作人生萍水相逢的一种关切，一种问候。也就是说，此人一生也许就这么相见一次了，他求助于你，你能不能给他这一次帮助。

有一次，我要去伦敦中心工艺学院，一个英国老头指给我，见了红绿灯，左拐，第几个胡同，进去再右拐……我确实被他的指点弄糊涂了。我先去实现他的指点的第一步。等我实现第一步正在路口停下，打算展开地图时，前面已经站着那个老头了。他用手指着我，微微一笑，他知道我会一不小心就会走岔道的。我顿时心里一热，而且以后（直到将来）一上街问路或被问的时候，我都记起这个老头。

还有一次，我住在国王十字街的一个旅馆里。讨厌的国王十字街，每一次出门我记住路标，一回来又迷路。那时，正是那条街的地铁发生火灾、造成重大伤亡、震惊英国和世界的大事故不久。我遇到一个警察，小年轻小白脸，那高高的黑色头盔对比下的这张脸，显然稚气未泯。我问他国王十字街，他一笑，他知道这是附近最容易走岔道的一条街。干脆，他让我跟着他，带着我走了一二百米，指明了确切的路线。

我永远忘不了这两个人，他们大概早已或根本就记不起我。我曾经想，我这个低鼻子在那里受到高鼻子这方面友好的待遇，正像他们高鼻子在这里受到低鼻子的对待一样。另一个想法又一闪，我这个书呆子教条气十足的人，曾经默记"警察是阶级专政的工具"的条条，把一切都往上面靠，或者非常美好或者非常丑恶。而生活，却大大丰富、扩大、加深了我的印象。

庄子讲到水干的时候，鱼儿"相呴（吐口水）以湿，相濡以沫，不如相忘于江湖"，总给人以深重的悲剧之感。然而，人世中，更多是不能相忘于江湖，而不能不相濡以沫。更令人遐想的是，有时不能双方都贡献口水唾沫，只能单方面的付出，我就不知，鱼儿们日后在江湖中该如何看待当初那种困境了。

冬雪图·老货郎·坐轿

冬雪图

这场雪太大，已经封冻可以走人的湖面上，又铺上了一层白色。

过往的行人、蹬车人，都是把帽檐翻下，把衣领竖起，急促地穿行而过。

阳光和地面都是晶灿灿，皮肤冻得有点发辣。时不时刷过一阵小风，树林随即纷扬着雪的粉末。我半是瑟缩，半是观赏，行进在树林里。

突然，两个青年出现在眼前。女青年几绺黑发在耳根飘起，颈项裸露，面颊绯红。她边调色彩，边审度前景。旁边的男青年，琢磨自己的画面，还颠着双脚，搓着双手，一任风雪卷起自己的头发。他们两个把画架安置在同样的角度，面对同样的景物，似乎在比较各人的艺术理解。寰宇之中，大概只有青年，才选择这样的时辰，以这样的装束，进行这样的追求。

这时，我才发现，这湖的北岸，一字排列的柳树，都一律向南方倾斜。夏天的柳梢拂水，是妩媚的，冬天的光秃细梢，任风挥洒，倒也别有趣味，但它们的弯腰倾斜角度，证明是屈服于西北风的长年压力。然而，越过柳树，看看背后高高挺立的白杨和白桦，像正在喷发的火箭，笔直笔直，显现在雪的粉末里。

老货郎

　　我烦躁,我不安。我辗转在床上难以入睡。我的午睡,一如我的夜眠,讲究准时,生怕打搅。错过那个时刻,就会全部完蛋。"叮啷——叮啷——叮啷",我的窗下又一次响起了货郎的敲击声:这是磨刀人发出的信号。他手里一定拿着一摞铁片,用绳儿绾住,那铁片也必然碰击得雪亮雪亮。他间或发出"磨剪子磨刀"的吆喝声,有时,就是连续不断的铁片的"叮啷"。

　　我决心起来,和衣破门而出。我对着磨刀人喊,别敲了,别敲了,中午让人休息一下。

　　在我的怨责声中,这个肩上扛着板凳的货郎向我转过头来。就在那一瞬啊,那张转过来的脸黑红黑红,布满了年轮似的皱纹,浑浊的眼珠向我投来狠狠的逼视。那是怎样的一张脸啊,那是由风雨、烈日、霜雪和长期的冬而复夏的岁月雕塑而成,塞外的沙砾和江南的淫雨都侵蚀过它,复杂、丰富而又深不可测。在这张脸面前,我虚弱了,怯场了。磨刀人的白天我熟悉,在板凳上磨洗刀剪,用干粮果腹。夜晚呢?不知道,我不知道他们都是在哪里过、怎么过。老货郎随即"叮啷"而去,我却在一个博大的、不可言说的人生面前,照见了我的浅近和娇弱。

坐轿

　　我平生坐过一次轿子,那时不到十岁。

　　我替我父亲执行一项差事。我父亲很怪,我们那里都是女人做媒人,他却热衷于此道。在一次婚事中,双方亲家要请他临场庆喜,用轿子来接他。他因忙别的事,让我顶替。其实,很简单,就是坐轿子,到那里吃一次饭了事,用不着参加讨论,用不着准备发言或提交论文。

路程是火车的一站地。抬轿子的有一位我认识,叫他连城叔。他是个老实农民,很聪明。沦陷时,我们相居邻近,他学了一口流利的日本话,用以对付那些日本兵。在一阵咿呀作响的行程之后,停下轿来休息。我发现那天他对我有些异样。我们原本是很熟悉很熟悉的呀!小时候总叫他"连城叔"。我下轿后,他们别开我抽着旱烟。我活动活动四肢,看看风景。在他的眼神中,我觉得流露出一种冷淡,似乎我们陌生,我们不曾相识。在他们细声细语的交谈中,忽然有连城叔的一句话飘入我的耳中:"这个世上,为什么有些人坐轿,有些人得抬轿呢?"我暗自一惊。

后来,连城叔给我打声招呼,让我上轿继续前行。一路咿呀作响,大家默不作声。

然而,永生永世,这个场面这句话都铭刻在我的心中。

说说"放"情

记得解放初,我从一个封建文化氛围甚浓的村镇,进入大城市,听到那首《康定情歌》,感到一种精神上的新鲜和诧异。我喜欢听,喜欢别人在舞台上唱,但是,我不敢大声唱,更不敢当众唱,我羞怯。

我是汉文化教育出来的。汉文化基本上是一种抑情文化。所谓"克己复礼","非礼勿视,非礼勿听,非礼勿言,非礼勿动","存天理,灭人欲",就是用那个礼、理,将那个己、欲、情克制下去。后来,读了卢梭的《忏悔录》,结合自己的心态,联想到我们的文学,深有所感。相隔两百年,我们的新文学未见如他这般敞露自我者。郁达夫等人有一点点类似,但构不成卢梭那种对法国文学、西方文学的扫荡虚假心态、扫荡教会文学的革命性影响。对卢梭这个人给文学带来的影响,真值得好好研究。歌德说:"伏尔泰结束了一个时代,而卢梭则开始了一个时代。"莫洛亚甚至这样说:"要是没有他,法国文学就会朝另一个方向发展。"具体评价卢梭时,拉马丁说:"卢梭是法国的第一位情感作家。"

最近,读到法朗士的散文名篇《首次观剧印象》。法朗士在这篇散文里回忆性地写到他幼年时父亲治愈过一位剧作家妻子的病,作为回报,这位剧作家为他们全家安排了一次演出的包厢。法朗士写到他当时如何期盼这一场演出。终于,帷幕徐徐升起,演出把他带入另一个世界,"对我来说,除了这个蓦然向我的好奇心和爱情敞开的奇妙的世界,别的东西都不复存在了"。他看到曾是苏格兰国王的女儿现为路易十一的妻子的马格里特·德科思出场，写下如下一段：

> 马格里特·德科思在台上亮相时，我心荡神驰，六神无主，几乎昏了过去。我爱上她了。她很美。我想不到一个女人能够生得这样倾国倾城。

一位大作家写到自己作为小观众，爱上了一个角色，公开说"我爱上她了"，而且公然把它写下来，您有何感触？我们都可以自我回忆，从幼时到成人，从现时到将来，观剧观影时，难道不会对一个美丽的、特定的角色产生一种感情、从慕悦到爱心？我不知别的读者如何，笔者是有此体验的。这种爱飘然而起，旋即降落。它被艺术的神手拨动之后，陶陶然得到净化，又沉淀在观众的人生感情的积层里。我可以推知，中国人会对此讳莫如深。相反，杂念，邪恶，流氓心理，这些警号会纷至沓来。我用无形的箭，射死我心中的"恶魔"。我羞怯地掩饰，从不承认，更不敢形诸笔端。

这是文学的真正"放"情。作者不拿他的另一副面孔同读者对话，大谈剧作主题思想意义，而是真正坦露自己。在文学中敞开自己方面，我不知我们是否有过这种既真且美的文字，起码我很少读过，特别是在一篇如此短小的散文中。

我又想起莫洛亚对卢梭的一段评语："在卢梭之前，爱真诚以及一心追求真诚并不是人的天生的感情。在古典作家身上，体面较真实更为作家所重。莫里哀和拉罗什富科都把自己的自白美化了，伏尔泰也不作什么自我表白，所以到了卢梭才出现一个以把一切都说出而引以为荣的人。"卢梭在法国可算同封建文化心态作彻底决别的第一个人，他本人的作品，这里所引的法朗士的散文，都是例证。

有一些文学上的细节、掌故很值得人们玩味。托尔斯泰上大学读了卢梭的《忏悔录》《爱弥儿》，如霹雳一击，把卢梭的像挂在自己脖子上，他说："我向他顶礼。我把他的肖像悬在颈下如圣像一般。"我国大作家巴金在巴黎"仰望"卢梭那"拿着书和草帽的屹立着的巨人"铜像，抚摩那铜像石座，"就像抚摩一个亲人"。但是，俄国文学在法国、英国文学的影响下，加上自身的机缘，蔚为辉煌的19世纪俄国文学。我们的新文学在匆忙中度过，在本世纪频繁的战争、斗争、运动影响下，产生过优秀的革命文学，但总觉得发展的肢体尚来不及舒展。我们较多把自己的内心世界关闭起来，或部分关闭起来，用镜子去照那个外部世界。我们似乎还不曾经历过卢梭那种彻底同封建心态告别的阶段，或者称作个性解放的"放"情。可能原因甚多，其中之一也许是我们作家比别国作家要承受一个更为沉重的因袭重担，更为艰难、也更需要勇气、更有力量地将它加以铲除。

　　当然，这里说的是"放"情，切解放、开放之义。我们要解放自己、摒除那种莫名的羞怯防范、真正进入文学的人性的丰富天地。放情，不是矫情，也不是滥情。如果有人说，矫情总胜滥情，我必须掩饰自己，板起脸教训人，以捍卫文学的责任；如果又有人说，我人格不高尚，无追求之心，也能搞文学，管它花花肠子。这两种情况，都出不了真实的真诚的好的文学，你就当不了真个儿作家。不信试试！

再说"真"情

卢梭嘲笑过蒙田："蒙田让人看到自己的缺点，但他只暴露一些可爱的缺点。没有可憎之处的人是绝不存在的。蒙田把自己描绘得很像自己，但仅仅是个侧面。谁知道他挡起来的那一边的脸上会不会有条刀伤或者有只瞎眼，把他的容貌完全改变了呢？"

我总觉得卢梭这番嘲笑，这番话，在文学上来说，带着一种时代的告别，乃至时代的诀别。在文学发展的思潮、文风以及读者接受方面，都是如此。

蒙田当然是思想家、散文家，早卢梭约两个世纪。蒙田的《随笔集》还专注于自我心理分析、人性分析。卢梭同蒙田的不同，主要是时代使然，有社会变革、哲学思想的因素，也有个人的偶然原因。

不少人感到一种遗憾，缺乏一部著作论述卢梭对世界文学的影响，切切实实地加以论述。卢梭以对读者的"真"，开启了一个世界文学的新时代。他因少年时撒过一次谎，诬陷过一个女佣偷过小丝带，而"五十年来，我一直备受内疚的折磨"。以至回忆此事，"我简直愿意洒尽全部鲜血，好把它所产生的后果由我一人来承担"。他认定阿波罗神庙上的"你自己去认识自己"，不是一句容易恪守的箴言。可以说，19世纪的西方文学、俄国文学，特别是以多余人为主题的文学，直接从卢梭那里发源而来。20世纪日本的私小说，中国新文学中早期的郁达夫、当今的张贤亮，以及世界上现代主义的意识流、精神分析作品，无不受卢梭的影响。

这种影响可以归结为一点：不佯装，真诚而又"真"情。

不是说，这之前，就没有真诚和"真"情的文学；也不是说，这之后，各种思潮、流派的文字，它们的真诚和"真"情，就没有区别。但是，正如卢梭批评蒙田的，以前的时代，涉及人性，特别是涉及自我，常常只说一面，说自己好的，说些无关紧要的，挡住自己的另一面。出现这种转折的原因是多方面的，到了卢梭，封建的社会基础进一步得到清除，等级观念遭到批判，辩证法逐步取代形而上学，法国古典主义中轻视平民、法度森严的"理性"原则日益受到摒弃，一些同中国封建社会的"礼教""君子小人"观念形异实同的种种非人本主义思想日益失去市场，都促进了这一划时代的转折。恩格斯谈到卢梭的思想发展时，就提到社会变革、"平等要求"。他说："随着城市的兴起，以及或多或少有所发展的资产阶级和无产阶级的因素的相应出现，作为资产阶级存在条件的平等要求，也必然逐渐地再度提出，而与此相连的必然是无产阶级从政治平等中引申出社会平等的结论。"下面他又说："平等要求的资产阶级方面是由卢梭首先明确地阐述的，但还是作为全人类要求来阐述的。"也就是说，只有资产阶级和无产阶级的出现，才彻底摧毁了封建社会的等级观念，揭露了"龙生龙，凤生凤"的种种虚伪，把神本、权本还给了人本。

当然，卢梭本人突出标志这一划时代的转折，有他自身的偶然性。他在社会的上中下各等级中生活过，洞察他们的人性。他的著作受到当局查禁，本人又在法国和瑞士受到驱逐，不得不流亡各地。于是，他潜心著述，也就是说，下决心豁出去，将自己和社会作真实的坦露和揭示。他从自己的真情实感中，体验到自己同蒙田的区别。特别是写作《忏悔录》，他估计这本书"只能在我和别的许多人死后才可以发表，这就更使我壮起胆来写我的《忏悔录》了"。

无产阶级同资产阶级在特定的经济政治环境里，它们的情感的真实内涵是不同的。这种不同，存在于实际生活中，也被19世纪以来的许多经典作家写进作品里。但是，作为新型的、无产阶级的文学，也同样要求写真实，写"真"情。我们今天同样也要求清除形而上学，清除封建等级观念，真实地把握人性人情的辩证发展。高尔基的自传体三部曲，是这方面的范例。奥斯特洛夫斯基的《钢铁是怎样炼成的》，描写了主人公成长中的多种挫折与曲折，着重于"怎样炼成"。何其芳在世时，希求多出现一些真情实感的无产阶级文学。他讲到，写董存瑞，希望写他如何一步一步成长，让读者看到像他这样的人，当时必然去炸碉堡。然而，"文化大革命"形成风气的假大空、高大全的三突出文学，实际是封建意识形态的等级论、唯成分论的重新泛滥。

理所当然，革命现实主义的恢复就自然地取代了那种假现实主义，出现了许多极有影响的、受到读者欢迎的作家和作品，无须赘列。近些年，又涌现了新写实主义的势头。在理论上，究竟是把新写实主义列入现实主义的一支，或作现实主义的补充和发展，或干脆单列出来，与现实主义平起平坐，都是可以讨论的。作这种追求的作家和作品，成就与得失也不一。但有一点值得注意，新写实主义是对假现实主义的进一步反拨，是文学的真实"真"情的另一种形式追求。同传统的、高尔基说的写一个商人要从一百个商人中概括的现实主义典型化原则不同，新写实主义是着眼于现实的"抽样"。表面上，新写实主义不加剪裁地专注于一个人、一群人、一个家庭，实质上，又不等同于自然主义。在那特定的"抽样"之上，仍然烛照着作家的思想和理想。刘震云的《塔铺》就不是将人物和现实加以美化或提纯，人物和场景写得极为质朴和真实，没有回避农村的贫穷和苦难。作品写到女主人公因父亲病重筹款，不得不嫁给暴发户，只好写信给自己的情人，让他专心高考，真使人物动情，令读者也动情。方方的《桃花灿烂》没有避开城市某些青年的性轻率行为，连作者有点珍爱的人物也不能自拔和幸免。作品在性爱与情爱的一团纠葛不清的桃花灿烂中，终于提炼出真情至情，批评了"唯性婚姻"。

　　社会发展是无止境的。如果说真实是艺术的生命，那么文学突进真实的方式和方法，也是多种多样、没有止境的。任何一种创作方法的界定都是有限的。自从卢梭扫荡了封建性的"矫情"之后，我们理应顺应潮流，欢迎和鼓励一切寓于"真"情的文字。

瞬 间

一个人的演唱，一个人的舞蹈，可以说是一种瞬间的艺术。此前，他（她）忘记了，此后，他（她）不去设想。他（她）在这一瞬间，把成千上万的观众召唤到他（她）的面前。观众呢？也投入了这一瞬间，此前，不去想了，此后，也来不及去想。然而，在这分与秒的瞬间，他（她）把自己的整个生命，把自己过往岁月的全部酝酿和创造，如同花儿绽放出光华和美丽，忘我地呈献在观众的面前。场景呢，不去注意了，尘嚣呢，远离了，就在这一瞬间，他（她）和观众飞翔到一个抽离了现实的艺术王国里，作了一次美好的精神际会。

每当此时，演出者一出现在舞台，当我发现他（她）准备带领观众去从事那种精神际会，单是那服饰，那装扮，几乎不等那第一个声音，第一个动作，就催人欲泪了。这时，我屏住呼吸，只用心灵的呼应作回报，我把掌声扣压着，或者，压根儿就不想到借助掌声。

你这瞬间的展示，太动人了。我敢相信，在你的整个人生征途上，拿不出第二种来同它相比拟。我把它叫献身，对艺术的献身。你在广场上的操练，你的第一次赴约，你在领奖台上的答词，甚或你的新婚之夜，无论外在的装束，还是内心蕴含的充实、丰富与博大，都不能同你的这种展示相匹配。你知道你眼前的是千万双亿万双眼睛，是千万个亿万个期待着的心灵，你决心做出最瑰丽、最辉煌的展示。

于是，我离场，我关机，我无言默默，我需要慢慢消化。既然这瞬间的艺术，已经占据了我生命长流中的一个小小的片段，它就会组合到整个人生长河中去。我把对这种艺术的欣赏，看作我的人生的一种充实，一份珍藏，一种拥有，它已经化作我的血脉，我的肌肉。

然而，在那么多次演出之后，在那么多明星、歌星和舞台的多属平平之作以后，我独独铭记了你。你从哪里来，现在在哪里，我全无所知。或者，当初报幕时，就没有注意或者准备记下你的名字。你的演出，以独特而新鲜的处理，将你的感情借助声音和形体作了完美的投入，我暗暗地给你打了个满分。那次演出有了你，就觉得没有虚度。此后，我不再看见你了，我没有留下音响，也没有留下录像。

在相隔数天的一个下午，我在风和日丽的小河边，作了一次惬意的游泳。我在河边小憩，忽然听到两个陌生的游泳者的对语。一位独独称赞了那台演出中你的演出，得到了同伴的赞同。我暗自发笑，我高兴我确非偏爱，我遇到了知音。他们同样不知道你的名字，也同样不再看到你的演出，至少是直至现在。这是一个意外场合的陌生人之间的心灵共鸣，两个声言者，一个默听者，他们向你遥寄了自己的赞叹和感谢，那条小河可以作证。

永　生

每当这一缕熟悉的、近乎令人战栗的旋律在空中悠然泛起，或是从门窗和墙隙向我的居室轻轻地渗入，我必然要把一切活动停止。把笔放下，把书本合上，把锅盖盖上，或者把灶钮干脆关闭。

我惊异于这世界如此绝妙的创作，这弓弦、手指、琴体和腕运以及加上全部激情酿制而成的绝妙的创作。我这里说的萨拉萨蒂的小提琴曲《流浪者之歌》，也许不如贝多芬的交响乐如《田园》如《命运》那般旖旎万方，那般雄浑浩瀚，那般英雄气概，那般需要大协作而成，它主要是一个人的演奏。萨拉萨蒂将作曲者和演奏者集于一身，他不像莫扎特，不像贝多芬，不像柴可夫斯基，要别人，要后人，要乐团替他们解释，他是独自直接向人类诉说。

一开始就引入明快而又剧变的强奏，让人看出吉卜赛人的热情与倔强。接着是自由的慢板，既缠绵低诉，又热情奔放，表现他们的多愁善感、怨刺交并。然后进入主曲，那是作者在布达佩斯听到的吉卜赛歌曲，改写之后的，更为悲痛欲绝。在暗淡柔和的音色中，塑造出包括失恋、人生不幸在内的悲剧命运，是哀诉，又是抒发。最后，结束于以跳弓、飞弓、拨弦等多种技法烘托而出的狂欢群舞场面。

当这些旋律依次由耳膜而通达我的心灵，我只有一个感觉：我为我拥有这种享受而感到一种充实和自足。那翩然起舞的吉卜赛女郎，时而如泣如诉，时而流盼旋转有如魔女。伴着那徐缓的舞步，在对自身命运作了长长的诉说之后，又似乎把这一切忧伤抛到九霄，转向一种洒脱和狂放，达到一种坚强不屈乃至放荡不羁。在漫长的岁月里，这个迁徙的民族的全部苦难、悲痛、欢乐和奋斗都融汇到乐曲中去了。这一切都是由他的手指完成的，手指传递了他的心灵的语言。我不知作者演奏时如何充满激情，急切地向听众打开自己心灵的吉卜赛世界，在我，因为受到感动而久久难以释然了。

　　萨拉萨蒂来不及留下屏幕形象，我们无从在影视中看到他。德国诗人海涅描写他观赏帕格尼尼的演奏时，突出视觉形象。他说："有几回，他从宽大的袍袖中伸出瘦长的胳膊，握着琴弓在空中划来划去，那模样好似一个巫师，在挥舞魔杖呼风唤雨"，甚至说，"这样的妙音啊，你可永远不能用耳朵去听；它只让你在与爱人心贴着心的静静的夜里，用自己的心去梦"。他甚至说能真正理解帕格尼尼的个性的，是一位名叫李塞尔的聋画家，此人能坐在乐池旁边，从音乐家的脸上读出乐句，然后，寥寥几笔，准确面出帕格尼尼的头像，并且神秘地说："魔鬼把着我的手在画哩！"我们对萨拉萨蒂的演奏，无从获得这种幸运。但是，只要是收音机或音响响起了他的《流浪者之歌》，人们居多会关闭正在播映的影视形象，同某些活着的歌舞者告别，去谛听这位早已故去的艺术家发出的声音。他的艺术更具有生命。他留下了一张照片，留着八字胡子，面部精明有神，是西班牙人。

　　《简明不列颠百科全书》对他有一段记载："西班牙著名小提琴巨匠、作曲家。演奏以音质纯净甜美、音准精确、技艺无懈可击、似不费吹灰之力而令时人折服。"如果要给一位巨匠立下碑文，这算是最好的一种碑文。它不是镌刻在殿堂里，不是凭借显赫的墓地，而是记载于薄薄的书页。他本人，仍以杰出的、举世无双的琴音，在一代又一代人的心灵里律动。

爱的神秘

爱情可能起源于最初的一瞥,甚至还不曾有过一瞥。也可能决裂于那一次看了他的背影,看到她使劲挖一次鼻孔。

作品里写到,看了他的手、他的眼睛就爱,瞎了跛了残废了也爱。有的四肢健全,地位尊贵,她就是不爱,其中包括她觉得他的下巴长得像脚跟。

爱得发狂的时候,是你我前世注定,来世必再逢,"我愿抛弃财产,跟她去放羊",跟你走到天涯海角,哪怕世上只剩下我们两个人。冷静一想,也叫人怀疑,上帝就拴了那么根红丝带,在亿万众生、地球转动、红尘滚滚中,决定论的只能是你。

爱得崇高的时候,连爱情本身和生命都可以置之不顾,若为自由故,二者皆可抛。有时爱的本身就是自由、正义、真理、向往,不是因爱而活,而是为爱而死,殉的是那个情。有时,爱之初觉得反感,觉得他不应该爱,觉得爱与纯洁无缘。过后,又是爱之悔,他的爱就是纯洁,爱得五体投地,甚至死去活来。

有时,爱得寂寞,爱得无声无息,爱得终生不能相逢相许相聚。有时爱得张扬,爱得意欲或已经公之于世,爱得必须自我炫耀,或自我标榜。

那个晚会上,我望着前排的姑娘,她回头一望,那是我现在的妻。另一次集会散场,我感觉她走在我的后面,我根本不打算去看她一眼,也是她。我的一位黄昏恋的老上级,对着我们谈话周旋,她背后的将军,正准备掏出香烟,她的第六感官看到了,于是擦的一下，回过头去把燃着的火柴递给了他。

我的妻子后来常对我说，你太狡猾，勾引了我，上了你的当。我总是笑一笑，避不作答。她说我那时对她总是热情，满脸笑容，还借文学书给她，喝了我的迷魂汤。我也是笑不吱声。我们50年代都很正统，讲究永恒的专一与纯正，目不斜视旁顾。有人说另外的人"普遍撒网，重点摸鱼"，不以为然。我后来暗自一想，我真有那么一点；我疑心，人人也有那么一点点。实际上，我们后来各忙各的，相忘于江湖。她忙着别人的爱，或准备去爱。我也忙着前前后后的纠纠葛葛。我心中的人们最后都因我长得不帅、不英俊、其貌不扬，最终刺伤了我的心。我和我的妻后来相逢，我们似觉没有重梦，又重温了旧梦。我们一下子把爱情推到了更前更前。她说她的家住在某某路，我忽然发现我以前去过那条街，印象是宁静，一排排小树被风刮得沙沙响。我又记得更小的时候，她领头扭秧歌，那圆圆的眼睛我后来在教工食堂吃饭时觉得有一个小女孩像极了她。

我觉得列宁真逗，他讲到初次见到克鲁普斯卡娅，他正在吃一块饼，等饼吃完了，他就爱上了她。有个名叫托贝的女提琴家的故事更是有意思，简直令我敬佩。她爱上了一个拄着拐杖的人，这个人是小提琴家帕尔曼。托贝第一次在音乐会上见到帕尔曼演奏拉威尔的《吉卜赛人》时，她回忆说："我听了第一句就说'这是我的人'，于是我到后台去请求他和我结婚。"

我的妻说开始喜欢我，中途犹豫过。原以为我是一个童贞的男子，想不到在情场上同那么多人鬼混过，太复杂太复杂。我说我这个人心不坏，我混的人也不多，我照旧信奉宁可人负我，不可我负人，都是她们最终不要我。我说我心很诚，但有时爱得谨慎，在心灵上有点"吝啬"。她说她发现我真心，才下决心嫁给我。我说你在爱情上走了一个ABA。那时还兴结婚礼服照，我们选定一个最好的照相馆，也那么拍了一张。在那个披婚纱换婚纱脱婚纱的单间里,我听见那些新娘们叽叽喳喳,都说:"男人真坏,真坏!"

我对我的妻说,你那时真大胆。你跟我联系上不久,就同意跟一个男人来北京玩。她说我没想到其他,北京太吸引我,我是第一次来。我说你只身一人跟我上了火车,不是给我一个暗示,让我下决心对你发动总攻。正是在那个绿树如海的山林里,周围宁寂无人,我决定性地给了她一亲,后来,在纸面上留下两句诗:"我请求她原谅,/她闭上了眼睛。"回忆时,她总是笑半天,说我这个人太坏、太坏。

有一年,本是常事,你办事出门。在家里,不知为什么我神魂颠倒,坐卧不宁。于是,我多方忧虑,百般猜测,频频发信,处处跟踪。你说我好生生的,你这是怎么啦。我说我也不知道怎么啦。我写着:"在这别离时分,/悔不曾百倍地珍视我们的相聚。/我要在未来的重逢啊,/加倍地珍惜我们的相聚相亲。——致我的妻我的美我的爱。"我常常半开玩笑地说,但愿把我们的爱前推十年,推到你是豆蔻年华,你是十六岁的花季。有时还想得挺认真,挺入神。你说不成不成,说不定早就砸锅了不成。

爱情本来有聚有分,"久别胜新婚","金凤玉露一相逢,胜却人间无数",让人想起聚的欢,"两情若是长久时,又岂在朝朝暮暮",就是表现分的美,用真正的爱去藐视平淡的朝朝暮暮。"过尽千帆皆不是,斜晖脉脉水悠悠,肠断白蘋洲",也让人想起分的美,思念的美丽意境。到了"十年生死两茫茫","千里孤坟,无处话凄凉",则在时间和空间上显得高远悠长,让人看到爱得深挚和凄婉。

人生本来就存在着爱的美、爱的炽热,劳伦斯把性与美联系起来,批评"文明的巨大灾难是对性的变态的恨",批评性是丑陋的字眼,启发了我们的思维。爱与性应该升华人的美,人类婚姻也不单是为了传宗接代。然而,爱得炽热有的似泥淖辗转的猪猡,也有的如悬岩营巢的苍鹰，它们比翼和搏击于长空之中。

　　爱的神秘有时难以言说。尊贵的女皇羡慕乡间的牧童村姑，美好的爱情不一定等于两好相加等于一好。诗人叶赛宁同舞蹈家邓肯的爱情，"对他是致命的"，高尔基这样说。叶赛宁用一些悲惨、不成体统的诗句写到邓肯："我在这个女人身上找过幸福，／得到的却是可怕的毁灭。"爱是仙果、圣果，什么人能攀摘，这就很难说。但真正的爱，不是消磨人生，丑化人生，它是创造美，又引发出创造。巧笑倩兮，美目盼兮，相爱的人儿总是说，美好啊，生活。

空寂的古塔

我曾在自己记忆的屏幕上，把一些已去的景点，作了一个排列。我对大雁塔打了一个勾。那意思是，我用我的眼睛没遮拦地瞭望过，用我的手足直接触摸过，我对人说我去过。

然而，它是它，我是我。或者说，我不曾占有它，它也不曾拥有我，我们之间失去了天底下人与物应有的那份关系。我在心里推脱式地对自己说，那是许多年许多年以前，那时候我很年轻。

这一次去西安，我用心安排了这次观赏。正好，头一天睡上了一个好觉，第二天又遇上了一个晴和的晨曦。我慢慢走向了这古城城南八里外一块微微隆起的岗地。我说，大雁塔，你好，我似乎带着一种熏香沐浴过的心境，我来了。在靠近慈恩寺的北面，我先从西侧绕行，经南而向东，作环行眺望。是的，你还是那座正方形角椎状楼阁式古塔，仿木结构，砖表土心。你的构造与大雁无关，正像白马寺的构造与白马无关一样。据说唐代以雁为佳，雁代名，因而名之。但塔体凌空挺立，几欲飞升，我总觉得你仍然像一只雁。

我喜欢你这塔身的颜色：淡淡的黄色。观赏一些古塔时，我还不曾如此注意过你的颜色。这颜色平和、安详而又悦目，不像紫禁城墙面黯黑色那样威严，也不同于雕梁画栋常有的五颜六色的漆面那样浅怯。我觉得这颜色简直就是用黄土高原的黄土，拌以清水，直接调制而成。这也大概是中华大地最早的、享有盛誉的、未经后世铺排的原始颜色。据考，西安以北的黄陵，"黄帝"

就是"黄地"的意思，帝、地同音假借，帝即地也。黄土地就是华夏民族发祥之地。这黄土般的黄色，那么熟悉，那么亲热。

　　从慈恩寺南门入内，就可以同大雁塔亲近了。当初，大雁塔就是应玄奘的请求，修建在寺内的。玄奘去西域历尽艰险，游学十七年，带回大量经书和佛像，奏请唐高宗，于永徽三年（公元625年）修建此塔。他在寺内居住十一年，在专为他建造的译经堂内，"专务翻译，无弃寸阴"，常常"至三更暂眠，五更复起"。计翻译佛经75部、1335卷，还撰写了《大唐西域记》，用梵文把《老子》《大乘起信论》翻译介绍到印度，为中外文化交流做出了非凡的贡献。他回国后第十九年，病故于铜川玉华寺，灵柩仍运回长安，安置在这栋译经堂内，"弟子数百人哀号动地，京城道俗奔赴哭泣日数百千"。

　　至此，玄奘的形象在我心中铸成了：西行十七年，译著十九年，五万余里的求法跋涉，斗方经堂的孤坐著述，这一动一静，构成了他统一的人生。我望着他的画像，圆脸宽额，清眉秀目，在我的视觉中，竟和这古塔相叠合了。塔高64米，仅有七层，间隔疏朗，线条朴素，或者说，这塔的朴素与坚定，就是玄奘的朴素与坚定。在蓝天白云之下，这一座非密檐蹙额式、非多角非八角灵俏飞动式的古塔，明明透露着玄奘的和颜悦色，永驻着一位伟大僧人的灵魂。

　　然而，在渐次观赏、赞叹之余，我仍然感到一种孤独，一种空寂，面对这隆起的岗地，这赤露的古塔，这大唐以降仅存的少有的古迹。我从塔底拾级而上，每一层都有四个拱门。按佛教的说法，东南西北有四佛、护世四天王，分管各方所属山河、森林和地方小神。从拱门远眺，一片烟霞。塔体的厚重砖土结构，太沉重，太压抑。我默念着，玄奘，大概你的承受规定了你的选择。你十三岁出家，到长安时并不起眼。当年长安饥荒，朝廷令百姓自谋，你只能偷偷夹在商人中间去西天取经。北边是沙漠，东边隔着大海，南面是不可逾越的高山，你只能走唯一的西边丝绸之路，这条路太漫长太艰险太有限，你身受西域的教传，又只能去西域求法。你以你的精神和人格，光照了华夏大地，同时，你又具象着一种悲哀，一种黄土地所特有的悲哀。你所信奉和推行的佛教，在善恶报应中，曾经成为人们心灵的碇石，又以它非人性、非人道的教义，加入儒释道互补的精神框架，限定我们的民族。最后，连你当初抱着统一教义、廓清丛林取回来的经，在慈恩寺推行的法相宗，很快也衰落了。

　　离开西安之前，我决定再去一次大雁塔。我把物件存在火车站。天气有阴云渐合、大风即起之势，我乘五路车，直抵古塔下面。我从东面绕行，作与上次不同的逆向环行。慈恩寺的围墙依然不妨碍我的视线。树篱摇动，草木跃空，大雁塔虽不像阳光下那样和善明晰，却照旧肃然不动。我想起了"雁塔"命名的另一来由。玄奘在《大唐西域记》（卷第九）讲到，某伽蓝众僧求食，"三净求不时获"，"中食不充"，忽见"一雁退飞，当其僧前，投身自毙"，于是，建一佛塔，将死雁埋在下面。这个故事太凄然了。如果联想到高耸的佛塔，得仰仗千万僧尼和沙弥僧尼的青灯古佛，闭目念珠，这付出的青春和生命，更是令人战栗的。我不能进入寺内了。进门不远，相对而立的是钟楼和鼓楼，我不知常说的暮鼓晨钟是否还会敲击。但东边钟楼悬挂的明代铁钟，重三万斤，这西安享有盛名的"雁塔晨钟"，倒是很美的。

"留春者"的狂舞

  北京玉渊潭公园东侧,一弯河水忽然湍流轰鸣,岸上翠竹轻摇,一圈亭廊围一个"留春园",下面躺着一大块草坪。每星期天上午从这里敲响的锣鼓,已经在北京城远近闻名了。
  对于这一群来自古城各区、自由舞蹈、放松纵情到有时露出狂态的老年舞者,我近乎有一点久思不得其解。我观赏,我欢欣,然而,在我穿过草坪的归路上,常常沉入久久的思索。我很想同围观的人们搭话,一些干部,知识分子,和穿着入时的青年男女。我估量他们可能做出的回答,也自觉难以强求他们做出我所希求的回答。我自己寻求不到满意的答案,只是无可奈何地用抽象的、模糊的"文化现象"四字,暗暗地搪塞了自己。
  太绚丽了。这位大爷光着头,戴着一副眼罩,那是用一根线绳穿着两瓣核桃壳做成的,壳面打光涂色,中间钻个大眼。另一位老汉,脸上抹着胭脂口红,用一串五彩乒乓球挂在耳朵上,有时换一串新鲜的红辣椒。老太太更是打扮得多姿多彩,那花冠和绣花鞋,那五彩斑斓的宽大裙子,那手中挥舞的彩绸荷叶边折扇,那脸颊嘴唇上极浓极艳的涂抹。一切似乎都在正规的演出中不曾见过。那是怎样的表演和舞蹈呀!当有人蹲在地上把摄影镜头逼近他们的下巴和脸庞,他们从不怯场,使任何不怯特写的演员都要逊色。他们扭呀、跳呀、笑呀,作怪相呀,他们哪里获得如此的放松和洒脱呢?你这位罩着眼罩的大爷,你是想别人认不出你,你可以认出别人吗?不!你时而把两个核桃球往额上一推,一如既往地挤眉弄眼，扭动着露着粗筋的颈项。是的，你们全不把我们这些围观者放在眼里。我从你们的眼神中发现你们是在同太阳对话，与树梢的鸟儿为伍，让蓝天白云轻风拥有着你们，你们已经忘我，同化于这宇宙万物之中了。

这些老人彼此并无深交，来自远近八方。每星期天九点开锣，有时跳到下午三点。他们多达百余人，中午自备水壶干粮。化妆品和服装道具随身带，到场后各人化妆，回家前自动卸妆。他们大多是离退休或居家的，儿女成家立业，自己单过，不少是老伴去世、鳏居或寡居。他们每星期天自动集中，风雨无阻，不论寒暑。

今年十月沈阳举办首届中国沈阳秧歌节暨全国优秀秧歌大赛，他们组成北京老年秧歌队，在沈阳东陵西陵动物园沈阳中心等各处跳了一个礼拜，硬是扛回了文化部群文司、中国舞蹈家协会和沈阳人民政府颁发的一面"表演奖"锦旗。文化馆筹集不到路费，每人自己掏170元，由儿女们送上火车，作了这次长途演出旅行。

舞者中我发现了我们大院里一位发牛奶的王老太。从我小孩出生到她们毕业工作，我都是在她手上取的奶。我怀着"不得其解"的心情访问了她。她说："老年人跳舞可以使血液循环快，避免血管硬化。浑身的血脉通了，就不痛；痛，就是不通。"她展示了她的服装，一条彩裙，是集市上两毛一窄条的绸子拼结而成，总共才花了两元，上衣花了三元，花鞋再在旧布鞋上铺一层红绸，鞋头缝一束毛线，高云鬓是用铁丝、塑料、黑布、绸料捆扎而成，一分钱也没有花。秧歌队的锣鼓铙钹唢呐，都是自筹自购。王老太身材矮胖，她拿她在沈阳的扭秧歌、跑驴和唱小调的彩照给我看，确实感到她胖得开心，胖得潇洒。当年，她那在院子里烧锅炉的老伴刚死，全家五口人，每月总共才四十元零一毛。如今，好多了。

"疏散心情，扫去烦闷，健康身体"，似乎是他们一致的回答。

一个老头说他过去老病，参加秧歌队，今年六十五，能倒立，能劈叉。一个老太太说她过去腿痛走不了，现在爬香山，一个钟头就上了山顶。我不能满足他们的回答。尤其是对于他们那特有的神态，他们选择的形式。忽然，我在王老太的簿子里，发现了一张彩照，给了我启示。王老太是老北京人，祖辈都住西直门，母亲是绣花出身。她这一次去沈阳表演，是自己第一次坐火车，走出北京城。"我呀，这一次住辽宁省委党校招待所里，两人一间房，这在我一生都是最高级的。"那张照片是参观沈阳故宫时照的，她戴着皇冠，穿着凤袍，在"正大光明"的匾额下，以皇太后的装扮，端坐在皇上的金銮宝殿里，"嘿，租这服装一照，花了三元"。

　　于是，我又想起留春园里他们那种旁若无人、狂放尽兴的表演。这位吹唢呐叫作喇叭刘的老头，已经七十九，解开衣襟，露出肚皮，可以连着吹一两个钟头不休息，他摇头晃脑，唇边白沫微露，他把裤脚挽起，不是像重新挺立在黄土高原墚峁上，表现和确定自己的英武风姿吗？这位年纪最大的八十九岁的老太太，没有装扮，一身黑衣，一双小脚，夹在花枝招展的人群里，是在走不是在扭，表情严肃，不同任何人搭话，她那认真劲儿，不是让人们分明感到是在赶路，要追回失去的路程吗？小生装扮的老头，可以找花旦装扮的老太太对扭。一个小丑模样的汉子，用一根长长的彩带，把一群老人串在一起，编织出各种队形和花样。高潮一起，耍水袖走碎步的，秧歌交际舞迪斯科，各人自选自编的舞步和动作，一起沸腾在亭廊里，统一于锣鼓唢呐铙钹的鸣响之中。

　　我从草坪里穿过，东折，沿着小河，从三里河木樨地返回，脑中缭绕着他们的舞姿身影。是这样，这一群老人都不是大干部、大知识分子，他们从极普通极平凡的岗位上退下来，从厨房锅台旁边走出来，从个人痛苦身世和儿媳们的龃龉中摆脱出来。他们是在找回自己失去的或根本不曾给予的舞台，重新肯定自己，确认自己，实现自己。王老太那张皇太后装束照片一直印在我脑海里，她说得好，他们这些老人"太自强了"。我不知不觉中记起他们自编自唱的一段小调：

　　天上的梭罗什么人来栽？
　　地上的黄河什么人来开？
　　是我们，把守山关口，
　　是我们，亲手栽来亲手开。
　　……

爱的此岸与彼岸

这是一封奇特的书信①。它展现了一位女性的狂风暴雨般的爱的世界。然而,在你读完之后,又澄明出一派瑰丽风光,让你驻足徜徉其间。就这种爱的真率与非凡来说,此信足以同卢梭的两厚本《忏悔录》媲美。我们真该感谢法兰西文学,它在产生那样一位男性之后,又产生了这样一位女性。

在我的最后阅读之后,联系到看到的其他资料,我的脑子幻化出一个形象:她是一只猫。如果人类惯于同动物亲近,中国有十二属相,西人亦爱用动物作譬,她就是一只猫。这位乔治·桑确乎牢牢地把肖邦抓住。她无疑是上个世纪一位杰出的才女,伟大而又复杂。她是温柔的,善良的,高尚的,宽达的,又是强韧的,专断的,甚至是疯狂的,带有几分邪恶的,然而,绝对没有伪善和无耻。她纠缠辗转于爱的此岸和彼岸不能自拔,给我们留下了一个永恒浪漫的话题。

乔治·桑同肖邦接触不久,就陷进四角关系中去了。他们最初的互相吸引,似乎不确知也不必探知对方是否有情人。我们完全相信乔治·桑的自我表白:"我一生凭直觉行事,相信自己本性高尚","我是个完全忠实的人。水性杨花绝非我的本性。恰恰相反,我是如此习惯于只爱那个真心爱我的人"。对于这位浪漫逸事最多、传闻同当时的法国文化人都有过恋情的女人,我们也相信

---

① 乔治·桑就她与肖邦关系致友人的一封信。

她这样的表白："我体验过形形色色的爱：有艺术家的爱，女性的爱，姐妹的爱，母亲的爱，修女的爱，诗人的爱，谁知还有其他别的什么爱？也有过这样的爱，它刚在我心中诞生，又在同一天里消亡，而作为这爱的对象，却从来也不知情。"可以说，她一生反对爱的节，信守爱的忠，追求爱的真，向往爱的美，一种创造的美。她就是如此流动不居，颠簸在爱的舟车上。

临到她同肖邦的爱情，她完全不能自主。一方面，想到如果波兰"那个女性能够给他纯真的幸福"，自己成为横亘其中的"障碍"，她会"远离肖邦"，绝不跟他"单独相处"。另外，如果他的幸福同他们之间的"难逢的纯洁感情和悠然的诗意相容"，她就要"尽可能地接近他"。她只能把这些理性原则呈示给她的收信者、肖邦的朋友。她又十分的犹豫和矛盾，在各种推测中生活。当她想到那个儿时女友"准是迷人的"，配得上他的爱，她决心不从任何女人手中夺走任何男人。但是，另一种情况呢？世俗爱情成为他艺术灵感的坟墓呢？她要"从狱卒手中夺走犯人，从刽子手手中夺走死囚，从俄国手中夺走波兰"。她怀疑那个女性是折磨他的"俄国形象"。万一不是呢？万一那女性是"波兰"呢？她就成了"意大利"，可怜的意大利，一个"谁也不愿在那儿长住"的意大利。

从历史的真实来看，谁也说不清楚，那是一团乱麻一笔糊涂账。后人可以作各种不同的引据，做出各种不同的判断。然而，有一个事实摆在面前，她同肖邦的关系大约是那种彼岸的天国里的关系。她说，"我们之间谁也没有欺骗谁——只是听凭一阵风在片刻间把我们两人带到了另一个天地"，有着"天堂般的拥抱"。在一部影片里，我们看到她同肖邦居住在远离尘嚣的风景如画的诺昂庄园里。在那里，她像猫一样逮住了肖邦这只鼠，这个比她小六岁的"孩子""小家伙"，他也以温存的献身作回报。一个西方魔女同一个靠近东方的波兰小子，沉浸在诗一般的爱情里。这个热情女人从那个孱弱单薄、目光灼然的才子的钢琴声中,吸取灵感。或者说,他们从彼此的灵感中吸取灵感,从彼此的艺术中升华艺术。在他们近十年的相处中,乔治·桑写下了《木工小史》《奥拉斯》《康素爱萝》《安吉堡的磨工》等重要作品,肖邦才情焕发,创作了《F小调狂想曲》《波兰狂想曲》《B小调奏鸣曲》等乐曲。如果说,最高的爱情,必然同最高的创造发生缘分,此处便是一例。

毕竟,彼岸是彼岸,天国是天国。他们在九霄云外双双飞翔之后,又不得不回到尘世上来。他们在道德与理想、亲人的呼唤与天使的召唤、爱的此岸与彼岸这一对永恒相悖的矛盾中,终于分手破裂。这之后的第二年,肖邦也就辞世。乔治·桑居然在肖邦临终前拒绝看他,这个不通人情、恶气未泯的女人!不,她当时满含热泪,似乎有意把这个爱的奇特话题留给人间。

特例辐射思想,特例引发情愫,特例提供给人间一个可掘的精神之矿。乔治·桑毕竟自我局限。这位被雨果称为"灵魂是如此伟大"的作家,上个世纪就扛起女权主义大旗。她在信中主张的灵魂与肉体双重结合、既非修女式又非妓女式的爱情观,至今仍为人称道。然而,她并不知道,在爱的道德与理想这个相悖命题上,不可能找到最终的解决。有时,爱的此岸与彼岸,并非以人划线,也并非相隔一条河。此岸中有彼岸,彼岸中亦有此岸。她过于绝对地向往那个遥远的、难以抵达的、不可永驻的彼岸。她未能摆脱女性常有的单纯和急躁,更不善于在此岸与彼岸永无了结的相羁相绊中,自我休憩,自我把握。她的悲哀,兴许是太"直觉"了。然则,从笔者的自身体验来看,何人又能幸免于此呢?

乌鲁木齐之憾

1

"你曾在橄榄树下等待再等待
我却在遥远的地方徘徊再徘徊"

当王洛宾在乌鲁木齐拨动他的吉他,唱着这首表明他和三毛的心迹和歌曲的时候,一个陌生人怎么也不会料到,这首情歌竟同时成了一首悼歌。

这是两个漂泊的灵魂在地面上的一次偶然相逢。三毛的《橄榄树》流动着一种流浪的美,流浪者的爱,包括对故乡的爱。王洛宾的《在那遥远的地方》也是抒发流浪者的爱,对一个遥远的"好姑娘"的爱。这两首歌的时间隔离,正像这两位作者的年龄差距差不多,相隔三十多年。他们钦羡彼此的歌,也居然在一位光棍四十年、一位寡居不长的特殊境遇里,相聚在乌鲁木齐。

不,这不是常人所说的年龄差别太大、常引起非难讪笑的男女之间的恋情,它是艺术家近乎在天国里的一次神交。三毛从小就爱唱《在那遥远的地方》《达坂城的石头》,可以说这些著名的情歌陪伴她走过了人生。当王洛宾第一次为三毛这个来访者送行的时候,三毛道别时大喊大叫:"给我写信啊!回去就写,我到了台湾就能看到你的信！"王洛宾在信中说，萧伯纳有一柄破旧的阳伞，早已失去了伞的作用，他出门带着它，只能当拐杖用。我就像萧伯纳那柄破旧的阳伞。王洛宾的联想与自嘲，完全把自己苦难的身世寄寓进去了。三毛因王洛宾回迟了信，就责怪他，并借题发挥："你好残忍，让我失去生活的拐杖。"三毛第二次来到乌鲁木齐，穿上尼泊尔旅行时定做的藏族衣裙，她想唤起当年藏家姑娘卓玛轻轻地打了王洛宾一皮鞭的往事："我愿她那细细的皮鞭，不断轻轻地打在我的身上。"王洛宾为三毛腾出一个房间，他们甚至共同设计布置房间，配制地毯，他们双双骑自行车，进出于乌鲁木齐的街道与市场。

然而，乌鲁木齐的第二次相聚，变成了他们的永诀。读者自然会想起歌德与贝蒂娜、肖邦和乔治·桑、巴尔扎克和韩斯卡夫人、柴可夫斯基与梅克夫人的浪漫而又多难的爱情故事。三毛同王洛宾的故事，似乎更短暂，更离奇，更带有悲剧性。王洛宾独自吟唱"每当月圆时／对着那橄榄树独自膜拜／你永远不再来／我永远在等待"的时候，他已明确地给这首歌曲冠上一个标题：《等待——寄给死者的恋歌》。

2

应该把艺术还给艺术，把艺术家的生活还给艺术家的生活。

当政治表示不需要艺术的时候，王洛宾坐过两次监狱。国民党军统局因为他来自丁玲领导的"西北战地服务团"，列为"共党嫌疑分子"，把他投入黄河一所监狱。"文化大革命"的"横扫"和"斗争哲学"表示不要王洛宾，不要他的情歌，又把他长期投入监狱。然而，生活与此违拗。也许人们并不都知道这位"西部歌王"的名字，他的歌曲却被几代人传唱了半个多世纪，著名歌唱家罗伯逊把《在那遥远的地方》作为保留曲目，巴黎音乐学院把它选入声乐教材。历史终于证明，生活需要艺术，艺术应还给艺术。

三毛相隔四个多月，第二次来到乌鲁木齐，是带着归家的心情。她的沉甸甸的皮箱装满了长期居住所需要的衣物。这是她办完公事之后，去实践一件私事。她同王洛宾出入瓜果摊、菜市场，想同过去在撒哈拉沙漠那样，自己动手买菜煮饭。她大概构想过、沉醉过自我人生历程的第二阶段，以及将要揭开的第二次艺术生涯。

但是，她从未想到，刚下飞机，一群扛着摄像机和灯光器材的人就包围她，强烈的水银灯使她无处藏身。她还得怀抱鲜花，同王洛宾并肩挽臂，充当他们开拍的王洛宾音乐生涯这部电视的一个角色。三毛喊出："我抗议！"待到终于钻进汽车，她才点燃香烟，躲进一团烟雾。

她感受了有形的抵触与无形的抵触，有形的阻隔与无形的阻隔。三毛到达的第一天，几乎不能休息，还得按摄制组的编导，身穿睡衣，把台湾带来的歌带，蹑手蹑脚地送到王洛宾的卧室门下。王洛宾能照顾她的生活，请医生为她看病，而他感兴趣的是要三毛为他写书写电影，忙着的是自己的拍片活动。三毛只好在屋里养病，闭门谢客。

三毛把一切有形与无形的抵触和阻隔都归入王洛宾身上。她为他带来了现代摇滚，试图把他从自我封闭中拉入时代潮流。她终于发现王洛宾的伤痕太深，难以越出自身的局限，而她此行只不过是成了一件活道具。在一次王洛宾为她盛饭时，她终于爆发了："盛那么少，你要饿死我呀！""我杀了你！"三毛冲向客厅，拿起电话，找旅行社，订房间，订机票。

3

  沈从文根据佛教故事，写过一篇《弹筝者的爱》。说一位美丽的寡妇，经常抱孩子去井边汲水。她对门前的诸多求爱者不予置理，却爱上了井边一个独眼麻脸跛足的弹筝人。他的筝弹得太好了。这个妇人为筝声发痴，在一个夜晚主动向弹筝人献身求爱。她伸出白白臂膊，"抱定那弹筝人颈项"，"她告诉了他一切秘密，她让他在月光下明白她如何美丽"，然而，弹筝人却弃避逃走。她因之自缢身亡。这个故事的悲剧性，在于这位妇人的心上人，并非是一个真正的拒绝者。如果因对方拒绝而自缢，倒也无悔；如果双双相爱因外在阻隔而殉情，倒也值得；可悲的是弃世者的对象并非是厌世者、不食人间烟火者，外在条件也并不构成明显的阻隔，这就构成了中国所特有的心灵的悲剧。

  我的一位女同事新近在一个会议上见到了王洛宾，说老头子神情矍铄，长得真像荷西。我的一位男同事说王洛宾终归证明自己是个"大俗人"。这些都不去管它。但他过于忙碌自己的拍片，只从物质上照顾，而不能从精神上理解三毛，这是差不离的。与其说这位老人没有接受这种"忘年情"的勇气，不如说他对这种"忘年情"不能作深刻的理解，不能越出世俗的限度，从更高的精神境界、从艺术精灵可能飞翔的高度跃出自己的一步。他被定格儿在那里。

  然而，王洛宾毕竟是艺术家，是美的不倦探求者。他很快也就感悟了。他发现自己失落的时候，他已经不可挽回地失落了。三毛离去以后，给他写了最后一封信，说她和一个英国人已经在香港订婚，他还信以为真。信中语意深长："洛宾！我走了，祝福我未来的日子平静、快乐！谢谢！"署名"平平"。接着也就传来三毛的噩耗。此后，王洛宾整瓶整瓶地喝酒，或拨弦吟唱。然而，他在弹唱中并不清醒,他过于去相信那个"人生本是一场迷藏的梦"。但遗留下来的悔恨,他是清楚的:"且莫对我责怪／为把遗憾赎回来／我也去等待","等待等待／越等待,我心中越爱!"

文赤壁及其他

从武昌驱车,向东偏南,在白色围栏的高速公路上疾驶,一个多钟头就到了黄州。当年,苏轼出狱,从开封贬谪黄州,是从北边来的,路当然远一些,但却整整折腾了一个月。黄州赤壁不是三国时赤壁之战的真迹。尽管崖石赭赤,屹立如壁,但江水退去老远老远,壁下仅留下一塘静水,比起想象中的历史景观,要差多了。苏轼在《念奴娇·赤壁怀古》中用"人道是"三字,似乎他也有些保留。但是,它因苏轼而闻名。后人把蒲圻的赤壁称为武赤壁,又名周郎赤壁,把黄州的赤壁称为文赤壁,又叫东坡赤壁。历史地貌上出现了一件怪事:文学形象与历史真实不一。苏东坡硬是以《赤壁怀古》、前后《赤壁赋》等名篇,建造了一个文学的赤壁形象,与真正的武赤壁遥相对峙。

带领我们参观的是当地一方之长、我的学友丁永淮,当年胡耀邦参观黄州赤壁就是他讲解的。他对苏轼在黄州的经历以及历史遗迹了如指掌。苏轼是因乌台诗案糊里糊涂抓到开封的。肇事者是当时的宰相王珪和御史台官员李定、何正臣、舒亶等人。他们以诗定罪,罗织罪名,企图判苏轼死刑。丁永淮顺口念了苏轼的《咏桧》一诗,兹录如下:

凛然相对敢相欺,直干凌空未要奇。
根头九泉无曲处,世间唯有蛰龙知。

这本来是描写桧柏的干枝挺拔、根须深远，是伟岸人格的拟人化。但是，王珪竟以反对皇上为由，向神宗告状："陛下飞龙在天，这是不敬。难道能求之于地下蛰龙吗？"

现在看来，如果就文字狱伎俩来说，"龙"字倒是抓到了某些由头的。中国历来以龙比喻皇上和天子，如果是一个政治敏感的文人，使用这个字会千万小心。苏轼在湖州被胡乱抓起来后，押解到开封坐监。这中间，留存的材料不详。至少，他有两次想自杀；押解途中，曾想投江自尽；入狱一百三十天中，写过绝命诗。倒是那位神宗比较开明，终于把这种诬告给顶回去了："自古以来，说龙的多了。荀淑的八个儿子都有名气，时称八龙，还有孔明卧龙，难道都是指君主吗？"有的记载神宗这样答复："诗不能这样读，他是咏桧，与朕有什么关系？"连与苏轼有政见分歧的王安石也说："岂有圣世而杀才士者乎？"苏轼自杀未成，他也终于出狱。现在看来，这场诬告之未能得逞，苏轼之终于生存下来，实乃中国文学史上的一大幸事。

文章憎命达。苏轼经历那场劫难之后，迎来了黄州的创作鼎盛时期。可以说，没有那场劫难，他断然写不出那样的大江东去，那样的赤壁赋。现在读来，不论写自然景观，写战争风云，写历史兴衰，写英雄成败，还是写泛舟夜游，写杯盘狼藉，都显得忧愤深广，充注着一个博大的悲悯的灵魂。其弟苏辙说，"谪居于黄"之后，"其文一变，如川之方至，而辙瞠目不能及也"。或者借用时髦的诗语，苏轼谪居黄州后的赤壁之作以及其他优秀作品，不过是苏轼的苦难经历中浮出的一座座冰山。

有人说，中国人的自杀多是被迫的，是假手自杀者的他杀。似乎文人更多如此。大概较多受儒道互补的影响，进与退，达与穷，都有一个立命与栖身之地。像茨威格因孤寂和失望而自杀，三岛由纪夫武士道式的剖腹自杀，或川端康成同样也不甚高明的自杀，极少极少。老舍投湖是被迫的，沈从文曾经自杀而得救，是受压的。中国知识分子除非不得已，是极少因个人心理因素而弃世的。

　　随着改革的深入、法制的健全，文字狱之类的施害者，大概越来越不容易得逞。但是，社会生活中各种各样的冤屈与劫难，也不会绝迹。此处，透露一个消息：一切仁人志士，一切大智大勇，身处逆境之后，应该悟感到："天将降大任于斯人也"，一座座的"文赤壁"，等着你去建造。为了民族，为了文学，万勿自杀。

调整情绪

人们处于困境的时候，由于生理或精神的原因自觉处境不妙，或者感到外力无从援助、自己又无法摆脱，有时身系囹圄，前景渺茫，极需要调整自己的情绪。否则，起码是烦躁失眠，再就是精神崩溃，严重的就会自杀。

我怀疑，历史上那些大作家、名人伟人立下的哲理名言，都是他们调整情绪的结果。他们的理想和目标都太伟大太崇高太难以实现或者一时实现不了，于是，思索人生，攀缘精神歧路和险峰，寻找一个自我选择的精神之巢，让自己的灵魂得到栖息，以利于未来的奋进，情绪调整过来了。后人读到他们这些精神的苦旅苦索，获益不浅。

他们的这种精神求索，与其说是示人劝人，不如说是自励自警。赫尔岑说的"我不害怕失败和不幸，它只会鼓起你的勇气，成为你的支柱。我害怕的是成功和幸福，它会使你站在危险的道路上"，海明威说的"一个人并不是生来要给打败的，你尽可以把他消灭掉，可就是打不败他"，这里面就隐含着他们遭受过的失败、不幸以及人生搏斗中的种种挫折，他们借以稳定自己，把自己的情绪调整过来。贝多芬后期遭到爱情的遗弃，贫病交加，耳聋加上自觉到了行乞的地步，使他痛苦得想自杀。但他立下了誓言，在维也纳市政府的大庭广众之中："我愿证明，凡是行为善良与高尚的人，定能因之而担当患难。"这种精神支持着他，直到晚年临终，还写下了辉煌的交响乐。

人是要死的。动物中人是唯一最有悲剧感的动物，只有人类才自觉终有一死。我的母亲三十六岁时，就给自己打了一副不错的棺材，让自己死后得到一个基本保障。有的七老八十，无事业追求，无兴趣爱好，想到来日不长，对物质生活产生一种年轻时从未有过的欲求，烦躁不安，甚至对商店、售货员乃至家庭生出反感，情绪调整不过来。有的在事业上忙碌奔波，觉得别人的知足者常乐的标准太低，自己一时又难以突破，情绪也不容易调整。鲁迅晚年病重，美国医生诊断，说倘是欧洲人，则五年前就已经死掉。比较别人的怕死，他觉得自己属于"随便党"，无所谓，他立下的遗嘱包括"赶快收殓，埋掉，拉倒""不要做任何关于纪念的事情""忘记我，管自己生活。——倘不，那就真是糊涂虫"，情绪冷静而又安详。茨威格就调整不过来，这位大文豪写下了许多优秀作品，却在1942年同妻子在巴西双双服毒自杀。他承受不住精神痛苦，觉得二战中的欧洲已经"自我毁灭"，漫漫长夜难有尽头，而自己又年逾六旬，"我的力量由于长年无家可归、浪迹天涯，已经消耗殆尽了"，"不如及时地不失尊严地结束我的生命为好"，令人感觉凄然。

　　对于这种死，正需要好好调整情绪。"视死如归"，是一句很好的格言。临到离世，一天到晚唉声叹气，何必呢？死刑者赴法场，大喊"二十年后又是一条好汉"，固然见其浑噩，但精神状态可嘉。哲人名家们更是对死有一番精辟的论述。培根认为死亡并不比碰伤一个指头更为痛苦。朱维诺说得更妙，他说死亡是大自然赐给人类的恩惠之一，它同生命一样，都是自然的产物。诗人雪莱是溺水身亡，还是变相自杀，尚在争论，但他用诗句写着："死亡是多么神奇，／睡眠是他的兄弟！"我不知道是否有本于此，田中角荣把每天睡觉看作死一次。这种死亡观，可以从一个侧面，促成他们不畏惧于人生的危难险境，敢于去拼搏，去完成大事业。

　　我们平时，往往觉得许多伟人、大文豪名扬千古，生活幸福，精神富有。实际上，他们大多都是精神痛苦的承受者。他们经常是攀登了一个顶峰，又停歇在另一个顶峰之下，去日苦多，心力不济，痛苦至极，至死犹憾。他们为了或多或少调整自己的情绪，回忆录、遗嘱之类，大多都承受了他们这种精神上的求索。

这里似乎有两个高地要加以区别：事业的高地与精神的高地。它们有联系，又不是一回事。一个人事业上达到了很高的成就，还需要建造一个精神的王国，让自己可以舒展，可以遐想，可以徜徉其间并得到休息。否则，他的情绪还是调整不过来。前一个偏实，后一个偏虚。过于被一些实在的东西纠缠，在成与败、苦与乐、得到与未得到、在位与不在位、台上与台下的争执陷阱中脱不了身，你还会自寻烦恼，要不然硬干猛干，做出连自己也始料不及的事情。有的人年轻，壮志激烈，前途未可量。但是，一下又拿不出里程碑、丰碑或堪与伟人并肩而立的成绩来，这时候你也需要调整自己的情绪，不急躁，保持自信。果戈理1834年年仅二十五时，写了一些好作品，但事实与理想毕竟有差距有矛盾，这时写了如下一段话：

> 噢！我不知道该怎么称呼你，我的天才！你从摇篮时期就经常唱着和谐的歌曲从我耳边飞过，至今还在我心灵里唤起如此美妙的、无法解释的思绪，抚爱我心中的如此远大的、令人陶醉的理想！噢，看上我一眼吧，美妙的天才！用你那天使般的眼睛俯视我吧，我跪在你的脚下了。噢，不要同我分手吧！就像我的一个美好的兄弟，每天在大地上哪怕陪我两个小时呢。我要有所作为……我要有所作为。生命在我身上沸腾。我的著作将充满灵感。在我的著作上边，将有一个人世间无法理解的神灵在飞翔！我要有所作为……噢。吻我，祝福我吧！

写得多好啊！这完全是为了自己、不是为了发表的。它使急躁化为一种自信自励。之后，他完成了《外套》《钦差大臣》《死魂灵》这样一些伟大的作品。

在人生的旅途上，直至现在，我都觉得一个人不应自杀。我为许多杰出者的自杀而惋惜。好端端的一个人，何必走这一步呢？除非你生理上的确不堪忍受，除非你进入了临终关怀期。一般地说，精神的痛苦应靠精神的调剂去摆脱，不应导致自杀。也许我说大话，也许我身临其境不一定会践行自己的诺言，但我至少准备这样去实践。悠悠苍天，冉冉人世，我们还是应该尽力做点事情。天若有情天亦老，人间正道是沧桑，我们理应保持必要的清醒与冷静。

话又说回来，有时出现一种特例。死亡本身是一种显示，一种战斗，死的伟大胜过生的光荣。这种死亡不是屈服于自身的精神压力或其他不堪忍受的痛苦，而是大地长空的一声哀号，化为时代的号角，去赢得人世更美好的生。屈原的沉江大概是其中一例。这种死，是对他的对立面的宣判，是预告。这种死，甚至化为人民的节日。喔，这么一想，它就不属于本文本题的论述范围了。

要紧的还是那颗心

经济大潮冲来，人们对文人何去何从，议论颇多。我的浅见是，上岸下海，悉听尊便。

特别是我们这个国家，在把文学捆绑到政治的战车上达到了历史上前所未有的极限之后，最有效的繁荣文艺的一招，就是尊重作家，提倡创作自由。这是解放生产力在文学上的必然体现，是开放的必需步骤，谁也阻挡不了。

临到下不下海的争论，似亦应作如是观。坚持岸上者，可安居清贫，但不必自恃清高。热心下海者，表面上是投身商战，谁知道他葫芦里卖什么药？而且，将来文学成就的一个个大奖杯，究竟由谁捧得，很难说。

"无商不奸"，这句话很通行。它是由谁发明的，为什么至今没有受到批判，令人奇怪。从前是"士农工商"，把商置于末流，后来又是"工农兵学商"，还是商垫底。一沾上商，似乎就不干净不文雅。本人过去中过此语的毒，近些年改过来了。我有时想，到自由市场买菜购物，经常见到各种小商贩和自产自销者。我们买到新鲜的蔬菜和合意的小商品，全亏他们付出了艰辛的劳动。如果仔细端详那一张张脸庞，女的，男的，都朴实可爱。即使你偶尔问到她（他）的菜每斤为什么比别人贵五分，她（他）会解释质量不同。万一遭到有理有据的反问，她（他）们大多赧颜了。对于这种小小的狡黠，居多引起人们的谅解和同情。而能够惭愧赧颜，乃是良心未泯的证据。同别的行业比，同权力部门比，同读书人比，我不知他们"奸"在何处。我常常为风雪交加、烈日暴晒下的小商贩的命运感到揪心。当然，"奸商"也有，极少数。

　　文人下海，居多不是卖小菜。但金钱的左手进右手出，是一样的。而在繁杂的社会交往中，他们洞察了人和人生。巴尔扎克起初写小说戏剧，未获成功。后来经商，搞出版商，办印刷厂铸造厂，弄得债台高筑。等到再回头搞创作，他成功了。从我国特殊情况来看，商海恐怕是探测社会急剧动荡的最佳场所。上岸下海，上上下下，下下上上，只上不下，只下不上，都是可以的。

　　然而，这里有一个关节，你是否有一颗矢志不悔、献身文学的"心"？你是否把读者因你的笔耕而精神上获益当作毕生的幸事？或者，借一个不甚恰当的比方，对于文学，你能否做到永恒的"心存魏阙"？你是否坚守应有的高尚人格？你是否颠三倒四、见风使舵随风倒？你是否永远是一条变色龙，老是让人摸不透？你是不是见好处就捞，见有利就靠，压根儿就没有原则？你是否今天喊哥哥，明天手里又摸家伙？你是否以人民利益为重，还是把个人看得高于一切，打尽小算盘？你是以诚挚之心待人，还是顺竿爬，永远搞实用主义？你是否今天尊称"再生父母"，明天又落井下石？你是否昨天搞五体投地的吹捧，今天又来慷慨陈词的大批判？你是否拿着令箭就当棍，为抬高自己不惜置人死地？除了艺术细胞，人格和心灵乃是文学成就的精魂之所在。至于上岸与下海，那是极次要的。

迎接老年

我有时想,是否应该有一点什么仪式,迎接我的老年。但我刚好这么一想,我已经不自觉地进入老年了。

窗外,美丽的天空。我从斗室出来,向我的玉渊潭公园走去。我早已把这个公园当作我的后花园了。在向公园的例行走动中,说来好笑,大概最初是从孩子们的一声呼唤中,我感受到这一点的。那些抱在手里牙牙学语的幼儿,几乎在初识的第一眼中,就用"爷爷"的称呼把我从"叔叔"辈区分开来了。这些毫无阅历的孩子也真灵、真鬼。之后。我在集贸市场购物,他(她)们一律冠我以"大爷"的称谓,我就知道我确凿无疑地属于老年了。我从街边的槐树下穿行,朝阳已经把树梢连同周围的建筑,镀上了一层金色。昨晚,我还埋怨街道的脏乱污秽,今晨,几乎全然消失了。我用手指触摸细如豆瓣的槐叶,脉络清晰,翠嫩可爱。它由纤细如针的绿色小茎牵连着,组成绿色的大伞。这小小叶片,经风雨大作,而活泼如常,并以轻灵的舞姿,傲视躺在街旁的巨大的锈斑剥落的铁管,这生命之源,生命之力,就够我思索。我用眼神向擦肩而过的人群致意,向如潮水般涌来的自行车群致意,作着我心底的"早上好"式的问候。

我是在还很年轻的时候,就住在这个公园的旁边。初时,我带着我的年轻的妻子,一手夹一个我现在已经工作的女儿,在你的一潭如碧的湖水里戏水。那时候,我的皮肤还很光泽,很有弹性。我作为一个南方人,一来北京就看上了你,看上了你的小桥流水、杨柳岸晓风残月般的景色。此后，多少个秋冬复春夏，我一直跟你生活在一起，由青年而壮年，经中年入老年。

作为你的一名旅人，我爱在落叶如毡的树林里步行，在行行复停停的观赏中，觅得一张躺椅。我喜欢阳光在衣服上蒸烤出的一种微香，让思绪自由不羁地流动。玉渊潭的过去，没有多少可记载的。公园有的是质朴和自然，却十分荒凉和萧条，谈不上建设。在模模糊糊印象中，在那动乱的年月里，我认识的一个女人在湖里投过水。有过红袖章的簇拥，红卫兵挥舞大旗在湖边的行动。之后，是刚开放时一群群男女青年的涌动，他们在无灯的树林里边舞边唱通俗歌曲，时髦的武器是一把吉他。我的青壮年似乎是那么一晃而过，紧张，忙乱，黑夜白天地干，而又十分空荡，没有什么好记载的。

呼！呼！一阵敲击声将我惊醒。我从眯视中看到远处湖边一块开阔的坡地上，齐刷刷地躺着一排排游船。这些船体翻卧着，有如游泳者上岸作俯身日光浴。它们底朝天，白皙皙的，暴露在这阳光之下，何等动人呀！它们长期航行之后，沾满苔藻和贝壳，露出裂缝和腐朽，需要清洗和修理，船工用麻和灰，蘸着桐油，进行刨刮和修补。啊，你人生之船，不也是沾附了许多贝壳和藻类么？不也是应该在光天化日之下，进行一番洗刷和清理么？呼！呼！冥冥之中，这一声声敲打，似乎落在我的躯体上。我的眼帘渗出了泪水。

在我应该浪漫，应该有所作为的年轻岁月，我不曾浪漫过，也不曾有所作为。眼下，我目睹年轻人的奋发英姿，很容易联想我的青春。我常常惊异于周围的女性所具有的风姿和魅力，无论是少女、青年，还是中年妇人。过去，政治统帅，念念不忘阶级斗争，是一张无形的网，一个硕大无边的吸盘，我们一律被笼罩，被吸住，从思维、感情到我们的服饰。我有过迎接解放的美好的回忆，那扭秧歌打腰鼓的汗流满面的欢乐时光。然而，当我执着理想的时候，明明的，在那政治斗争频出的岁月里，我也夹杂过我的矫情，有过我的某些矫言和矫行。在这空旷的湖面上，当呼呼的修船声不断敲响的时候，我不能避开我的身上的苔藻和裂缝。

如果说历史循环是旧中国长期停滞不前的基本征候，那人生循环就是构成那历史循环的基本因子。儿子重复父亲的命运，女儿重复母亲的命运，如同沈从文描写的湘西小镇绒线铺，下一辈接着上一辈卖绒线，连挽线的动作都一模一样。这种人生循环极为可悲，它不仅仅是生活方式的循环，还是思维方式、习性品行的循环。在这种恶性循环里，人生自我重复，社会与民族都得不到长进。

如今，玉渊潭已经告别了过去长期的萧条和停滞，迎来了大发展。水上乐园和其他娱乐设施争相涌现，从日本移植建成了北京最大的樱花园。小径与草地织成锦绣，树丛从岸丘窥探湖面，人们常常是倾家出动，如演员般展示在这如舞台般的公园里。是的，如周围这般人的美丽多姿的青春，在我已是逝去了。然而，从自我感觉来说，我又拥有我青年时期、中年时期不曾有过的活力，一种思维和感情的爆发力。我获得了我的欢乐，一种自我拥有的欢乐，一种从未体验过的某种自主创造的欢乐。从青年——中年——老年来说，我进入了最后阶段，但从过去——现在——未来来说，我只是处于第二阶段。我现在不抽烟，将来决计不抽烟。我现在不用拐杖，将来要把对它的需要推到最晚最晚。工作之余，劳顿之余，饮食睡眠之余，我需要这里的天空和黄叶，需要树林和躺椅，就像草儿需要这里的阳光雨露。我决计在我身上结束人生循环，不再重复自己的过去。在公园经历了一番思绪的调整、肢体的休憩之后，我将安然地回去，真真实实地生活，真真实实地做人做事。

渴求对语

往日回想

童年忏悔

我以为,童年时期,就该实行我的忏悔。

或者说,我的真正的忏悔,较为彻底的忏悔,应该自童年始。

我的童年,难堪回首,似乎也不愿意去回首。它像一团浓浓的云翳,早已退却在遥远的记忆中了。我不认为,我的穷酸土貌,构成了我的多大不幸。我也不认为,我的教育不善,寡闻无知,就多么值得我去悔恨。以吵闹不和而闻名于当地村镇的我的双亲生活,曾经使我一度赧颜,后来我也不把它当回事。整日昏昏沉沉的私塾朗读声,因为古书对我的吸引力太差,早已将灌注填塞的文本忘记得精光。记忆新鲜的是田畈上的蓝天白云,夏日午后必有的一场暴雨,横跨天边的半轮彩虹,还有,远处向你招手的白色芦花,路径上密密麻麻向你迎面扑来的各色蜻蜓,以及和我一起开怀嬉戏的男女孩子们。

身外之物,是强加给你的,你无法选择。家庭和周身环境是赐给你的,或者你因它而生而存在,你只能承受。然而,心灵上的犹豫、纠缠乃至行动的抉择,明明受着大脑的指挥,你回避不了也躲闪不开。童年时最不是滋味、最难受的,是我的派号和我的跪拜。按我们贺氏宗祠的谱系,我们那一拨人的派号是"家修德茂",我是"茂"字派,最低。按族规,是"德"字派的,我得喊叔,"修"字派的得喊爹(爷)。如果你年近花甲,由于派号低,你得称某些青少年为叔为爹。对于长辈、年岁大的,我能依次称叔称爹,在同辈孩子中,我不愿意这样称呼。我第一次在心灵上感到一种屈辱,我也有过种种抱怨,然而,我接受了,屈从了。

我不能反抗这种屈辱,伸张我内心的不平。我的办法是,在与同辈孩子交往中,尽量避开叔爹称呼,用其他方法示意打招呼。日本投降后,我离乡进县城读初中,和我要好的一位同族人高我一年级,心想称兄叫哥多好,因他是"德"字派,我还得称叔。解放后,我们会面时我想更动,他似无意回应,我只得沿用。我想起小时候的一位堂兄,他人高马大,他不能长期屈从称呼那些矮小的伙伴为叔为爹,有一次,他居然把一个孩子逼到墙角里:"平时我老叫你'爹',今天你得喊我一声'爹'。"看来,我不曾有过他这种勇气。

我不知道我这种习性在多大程度上同别人、同周围人相同,但我至少意识到,因为我这种习性,封建族规才得以千百年地延续下来。我幼时不喜欢下跪磕头,大概在人的天性上就反感这种双膝跪地、用头额频频叩击地面的动作。我当时纳闷,人类为什么要采用这种礼仪方式?对这种方式的不合理性、非必要性、有辱人的尊严性,或许我有那么一点敏感。每年过春节我都很高兴,就是这下跪磕头,包括对自己的双亲祖辈,我都是尽量避免,或是内心潜藏着老大的不乐意。

前些时读书,看到英国特使马戛尔尼 1793 年访华,就是为这跪拜争执不下。清廷要他向乾隆双膝下跪,行"三跪九叩"之礼,英使坚持只有对上帝才双膝下跪,对英王也只是单膝下跪。他想,干脆来个同等对待,对乾隆行单膝下跪吻手礼。乾隆还比较灵活,到了另一使者阿美士德 1816 年访华,就为这跪叩之争,被嘉庆皇帝驱逐出境了。有趣的是,德国大哲学家黑格尔当年读到这一新闻,在他的《历史哲学》中评论说,"中华帝国是一个神权专制政治的帝国","个人从道德上来说没有自己的个性"。我仔细一想,这话只能归因于跪拜叩首这套礼仪的内在指涉，归因这套动作的非人格性。它要求你在权位面前俯首帖耳，抛弃人的一切独立和自尊。中国最早记载这种礼仪的是《周礼》，有稽首、顿首、空首、振动、吉拜、凶拜、奇拜、褒拜、肃拜等"九拜"，稽首拜是头至地，顿首拜是头叩地，各有各的动作规定。但战国前仅用于祭祀，全面施与人际关系，在君臣、家庭、宗族、师生中实施，是后来不断发展、不断完善的。这中间，最大的被精神虐杀者首推儿童和幼者。

无疑，这一切我在童年时期都接受了。在我的心灵不平之后，语言上只是沉默，行动上还得照办。我的派号最低，下跪的频率应该是最高的。我只能把不满强压在心底里，最终还得屈从、遮盖乃至熨平我心灵上的屈辱。

我的童年是这样开始的，我的生命也是这样起步和后续的。至少，我现在醒悟到这一点。

1995 年 3 月

沉重的乡情

我小时候剃光头，戴瓜皮帽，穿长袍大褂对襟衣，读的是私塾。

在私塾学堂屋顶亮瓦投下的一柱阳光里，师父讲书时口沫四溅，抓挠腿部时白屑纷纷飞扬。那时候，我很能背书，后来几乎全数忘光。我一直钦羡新文学的一些大家们，他们那么小就能从私塾中熟谙国学。

那时候家里穷。抗战后我进县里读初中，觉得中山装穿在身上很带劲。只是我那一身是土布做的，纹路粗而且反光，有如剃头师傅的荡刀片。我个子小，排在最后，跟前面同学穿的斜纹或卡其比起来，常常赧颜怯于抬头，而且仅此一身，不能换洗。我的父母又一直吵架，他们一个用手一个用嘴创造了我们那个镇上不和家庭之最。

自从大人把我送上火车，离家到外面求学，我就不怎么乐于回家了，连春节也不愿意回去。我们那个小镇大概是当初张之洞和他的技师们设计粤汉铁路时点下的一个名叫赵李桥的小站，优点是干旱时火车也可以在那里上水。我心目中，那个小镇只是来自周围乡下的一群觅食者的集居地。人们劳碌终身，只是为了养家糊口，生儿育女，维持家族的简单再生产。火车一到，一群孩子赶着拾起车头卸下的燃烧未尽的煤渣，妇女把热腾腾的盐茶鸡蛋举向车窗，我偶尔看见高鼻子洋人把废弃物和擤鼻涕的白纸从窗口扔下。当地谈不上有任何像样的文化建树，可以说土地肥沃，文化贫瘠，没有碑亭楼台，没有寺塔庙宇，没有讲堂书院藏书楼，连《早春二月》拍摄的绍兴那一座长长的石板桥，我们那里也没有。

直到进城很久很久，每每同友人熟人闲聊，他们谈起自己温暖的家庭，谈起家乡文化古镇和诸多名胜，我总是退缩一旁，不置一语。赵李桥旧名茅棚街，全街一色的茅棚，火灾一来，全镇化为灰烬。那时的政府根本不管。大火后人们携家避居乡下。有的哭诉关在棚里被烧死的孩子，有的重新支起烧得焦黑的木柱，再铺上一层茅草。我一直保留着这种印象，火车从山谷驶来，那突突的白烟如妇人的白发，那笛声是长长的呜咽。

对于家庭和家乡来说，我总觉得自己是不肖之子，是一个不怎么恋旧的乡人，是一名不乐于回味乃至叙说的永恒他乡游客。在近半个世纪的离乡岁月里，我间或也回去过，更多是乘坐快车疾驶而过。在黑夜，我扒开窗帘看见小站的丛丛黑影和点点灯光；在白天，我发现穿过铁道开凿了一条地道。我听说那里建了一个大的茶场。儿时回忆几乎都是悲凉的。其中，也有过甜蜜和欢乐，那稻场上的月夜，我们一群孩子玩捉羊捉迷藏丢手绢，我进城后就不曾看见那么明朗的月夜。我在划分湖北湖南的一条小小的界河旁玩耍过，秋天芦花飞舞，特别是群飞的蜻蜓，红的黄的黑的，忽儿振翅停住，忽儿向远处一击，它们嚓嚓鸣翅，纷繁迷离，挡住了我的路径。然而，这些回忆遮掩不住我的莫名的忧郁。

我不曾拥有过引以为荣的乡情。然而，我为什么那么牵挂你、为你流泪呢？我的家乡！只因为你太沉重，太滞后，太令人心酸。

我时常冒出一种狂想，认定当今世界上缺乏一种统计数字，那就是考察一个地区，要统计有多少个人和家庭，终其一生，只是为了繁衍子孙、维持家族的简单再生产；又有多少人口能够在此之外，腾出智慧与精力为社会的物质文化和精神文化留下业绩。这个统计也适于改革开放的今天，适于出现了大小款、大小腕、吃得好、穿得好的乡村和市镇。

前些年，我回乡看望了一个堂侄。他是老木匠，他的几个儿子都是木匠，子孙们也摆弄斧子锯子。他们是当地众人羡慕的殷实之家。

我问他为什么不送孩子读书，他的表面借口是他们不会读书，实际缘由是读书投资时间长，读书赚不了多少钱。我看见田塍上被人推着的自行车，屋里装了时亮时灭的电灯，我的紧锁的心虽稍有松缓，我依然沉重地离开了那里。

最近听说，在我们家乡的原铁道线旁，又通了一条平行的107国道，我默念着，唯愿家乡各方面都好起来。

1996 年 4 月

战后的蒲中

抗战结束后,我这个一直读私塾的小"乡巴佬",靠亲戚补习了几个月的算术,靠后门弄了一张赵李桥小学毕业的假文凭,1946年进了蒲圻县中。

一个村镇孩子,走进了县城的洋学堂,当时又称为全县最高学府,身心感受可以说换了一个新天地。课堂设置有国文、英语、数学、物理、化学,有音乐、美术、体育等,班会还搞点投票选举罢免之类。男生穿制服,女生穿白衬衣黑裙子,我们班同学的背心印上"培根"和"Begin"的中英文红字,一位设计老师大讲取名的奥妙,加上全校一套洋鼓洋号吹吹打打,现在回味起来,可以说是"五四"新文化之风,民主科学之风,到1946年才吹拂到我的眼际和心田。

那时候男生制服领子上,用白线一边绣"蒲中",一边绣编号。女生常穿的阴丹士林旗袍,胸前也照样绣着校名和号码。开初,我们在校旁的天主堂上课和住宿。学生发"图板凳",一人一个凳子一张木板,在上面读书作业。高低床没有护栏,班上一个姓余的同学半夜从上铺摔下来,下巴留下一个疤痕。后来晚自习一个教室发一盏汽灯,也很新鲜。学生爱群集打架。一会儿跑到县政府大闹一通,吓得县长溜之大吉;一会儿跑到火车站大打出手,站长不知何处去了。学生搭火车,根本不买票。我们是爬火车,从车厢外侧的扶手一直爬到车顶,可坐可躺。记得有一次,我快爬到顶端,忽然火车开动,我这个体育成绩极差、手臂无力的学生，居然没有掉下来。学生一直闹南乡北乡的派别，吵架打架不团结。我们后来猜测各有国民党要人作背景。每天早晨的升旗仪式，校长主任们必训话，讲到"蒋委员长"，必全体立正。现在看来，国民党中学的形式主义可列入世界之最。开饭前，桌上放一两个铁皮钵子装菜，里面的锈水和浆油水经常分不清楚。学生从箩筐里打好饭围着桌子站着。不怎么受欢迎的训育主任总是到处巡视，然后吹声口哨，大喊"立正！开动"。学生恨那个训育主任兼童子军教官，他打骂学生又害怕学生，后期他居然腰间插着手枪，肯定有三青团青年军背景。临到放寒暑假，吃完最后一顿饭，学生自由了，都把碗往地下摔，饭厅一派哐啷作响。

然而，文化毕竟是一种综合的影响，是对心灵的渗透和征服。我们学数学，搞化学物理实验，发现那玩意儿通宇宙之博大与精微，比起封建教育的全部体验、经验、感悟要令人信服。我当时作文不好，文言非文言，白话非白话，叫国文教师头痛。但是，我的代数几何名列前茅。国文老师看在这个情面上，每学期的成绩单上都给我的国文打了60分。回想起来，尽管那三年，学校一直动荡不定，我至今仍然肯定，那是我生命中第一次受到新文化的洗礼。

国民党一天一天不行了。车站上贴出的各种"剿匪总司令"的布告，与其说是声势，不如说是虚弱。学生里流行着歌曲《古怪多》《山那边哟好地方》。国民党南逃时，火车顶上堆着人，车厢接头捆着人，车下也吊着人。"国军"发出炸毁蒲圻铁桥的伤天害理的命令，光炸药就筑了好久，最后一声轰鸣，据说，一尺多长的铁轨飞到了蒲中的后门。我的一位很会讲课的钱老师，惨然地向学生祈诉着，要求大家接济他这个"穷人"。

在一个阴雨的日子，我们几个学生，在拿到一张毕业文凭后，背着几十斤重的行李，沿着不通火车的铁路，向五六十里远的家乡踽踽南行。细雨绵绵,背包越来越重,整整走了一天。从此,我又踏进了一个新型的、既是风和日丽又夹杂着风雨泥泞的人生旅程。

1996 年 6 月

(这是作者应母校湖北省蒲圻市第一中学之约,为该校 85 周年校庆撰写的一篇文章。)

我这一次回家

他的脸部肌肉发黑而且发抽,像是一块一块拼贴起来的。眼帘混浊,当转动的眼珠辨认出我时,里面溢出了泪水。

我这是相隔三十余年第一次探望我的大堂兄。听说他去年几乎死去了两次,如今骨瘦如柴。他躺在大门外的躺椅上,面临着晒场,领受阳光的照射。对面那座长满小松树的土山,是政府分给他们的,不收一分钱。大侄儿领我上山看了不久前去世的大嫂那块坟地,他说坟上老不长草也不好,甚至当着堂兄的面说准备把他就埋在他妈妈旁边。堂兄晒太阳,总是望着那座新坟。堂兄说:"做梦尽是跟死人打交道。你嫂子死后,隔一层就是隔一层,想吃的东西吃不到。他们一天到晚忙他们的事。这一次算是最后见你一面了。"

历史用那双无情的手,从肌肉到灵魂,把长长的风雨烟云和岁月轮转都雕刻和浓缩在我这位农民堂兄身上了。他说抗战时在重庆当过国民党航空兵的无线电报务员,后来又在海军里混过,解放后回家划为地主。他说他差一点去了延安抗大,当时抗大招人。他说一生聪明,一生机灵,一生乱混,到头一事无成。他说那时候国民党对共产党真是残酷,只要有人进了新华书店,出门就有人盯梢。他说,现在一亩田只收四五十斤谷,不多,但是,有些当官的太腐败。

当我在田畴行走的时候,举目之下,感到一切依旧,四周的天际轮廓仍旧,青山依旧,打谷声和风车闪谷声依旧。也有变化,小镇铺了水泥路，农村有了通电不准时的电灯，新建不久的107国道，在天边与铁道平行，车流如梭。然而，我不耐烦，我等不及。或者说，在变化中我不感觉变化，或者说，这乡间的生灵和灵魂依旧。在饭桌上，我的另一位堂兄并非不友好地说："读书有什么用？兴老弟可以说是读了一辈子书。"是的，他当过志愿军，现在是镇上离休老干部，月薪加福利不会比我低。我的木匠大侄儿似表不同意地说："幺叔是'旱涝保收'，我是干就有，不干就没有。"他买了一台木工电动机床，替人打家具，一月少说近两千。大堂兄从小就让他学木匠手艺，他让他的另两个儿子也当木工，先做他的下手。一致的理由是他们不会读书。他的孙子，也就是我的侄曾孙，在田畴里像小狗似的，奔突着抢先回家报告我的到来的信息，也点头说一长大就当木匠。

我依然不耐烦，等不及。第二天一早，我就辞别了。回途中，我在田埂小驻，我在河边停留，当我环视这宇内，我熟悉的童年时期的乡间田野，一种莫名的心绪充塞我的胸膛，直梗我的咽喉，欲泪而又无语。此去又将是长别，再见时又是何等模样？我的堂兄会像一缕轻烟消失在这乡间。如果说，一个民族的发展水平是以每个人的人生质量来衡量的，此话大概是不会假的。那座土山会增添我堂兄的一个坟冢。我问到堂兄主事料理我父亲丧事的那个坟，他说在铁路边上，可能都开荒了。我不会去，也不知怎么去看我父亲的坟，我自己将来就不会有坟。

然而，静思默想之时，我总是纳闷，我奇怪这已经铺设了近百年的粤汉铁路，怎么就同这周围的人的命运没有发生多少联系？我的父亲一生平平庸庸，在吃喝拉撒和微不足道的小小生意中，了却一生，其波澜处还不如我的堂兄。我的大嫂，从我记忆中的洞房红颜到如今新坟一冢，一生养儿育女，一生默默劳累吃苦，一场突发病，头一歪，就不省人事，他们说家里一点也没有遭罪受累。他们留给世界的，同世界所能记住他们的，一样平平淡淡。

或者说，他们留给世界的，就是那坟冢。我又想起了那群不读书的木工侄儿侄孙们。呵！我的乡亲邻里，我的村舍田垄，这熟悉的人与景，这来来往往的男女老少，还有他们的父兄长辈；已死的，熟知的，陌生的；可见的，不可见的，不用打听，我全都熟悉你们。是呀，我认出来了，这小河上的旧桥拆了，换上了这座新的水泥桥。我小时候游过泳的弯弯曲曲的河道，被拉直了，因为要修国道，因为可以增加耕地。往日那潺潺流动的清澈河水，如今几乎干涸了。恕我在新桥上稍事休息。我向那在天边的铁道和车流如梭的国道望去，在这静谧的小小寰宇旷野中，它们如同两根乐器的琴弦。我童年时好奇生异的铁道，在记忆中像一根琴弦么？怎么像是两根琴弦？是增加了一根还是我现在想象它们成了两根呢？它们奏鸣着，特别当火车与汽车平行，同时也从山间驶来，我抬头张望，我的心脏跳动明晰可感，同时，似乎要质问着、也迎接着这双弦的乐音。

我迅速拿起提包，快步而去。

1995 年 1 月

夜深人静的时候

这里的"夜深人静",可以说是一个代码。它意味着室内的独坐,林中散步,甚至出现在世人交往中偶然的坠入遐想,一种"心远地自偏"的精神与外界隔离,是一个摆脱日常生活进程的涉入独自享用的心灵世界。关于"夜深人静"准确的描述应该是"独处",是实质的而非形式上的"独处"。

一个人在夜深人静时的思维空间和想象天地,显示出一种与他的现实生活、自身经历颇为不同,乃至大异其趣的场景。它不是摹写,不是重复,它可以略去数年、数十年的光阴,单独将某一两个人生际遇加以反复体味。它回味的对象,可能连对象本人也不自知——如果这个对象是指人。假如这对象是指场合、情景、遭际,那么它们就同这位回味者结下了不解之缘。这种夜深人静的人生回味,因人而异,不可尽述。

一个矮矮的瘸腿的妇人,从远方向我走来,总是望着我发笑。这影像留存我心里几十年。这妇人我小时候叫她"矮伯伯"。听说是我的伯祖父收养的一个丫头,她的腿就是被伯祖父打瘸的。后来,她嫁给一个帮我父亲磨豆腐当下手的哑巴。由于这种关系,她远处看见我,总是满脸笑容一瘸一拐地向我走来。我自幼萌生了一种深深的同情。为什么呢?为什么发笑呢?难道你完全忘却了自己的残疾和身世么?这影像如同拷贝似的保存着,令我"过电影"似的时常翻阅。对于我的这种感受,她生前并不自知,如今早已命赴黄泉。然而,我的翻阅,可以说顶得上阅读几十遍鲁迅先生的《祝福》。

我大学毕业后留系里任教，担任系教师团支部书记。在反"右"的一次批判会上，我给每个到会者分发材料。这份材料正好是揭发我的一位老师的。当我把这份材料发给这位老师时，看见他顿时脸色沮丧，伸出颤抖的手。幸好遇上反"右"后期缩小指标，他最后没有定为"右派"，只划了一个"中右"。在此后的岁月里，我同这位老师还有过不少交往。他可能完全记不住那次会上是谁分发的材料，我却一直记住他那沮丧的脸和颤抖的手。

一个正常的人，只要不是过得浑浑噩噩，都有这种独处时的回味与思索。那是他生命里某个场景的永恒回忆，是保存在印象库存里的、甚至秘不外示的个人情结，有时是对他的终身的一种纠缠。当然，各人不同，其境界的深远、质量的高低，各不相同。鲁迅先生辞世前的一些杂文，描述过他在深夜独处时的思绪。在医生宣告"我的就要灭亡"后，夜半醒来，借着街灯的映照，他看到"熟识的墙壁，壁端的棱线"，联想到"外面的进行着的夜，无穷的远方，无数的人们"。他立下遗嘱，对于怨敌，"我也一个都不宽恕"。

独处时的回忆与思索，内容和方面很多，可以是阅读的，自责的，作为一个伟大坚定战士的鲁迅，他的表述是自励的。但无论如何，不应该是自炫的。叔本华谈到，人与动物的不同，在于人能"真正思索"，而"动物是不能意识过去和将来，只存在于'现在'中"。人们在日常作息之余，应该珍视这夜深人静的时候。因为，这也是生活。

1995 年 5 月

旧情的归依

人们常说的旧情，是指一个人面世后的原初之情，如父母之情、乡土故国之情、青梅竹马的初恋之情、最早的师生朋友之情等等。这种旧情往往对一个人产生一种超出理智的控制力与影响力，使人终生不能忘怀。

理智是人的另一个心理范畴，理智可以转变感情。但是，理智的这种转变作用，有时是正确的，有时被证明是误导的。反"右"那一阵子，凭着某种理智力量（实质是极"左"的逻辑推理），加上特殊的环境，不少人的父母、情人、老师、朋友被打成"右派"，自己起来划清界限，脱离关系。历史的风云变化，使得不少人演绎了一种特殊的人生戏剧。在极"左"盛行和"文化大革命"的年月，有些人是真诚地背叛自己的旧情，后来被历史发展分辨了是非，冤假错案得到了平反，这些人的旧情又得到了回归，伤痕文学大多写这一类东西。

但是，在阶级斗争和战争环境下，很明显，有一种人的旧情是错误的，应该也必须予以改造。日本军国主义旧情、末代皇帝的王朝旧情，不改造行吗？事实证明，抚顺监狱对日本战犯的改造，溥仪在押期的改造，堪称转变罪犯思想感情的壮举，世界上一切人道主义者都叹为观止。

这里，有一个观念与方法的理性审视问题，必须加以明辨。我们过去把爱与恨看成截然对立的东西，以为对敌人的恨就是绝对的冷若冰霜。在极"左"逻辑面前，谁搞残酷的斗争、无情打击，谁就是立场坚定；谁显示应有的关心与人道，谁就是温情主义，甚至是敌我不分。于是，我们革命斗争中一些优待俘虏、改造罪犯的优良人道传统丢掉了，一直发展到"文化大革命"的戴高帽、涂黑脸、挂牌子，在公堂和监狱实行肉体折磨。现在看得很清楚，即使你斗争的对象是十恶不赦的罪人，此种手段也是不文明的。

时下，世界对罪犯的处置可以说是众说纷纭，各行其是。有的国家实施死刑，有的废除死刑。美国各州不一样，有的州实施，有的州废除，有的州废除后又重新恢复。得失比较，文化状况，效果差异，实难统一。但是，这里有一种趋势，社会处置罪犯绝不是以报复解恨为己任，而要体现改造者的博大胸怀。即以死刑为例，从最初的凌迟、五马分尸到现代化手段，也在不断改进。我们对在押日本战犯的改造，从生活待遇到尊重人格都做到仁至义尽。监狱里按战犯身体状况开设大、中、小灶，注意日本饮食习惯，学习之余组织他们参加文体活动，举办运动会、音乐会。个别战犯在医院生命垂危时，中国医生还主动输血。溥仪也在晓之以理、动之以情的多方教育和关怀下，完成了从皇帝到普通劳动者的转变。当历史的发展既以理智的清醒又以感情的力量显示一种博大与崇高时，日本战犯痛哭流涕。罪人的旧情，也可以真正转变，找到新的归依。

现在人们谈论爱多起来了。把爱说成救世灵药，提倡什么打你的左脸把你的右脸也伸过去，完全是爱的宗教呓语。爱与恨相伴而生，它们都产生于正义感、是非感。但恨是对事物的急速反弹，爱则包含更高一层的宽怀与容纳。恨在战争与毁灭中常常不可遏止，爱在和平与建设中更显示一种辉煌和伟力。斯宾诺莎在对比爱与恨时说："爱是具有圆满性，因为爱永远产生改进、增强和扩充，这即为圆满性。反之恨却永远引起颓废、软弱和毁灭，这即为不圆满性本身。"人类斗争免不了这两种感情，然而，在扬善惩恶的坚定原则下（包括高尔基说的"敌人不投降就坚决消灭它"），辩证地使用爱，渗透爱，可以体现人自身的自信与力量。我以为，大到社会冲突，小到爱情与家庭的新建与重建，都有一脉相通之处。

1996 年 4 月

故乡的山

我的家乡没有名山大川，不是名镇，不属温柔富贵乡。在当学生或同学们聚谈、争相诉说家乡美的时候，我常常退缩一旁，不置一语。

或许更主要是，我幼年时父母不和，他们分居两地，尔后又来了一个继母，生母只得偷偷地来看我。我读的那个私塾不怎么的，师父教书太乏味，他经常在亮瓦的光柱下搔痒，纷飞的皮肤白屑令我不悦。我的童年生活是不愉快的、缺少趣味的。

那时，家乡又沦陷，日本鬼子不时在村里驻扎打闹，我的心灵罩上一层阴影。我总感觉，那山间沉沉一线穿越而过的粤汉路火车，它们吐烟鸣笛，就像一个可怜的妇人，披着白发，一路鸣咽。

我常常独自一人玩耍，追逐萤火虫，在门前那口布满绿色浮萍的池塘上打漂漂，面对河边扒拿不开、挡我去路的时停时飞的五颜六色的蜻蜓发愣。然而，玩完了，玩腻了，只要一间歇，一抬头，就望见远处耸立的一座高山。这座高山叫关山尖，并不出名，稍远一点的武汉人和长沙人，并不知道它的名字。在我们家乡地处鄂、湘交界一带，却无人不晓。晨昏寒暑，只要一出门，关山尖就扑入我的眼帘。

我听老人说，关山尖很高，在山顶上，可以看得见长江和洞庭湖。长江多长？洞庭湖多大？家乡极少人见过。能站在关山尖上，看到大江大湖，该多好啊！在远处看，夏天，关山尖葱郁苍翠，间或有白云缭绕其间。冬天，山上覆盖白雪，有一条黑色小路通达山顶，山顶上的树木枝杈和庙宇屋脊，分明看得清楚。然而，我一直未能登上关山尖。有一次，跟着家人，从赵李桥走到新店，要经过关山尖。先是远远望着它，挨近它，到了山脚下，又离开它，不时回头张望它，还是没有上去。

抗战胜利后，我离别家乡到外地求学了。在此后长达半个多世纪的岁月中，我极少返回故乡。有时，半夜乘列车疾驰而过赵李桥，我就提前扒开窗帘，寻觅家乡的灯火。白天乘车驶过，我发现新辟一条地道，从铁路穿过。列车不经过关山尖了。在我的经历中，我登过泰山、峨眉山、五台山，我曾乘列车在贝加尔湖转悠近一天，参加过伦敦泰晤士河边举行的记者招待会，也随旅游团坐上巴黎塞纳河上的游艇，在奥地利借换乘的缆车踏上雪雾迷蒙的阿尔卑斯山。然而，游览国内外名山名川之余，我一直未忘情我故乡的关山尖。它是我幼时心灵的一个隐秘，一个不曾向人宣示、又长年未能实现的一个追求和向往。

进入新的世纪，我年老退休了。我择时回了一趟故乡。这一次，我决心在堂兄家里停留，提出我的要求。那天，由一个侄儿和侄孙陪同，先走到山脚下的桐梓铺，再抬脚往上，向关山尖攀登。时乃秋日，茅草发黄。开始有路迹可寻，后来只得扒开草丛和杂树，从乱石间插足攀缘而上。

呀，在山顶上极目四望，看不见长江和洞庭湖。天空是白茫茫的一片，我们四周寻觅走动，无从分辨远处朦朦胧胧中有明晰的江湖景象。是因为这天不是晴空万里么？还是压根儿就看不见？我寻思琢磨着。山上有树丛，庙宇只剩下坍塌的残砖。踟蹰良久后，我们下山了。我们在桐梓铺歇息。我找到几位年长者询问，奇怪的是他们都自称没有上过关山尖，也不知道在上面能否看得见长江和洞庭湖。庙宇么，"文化大革命"时拆了，听说要修复。关山尖景观只是一个虚话么？或者，在我们那个北有长江、南临洞庭湖的鄂湘交界地,这是一个理应看到、晴朗之日能够远眺的一个景观呢?我没有失望和后悔。我珍藏了家乡祖辈流传给我的一个美好传说,它是故乡父老乡亲对周边山水的一种体察,至少也是一个希冀。它支撑了我幼年时期的心灵向往,如今我又能重温和体察这种向往。是的,有可能,我还会回来看望关山尖的,当然,须晴日。

2005 年 11 月 15 日

乡恋，我的那份

我的家乡，没有名山大川，不是文化圣地，同有的人说的所谓富贵温柔之乡毫无关涉。记得，长大后，在城市里和同学、友人聚谈，他们常常一往情深地诉说自己的家乡美、故土情，我总是怯生生地退缩一旁，不置一语。

在我们那个鄂湘交界之地，大概由于当年张之洞和他的设计师的偶然一笔，粤汉铁路得以从家乡穿过。于是，周围村落的民众纷纷寄居到这个名叫赵李桥的小火车站，谋生求业。他们开饭馆、客栈、百货日杂小铺，眼巴巴地指望着火车上上下下的旅人。我父亲打豆腐，每天半夜起床，用手推动那咿呀作响的石磨。

那时，火车一到站，蒸汽机车头总要脱钩前去卸下煤渣，在池塘旁一个小水塔旁加水。孩子们赤着脚，在铁路上奔跑，拿着用铁丝拧成的钩和筐，拾捡燃烧未尽的煤渣。妇女们赶紧把盐茶鸡蛋、热腾腾食品提着，向客车的窗口举得高高。日本兵侵占后，指着中国人的鼻子叫"羌古奴"（亡国奴），晚上常有三三两两的醉兵哼唱着，沿街晃荡，家家都害怕得紧闭着大门。抗战"光复"后，国民党军人虽然胸佩"雪耻"二字，军纪却极差。伤兵动辄用拐杖威胁市民，扬言"老子是枪林弹雨中出来的"。街上孩子还捡到军官在客栈嫖妓丢下的女人照片。赵李桥当年又叫"茅棚街"，街上一色的茅草棚子。我记得，一场火灾，全站化为灰烬。在街上只剩下冒烟的黑木桩景象中，我看见一个妇女跪在地上哭泣。她面对的是全身焦黑、爆出白色肚肠的孩子尸体，只因她上山砍柴，把孩子反锁在屋里。

那是一幅幅多么破败的家乡景象呀！我老家乡下有一个盲人，他能拄着竹杖走过小河的独木桥，来到车站算命。每天中午，无论寒暑，在火车开过之后，全街仿佛都屏息着，倾听这盲人哭诉着的二胡声。在我的心灵里，总觉得，这家乡南来北往的火车，吐着白烟，就像一个披着长长白发的妇人，一路鸣笛呜咽。

我决意离开家乡了。在长长的岁月里自我忖度，我不是家乡的守候者。加上我幼年又生活在父母不和的家庭里，我命里注定，我是家乡一名薄情的离别者。我看过列宾的名画《伏尔加河上的纤夫》，觉得自己就像那个一心要挣脱纤绳、离开乡土的孩子。我到外地求学和工作了。

我的乡情、乡恋，选择的是离别的形式，是不愿意向友人诉说、怯于陈述、独自体味的形式。在半个多世纪里，我回家乡的次数不多，回去停留的时间也不长。我长期在武汉、北京学习和工作，偶尔，也因工作因探亲，去苏欧英美加拿大待过观光过。我承认，在我一生存下的黑白彩色、大大小小、成本成本的照片里，没有留下一张家乡的照片。然而，家乡却烙印在我的灵魂里，铸成我情绪的基调。我平时爱叹气的习性，也本源于此。如果说，在外面的世界旅游参观，需要凭借照片勾起我的鲜活回忆，家乡的情景、故乡人的命运，却是我此后永相伴随的一块底版。无论春秋冬夏，还是青中老年，它撩动我，有时甚至是没有缘由地攫住我，令我暗自感叹和揪心。或者说，童年家乡的命运已经形成我个人的人生和祖国命运的一个不可或缺的部分了。我有事外出，从武昌上车，或从北京上车，又从广州返回，普快和特快经赵李桥不停，我就提前扒开窗帘，寻觅家乡周围的村落小河。当列车一声鸣笛，驶近家乡，我的泪水就夺眶而出，直下脸颊。夜间，我要观看它的灯火，幢幢屋影。白天，我要看看它的面貌，寻找我儿时常走的街道。有一次，我发现有一条地道穿过铁路，两边的人们不必再翻越火车道了。

  故乡坐落在起伏的山峦之间。在我的孤寂的童年生活中,有一座当地名叫关山尖的最高的山峰,常常引起我的瞭望和遐想。那时候,我在布满浮萍的水塘里用瓦片打漂漂,在冬日用装有炭火的铁丝拴着的罐头筒抢臂取暖,只要一抬头,就能望见高高的关山尖。山顶有座庙宇,旁边树丛掩映。夏天山体翠绿,一条黄色小路直通山上;冬天白雪覆盖,小路变成黑色了。听老人说,登上关山尖,可以看见洞庭湖,可以看见长江。洞庭湖有多大?长江有多长?我没有看见过。只有北上武汉、南下岳阳的人,才能看到。我随大人从赵李桥走到新店,要经过关山尖脚下的桐梓铺,先是望着关山尖慢慢靠近,后来离开它又回头张望,一直未能登上关山尖。我是怀着这种遗憾离开家乡的。及至打倒"四人帮"后,我回了一次家乡。我让两个堂侄陪我上去。山上无路可择,我们扒开齐胸蒿草,攀缘怪石。等到爬上山尖一看,庙宇拆了,树木砍断,一地的废砖和杂物。我们围绕四周瞭望,用手掌遮住额头,看不见洞庭湖,也看不见长江。那天,天空发灰,周围一片白蒙蒙。

  家乡又有多年未亲近了。我决意还要返回家乡,登上关山尖,在我尚能走动之年。我要选择一个晴空万里的日子,登上山尖瞭望长江洞庭湖的壮丽景色,也把家乡新的容颜纳入眼底。

2008 年 9 月

故土的情歌

时机来到,"古稀"已过,我该记述我心灵里对故土的情歌。

小时候,只晓得家乡属于蒲圻,不知道拥有赤壁。家人都说,我这条命是"捡来的"。我自幼由一个未嫁的姑姑带领着,日本侵华飞机一次轰炸,姑姑和我偶分两处,她被炸身亡,我得以幸存。

家乡是苦难的。我们"躲日本兵",从赵李桥逃往新店,新店不久也沦陷。日本"宣抚班"接管新店小学,强迫我们小学生念日语,上街打"膏药旗"。鬼子兵每天清晨都要列队向东方祈祷,仿佛中国也是他们的土地。村里驻有日本的军妓院。酒醉兵常常由两个士兵搀扶着,沿路哼哼晃荡。半夜,我曾听到游击队吹起军号,向鬼子驻地发起攻击。日军溃退,牵着马匹,拖着辎重,沿着山间的铁路线,在烟雨中一路逃亡。

"光复"后,我进了全县的最高学府——蒲圻县立初级中学。男生的制服领子和女生阴丹士林旗袍胸前,都绣有"蒲中"和编号。最时髦的是有的女生穿着白衬衣、黑裙子,露出白白的大腿,一脚把皮球踢得高高。开初,我们还去学校不远的"天主堂"上课,每个学生发"图板凳",坐在小凳上,膝盖放一块木板。学校还组织学生拿面盆,到城门外的河边搬沙子,但是不准学生游泳。学校每个夜晚上自习,一个教室吊一盏汽灯。饭厅开饭,都由童军教官大喊一声:"立正!开动!"

当时,国民党闹地方派系,"蒲中"学生分"南北乡",内斗不断。后来,国民党发动内战,"剿(共)匪司令"们的布告贴了一张又一张，结果，解放军南下却使国民党首领列入"战犯"名单。一列列火车，车皮顶部、车厢之间、车门下面，装载攀附的都是逃跑的军政人员。国民党决定炸毁蒲圻大铁桥，断裂的铁轨飞到了蒲中后门。我们在讨到一纸毕业文凭后，背着行李，冒雨在回家的铁路沿线上艰难行走。

呵！阔别了，我的故乡！自从解放初每天早晨响起欢乐的秧歌锣鼓，我就离开了故土，到省城、到外地去求学、去工作了。

然而，由青年而中年、而老年，我依然不习惯北方的苍茫，我怀念南方家乡的阴柔。

在白天，在黑夜，或脑际浮现，或梦牵魂绕，我无法自禁地返回故乡，那儿时朝夕濡染的山乡情景。

赤壁市地处鄂南。小时候，我常在蒲（圻）临（湘）交界、也是鄂湘交界的一条清澈的小河里打鼓泅。一上岸，五颜六色的蜻蜓挡住我的去路。它们或颤翅停住不前，或箭似的突然进击，做着它们的游戏。夏天午后，必有一场暴雨，一轮彩虹悬挂天边。冬日落雪，第二天常常是晴空朗朗，屋檐雪融，水珠嘀嗒作响。我们吃过堪称世界一绝的、黄盖湖特产的比糯米长一点的春鱼，离开家乡后，我就再也没有尝过。

羊楼洞、新店是赤壁市现存的明清古镇。当年，地面都由清一色的石板镶嵌。街道两边是高低错落的老式建筑，粉墙黛瓦，木门布幡。羊楼洞的茶叶靠赵李桥外运。幼时，作为主要运输工具，我常见一种"凸"字形木架、支在一个硕大独轮上的"鸡公车"。经年累月，石板街被车压成一条条小槽。这带小槽的石板条，甚至绵延到古镇外的公路上，供御车人扭着屁股，咿呀前行。

呵！我的故乡，从分离到如今，整整六十年过去了。记得幼时，我也有过眺望、希冀和幻想。家乡在山峦环绕中，有一座名叫关山尖的最高山峰。山峰上有一座树丛掩映的庙宇。听老人说，在上面可以看见洞庭湖、看见长江。那是多么引我遐想的地方呀！

在寒暑晨昏中，我总是远远眺望，却没有登临。后来，"蒲中"读书三年，常去宝塔山，我至今都奇怪为什么没有能够去看长江、去观赏赤壁。也许，只能归结为时局动荡、战争不断，一个孩子难以拥有他故乡固有的文化哺育和心灵充注，难酬满怀的希冀和梦想。

是呀！和当年的蒲圻学生相比，今天的赤壁孩子有福了。他们从小填写籍贯，就径直标明"湖北赤壁人"。老家人要登上关山尖、瞭望长江、洞庭湖，容易办到。赤壁市人要沿长江巡视赤壁古战场，绝非难事。在刻有"赤壁"两个字的壮阔江面上，风儿吹拂，那种以弱胜强、以少胜多、联合御侮、智慧创造、民心向背、天时地利的"赤壁精神"，就会因历史而感应，由现实受启发，鼓舞我们沿着改革开放、科学发展的道路奋勇向前。

2009 年 11 月

北国游子遥致故乡

1

在北方,我早已经历生命历程的一半。我行将安定地、愉悦地老去。

然而,我常常回忆我的儿时幼年,回忆起故乡。在鄂湘交界的地方,家乡沦陷的时候,我们先是逃到山里,后来就被日军占领。老家晓阳畈大一点的堂屋里,时常圈养着日军的马群,每匹马的双耳上挂着一个食物口袋。日本军官(呼为"太钦")就占据在厢房里。一个村里,常在大一点的厅堂里,日军安置随军妓院。有时,一个日本"酒醉兵"由两个兵架着,哼喊着,沿街晃荡。日军常骂我们"耙给亚头",是"羌古奴"(亡国奴),要"三胲格新旧"(打耳光)的。到了夜晚入睡,驻扎士兵就喊一声"学卡"。每天早晨,他们就集合,向着东方做着他们的朝会仪式。

我的家乡,地处粤汉路附近。在远处的山林里,火车吐着浓烟突突地通过,沉沉一线,带着一声声呜咽。

2

后来,我们这些孩子在新店上小学。学校由日本人看管。我们在街上列队行走,被迫打着"膏药旗"。"呵咿呜唉哦","沙希斯色素",我们只是念叨了这些日文字母的简单发音。

有时,半夜里,新四军发动袭击,吹起冲锋号。第二天,日军就沿乡、沿街"打闹"。有一次,他们对着我年迈的祖父,用他的拐杖猛击他的头部。后来,额头留下了永久的疤痕。

日军随后处于败势了。离铁路不远的一条马路上,在一次空袭扫射之后,我看见日军马匹被击中,沿路一排躺倒在地上。

日本快投降的时候,他们的军队坐不上火车。在粤汉铁路线上,日军带着他们的全部辎重和披挂,在烟雨中缓缓溃退步行。

3

沦陷期间,我们也读过私塾。

每天先是练习大小字,接着是师父点书、讲书,后来就死记硬背。到了下午,能背对老师,双脚摇晃着,把书背诵下来,就放学了事。

我们练大字,开始讲数字就写"一去二三里,烟村四五家,楼台六七座,八九十枝花",认季节就写"春游芳草地,夏赏绿荷池,秋饮黄花酒,冬吟白雪诗",倒也有趣。讲《古文观止》,因为我们毕竟年纪小,就只能死记,难以领会其中含意了。

学堂设在大的堂屋里。在"大成至圣先师"的牌位下,师父念书讲书,有时闭目玩味,自得其乐。天晴时,一束阳光从屋顶两片亮瓦处投射下来,师父挠着双腿皮肤,白屑在光线中纷飞,我们这些学生看着也很逗乐。

私塾教育千年一贯，背离时代发展，背离科学进步，我们算是遭遇它的末代尾声了。

4

日本投降后，我们有过短暂的喜悦。赵李桥街上，我看见过军人的胸前，一度佩戴"雪耻"二字。

我经过补习算术，第一次进县城，在蒲圻县立初级中学读书了。教室挂的孙中山遗像两边，是"革命尚未成功，同志仍须努力"的对联，每天早起集合念"总理遗嘱"。我们接触了代数、几何、物理、化学这些现代课程。

很快，蒋介石挑起内战。市面通货膨胀，纸币变化多样，早晚市价不同。国民党军队腐败，赵李桥客栈里，军官常在里面嫖妓。有时，孩子们捡到了军官衣兜里丢下的妓女照片，在街上直嚷。

我们"蒲中"（蒲圻县中）的学生呼应时代的潮流，在学校罢课了。学校三青团的童军教官趾高气扬，学生十分不满。同学们时常唱歌说"古怪多"，怀念着"山那边呀好地方"。

5

武汉1949年5月16日解放。学生和市民唱起"五一六，咱们出了头"。湖北各地欢庆解放军的到来。解放军列队进城，一身工农子弟兵的朴素装束，唱着《三大纪律八项注意》，受到群众的夹道欢迎。

在武昌上学那些年，我们每天早晨扭秧歌。后来，我又有幸进北京当研究生。我记得，列车载着我，第一次经过石家庄，像是向一个阳光融融的高地进发。

然而，我亲爱的故乡，我的祖国呵，历史的发展又总是波浪曲折，不会一蹴而就呵！

我们遇到了反"右"、"大跃进"、大炼钢铁、大办人民公社。1958年，我下放到湖北当阳的一个农场。一天早晨，农民忽然把锅盘器皿都砸掉，到公社食堂去吃饭。到了后来的"文化大革命"，所经历，所见闻，就完全是相声大师侯宝林所批评的"大革文化命"了。

在北京铁狮子胡同住宿上学，我的每月定量就只有二十八斤粮食、四两油和四两肉，上宿舍楼也觉着双膝发软了。

6

今天的开放和改革大潮，使得学人能够放眼世界，对照全球发展格局，回溯和反思过往的中国历史。史书常说，中国是"治少乱多"。"国破家亡"的"乱世"，自不必说，就是相对"自立自主"的"治世"，也因为治理无方，留下后患，引起后来的治乱交替。唐宗宋祖，秦时明月汉时关，多少兴亡事，尽可评说之。清朝"乾嘉盛世"，便是鲜明一例。乾隆皇帝和美国总统华盛顿同于1799年去世。乾隆开初有些平叛政绩，又大兴文字狱。他活了八十八岁，当了六十一年皇帝。他重用的和珅大臣，二十年里贪污白银八亿两，相当于国库十年的收入。社会上却为乾隆六下江南吹吹打打。华盛顿领导了反对英国殖民统治的独立战争，又参与制定宪法，规定立法、司法、行政三权分立，自己只当了两任八年总统。

我们慨叹,当自立自主滑向了闭门锁国、自我膨胀的时候,历史又会走入歧路。我们是在"文革"之后,回溯现实教训和历史经验,才获得了"改革开放"这一珍贵启示的。

7

历史烙印人生。半封建半殖民地,日军侵占遭沦陷,蒋介石统治,解放后的欢欣和发展中的曲折,我们这一辈华夏同胞,正经历了这种历史的偶然,处于特殊的"恰逢"。

记得,幼时苦难的日子里,我时常眺望家乡远处一座高高的名叫"关山尖"的山峰。山巅有一个古庙,四周树木参天。我老是看着它,望着它。从赵李桥往返新店,要经过山脚下的桐梓铺,先是前瞻,后又回首,我始终未能登上去。

北京地区小学二年级下学期语文课本,以"看山"为题,录有我写作的《我没有登上那"关山尖"》一文。小时候,看到山腰有一条通向山顶的小路,夏天,满山苍翠,那条小路是黄色的。冬天,白雪覆盖着山野,小路又变成黑色的了。"文革"后,我从北京回了一趟家乡,下决心登上山顶了。结果,看到山顶的庙宇拆毁了。人们传说,那座庙正在备料修复。

来年他日,随着国家改革开放的持续深入进展,我若能再次登上关山尖,那幼时远远望着的、高高的、和白云连在一起的山峰,必能感受到我的家乡、我的祖国的更加美好的景象。

2012 年 3 月 29 日

故乡回首

从小记事的时候起,我们家乡就沦陷了。

现在回顾,我们华中一带遭日本人侵占,在中国历史里,属于第一次。此前,英国割去香港,日本侵占台湾,俄日先后侵占旅大,都是属于边沿地区。

八年抗战胜利,又是中国历史上对敌斗争的第一次彻底胜利。我从乡间走进县城,从读私塾进入初级中学,脱去长袍大褂,换上中山装学生服,已是抗战以后的事了。

一、生命之源

我出生在晓阳畈,属湖南临湘,和母亲、祖父住在一起。相隔两三里,中间一条小河,父亲就在河那边的赵李桥火车站做点小生意,地属湖北蒲圻。我填表的籍贯是湖北蒲圻,老家又算湖南临湘,堪称鄂湘间人。我在小河边玩耍,两县两省的分界尽在其中了。

我们最初逃难、躲日本兵是到新店,新店不久也沦陷了。我在新店上小学,日本宣抚班、日本兵指着我们的鼻子说是"羌古奴"(亡国奴)。我们在街上列队行走,都得打着"膏药旗"。小学要学日语,"阿伊乌哎哦,沙西斯塞所",日军管理小学。

家乡没有名山大川,长江从西从北绕过,牵连着洞庭湖和洪湖。湖北素称"千湖之省"，我们那里，丘陵起伏，河湖密布，可以说是滋润着、供应着周围的大江大河。那时候，粤汉铁路的慢车快车，都得在赵李桥停。每逢天旱，有的车站上水困难，经过赵李桥，火车头总要脱去握手似的詹天佑挂钩，吼吼地去灌水，然后返回，挂上列车再走。

那是多么悲苦的童年景象呀！我家又从新店搬回晓阳畈后，日军依然占领着。老屋大的厅堂里，饲养日本的军马。他们不用木槽喂饲料，每匹马的耳朵上挂着一个袋子，里面装有各种马料。日本军官称为"太侵"的，就占用天井旁边的厢房。每晚入睡，日本兵就有人呼喊一声"学卡"。一早起床，他们要列队场地，向着东方，做他们的祈祷。有一次半夜，中国游击队吹起军号，向日军发起袭击。第二天一早，日军就沿乡、沿街"打闹"。有一个日本兵抡起镐头，从祖父的鼻尖劈到他的脚尖，用祖父的鸟头拐杖扎他的额头，后来留下了一块绿色的伤疤。

沦陷时期，我家父母也不和。父亲是二婚，母亲从偏远的通城下嫁过来，看不惯父亲的某种庸气，在生我之后，年仅二十一岁，就立志另居吃斋信佛。条件是，母亲带着我，并照看祖父，父亲在赵李桥做点小生意，贴补家用。一度，父亲打豆腐营生，每天半夜起床，有一哑巴帮助手推石磨，他也经常叹息生活的贫苦。

在老家，我是读私塾。上学开始是练习大小字，接着是师父点书讲书，从《论语》读到《古文观止》。到了下午，念到能背对老师，双腿左右摇晃，把讲的书背诵下来，就放学了事。私塾的墙上，供奉的是"天地君亲师位"的牌位，师父桌上是写有"汉刘宽"的竹板。千年不变的落后封建教育，我们算是赶上了它的最后场次。

火车依旧南来北往。车一停靠，赵李桥的老百姓就在列车两侧叫卖食品，把盐茶鸡蛋之类举过头顶，举得高高。车厢的乘客照样把擤鼻涕的白纸，从窗口扔向车下。在老家，我祖父的身体也越来越不行了。他的后颈生有对口疮，因为缺乏有效医治，只是贴贴膏药，不久就溃烂而死。临死前，把我叫到床前，只叮嘱了一句："你要好好读书呵！"

二、立身之本

老家有一座高山。虽然在地图上不见经传，没有名位，但火车经过鄂湘交界处，在蒲圻和临湘搭界的地方，都知道它名叫关山尖。

关山尖形似三角形笔架。从赵李桥、晓阳畈往返新店，总要望见它。先是正面向它迎去，走到山脚下的桐梓铺，然后又别离它，让人回头张望。山顶有一座小庙，山下一条小路通到上面。夏天，满山苍翠，那条小路是黄色的，冬天白雪，小路就变成一条黑线了。小时候，我在户外行走，总是远远地向它张望，但始终未能登临山巅。

我母亲吃斋信佛，常到新店庙堂里拜佛。她们信的是大乘门，佛堂里不设雕塑菩萨，只壁挂佛像。先在门口的纸烟处烤一遍双脚，然后进里面拜佛念经。在家，平时入睡，她总是先要打坐拨珠念经，念的是《心经》（即"般若波罗蜜多心经"，"般若"，意为智慧，"波罗蜜多"，意为"到达彼岸"，认为宇宙万事万物本性皆空）。我每晚入睡，总要先听她念经，常常念到"色不异空，空不异色。色即是空，空即是色"，不等她念完，我也就睡着了。有时，蚊帐里有飞鸣的蚊子，她就点燃油壶灯。蚊子一见灯光，就停止不动，用火苗一击，立即死亡。在我们的饭菜里，没有荤油，但母亲每天中午总要用一个网勺，烙上一个鸡蛋，算是给我的特殊供应。

日本投降后，我凭私塾学的半文半白的作文和补习几个月算术，进了蒲圻县立初级中学。那时，教室挂着孙中山的"国父遗像"，每天朝会升旗要念他的"总理遗嘱"。但是，国民党军纪不好。"光复"之初，军人胸前还佩戴"雪耻"二字，但动辄自炫"老子是枪林弹雨中出来的"，在赵李桥客栈和小街，孩子们还拾到他们嫖妓的照片。"蒲中"读书，我们接触到了代数、几何、物理、化学等现代化课程。国民党安置在学校的童军教官作风不好，学生讨厌。市场早晚市价不同，货币狂贬，社会动荡。学校传出了讽刺现实的《古怪歌》，学生唱起了"山那边哟好地方，一片稻田黄又黄。你要吃饭得做工哟，没人为你作牛羊"，盼望着解放。

　　在家乡，在粤汉铁路一线，我目睹过两次大撤退、大溃退。一次是日军快投降，带着他们的全部辎重，在烟雨的铁路上终日步行。一次是国民党垮台，在列车车顶上、车厢间乃至车座下，绳捆索绑，都是军人，仓皇逃窜。

　　解放初，带着每天早晨必定要扭起的秧歌锣鼓，我离开家乡到了武汉，我们唱起了"五一六，咱们出了头"。后来，经过长长的岁月，我又由武汉转到北京。我的一多半生命，算是阔别故乡了。

　　回想起来，我们这一代知识分子，经由国家被帝国主义殖民化的苦难日子，目睹了民族解放、国家独立的欢欣。之后，在发展进程中，我们遇上了许多曲折。在反"右"、大办公社、"文革"之后，我们迎来了改革开放。

　　如今，我已入老境。现在看来，"科学发展观"的提出，深得民心，成了人们金色的希望。它启示我们迈向未来，又引导我们反思过去、检视过去。而且，按照"科学发展"的要求，只有坚定地、勇敢地判断过去，我们才能更快更好地迈向未来。

2012 年 11 月 27 日

识尽他乡是我乡

我说话总带点乡音。我如今年近七十,大半辈子生活在北京,平时根本不说家乡话,但善辨者一听我的口音,便说我是湖北人。其实,上个世纪50年代初在武汉上大学,我就讲普通话,而且自认普通话水平还相当不错。

大概乡音对本地人是难得更改,对外地人是不可模仿。我有一个癖好,爱听歌,也爱唱歌,特别是民歌,土得掉渣的民歌。一听到"洪湖水,浪打浪"时,我就放下手里一切事情,全心欣赏。我听过许多著名女歌星演唱这首歌,但是,恕我评判打分,除了王玉珍,极少人能上九十。她们的声音也真好,有时还加点湖北口音,唱到"清早船儿去撒网,晚上回来鱼满舱",也都不错,但是到了接下去的那声"啊"的拖音,她们就同王玉珍拉开距离了。王玉珍唱得松弛,唱得沉稳,那特有的乡音、乡韵、乡味、乡情,使得别的歌手相形见绌了。

然而,我私下细想,事情有时也不像我想象的那么绝对。我身居京城,常觉自己是他乡异客,对比北方的辽阔广漠,我常想念南方的阴柔娇媚,但我的乡情也并非那么固执,不可变异。我不是陕西人,却酷爱信天游。我看到缠白头巾的关中汉子,用高亢悠长略带假声的噪音唱起"对面价沟里流河水,横山里下来些游击队",那音符的纯朴高远悠扬,宛如西北山峦梁峁在天边画下的一道道弧线,我从心底折服了。我为自己拥有他们这些父老兄弟,感到非常舒坦,而且自豪。

而且，人们总是慢慢识得并确认他乡即我乡。一首"一条大河波浪宽，风吹稻花香两岸"，打动了中华儿女的心。过去，我的评价是它的江南情景较重，南方味更浓。我曾经纳闷，这种歌怎么竟让祖籍山东的乔羽写去了，让并非生长鱼米之乡，而是在山西土生土长的郭兰英唱去了。后来，慢慢有所觉悟，一个人的乡情、故土情、故国情，是不断变化、绵延、充实和扩大的。江南情也同属故乡情、故国情。此歌名为《我的祖国》，即是证明。郭兰英一唱"听惯了艄公的号子，看惯了船上的白帆"，吐词的清晰细腻，声音的饱满充实以及承载的感情分量，又为别的演唱歌手所不可企及了。

一位歌星一生的绝唱、代表作，常常只是极有限的几首，这是艺术的秘密。另外，窃以为，歌星固然受到欢迎，拥有自己的歌迷，我等观众、受众，也并非一无所为，无所作为。顶级歌星帕瓦罗蒂不能取代其他歌手，歌星也不能代替广大受众的个人创造。我不是每首从头至尾唱完，有时也记不全，而是"摘引"式，挑出乐句、警句，反复咏唱。当然不是在舞台上表演，我是自哼自唱，在夜里，在激情之余，在寂寞的街巷和旷野里，全凭心血来潮，声音有大有小。但是，恕我自我评价，在掌握的自由，音色和音量的运用，投入的特殊情愫，加上我置身其中的氛围和环境，它所产生的艺术效果，也为听歌星的演唱不可替代。在寰宇里，这也是种歌声呀！

声音和歌声是人类交往的重要媒介。婴儿出生，最初是借声音感受母爱。民歌凝结了历代儿女的悲喜哀乐，代代相传，又处处播散。据载，俄国1869年一个庄园的泥瓦匠唱出来的声音，感动了柴可夫斯基，遂在此基础上改写成《如歌的行板》，作家列夫·托尔斯泰听到后，深受感动，说此歌使他"接触到忍受苦难人民的灵魂深处"。《如歌的行板》又流传中国，流传世界。甚至，我们还看到一种奇异现象，中国的某些著名歌唱家、演奏家，他

(她)们唱出的、演奏的外国名歌名曲，由于独到精湛的领会、掌握和处理，他（她）们能盖过产生这些歌曲的国家的竞争者获得荣誉。音乐又超越乡土和国界，成为世界共同的精神财富，如我们很多人喜爱传唱蒙古民族的《牧歌》，台湾地区的《阿里山的姑娘》，印度尼西亚的《星星索》，萨拉萨蒂的《流浪者之歌》，舒曼的《梦幻曲》等等。

我还是那个习性，酷爱那些经典性的歌曲乐句，唱到"有谁在唱着忧郁的歌，唱歌的是那赶车的人"（俄罗斯《三套车》），唱到"故乡呵故乡我的故乡，何时能回你怀中"（日本《北国之春》），或者，感悟那五音阶的"旧日朋友岂能相忘，友谊地久天长"（苏格兰名歌），我还是不拘一格，自由处理，"摘引"式地反复咏唱。我脑海里浮现着覆盖着冰雪的伏尔加河上的马车，母亲给远方的儿子寄去御寒的冬衣，人们散会时互致祝愿的情景。这一切，如同我哼唱中国歌曲时想象的荷花丛中采莲的妇女，风吹稻花两岸香，陕北山梁上踽踽独行的三哥哥或四妹妹，长江三峡上颠簸的木舟，船上的红衣少女和白须老翁。在我沉醉其中的时候，我从心底发出问候：亲爱的人呵，你们可好，请你们接受我这个陌生人的祝福和问好，我们都是大地母亲的孩子。如同《三峡情》歌词说唱的：那三峡的雨和云呵，细如丝，柔如棉，洁如玉，白如银，"牵动着儿女思乡情"。时常是我孤独一人，唱着唱着，眼睑里慢慢溢出了泪水。

2003 年 12 月 15 日

黏附着太多生命的乡情

　　我的幼年里，不曾有鲁迅嬉戏的"百草园"，不曾有郭沫若四岁半发蒙、在私塾就读到《西厢记》的经历，也不曾有众多友人那种温馨的、有趣的经历。一切都是凋敝的、败落的，心里黏附着那么多令人哀叹的生命。

　　从记事时起，家人就说到我的"幸存"。我婴幼儿时一直抱在一个未嫁的姑姑手里，一次日本飞机轰炸，我例外地同姑姑分开躲藏，她却被炸身亡。

　　家乡作为一个已经沦陷的粤汉铁路的小站，我目睹站上拥挤着做生意求食的种种村里人。日本兵酒醉后沿街闯荡，我忧心忡忡地听到那种可怕的哼喊砸门声。小站一色的茅棚，赵李桥又叫茅棚街。火灾一来，全镇付之一炬。我看见一个妇人趴在地下，面对一个烧焦的、只露出白色肚肠的孩子哭泣。她因为上山砍柴，把儿子反锁在家里。我认识老屋村里两个瞎子，一个能执刀劈竹破篾，隔几天就在街上叫卖："刷帚筷子呀！"另一个是算命的，他能挂着手杖过独木桥。我夏天一身痱子，头上长疖子，苍蝇驱赶不开，我总是听见瞎子拉着二胡，从街的这一头走到那一头，好像全镇也屏息着，倾听那忧伤的二胡声。

　　日军溃退时，他们连人带马，沿铁路步行撤退。有一天我在老屋外一口塘边看见红色毯子露出来，那里有日本兵斗殴时被打死匆匆埋下的一具尸体。家乡文化贫瘠，没有名山大川，没有名胜古迹，我也无心观赏。日军"打闹"时我祖父挨揍，我伯父被

"拉夫"当苦力,我父母又一直以吵闹不和度日,那时我总觉得远山间的一线铁路,火车冒烟驰驶而过,就像一个疯妇飘着白发,一路鸣笛呜咽。我孤自一人,冬天常常提着用铁丝穿好的日本空罐头筒,装好灰烬和木炭,用生冻疮的手甩上几圈,火苗熊熊,这是我难得的乐趣和温暖。

侵华日军投降后,家乡人民没有过上几天好日子。国民党伤兵胸上佩上"雪耻"二字,却动辄用拐杖敲打市民,骄横自称"老子是枪林弹雨中出来的"。有的军官嫖妓,孩子们还在街上捡到他们裤兜里掉下的妓女照片。我们蒲圻县中学的学生经常闹事打架,不买火车票,还把车站站长痛打一顿。我也学着扒上货车顶棚乘车,有一次刚上去就开车,幼弱的我摇晃一下差点掉下来。

蒋军也溃退了,车站不断贴换反共"剿匪"司令们的布告也无济于事。货车顶棚上、车厢下、车厢交接处,挤满了溃退的士兵。国民党决定炸毁蒲圻大桥,据说炸毁的铁片会飞到县中学校门。我们的几何老师不得不从山上搬下来,他乞求学生:"你们要接济我这个穷教员,孤老头子。"我们催学校发文凭,背着行李,阴雨中行进在不通火车的归家路上。

离别了,我的家乡。从此我就开始了解放后离乡的长长岁月。用家乡话说,我"出去"了,我没有"回来"。在与友人聚谈中,我承认,当他们争相诉说各自的家乡美、眷念情,我是怯生生退处一旁的。我极少回乡,常常是在乘京广线列车不停站地疾驰而过家乡时,提前扒开窗帘,探看家乡的人群或者灯火。我已年届古稀,估计也会客死异乡。然而,儿时家乡的人群、生计、命运乃至仅仅一瞥的面影,永刻在我心里,在生命中频频唤我回首张望。

人常说,一个人的知心朋友多半源自他青少年同窗学友,我要说,一个人的乡情要占据他心绪情感的一半。乡情不单是温馨甜美的,也包含着悲哀和苦痛。

乡情是人整整一生的图画的底色，离乡后的劳碌奔波都以它作回应，作联想，作陪衬。

2004 年 12 月 17 日

清怨的乡情

小时候，我一直怯于、碍于言说我的乡情。

我的家乡位于粤汉铁路鄂湘交界的一个小站。幼时家庭不和，在当地是数得着的。父母一吵架就一个动嘴，一个动手，各不相让，这时，我就躲到别处去。后来，母亲吃斋信佛，与父亲共家而分室，我自觉无颜进出这个家庭，又无力走出这个家庭。

照说，抗战胜利了，我又是我们小镇上唯一进了县城读初中的孩子，但我依然郁郁寡欢。日寇的长期蹂躏，给我心灵上留下了重压，我无法拂去沦陷区中国老百姓在日寇铁蹄下长期积存的忍辱心态。后来上学，我身体瘦小，家里又穷，只能穿一身不能换洗的湖南省青布制服，这种布纹路粗，又泛光。在操场排队，我夹杂在或穿哔叽、至少也穿了纹市布的同学中间，感觉低人一等。我们那个小站小镇，又名茅棚街，周边前来觅食的乡民，盖着一色的茅屋。火车一到站，就有孩子和妇人把盐茶鸡蛋高高地向车窗举起，火车头一开离，就有人在铁轨上捡起燃烧未尽的煤块煤渣。旅店、饭馆、小百货、日杂铺，就像散布在小镇上一双双饥渴的眼睛，盯着上车下车的旅人。国民党管理不善，记得有一次火灾，全茅棚街化为灰烬。一个上山砍柴的妇人，回家把锁在屋里的孩子捧出户外，孩子周身烧得焦黑，唯有破裂的肚肠露出白色，她拜头大哭。在我印象中，一个贫苦小站栖息在风雨飘摇里，火车吐着浓浓的黑烟，鸣笛呜咽而过，这是我幼小心灵中留下的典型的家乡画面。

此后，在长长的学生生涯中，每当同学促膝诉说自己的家庭、家乡情景时，我发现，一些有着美好童年的同学回忆起来是温暖的，慕悦的，甚至是钦羡的，而我是沉默的，愧赧的，或者说，内心充满清怨之情。我们那里没有可以言说的名山大川和文化古迹。文化的荒芜，经济的贫困，周边景色的单一，同不幸家庭出来的孩子一样，我常常沉浸在孤独的自惭自愧中。后来由学习而工作，由青年而中年而老年，数十年日子里，每当我乘快车不停站地经过我的家乡时，我总是扒开窗帘，看看家乡的容貌和灯火，看看街道已经变样的砖墙瓦舍。有一次发现有一条街道能从铁道下面穿行，在略带惊喜之后，我总是沉入长久的回忆，默默地流泪。

我近乎固执地坚持我的乡情是一种清怨的乡情。它潜生，迷漫，无可选择地强加于我，从家庭，家乡又掺和着我的故土故国之情。记得抗战后我穿着那身粗布制服上火车到县城读书，车厢里经常坐着高鼻子洋人。他们有时把雪白的擤鼻涕纸扔出窗外，他们穿着讲究，周围都是些土里土气的中国人。有一次一位洋人十分友好，拿着两个鸡蛋要送给我，我站立端视，高低不肯接受。后来，我读到郁达夫的《沉沦》，我近乎一拍即合，应和着他的抒情。尽管他写的是中国学生在日本生活，走向狎妓眠柳走向沉沦时感受到的"弱国子民"的屈辱心态，然而，他的呼唤："中国呀中国，你怎么不强大起来！""祖国呀祖国！我的死是你害我！你快富起来！强起来吧！你还有许多儿女在那里受苦呢！"是那样打动我，拍击我的心扉。我明白，在他的某种颓唐中，隐含着一种民族的怨情，一种忧国、希求强国的爱国之情。

解放后，我的清怨的乡情一度被挤压到心灵的一个角落里了。我们沉浸在站起来了的欢乐里，每日早晨都扭秧歌。我们那时不以贫穷为不光彩，国家爆炸了一枚原子弹，我们一二十年没有提工资，然而，狂热的革命风暴不能顶替艰难的经济建设和正常的社会运转。当我在"文化大革命"期间被派到伦敦搞新闻报道时，我有点傻眼了。我开始感悟到僵化的意识形态壁垒，封锁了我们的视线。我们那时出国不穿西服，更不用说领结和佩花。我们男女一律穿制服以不变应万变。在宴会、招待会之后的舞会场合，我们不得跳交际舞。有时，外国女性同行主动邀请，我们一律以"不会"谢绝。我发现，中国记者外交官一律待坐在桌旁，用纸烟的烟雾缭绕自己的脑际。至于我们的新闻报道，已经被先验的"文革"理论框架所锁定，没有任何新鲜活泼的东西。我们人民的生活已经差了一大截。我们在国外，从生活到交往到自身职业，我开始感受到自惭形秽，心灵深处一度被挤压一旁的清怨之情，又升腾起来了。

这次改革开放，给我们带来了兴奋和喜悦。我发现，这一次和过去的、特别是50年代的革命狂喜不同。那时候，我们自我满足，我们甘于贫穷，我们认定生活物质条件一好一富，人就会变得不好或变坏。那时候，我们都沉湎在社会提供的、又加上各自构想的社会乐园里，我的清怨的乡情近乎要退出我的心头。我记得有一次讨论世界局势，一位政治课老师讲到再过三十年，美国也会发生共产主义革命，我们这群学生都认为他估计的时间太长，而我们已经早走一步，明天就会进入美好社会。

这一次，是改革开放振奋了我的情绪，同时又使我获得了某种冷峻和清醒。改革开放不仅明确抛弃了封闭锁国，又因为是开放是改革，你就得敢于自省，敢于面对过去，你就必须得承认自身存在需要改革的弊端，也因为是开放，是改革，你就勇于面对未来，加入到世界各国的现代化乃至某种共同的一体化的洪流中去。历史总是以其不遁形、无藏匿展示它的成败得失的方方面面，我们一路走过来，自然不会忘却我们的路迹。当我们能够正确面对这一切，看到自身肌体出现的故障的种种历史和现实表现，清怨的乡情就会在我心灵中油然生起，郁达夫当年的那些呼喊又时不时地回响在我的心头。当然，时代变了，某些词语也变了：中国呀中国，你更快地强大起来吧；祖国呀祖国，你自身的机体更快地健全起来吧；你的儿女多么殷切地瞩望着你，你快快地富起来！强起来！发达起来吧！

　　我已经年老退休了，在日常正规的社会机能运转比如上班下班中，我已经归属到白天可以爬山休闲的老年队伍里去了。我的眼球已经开始浑浊，然而，在擦肩而过的我们众多对着眼神的交往中，我总是感应到某种共同的心声。

《黄河》2002 年第 3 期

友情至少有一半是缺少交往的

　　如果说友情和亲情切割了人对人的感情的两大板块，再把家庭亲情比作人的生活的茅舍和宅室，那么，友情就像这之外的村镇、原野和山林。人们不可一日缺少这种友情来往。我们平静下来的时候，都会做出恰当的自我估量。

　　"少年乐新知，衰暮思故友"，在自我回忆的屏幕上，我们都会为自己的人际交往的某些处置不当而汗颜，经年累月而汗颜，也会为自己建立的美好友谊而欣慰。但是，在友情这一点上，我敢说，它在世间的业绩常常是不分高下贵贱贫富的。荒山远野的一名不闻者，他们的友谊篇章，即使在高雅的、卓有建树的上层人士来看，也常常引为心灵的伙伴，精神的激励者和启迪者。

　　而且，人生也怪。当然，友情是靠交往建立起来并保持下来的。我们的一些亲密朋友，常常是在一个学校里，一个工作单位彼此谈得来，互相关心。即使后来分开了，住在不同的城市和地方，也能互通音讯，问寒问暖。但是，如果征询每个人问问他们的心理体验，居多也会说，友谊有许许多多属于惊鸿一瞥，缺少甚至没有多少交往的。人们在每天重新经历的人与事之外，往往会回忆和叠印出往日的人事与情怀。有时，这种叠印是不自觉的。它们自然涌现于你的心头，或借一定的机缘和场景，经常地浮现，让你沉醉于其中，受它们左右。在对方不知不觉中，老是怀念对方。它们同一般的人际交流往往不成正比，那些接触的亮点，常常点燃在心头，照亮你一生。

上个世纪50年代我们读中师。毕业分配时，第一次，我们几个人不分配教小学，直接保送上师范学院。我们兴奋极了。也为那些直接当老师的大多数同学感到欠憾，是他们把上学的机会和名额让给了我们。那时节，我们读中师的同学，大多家境并不宽裕。我的穿着行装，在班上又属于低档次。有一天，一位定下来当老师的女同学对我说："你上学有什么困难，我可以接济你。"我望她一眼，感到一阵惊喜。我敢说，我们之间没有任何爱恋之意。我们平时接触不多，她虽长得不错，但年长于我，彼此也从来没有往那方面靠。但是，这句话让我牢记一生。

当时，我们中师的校址从武汉搬到了乡下，在汉川县一个偏僻的村镇。有一次，班上一个同学病倒了，校医建议护送他到武汉市去治疗。由我陪同，坐木船，经蔡甸，在路上整整折腾了一天。到了晚上，我不得不投宿在一个亲戚家里。可能路途上吃了不干净的东西，感染上了痢疾。到了半夜，我腹泻不止，衣服和被褥全弄脏了。我感到情况不妙。亲戚开始见我还和颜悦色，后来就厌烦发火了，怨我、责我、凶我之声不绝于耳。我住进一间小屋，没有有效的止泻药，吃大蒜又管不住，那两三天，我狼狈不堪，又无能为力。不知怎的，忽然，一个男同学来看我。看到我的处境和心情，他表示要接我到他家里去住。我心里一怔。此事没有成行，亲戚觉得责任和面子过不去，而且已经通知我乡下的母亲，让她来武汉收拾残局。

毕业后，这位男同学也分到下面教书了。光阴荏苒，分别之后，我们之间也没有任何联系。听说，他好像分到鄂西一个偏远的地方工作去了。那位女同学，只知道离开了武汉，具体在哪个城市，也不确知。然而，他们当年的一言一行，那鲜活的面容和表情，始终铭刻在我的心灵里。你们在哪里？你为什么愿意接济我；你的好心、善心、友爱之心，叫我一生怎样报答你呢？还有，你我之间过去并不怎么亲密，亲戚都让他们的孩子躲着我（这在当时我是能理解的），可你为什么愿意把一个染上痢疾的同学接到你家里呢？

近些年来，都时兴校友聚会。地点常定在母校，毕业三十年的、四十年的，中学的、大学的。不知怎的，我特别怀念中师的同学。当年我们都十四五六，青春年少，单纯而热情。前不久，我赶回武汉，参加了一次中师的校友聚会。我看到了经常有联系的老朋友，也遇到了阔别半个多世纪的老同学。从老远就望着、瞅着，满面笑容、又皱纹重叠，白发苍苍。都说，时间隔得太久了，我们都老了。当年教我们书的老师，大都去世了，如今仅存两位，这次来了一位，另一位躺在家里。同学中，也有一些人先后离世。我们握手，我们辨认。有的相貌压根儿就变了，有的只有脸的下半截或上额眼神，还保留当年的模样。

在这次聚会中，我没有见到这两位同学。我问及他们，也都说毕业后对他们的行踪和下落不知其详。后来，在同学录和通报中，标出他们和其他地址不明的同学的名字，希望他们或知道他们情况的人提供他们的现址、单位和电话号码。我设想，如果遇到了他们，见到了这两位同学，我会怎样呢？我会谈到他们的关怀，问到当年说的话，表的态，他们会怎样呢？可能说有这回事，也可能说记不起来了。人海苍苍，世事茫茫，我同他们的关系，此前，没有太多交情，之后，根本没有联系交往。它们好像是孤零零的两件事。然而，一句关爱，让人感念永远，温暖终生。

一个人的善良、美德和爱心，如同他（她）的肢体一样，是形之于外和自然流露的，是借助一种偶然，因缘时会而表现出来的。人生，困难时能相濡以沫，又常常忘情于江湖大海。这些情意，在我，是有幸领受了。它们感动了、也滋养了我。每当我回忆起这些，也同时提醒自己，应该效仿它们，让他（她）们不为我感到遗憾。你看：我们抬头望着夜空，群星闪烁灿烂。它们自我闪光，又无意炫耀。即使是一颗流星，一道光亮陨落了，也组成这绚丽多彩的星空，让人类感到无比的欢愉。

2006年12月18日

回首华林师友情

来北京，算是经历我生命的三分之二了。然而，我始终觉得是寄居，我是他乡异客。

当列车载着我经石家庄往北方高地进发的时候，天地变得广漠了，天顶又似乎压得甚低。它不及南方家乡那种阴柔而又明媚。

我们进华师是1952年，那是难得的大聚会。学校是昙华林的华中大学、粮道街中华大学和阅马场那边的湖北省教育学院的大合并，学生来自鄂、湘、豫、赣、广东、广西六个省，先名华中高等师范学校，后又更名华中师范学院。昙华林、花园山、南湖桂子山，我们都住过，住时间最长、印象最深的还是昙华林。昙华林，单是这地名，就具诗意。昙华，昙花；昙花一现，在某个层面上也绝非全为贬义，倒是道出了人与事的普遍性质；成了林，就更壮观了。当时，我们这些武汉市学生心目中，除了珞珈山，就数昙华林。校园高低起伏，横贯长溜斜坡，树木参天，钟声悠扬，红色西式建筑错落有致，韦卓民住房就是后门草坪侧边那个尖顶希腊式小楼了。

我们入校，逢上向科学进军的年代。学生听讲，猛记笔记，我们一些人死记硬背，为争取年考每门九十分以上而奋斗。王凤老师讲课，有时带出："我的朋友，写诗的能手曾卓……"胡肇书老师讲课，紧锁双眉。杨潜斋老师讲课，嗓门较大，自我陶醉。高庆赐教务长讲语法，头头是道，熟练自如。方步瀛老师有一个讲座，洋洋洒洒，题目是"人民的节日——端午，人民的诗人——屈原"，很有兴味。学俄语，课上课下，就争相弹动舌头了。

进四年级，韦卓民给我们讲逻辑学。当时，觉得他有来头，有学问。他早年接受洗礼成为基督教徒。1929年，他就担任华中大学校长兼文学院院长。之前，曾获美国哈佛大学硕士，在伦敦大学、巴黎大学、柏林大学进修，在芝加哥大学、耶鲁大学、哥伦比亚大学讲课，通晓英、法、德、俄、拉丁等多种外语。蒋介石曾要他出任驻美大使，他婉言拒绝。1948年，国民党要求华中大学南迁桂林，他在地下党和进步师生影响下，表示拒绝。他阻止向武汉警备司令部提交大学地下党员名单。抗美援朝时，他动员基督教"信友们"参军，捐献飞机大炮。对于昙华林的华中大学，他堪称亲手缔造、一手经营。他曾同晚辈王元化通信，王感谢他在黑格尔哲学上给他以"指导"。然而，他给我们讲课时，已经处境不顺，失去了学校的领导职务和其他社会兼职。在讲台上，总觉得他眉宇间积淀着太多的历史烟云，不苟言笑，不多一句，不少一字，极有逻辑。

1956年毕业后，我留在系里。接着，来了一场堪称史无前例的反"右"运动，危害极大。1958年初，我们部分青年教师下放到湖北当阳草埠湖农场。学校把一些划成"右"派的教过我们的老师，也安排在我们一个生产队里，还说让大家"监督"。我们中文系住在名叫"卫生台"的一溜草棚里。当年教过我们的、一度当系主任的党员老师王凤，因为成了"右"派，跟我们住同一屋里。他叼着纸烟，耽于思索。胡肇书老师依然紧锁双眉，不多言笑。在白天"大跃进"、社员砸锅炼铁、跑步进入共产主义的嚷嚷声响之后，到了晚上，我常记得，年长的青年教师陈安湖，在过廊里，透过茅草棚的雨滴，向迷蒙的山野，唱着他喜欢的西方19世纪的动听的情歌。

1959年，系里让我报考了北京的中国人民大学和中国社会科学院文学研究所合办的文学研究班。何其芳任班主任。1963年毕业时，研究班办公室表示，凡志愿留北京工作的，可以帮助安排。

我和有的学友不同，我不愿意，我要回华师，回昙华林，我要感恩图报。然而，历史有些蹊跷。当我回系里，把我北京所学的匆匆编写讲稿，讲了一学年"文学概论"之后，一纸调令下来了，而且是全家一起调走，单位是新华社。这一次突然调动，完全在我预想的人生职业之外。

系里为我开了欢送会。方步瀛系主任送了我一副字：

无为儿女共沾巾，应见今人胜古人。
但望天涯立功日，不忘昨夜赠言春。

——兴安同志调任外事工作，临行，赋二十八字以赠，并祈哂正。

方步瀛一九六五年元月五日（印）

如今，回头一看，半个世纪过去了。方步瀛老师这副用毛笔书写的精美题赠，我一直珍藏着。我的华师老师也大都作古离开人间了。如果加以比较，同此前的师生关系比，同今天更为明亮、也较为单纯的大学师生关系比，我们的学校生活有共通的上课下课，有照例的迎来送往，另外，也存在一份曲折，变化，乃至多难。或许，这也给我们的人生经历增添某种深邃、某种凝重。

回想起来，当年离开昙华林的时候，自己对未来的瞩望倒是不少，现在加以反省，待遇并不低，做的事情却极少，我一直心存愧疚。这里，我要说，母校，我常年怀念的母校哟，我依然怀念你的学校生活。我喜欢跟朝气勃勃的青年学生在一起，不习惯在机关、在研究所的孤独的来往和上下班。眼下，已入老境。在此，让我遥嘱母校一切都好。

2012 年 10 月 22 日，北京石景山依翠园

青春学涯之忆

我等一批知识分子，经历过日本鬼子指斥我们为"羌古奴"（亡国奴）的沦陷区，见识过国民党统治时期早晚钞票市价不同的通货膨胀，同时，也目睹了日本兵沿粤汉（铁）路成队披挂溃逃，看见过国民党军人挤满火车，车顶、车厢接头挤满人的溃退。这些，都是难得一见的历史场景。

解放了。我们唱着《东方红》，一早起就敲锣鼓、扭秧歌，扭得浑身汗流。

然而，历史局限着人生。诗歌的赞辞，常常不相合历史的箴言。当时，我们不知道《东方红》里潜伏着"大救星"之类的非科学发展观的用语。如果说，解放前中国历史充满灾难曲折，1949年以后，又必然要遭遇新的曲折。是历史，就会有曲折。

我的大学生活和教书生涯是在昙华林和桂子山度过的。昙华林的浓荫和桂子山的敞阔，都给我留下了美好的记忆。解放初，起始于1893年湖北自强学堂的武汉大学，和萌自1871年文华书院的华中师大，是武汉最早的两所高等学府。如果说，大学生活垫下了一个人的人生基石，我回忆，我的昙华林和桂子山岁月，既感受了当年基督教教会学校留下的宗教文化超离尘世、批评世俗的影子，又参与了南湖新区发展武汉高教事业的课堂岁月。毕业后，我留在系里。1958年，我们中文系教工在当阳草埠湖农场劳动一年，和后来的章开源校长等历史系老师同住卫生台。到了1963年，我从北京回到武汉，把我在铁狮子胡同文学研究班（文学研究所和人民大学合办）进修四年所学知识用于教学，在中文系一年级主讲《文学概论》。常常是头夜还在赶讲稿，第二天上午就在讲台兑现，我戏称为"贩卖"。不久，我又调动工作，举家迁到北京。应该说，这一年的华师讲台生活，连同华师长长的师生岁月，成了我一生的珍贵记忆。

如今，我已步入夕阳暮年。作为一名知识分子，回顾自己的人生，感慨太多。回算起来，觉得解放初唱"解放区的天是明朗的天"，很高兴，毕业于1956年华师中文系的大学生活，逢上国家当时提出的"向科学进军"，知识界也普遍群情激昂。到了1957年的反"右"，后续的总路线、"大跃进"、大炼钢铁、大办人民公社，随着毛泽东作为领袖的负面因素越来越多，中国知识分子的命运连同国家的命运，就曲折多难了。所谓"三年困难时期""三年自然灾害"的说辞，把人为路线错误推之于大自然气候，全属掩耳盗铃。我记得当时搞公社化，农村取消自留地，农民办食堂到生产队"打饭"，可以算得上人类历史上第一次出现的空想共产主义"壮观"图景。1966年发起的"文化大革命"，为期十年，反帝反修，唯我独革，今天批甲，明天斗乙，带来了深重的灾难和内乱，相声艺术家侯宝林有一句讽刺性的概括："大革文化命。"也许，正是这些反面教训，促使中国近三十多年走上了改革开放的道路，我国已跃入世界第二大经济体，知识分子进入了最好的历史时期。

那么，回想起来，从华师当学生起，在精神生活上，在思想历程上，有哪一些基本点和每个人密不可分，而且直至现在、直至老年，仍在纠缠着、求索着呢？我以为，"公"与"私"，"个人"与"集体"，是一个普遍问题。过去，一提到"私"，就等同"自私"，就恨之入骨。"私"是万恶之源，要狠斗私字一闪念，斗私批修，上纲上线，进行批判和否定。一提到"个人"，就容易挂上"个人主义""唯我主义"。实际上，从现代观点来看，这种思维和说法是片面的、机械的、错误的，乃至虚无的。当今世界经济发展，不说生活资料，就是生产资料的私有，将来也消灭不了，而且，保持"公"与"私"的合理结构，只会增加社会的活力。与此相连，"个人"与"集体"，个人、个体、个性和集体、党派、国家的关系也不是要排斥和否定一方，无条件地推崇和倒向另一方。保持双方合理的辩证关系，对任何一方，只会有利而无害。我读华师中文系一年级的时候，与刘兴策、黄曼君学友为年级考试各门功课90分以上而奋斗。那时，讲全面发展，平均使劲，不惜死记硬背，我为自己达到这个目标而沾沾自喜。现在加以检视，这里面，已经存在着失去自我、失去个性，过于投合世俗的需求标杆，不能智慧地、创造地处置这两方面对峙而又互联互补的空间。马克思说："人不是由于有避免某种事物的消极力量而是由于有表现本身的真正个性的积极力量才得以自由"。爱因斯坦说，"我始终尊重个人"，甚至自认是个"独往独来者，但是归属于一个追求真理、美和正义的看不见的共同体的意识，阻止了孤独感的产生"。而绝对地否定"私"、排斥"个性"，正是专制者对驯民、愚民的要求。

离开华师，半个世纪过去了。今天的大学生活，桂子山的师生岁月，同我们那个时候相比，存在着、成长着、活跃着新的知识个性，新的教学风貌，新的创造与自由。过去，我们把"阶级分析"当作观察一切的法宝，用滥了，用得庸俗了。现在看来，知识界的命运，知识分子的发展和水平应视为观察一个社会、一个国家的窗口。我真想再到武汉时，再去昙华林，去寻觅和欣赏白色、芳香、夜开晨萎、仅存数小时的昙花，以弥补我过去未得一见的遗憾。秋日的桂子山的桂花，自然是满山满坡的，或橙黄，或杏白，我要和校友们玩耍其间，再次观赏它的色彩和芬芳。

2013年11月20日

异域情思

夜宿牛津

我手持英国学术院的日程安排，向牛津大学城投宿时，抬头一看，正好是一个家庭旅馆。店主是一位老太太，把我和卓如女士分别安排在这栋三层小楼的二、三层，交代了生活设施，告诉最晚归来和早餐的时间，给了我房门和大门的钥匙。

牛津的风格是庄园式的。当然，剑桥也是庄园式的。与剑桥的秀美不同，牛津更显得浑厚。牛津大学三十七所学院，从12世纪起就先后坐落在这里。古建筑与参天树木掩映，下面是修葺得如同天鹅绒般柔软的草地。大学周围很多这类家庭旅馆，学生可以租住，外国学者和游客可以住宿，免去了建造许多高层宾馆，解决了不少人就业，又让来访者一下就投入英格兰大学城的怀抱，领受她的风情。房间设施精致而古朴，给我印象最深的是洗手间的马桶盖居然用毛线套罩住，见出女主人的精心。早餐可以进餐厅，煎炸烧烤，面包火腿鸡蛋香肠，牛奶咖啡果酱饮料，任你选用。完全不像在伦敦爱丁堡住旅馆，那里，服务员一早把一盘早餐放在房门口，如同医院端给病人的一盘针剂药物。

第二天上午安排参观。大学保存着古代与传统，又包容着现代与先锋。每个学院都有自己的博物馆。教堂钟声，圣诗合唱与古典音乐现代音乐兼容，修女、博士穿戴与时髦服饰、白色裤子的猎犬队装束各显风采，加上接纳近百个国家的留学生，让人感到宽容并蓄。各学院竞相展示自己的珍藏和名人遗迹，其中诺贝尔奖获得者和历届英国首相，更是导游热衷的材料。在大学东方学院图书馆参观的时候，负责人赫尔韦尔先生从一间有特殊保护装置的藏书室拿出一本中文书给我看，原来是徐志摩的作品，扉页上留有他的手迹，是他赠给二十年代初在英国留学时一位友人的。这使我联想到我们文学所图书室很有几本沈从文署名的早期作品，同普通书籍架在一起，一任书页干黄脆裂。英人性静而好古，给人的印象是，尊重一切精神财富，让思想各有领地，让思想与思想相存相较，摒除任何外力的干扰，这大概有一点马克思说的批判的武器不能用武器的批判来代替的味道。

  那天下午回到旅馆后，接到大学中文系研究中国现代文学的海德先生的电话，说晚上安排一个"帕迪"（party），请我和卓如女士参加。中国人把帕迪同宴请连在一起，看得很重。我还着实梳洗一番。我们走到小街不远的一家酒馆，主人正在守候。海德先生还邀了自己的弟弟，为我们一人要了一杯啤酒，买了几包花生米。全部节目就是喝啤酒吃花生米看街景聊天。我顿时觉得新鲜简单，也很有趣。心想我们平时请客耗费劳神讲面子，要是如此思想解放，倒是蛮好的。等到晚上回旅馆，忽然发现，糟糕，我把钥匙丢了。一切的回忆寻觅都无济于事。我向老太太陈述，表示道歉。我知道大门的钥匙对旅店安全的重要性。我按要求赔偿了六英镑，正好是学术院每天发给我的生活费的一半。

  临走的那天，我们一清早就收拾好向店主道别。我们带着学术院发给的返回伦敦的火车票。忽然，老太太让我在门口等一下。她从房间拿出六英镑退给我。我惊异，推让，但她高低不收。临走时，老太太希望我下次再来，并用双手抚摸我的头，搓揉我的脸颊。其时，我已是年逾五十的老头。那一天，我们还绕道访问了莎士比亚的故乡斯特拉福镇。我心想这六英镑已是身外之物，于是，在莎翁故居对过，加了两镑二十五便士，买了一尊小型莎士比亚青铜塑像。

1995 年 5 月

那灵魂，那窗口
——访狄更斯故居

一种摆脱不开的愿望，就是每到一地，设法寻访文化名人的故居。人人老境，酷爱忧郁。我总觉得，那些故居的氛围和韵味都是忧郁的，一种深沉的忧郁。我也总觉得，我要去看的故居，特别是作家故居，它里面仍然栖息着一个没有死去的灵魂。

在伦敦大学东方非洲语学院访问结束的时候，一个阴雨的下午，我向能讲一口流利广东话的英国朋友裴达礼先生打听狄更斯故居。这之前，在电视里看到过这个故居。而更早，我在伦敦住过两年，竟深以为憾地未能去过这个故居。他说，近极了，就在伦敦大学东边不远，过拉塞尔广场，左拐，再右拐，便是。

伦敦街口经常悬挂一个牌子，标明某某名人曾在这条街多少号居住。这道梯街48号——狄更斯故居（The Dickens House），决然够不上伦敦中上阶层的住宅水平。通街三层楼房子，住宅没有前花园。各户仅一墙之隔，住户似乎要靠门口那一方粗粗的黑漆铁栏杆，得以保持某种间离。然而，住户之间，住户和街道行人之间，是邻近的，亲和的。

只有一位服务员照看故居，售门票，看管整个博物馆，还经营一个小卖部。我一看到狄更斯的青铜塑像，就被深深地吸引了。同莎士比亚故居那尊莎氏青铜塑像相比，狄更斯的头部和脖颈颀长，有别于莎士比亚的明朗，倒酷似陀思妥耶夫斯基的忧郁。在这门外的淅沥沥细雨声中，他深情地注视着每一位来访者。服务员随即在门边挑出一块形似体育裁判员手执的木牌，上面便是中文的参观说明书。我手握木牌，对照着进出每一个房间和展览室。

狄更斯在这里居住的时间不长，1837 年 4 月至 1839 年 12 月。我们在他卧室看到的那张古旧而宽大的书桌和靠椅，是他 1870 年逝世前用过的。他在这张书桌上写过《双城记》《远大前程》和《我们共同的朋友》，现在安放在这所故居里。道梯街 48 号却是他在伦敦留存下来的唯一保持原貌的住房，这两年多的生活又是他一生的重要时期，他开始了职业小说家的生涯，以卓越的艺术才华奠定了自己的文学声誉。他在这里完成和写作了长篇小说《匹克威克外传》《奥列佛·特维斯特》（电影改编译作《雾都孤儿》）、《尼古拉斯·尼克尔贝》，开始写作《巴纳贝·日阿吉》，此外，还写了一些速写和剧本。在这个住宅里，发生过一件令他悲痛不已的事情，他钟爱的妻妹玛丽因突发心脏病去世。他一直对这位小姨子怀有纯真的眷恋，她发病时就死在他的手里，年仅十七岁。他散步时想她，睡觉时想她，做梦时梦见她。狄更斯后来同妻子离婚。过了数十年，在去世的那一年，狄更斯还说对玛丽的"回忆"，"就像心跳对我的生命不可或缺一样"。他决定死后同她葬在一起。狄更斯许多作品人物中，寄寓着两个真人：一个不幸的小男孩，他自己；一个瘦弱而完美的小姑娘，他妻妹。

给我印象最深的，是木牌说明书上特别标明的那扇硕大的"窗口"。它与楼道相对，面朝道梯街。当年，狄更斯经常伫立楼道，通过它观察街上过往的行人。他喜欢街道，喜欢在街上散步和转悠。这是这位著名作家一大习性。我同其他来访者一样，选取不同的角度，对着"窗口"，站立良久。道梯街的行人，从面容到鞋履，都清晰可辨，而且能在对方毫无觉察的情况下，得到仔细的观照。

应该说，狄更斯当时住进道梯街，作为年仅二十五岁的青年小说家，他的素养并非单纯贫弱，而是积累甚丰的。他经历了一个不幸的童年，父亲因欠债而被捕入狱，全家因付不起房租而住过债务监狱。狄更斯进鞋油厂做童工，衣衫褴褛地购买最廉价的食物，接济家庭，星期天离开作坊，和监狱里的家人团聚。他回忆起这段日子就感到羞愧和屈辱。后来，他又到律师事务所当缮写员，饱览了伦敦下层人民生活的贫困、苦难、不公平和五光十色的人生世相。他由记者转向作家，已经是一个地地道道的伦敦作家了。

似乎可以这样概括他当时的境况：伦敦需要他，他需要伦敦。他这时写的一些长篇小说，不能一次刊完，都是分期连载。当伦敦发现他，被他的连载几期的《匹克威克外传》所吸引时，连商品也以匹克威克命名，他已经家喻户晓了。据说，一位牧师当时听到一个濒临死亡的人喃喃地说："唉，谢天谢地，不管出什么了，《匹克威克外传》的下期明天就出版了。"狄更斯的这种笔耕效应，得益于他的观察，得益于他对伦敦的熟谙。他说："对于伦敦的街道，要真正看出它的光荣之所在，必须在一个冬天的夜晚去观察它。那个夜晚是阴暗的、凄凉的，潮气缓缓下降，正好使路面滑腻，但又没有把它擦洗干净。沉重的、懒洋洋的雾气挂在所有的东西上，在四周一片黑暗的衬托下，使路灯更加明亮，使灯火通明的店铺更加光彩照人。"他爱在大街小巷行走，记下偶尔听到的一句话，贴着耳朵听店铺里的动静，跟踪流里流气的男女。他在自己的楼下客厅的餐厅里会见作家（包括后来为他写传记的福斯特）、演员、插图画家和其他艺术家。展览室里还有一张桌子，是他当时举行公众朗诵会用过的。为收集材料，他还到外地"微服私访"。可以这样说，他不作封闭式的自赏、自恋，他的深夜伏案工作，是同他心灵向外开启的窗口相互关涉的。他说过，"街道仿佛给予我的大脑工作时不能缺少的某种东西"。如果说，街道散步的习惯，可以使他保持旺盛的创作灵感，他在自己的房子里的伫立，面对这"窗口"的观察与沉思，大概是他写作前的必要酝酿吧。

狄更斯在英国文学中的地位，后来跃到与莎士比亚齐名。他的作品的许多人名，已经进入英语词汇。萧伯纳认为狄更斯的"《小杜丽》比《资本论》更富于煽动性"。我小时候，首先占据我心灵的，不是托尔斯泰、巴尔扎克，而是狄更斯。世界上贫穷的、苦难的人们，都知道狄更斯这个名字。

我们参观时，房间里十分阴暗。他的手稿，亲笔信件，原版著作，原版插图，以及书柜里展出的当今世界各种文字的狄更斯作品译本。在我的静立中、凝视中，它们幻化，融会，合成一个庞大的、浑然的整体，分量太大也太沉重，给人一种高山仰止的震慑力。世人常言，人生如朝露，如花开花落，如流星闪过，光着身来，光着身去，生不带来，死不带去。然而，我如此敬服，这创造性的灵魂，这灵魂的伟大创造。他把毕生的心血和泪水，融入如此厚重的浑然整体，只有世界性的伟大作家才擎得住，承受得起，显示得出。他也是那种人，世界给了他痛苦，给了他劳累，他却还给世界以欢娱，以人们精神需求的巨大满足。

出门，已是万家灯火。我们出道梯街，右拐，再左拐，回到我们居住的、英国学术院经常为外来学术交流人员安排的国王十字街瑞安旅馆。

1988 年 11 月

瀑布之典

轰鸣，地面微湿，空中弥散着白雾似的水沫，我在目睹尼亚拉加瀑布之前已经感受到它的气势。我身边的这座因瀑布而诞生的尼亚拉加城，可以说是永恒地浸润在这声色、这水沫的景象之中了。

寻声往瀑布走去。这一群群来自世界各地不同肤色、不同装束的男女老幼近乎朝圣般地往瀑布走去。人们看到对岸的瀑布不是一线一柱，像是一条瀑布之河倾身一侧，将半壁江山变为水帘，产生一种说不出的惊讶和赞叹。人们或走或停，或用肉眼或用望远镜，或凭栏眺望或摄下图片，忽然一阵风来，在阳光映照下，人们又指点远处挂出的半轮彩虹。这里，以瀑布为舞台中心，这河岸一带密集的人群就是会场，背后的城市作为依托，长年累月地举行瀑布的盛典。

我们买好了船票，电梯把我们从河岸送至河谷。这时，瀑布已经不是遥遥相对的观赏物，而是从天而降，让我们身陷瀑布的没顶之潭了。在踏上游船之前，每人发了一件蓝色的雨衣，雨衣上印着，我们要坐的这种船叫"雾中少女"，从1846年开航，距今已一百五十多年。我们选择了船的顶层，扶着铁栏，等待出发。

游船最初经过美国境内的名叫"新娘面纱"的瀑布，已经看不见地面的一切景色了。宽约八十米的瀑布，从五十米的河面垂天而降，唯一可见的就是瀑布、岩石、溅击的水花和碧绿的水潭。这时只有海鸥才是唯一存在的生物。它们在水雾中飞翔、鸣叫，在岩石上奔走、嬉戏，或者浮游在碧潭上作短暂的休息。它们对于污染自然、破坏自然的人类，似乎是一种自我固守、自我显示，它们骄傲于我们游船上的旅人，需要借助这铁壳似的机器才得以浮游，唯有它们才能在如此奇妙的境地自由潇洒地度掷自己的生命。

　　船继续前行。进入加拿大境内的马蹄形瀑布，就更加壮观了。瀑布从三面围合起来，中间凹陷，宽达八百米，落差五十米，形如半圆形水瓯。船开始有些颠簸，岩石不见了，碧潭不见了，海鸥呢，一只也看不见了，只有浓雾团团包围，夹杂着轰轰隆隆的响声。忽然，阵风袭来，暴雨似的雨点打在雨衣和夹板上噼啪作响。游客满脸水珠，裹紧身上的雨衣。

　　游船更加摇晃，从马达的坚韧劲儿感到，我们继续向马蹄深处挺进。大概是气流和风向的变动，水雾的包围时紧时松。人们间或可在阵雨之后，仰面作旋转式的观赏。相机纷纷强烈闪光，快门连续作响。

　　这是一场瀑布的洗礼。当船体暴露在阳光之下，人们裹着淋湿的雨衣，显得幽蓝，伫立着有如一尊尊披着袈裟的圣徒。人们在一阵阵活跃之后，反而变得严肃了、沉静了。聚集在甲板上的众人默不作语，思维千头万绪，无从理出。游船开始回程，仿佛从另一世界归来。

　　这时，我感到，把游船取名为"雾中少女"，过于商业色彩，过于浅显乃至轻薄。而当天晚上，看到岸上向瀑布投注的彩色变幻的灯光，制造出一种人工彩虹，也过于僭越，简直是有煞风景。

1997 年 9 月

千岛行

北美洲是多水之洲，淡水资源堪称全球之冠。加拿大同美国交界的五大湖区，在地图上有如五瓣青莲。仅其中最小的安大略湖，也相当于我国鄱阳湖的四倍。圣劳伦斯河从东边牵连着这片广大的湖区，把水注入大西洋。

湖与河有什么明显的界线呢？湖可以叫静的河，河可以称动的湖。有的水面甚至湖河不分。加拿大必游的千岛湖，位于安大略湖的西北角，正好是湖和圣劳伦斯河的一段长长的水面衔接口。有时，一种绝对性、固定性、命题性的思维方式难以成立。这里水面宽阔似静如湖，暗中流动又像是河。加拿大人叫它千岛旅游胜地（不称湖），中国人才叫它千岛湖。

我们从布罗克维尔小城的一个码头登上了游船，扑入眼帘的是一派浩茫的水域。你好呵，千岛湖，对于我这个异域者来说，太需要在此松弛我的神经，缓解我久积的紧张情绪。远看千岛远景十分凄迷，近观湖水又十分清澈。我们出航不远，船上就广播首先经过的是"三姐妹岛"。人们把三个相互依带的小岛称作"三姐妹"，是人间亲情的外化。从地质学上看，古代冰川在这里消失的时候，出现了许多圆形的山丘，圣劳伦斯河承接着湖区，河水奔腾入海，冲击着这些山丘，形成了众多大小不一的岛屿。按这里最早的主人印第安人的说法，天上的善上帝与恶上帝作战，久战不决，结果善上帝扔出许多石头，恶上帝败北，这些石头就是留下的小岛。岛上的石头都是花岗岩，树木苍翠，随风摇曳，迎接着穿梭而过的远近游船。我们经过的大一点的岛屿都有别墅，岛边都系有小艇。大概这岛上的主人，要依靠这种小艇，才得以维持自己的桃花源似的生活。

　　冥冥中，我又想到，是公有，还是私有？这个永远相悖的话题一直困扰着人们。实际上，这里岛屿远不止一千，而是一千八百多个。据介绍，过去私人要买一个岛，最少的只花了五十加元，拿到现在，只能买一个煮饭锅或炒菜锅，如今最低也要付出五十万加元了。加拿大政府有计划地从私人手里购买一些好的岛屿，把它们辟作国家公园。那些太小的，离得很远的岛屿，政府就顾不过来了。让它们属私人所有，可以得到物尽其用的经营和开发。但享受"千岛"之名，必须有一个条件，那就是最小的岛在终年365天里，至少有一棵树露出水面，作为岛的标志。我不知道，这是政府的规定，还是个人的承诺。这么一来，千岛湖也装饰得锦绣可爱、美丽如画了。

　　游船不断从岛屿中穿行。各岛以不同的姿色和风貌向游人展示。浩渺的水域使人寂寥，葱茏的小岛又给人温馨。水太清了，如同绿色的波动着的宝石，但水究竟往哪儿流，这是湖，还是河，我分辨不清楚。

　　临到游船选择另一条水路归来，我们已经看不见那三个"姊妹"了。眼前出现了两个岛屿，相峙而立，导游告诉我们，这是针眼岛。两岛相夹，航道极窄，行船如穿针眼。我们的游船谨慎地劈浪前行，我想，如果稍左或稍右，船体就要触礁花岗岩小岛了。

1997 年 9 月

天塔行旅

　　游人从加拿大国家电视塔乘坐电梯，仅需五十八秒钟就可以登上这座世界最高的电视塔。它的支柱呈三角形，像鸡爪一样，牢牢扎根在地面，然后以它瘦高的支柱，把一个庞大的瞭望台擎举在天空。我不知道加拿大人为什么选择多伦多的南端建造如此一座建筑物。电视塔的南端就是安大略湖，塔身倒影在湖面，十分好看。湖的对岸，正好就是美国。

　　加拿大历史上是英法的殖民地，又被美国侵占过。它是在列强的争夺中，靠自己的力量赢得了独立。它不甘示弱，至少我们这些世界各地观光电视塔的人从加拿大人的脸色中看到某种豪情。此塔高达五百五十三米，比英国的布拉克普尔塔高出近四百米，比法国的埃菲尔铁塔高出二百三十三米，比美国的摩天大厦高出一百米。

　　从塔身三侧六部电梯的升降里，我已经感到凌空的震颤。临到登上约合一百一十三层楼高的瞭望台，就更令人炫目了。安大略湖静卧在南侧，东西北面望去，多伦多全城尽收眼底。俯瞰城里的其他高层建筑，如观尖笋，看城里的街区，如同地图，车辆蠕动，行人如蚁。"好！您好！"我们这些行走在瞭望台里的来自各地的游客，用眼神和表情互相问候致意，我们不通语言，我们甚至感到不需要使用太多的语言。如果人们在地面相逢习焉不察，在特殊的生活场景和历史场面彼此抵牾乃至相互争斗，如今在凌空的天塔里相遇，一种共同的需求和心理承受把我们这些陌路人联系在一起了。是的，如果把我们的人生按分秒和小时加以切割，至少在今天我们这个数万、数十万分之一的时段里，我们共聚一堂，度过这生命的特殊时刻。

走到室外瞭望台的玻璃地板区，就更为精彩动人。这里从塔身的支柱中伸展出来，悬在空中，从玻璃地板往下望，直通地面。二十块大玻璃镶嵌在两侧，如同两面大墙的二十个玻璃窗户倒置在地面。人们开始只能脚踏水泥地板，伸头从玻璃地板往下张望，勇敢一点的，也只能脚踏玻璃之间的隔断，作探寻式的行走。于是，有人开始把脚踏上玻璃了，先是一只，然后是另一只。"成功了！"众人爆发出欢呼的掌声。这些陌路人完全打破了隔膜和沉默。大家用眼睛用手势，夹杂着语言："怎么样？可怕吗？"——"不要紧，不会出事。"——"要我扶你一把吗？"——"来，拉着我。"只要你脸上露出犹豫和胆怯，旁人就鼓励你。只要有一个人伸出手，对面就有三四个人用手接着，大家携手相扶，共同经历这场心理上的冒险和狂欢。

我是在理性的判断终于战胜感受的怯弱之后，在众人的鼓励下，用双脚踏上了一块玻璃。我妻子向我走来，同踏一块玻璃。这时，一个阿拉伯汉子从远处纵身跳来，用蹩脚的英语对我们说："你们两个人不行，我们三个人站在一起，玻璃就会破了，我们就一起掉下去了。"我们先是一惊一愣，接着彼此拉着手，哈哈大笑。

终于，这些异乡陌路人克服了心理恐惧，孩子们甚至都可以躺在、趴在玻璃上，大家也乐融融地、自由自在地走来走去了。

渥太华街景

和西方其他城市一样，渥太华街道混合着烤面包、薯条和奶酪的香味和腥味。只是这个城市小，人口才七十万。临近议会山的斯帕克斯街是加拿大第一条步行街，街面华美典雅，显示欧洲遗风。沿街有一排躺椅。在工作时间，街道清静少人，有如正在上课的操场。一到中午休息，人群川流不息。他们爱端着饮料，拿着食品，坐在躺椅上用餐。特别是在阳光明媚的时候，他们看路人，路人看他们。

大概因为是移民国家，人们还保留着当初从世界各地来开发这块蛮荒而又富庶之地的同甘共苦精神。人们用微笑致意，走近了问候一声，进商店时主动为后来者开门。

街上不时看到乞丐，他们常常不是老人、残疾人，而是中年壮年。他们择街席地而坐，把帽子翻过来放在地上，希望路人投入钢镚儿。我觉得他们行乞都有一种傲劲儿，绝不磕头作揖。但是，老远见了还是向你问好，走过了即使不给一个硬币也要说一句"祝你一天好运"。

一个工人用水枪式的东西把铁管插入树苗根部，采用土下注射法，他一个人要负责开车、运水和灌溉沿街的树木。我在街心公园还遇见一个园工，他说他要负责二十五个公园的剪枝。偏远一些的公园，清洁卫生就难说了。有些烟民还是随意把烟头扔到绿色的草地上，弄得清洁工用清扫车不能解决问题，还得用夹子把烟头和纸屑拾进垃圾箱。

今年7月1日是加拿大建国一百三十周年，英国女王赶来助兴，人们拿着枫叶图案的国旗涌进议会山广场。青年男女，特别是孩子，总爱把自己的脸蛋和胳臂露出来，让人涂上一枚红色的枫叶，每涂一片，得交一加元。人们乐乐呵呵，招摇过市。

街上不设公厕。似乎有一纸不成文法，任何商店、餐馆、旅馆乃至机关，都有义务接待要求进入"洗手间"的人，而且热心指引，免费供应卫生纸。

直线四轮旱冰鞋已成了渥太华青少年喜爱的交通工具，我看见不少漂亮姑娘，下班之后，把穿得热乎乎的球鞋换下来，一只手提一只鞋，双肩包往身上一挂，穿着旱冰鞋一溜烟地走了。远处，还可以看到她们提着球鞋在空中飞舞。

在渥太华时间不长，但认识了很面熟的乞丐。我在运河边散步的时候认识的一个乞丐，正在和他的同伙，打着赤膊酗酒。另一个街头乞丐，身边牵着一条大狗。有一次路过英国专员公署，正赶上黛安娜王妃车祸身亡，我认识的这个酗酒乞丐，居然穿着整洁，给这位王妃送上一束鲜花。

渥太华是一个发达国家的首都，又没有遭遇西方大工业城市污染。抬头望去，天太蓝，云太白，有时，飞机拖着长长的白烟，把两朵白云勾连起来。

1997年9月

渥太华的人物雕像

似乎很少城市像渥太华那样，善于利用人物雕塑。从十七世纪渥太华河的最早勘探者，到上个世纪初这个首都城市和运河的兴建者，加拿大人都用雕塑加以记载。

最为集中的雕塑景点当推渥太华议会山。在这里，散布着雕塑得姿态各异的青铜人物，被视为加拿大第一大人文景观。议会主体建筑的两侧，立着麦克唐纳和卡蒂埃的塑像。麦克唐纳是加拿大的第一任首相，整个雕像显得年轻、亲切、富于朝气，象征这个国家建国初期的乐观与自信。卡蒂埃是第一任内阁的国防部长，在组成联邦和兴修东西大动脉——太平洋铁路方面，功勋卓著。塑像中的他手指向一处，表示一切都应该这样做。西北角的维多利亚女王塑像，底座用象征权威的狮子群像环绕着。她是当时加拿大的最高君主，是她钦定渥太华为这个国家的首都。

从此放眼开去，皮尔逊坐在一旁，表情从容。他首倡建立联合国维和部队，获得诺贝尔和平奖。旁边不远的是站立着的迪芬贝克，他六十年代任期期间通过了人权和自由宪章，他微微左倾，对议会表示一种密切的关注。麦肯齐·金是任期最长的一位首相，他的雕像，额头在阳光下闪闪发光，显出他性格的坚定和果敢。笔者参观过他在一条十字街口与普通居民相邻的住宅，据说他坚持不搬进宫邸。他在任上硬是哄走了一位不受欢迎的英国总督。此人终身未娶，临死把自己的全部财产捐给国家。坐落在东南角的是劳埃尔首相的塑像，他鼓励移民，力主开放和多元主义，迎来了加拿大的繁荣期。

　　加拿大人在建国短短一百多年中，密集着如此众多的政治塑像，其立意不难解释。伦敦的议会广场，丘吉尔的塑像站在一角，似乎跟此前的历史勾连不起来。华盛顿的白宫附近，坐落着林肯和杰弗逊的纪念堂，似乎带有偶像性。伦敦的威斯敏斯特教堂和巴黎的先贤祠采用墓葬的纪念方式，使人闻到一种历史的尘封气息。渥太华议会山上，蓝天白云之下，雕塑家们将已逝易朽的血肉之躯凝固在塑像里，体现出一种人间可及性。无疑，上上下下、官员百姓经常游览穿行其间，定会引发他们诸多的评议和思索。而且，塑像并没有终结评论。笔者在一本加拿大杂志上，就看到某大学的历史学家高谈阔论，给历任政治家打分，把他们分作卓著、尚可和不足三类。一位加拿大朋友送给笔者一枚银质纪念币，上面只浮雕出四名被认为最有业绩的政治家。各国的国情不同，采用的民主评议和民主监督机制不同，目的却是有共同点的。

　　渥太华还树立了其他一些人物雕像。在议会山不远，特里·福克斯的塑像十分引人注目。福克斯用跑步的姿势拖着一条细溜溜的腿，同另一条腿很不相称。这是真人写照。福克斯腿患癌症，坚持跑步横越加拿大，把这种"希望的马拉松"集资得来的钱捐给癌症研究。最后病倒在途中，去世时年仅二十三岁。据说福克斯的事迹带动了五十万加拿大人坚持每天跑步，为癌症研究筹集更多的资金。

　　这些雕像激发人们坐卧不安、你追我赶、奋勇拼搏，而不是什么"知足常乐"之类的保守心态。加拿大作为历史上的殖民地和附属国，从英法争夺和美国欺凌中独立出来、发展起来，引人瞩目。议会山和市区的空地甚多，对于后续的雕像，会虚位以待。

1998 年 1 月

渥太华的公共图书馆及其他

劳埃尔街公共图书馆是我逗留渥太华时常去之地，它地处市中心，离我住的地方最近。这种公共图书馆对一切人开放，任何行人都可以进去看书。劳埃尔街这一家是渥太华公共图书馆中最大的一家。它的第一层陈列世界各国各主要语种的图书和报刊，二楼可以查阅各种专业资料，三楼存放英文和法文这两种官方文字的最新报刊。它是本市居民的一个文化场所，又给世界各地旅游观光客提供一个阅读乃至栖息之地。读者可以整天待在里面，累了不妨在沙发上打个盹儿。夏天不妨避避雨，冬天不妨避避寒。里面的桌椅和沙发比较充裕，读者不必忙着抢位子，也不必担心站着看书。复印和电脑设备也比较齐全，有的只需塞进硬币，就可以为你服务。如果你办了一个借书证，不仅可以借书，还可以免费借到音像磁带，不少家庭和旅游车司机利用它放音乐，看电视。这种图书馆的开放时间是早十点到晚八点，冬天延迟到晚上九点，有利于下班人员的阅读。

加拿大的退休人员和闲散人员自然是里面的常客，国外的探亲者也能从中得知本国的信息。我在中文部就可以看到不少是从大陆去探亲的家长，有一位去看孩子的朋友就在电话里对我说，他在观光之余，寂寞的时候，就去"泡"图书馆。

从劳埃尔图书往北走不远，就是渥太华的信息中心。它堪称加拿大的门户，招牌是一个大问号。外来人员初来加拿大可以拿到访问各大城市的材料，首都渥太华的各旅游景点和博物馆的图片说明在架上陈列，免费提供，任人自取。再从这里往北不远，就是议会山，相当于我们的天安门广场。广阔的草地周围散布着哥特式的议会建筑，是来渥市必游之地。红装黑高帽的卫兵的检阅仪式，每天敲敲打打一遍，吸引外来游客。那里组织了一个导游班子，发票分批引导游客参观议会大厦、和平塔，里面还有演员表演加拿大建国的历史场面，不收分文。

应该说，加拿大很懂得经营，也极力灌输爱国主义教育。他们也有他们的指令性和导向性，有他们的宽容和限制。比方说，图书馆购书讲究文化层次，乌七八糟的书不进，又倡导文化的多元主义，各种文化倾向的书籍都得到容纳。从经济效益来看，如果说信息中心提供的免费材料有的是广告公司资助，有出有入，有失有得，那么像劳埃尔街公共图书馆这样的文化设施，就只有付出，没有收入。开办这样的图书馆要花不少钱，图书设备的充实和更新，工作人员的配备，仅读者阅后乱放的书刊报纸就得有专人随时整理。借书手续采用电脑装置，工作人员只需用钢笔似的传导器在书号和借书证上划两下，就记录在案。中文部管理员保罗先生为订购哪些报刊征询过我们的意见，我女儿曾经推荐的书目，他们大多设法购进。我统计了一下，在渥太华这个七八十万人口的中等城市，这种街道公共图书馆就有八家。

很清楚，单纯听从市场法则的运行，地处市中心的大门面劳埃尔图书馆就只有关闭，要不就搬迁，然而，它们一直坚持了下来。对于一个城市一个社区的管理者来说，当然要建造一些豪华的宾馆和商店，它们直接带来经济效益。但市场追求的狂放不羁，挤压文化教育的关注和投入，就会产生许多负面效应，一些学龄儿童不上学，忙着在市场上赚钱，就是其中之一。当今的事实判明，一个城市和社区的发展水平，不在豪华宾馆和商店的较量，而在人口素质的高下差异、人均创造财富的质量与限阈。正是在这一点上，像图书馆、学校这一类的文化设施同一个地方的经济实力经济效应发生一种隐性的联系，又似可作显性的标志。

　　渥太华的街道人流稀少，有时安静得令人感到有点悠闲。当我掷步街头的时候，时常发问，这个城市的实力和财源从何而来呢？也许，这只能从上班时急促的步履、驾驶员操纵掘土兼推土机的运转自如、高速公路上集装箱的繁忙运输、许多技术公司的高强度劳动等等方面求得解答。图书馆等设施也是为这些人员所设，方便其用的。于是，我编排了这么两句：

　　　　你哟，你急切地获取，反而会失去，
　　　　你表面上失去，又真正会获取。

1997 年 9 月

逛"亚赛儿"

在渥太华逛亚赛儿，不像在其他的北美的大城市，因为渥太华城市小，市中心小，走不远就可称郊区，颇感一种淳和的乡镇风味。

亚赛儿（yard sale），直译为庭院贱卖。各家各户将旧的、用不着的剩余物资在庭院门口摆出来，贱价拍卖。通常安排在周末，事先在报上登个广告，或在附近电线杆上贴个通知，到时候，众人从四面八方开车赶来，各取所需。它有点像我们的赶集，只是分散在各家，因为是旧物，价格极贱。

我的朋友弗兰克堪称渥太华的第一号中国古币收藏家，在我逗留期间总邀我一起逛亚赛儿。他说，一方面可以驱车郊游，看沿途风景，另外还可以买到合用的物品，买到有特色的、市面上买不到的旧物乃至文物。他拿着头一天的报纸，按东南西北各区各街各门牌号，依次寻访，每到一处，他编一号，一个上午，我们可以逛到八号。这老头儿对什么都感兴趣，除了集币，一切精致完整的、上了年代的旧物，他都买。有的自存，有的送人，有的就堆放在地下室里。另外，我发现，爱睡懒觉的老外，不少人在周末起早床逛亚赛儿，可以买便宜货，其中有一些就是收藏家。

如果你以为卖家都是富翁，买家都是穷光蛋，那就错了。他们不像我们某些中国人，讲面子。有的卖家摆出来的东西不多，档次又不高，并不觉得寒酸，不要紧，至少可以废物利用嘛。特别遇到搬家，来一次拍卖，可以轻装喜迁。有的下层家庭还可以串联起来,联合来一次亚赛儿。至于买家,也不必赧颜,只要合用,即使是人家弃置不用的,买回家有什么关系?我看到,人们选购的物品都不错,有些市场上买不到,有的令旁观者叫绝。有一次,弗兰克指给我看前面一辆正在行进的车,里面装得满满登登的。

实际上,从人的本性来分析,趋利与重情两种相悖的因素常常并存在一起。人们经商,往往锱铢必较。人又是讲情分的,所谓情义无价便是。前者是经济研究的对象,后者由伦理来关注。同日常的商店购物相比较,亚赛儿是向重情方面倾斜的。人家老远到你这儿来了,你有剩余物品需要销出去,这里就暗含着情分。你的门牌号在这里,太邪乎人家会记你一辈子。一般来说,亚赛儿的卖主和买主见面都很亲热,本来标价就很便宜,不当之处还可商议。我就见到一位女郎精心挑选一件心爱的东西,临到付款,她说她没有随身带钱包,主人一笑:你拿走。另一家摆着一辆还可以骑的旧自行车,不收分文,任人骑走。当我看到这辆车还擦得干干净净的,我感受到主人的那份善良。在渥太华静僻的乡间街道,你还可以看到有的摊儿没有人看守,有的只有小孩在旁边嬉戏,你尽管挑,到时候把主人喊出来付款便是。

笔者无意在此介绍采用某种购销方式,而是从中提炼某种可资借鉴的形而上东西。通常,我们这里各家处理多余旧物资是卖废品。这种处理方法固然可以使某些物品做到废物利用,但太大而化之。有些可用的器皿和各类物资只能任收废品的评估出售,所谓破铜烂铁和其他有价值的东西,只能论斤计价,然后统一回炉。识货者无从寻觅,不识者任意处置。我们一些家庭讳莫如深,我们还残留着"斗、斗、斗"时期酿成的相互提防心态。我们不难回忆在那破四旧、砸封资修的动乱年月里,古币被回炉,许多文物被毁坏。在全国城乡统一行动的收废品模式里,我不知道损失了多少有价值的东西。当然,现在情况好多了,许多城市开辟了跳蚤市场。更重要的是，我们社会要建立一种融洽和谐的气氛，人与人、家庭与家庭之间做到互信、互助、宽容、体谅。人人树立善心、爱心，人人以把自己的美好形象保存在别人的心灵里为荣，这要比开设旧货市场集贸市场付出更多的时间，付出更大的代价。

1997 年 10 月

空游渥太华

临到返回北京前,安德烈夫妇来电话,执意要请我们老两口和女儿到他们家里吃饭,外加一句:安德烈先生愿意驾驶水上飞机,让我们在渥太华上空旅游。

当然,这后一邀请更让我兴奋。

轿车停在渥太华河的北侧,微风轻浪,拍打着一架架私人营业的水上飞机。机体如一叶小舟,横出双翼,踩着两片滑雪板似的浮器。机身极窄,一排两座,连驾驶席也只有三排。很快,我把安全、把这纸鸢般小飞机是否可能忽遇狂风或意外故障而回去无法交代一事置之一旁。安德烈让我们系好安全带,飞机发动离岸,借河道作跑道,迅即昂首腾起。

飞机向着太阳西斜的霞天飞去,机翼如我的延长的臂、伸长的翅。我凌空张望,前后左右,顾盼自如,完全不像乘航班那样被胡乱地塞进一个飞行器,被装运到一个目的地。飞机忽平正直行,忽左倾或右倾绕飞。渥太华议会山的绿锈铜顶哥特式建筑如竹林中冒出的尖笋,河流树林房舍如织如绣,我的思绪也邈邈乎飘逸,现出某种掠过历史烟云的漫漶之迹。实际上,这一块北美移民版图,还是开发不久的蛮荒之地。它略去了诸如中国历史留下的漫长的绵延,只有原始加现代。这空中旅游,似乎恰当地体现了这个年轻国家的基本视角。它不像东方古国,容易沉浸纵向的历史传统的回想,而是突出横向的现实各国的长短比较。这里,从土著印第安人,到英法移民,到世界各国涌来一百多个少数民族,只有短短两三百年的历史。这些移民带着自己的经验,比较自己原来国家的差异，在这里创建一个新的国家。你如果俯视一下，一切都显示原始加现代化，原始捕猎被工业化加以改造，市政景象像是将现代化的精制房舍积木似的安置在茂密的原始森林里。到了上个世纪，这个年轻国家就超过了东方古国。当上个世纪70年代加拿大兴建太平洋大铁路的时候，中国还没有一根铁轨，却有大量华工远涉重洋而来参加铁路建设，牺牲人数六百多。现实的版图书写着历史的沧桑，令人唔咏再三。

旅游拓展人们的视野和心志，空中旅游是对陆上和海上旅游的一种提升和超越。安德烈驾机俯冲，指着前面下方就是他们的属于魁北克管辖的住宅区。他作为法裔加拿大人，操持的慢速英语正好对上我的胃口。在晚餐时，这个家庭的主妇突然提出让我们端详她的脸形，自报有印第安血统，指着墙上祖辈属于印第安人的照片。他们的女儿又白皙得像纯正的法国少女。安德烈说他正在同北京和上海有关方面联系合办水上飞机旅游公司并愿意帮助训练驾驶员，他强调飞行意识和太空意识对旅游者特别是青少年的重要性，他女儿从小就想学驾驶飞机。科学家预测，下个世纪头三十年，人类将由环绕地球的太空旅行进入地球与太阳系另一可能存在生命的火星之间的太空飞行。冥冥中，我忽然想到，在世界经历着大陆文明、海上文明又将进入太空文明的未来世纪，太空会书写怎样的历史呢？它和眼下北美这块土地、其他各地区现实境况、地球上已有的生存和竞争图景有什么不同呢？世界各民族各国家将在太空、将在别的星球留下怎样的飞行印记和建造业绩呢？

飞机下降，缓缓在水道上滑行，我们上岸用缆绳系好。我说，如果安德烈先生在中国办成水上飞机旅游，我们一定争当第一批游客。我们抬头一看，为了防止天外来客，政府在岸边立着一块牌子，标明凡乘机上岸非加拿大公民和未持有签证者，请立即去移民局登记。

1998年10月

爱的闪失与寻求

　　细算起来，在法国文坛女杰乔治·桑的爱情浪漫史中，她先后产生恋情或发生性爱的男性，不下十人。其中包括小说家梅里美、诗人缪塞和音乐家肖邦，在历史上引起了广泛的争议，可以说是聚讼纷纭，至今未见尘埃落定。

　　如果不把任何一个巨匠或伟人加以神化，看成是一贯正确，白璧无瑕，可以说，这位女作家一生都在追求真诚的爱情，又产生过闪失和迷误。

　　1831年是一个重要的年份。这一年，她二十七岁，挣脱了八年之久的婚姻羁绊，来到巴黎。她身着男装，似乎超前地穿了牛仔服，开始文学创作。这之前，她向往过一种稳定的家庭生活。当一位情投意合的第三者撞入她的生活，她曾因相互接吻和通信而有负罪感。但是，她不能长期容忍一个平庸而又俗气的丈夫，特别是发现他同女仆通奸，又仇恨妻子，她就顶住了当时法国法律和宗教反对妇女离婚的压力，只身来到巴黎闯荡生活。乔治·桑作为一个天才的艺术家，敏感，善于幻想，在自己的爱情生活中，似乎很难找到一个终极目标可以让她穷尽或永驻。在认识肖邦之前，被一位帮她抄稿子的秘书倾慕着，她自认这个年轻人是"唯一不曾以他自己的过错，使我有过一分苦恼的人"，但是，这位不使她苦恼、也不能使她狂喜的人又不是她的理想伴侣，她不仅需要被爱，更要求去爱。她曾经被漂亮、高尚的梅里美所吸引，但是她太浪漫，对方太现实，太物质主义，对她的一见钟情回应不多，于是，几天的迷恋旋即熄灭。

如果说，到三十岁为止，这位女作家在自己的情遇中，更多是对方的负心，惊异过男性过于"朝三暮四"，到了遇见诗人缪塞，就另当别论了。缪塞的浪漫正好迎合着她的浪漫，缪塞的才华、眼泪以及一百个永不变心的保证，终于使她坠入爱河。问题不在于她对小她六岁的诗人的爱恋，问题也不在于当她发现这位颠三倒四的诗人同威尼斯女人胡搞之后，她移情于照顾她护理她的意大利医生，问题在于那位诗人忽然又回心转意，表示爱她爱得死去活来的时候，她心软下来，想同时容纳这两个男人。

这位女性的感情色彩太重，她自我设想的解决方式，实际上是一个危险的旋涡。这两个男人在一起时，在寒暄道安之后，接着是彼此的眼神燃起仇恨的火焰。她接近一个男人，也不可能不触怒另一个。她终于清醒过来，觉得"我们三个应该分开"，把三角关系加以理想化，只是"空想"，是"一个梦"。她感到十分窘迫和痛苦，如果不是为了自己的孩子，宁愿"投身江心"。她在给批评家圣勃夫的信里，反省到自己把自由使用过了度，"我几乎想在完全的自我纵溺中自杀"。这正是她"自己过错的刑罚"。她决计抛弃过去两三年可怕的生活，那种使"儿子蒙羞""女儿受害"的生活，振作精神，补偿以前的损失，投身到新的生活激流和艺术创作中去。

此后，乔治·桑在爱情经历中，尽管有过波折，那也只是依次的更迭，而不是陷入那种可怕的窘境。他同肖邦的恋情最长，从1838年至1848年，绵延十年。她是要紧紧抓住肖邦这个音乐精灵，把爱情同事业联在一起，双双携手过一种天国般的最富于创造性的爱情生活。对此，人们有非议，认为她剥夺了一个波兰姑娘的爱情，但是，作为肖邦，他也进行了选择。事实证明，肖邦离开她后，不再有音乐创作。他在病重离世前，还喃喃地怀念这位女作家："她对我说，除了在她的怀里，我是不应该死的。"

人们对于这位女作家的评论太多。有的说她是慕男狂，见一个爱一个。实际上，此议并没有根据。她相信并接受哲学家勒鲁的哲学思想，同法国评论家圣勃夫交往甚密，但并没有和这两位名人发生任何爱情关系。她也不是有些人指称的换马癖，爱一个扔一个。她同梅里美的短暂聚散，谈不上谁抛弃谁。和律师密歇尔亲近过两年，彼此相爱过，结果是自我中心的律师冷漠了她。到了晚年，遇到崇拜她、关心她、几乎从不想到自己的雕刻家芒沙，他们彼此相爱，互相守候。由于这位雕刻家的殷勤管家和善心善举，她在1857年至1862年间，写下了十七本书和两个剧本。芒沙先她去世，她一度不愿住在诺恩儿子那里，孤身一人住在曾同芒沙相处的巴莱莎，怀念这位已故的情人。之后，一直到她1876年去世，她的思想更加成熟，境界更加澄明高远，如满江涟漪，长流入海。

乔治·桑对婚姻的禁锢，她存有"让犯人自由"的信念，为了争夺对肖邦的爱情，她又有过"从狱卒手中夺走犯人"的坚执，然而，即使在自己犯下过失、酿成错误的时候，她也从不欺骗、卑鄙，存有害人之心。她一生真诚地追求美好的爱情，她离不开这种爱情。她在晚年给福楼拜的信里，对爱作了宽泛的解释，认为"爱"就是"宇宙之谜的解答"，"爱""永远是生长，永远是迸发、再生、追求和期望生命，拥抱自己的对敌，为了要融和它；在一切混合与杂乱中接受奇迹，从中蜕化新的样式的奇迹"。我们从中不难看出她对爱注入的新鲜的、创造性的、积极进取的思想内涵。

1995年10月

情欲·爱情·文学

在乔治·桑一生换马多变的爱情生活中，和缪塞的三年交往时分时合，可说是风雨多变。

本来，在常人眼里，这两颗法国十九世纪浪漫主义文学巨星的结合，应该是天造地设的一对。一位是小说家，一位是诗人，他们的外貌才情志趣般配得照说会比翼并蒂，白头偕老。他们曾经誓死相爱，然而，生活中的变数又一次破坏了人的意愿。在他们彻底破裂之后，约定把他们的情书用盒子密封存放在一个可靠的妇人家里，待他们离世后再启封。特别是乔治·桑，她珍视这些信件，认为有的是用自己的"眼泪"和"心灵的鲜血"写成的。她关心"死后的名声"，担心世人风言风语，歪曲责骂，乃至祸及后代。她要给后人留下一个赖以全面公正评价的文本。

我们现在阅读这些情书的时候，发现一个奇异的现象，那些更富文学价值的情书不是在他们的恋爱期间、同居期间，而是在他们的关系出现裂痕、彼此分手之后。他们1833年初夏在一家杂志的撰稿人会议上相遇，一见倾心。缪塞殷勤地献诗写信，乔治·桑邀他来她这个"隐居者的寒舍"，他随即表示"自从我到您家去的第一天就爱上您了"。这些信件有真情，有机敏，有幽默，然而，总体水平大都一般。他们徜徉枫丹白露，游览巴黎圣母院，当年年底就去意大利旅游。就在他们的情爱跃上巅峰之际，分裂萌生了。

爱情当然包括情欲。一个人在纵身于情欲之时，如果缺乏足够的冷静和理智，就可能带来终身的悔恨。这中间的过失首先表现在缪塞身上。这位天才诗人兼浪荡公子，有时简直是纵身于性欲。他在口角之后，居然避开对方，在威尼斯大街小巷狎妓眠柳。乔治·桑后来在历数他过去的过失的信件里说："你的行为恶劣，无法想象……酗酒，喝个烂醉！找女人，找女人，还是找女人！"尽管在他生病期间，她仍然细心护理他，但很快就移情于一位前来看病的善良而又热情的意大利医生了。乔治·桑有她的生活原则，那就是她给批评家圣勃夫的信里表白的："我不能同时与两个男人亲密相处，因为这两个男人会被人家认为与我有同样性质的关系。"她频繁换马，又都是依次更迭，一经更迭，多无意反顾。在他们这种三角关系中，缪塞反而蜕变为局外人，诗人只得只身一人从意大利返回巴黎了。

然而，就是在他们由相聚而分手、而分居法意两国的时候，这两位艺术家在往返情书里把他们的爱情生活推上了一个新的高峰。诗人尤为敏感，在他的分裂的多重性格里，很快就抑制了肉欲，提升了灵智。他说"我感到我根本不配得到你"，"那个曾经拥有你却不懂得尊重你的人，此时透过热泪，尚可清楚地看到你的身影"。他呼喊"我的宝贝，我最爱的女性，我唯一爱着的女人……假如牺牲我的生命可以给你换来一年的幸福，那我将怀着永恒的快乐纵身跳下悬崖"。她也给予回应："对你的思念是神圣不可侵犯的，当我在宁静的夜晚来到湖边庄严地呼唤着你的名字的时候，得到的回答是一个激动的声音，是简短、纯洁、温柔的一句话：我爱他！"人们会问，在法国这个较为盛行情人生活方式的国家里，他们彼此又知根知底，他们凭借什么来升华、来攀缘这种精神的巅峰呢？诗人缪塞想象后人将在墓碑前念着他们两人的名字，"这才是神圣的结合，不朽的、纯真的智慧之神的结合"，从这种结合中，预示着"人类的精神革命总会有宣布世纪到来的先驱者"。乔治·桑把他们的爱情作了比喻："爱情是一座圣殿，是恋人为一个或多或少值得自己崇拜的偶像建造的。这座殿堂中最美妙的是祭坛而不是神……你总还是建起了一座美丽的殿堂。你的心灵将栖身其间并使满殿圣烟缭绕。像你这样的心灵必然会诞生巨作。"她鼓励他:"我的朋友,去爱吧,去写吧,这是你的使命。驾起你那天才的光芒飞向上帝吧,差遣你的诗神到人间向世人讲述爱情和信仰的奥秘吧。"他们两人都传播和信仰这样一句名言:"世上两个相爱的人,到了天上便化成一个天使。"他们以艺术创作相许相约,在建造人间的精神殿堂中达到一种契合。应该说,他们这种精神上的联系不同于他们先后各自与之交往的那些情侣和爱人。我们看到,即使是后来的音乐家肖邦,乔治·桑也许对他更投入,他们的爱情也"绵延十年",但彼此没有留下多少书信和文字材料。这位女作家对音乐家更多的是独白,唯有同诗人缪塞,才有对语。

总结这两位浪漫主义作家的情侣生涯,是饶有兴趣的。他们在爱情中当然要追求和抓住那热烈的情欲,但他们又往往是在疏离了情欲之后,才提升了爱情,也成就了文学。待到乔治·桑回到法国后,他们的短暂相聚,又酿成了最后的决裂。

当然,我们不妨作这样的推断,这两位作家过于浪漫,他们的爱情经历勾连他们的文学,给文坛留下特殊的画卷,同时,它又局限了他们的文学,妨碍了束缚了他们的社会视野(特别是缪塞)。毕竟,比起同时代的世界文学艺术巨匠,他们又稍逊一筹。

1998 年 9 月

拾穗人，必须游荡不止

纪德的《地粮》是本奇书。它没有人物，没有情节，仅有作者自己，而且是幻觉。它1897年出版后的头十年，只销了五百本，但是，到1938年，发行了一百零一版。作者称它如果不说是病人所写的书，至少是康复或痊愈后所写的书。得了什么病？上个世纪末的病。这同罗曼·罗兰呼喊着在那"骚乱不宁"的时期，希冀跪在贝多芬面前，由他用"强有力的手搀扶起来"，是同一心理状态。这是一种否定了过去、彷徨于现在的病，一种文化人在当时的普遍疾病。然而，纪德在病中和病后，显示一种积极的活力，热烈地追求着未来。

本来，一个作者写出一本书，是表述自己的心得或信念，试图告诉读者一些东西。然而，纪德却说：

而当你念完时，抛开这本书——跑到外面去！我愿它能给你这欲望：离开任何地点，离开你的故乡，你的家，你的居室，你的思想。别带走我这书。如果我自己是美那尔克（东方预言家），我将握住你的右手引导着你，而你的左手并不知道。出城稍远，我把你的右手也放开了，而我对你说：忘怀我！

这是本书的一个内核。它像一个磁场，集纳着作者青年时游历欧洲和北非的印象，引发着作者的思想和激情，使之向外喷发。

全书像散文，又像诗，散文夹杂着诗，外界称为散文诗。作者来不及甚至不愿意整饰自己的资料和文体，任思绪翱翔、意象飘飞，不去思虑常人执着的外在逻辑勾连。读者的想象也被牵引得紧张而又饶有兴味。

你又不得不承认，作者十分象征地道出了求知的辩证法，真理的辩证法，一切事物发展均不例外。是这样的，人类的一切活动，都指向一个没有终点的驿站。你不应为没有找到一个可以永驻休息的驿站而唉声叹气（那是懒汉的心理），反倒该因为明晨赶路而兴高采烈。也许，作为一本书的写作者，一种经验和知识的传导者，这种态度是最不自私的。

如果从历史阐释的角度看，我忽然觉得它应和了我们发展与建设的解放思想的需要。极"左"模式之所以称为僵化，因为它搞的一元观念坚持到底、两条路线斗争贯彻始终、逻辑推理奔向两极的终极模式，把思维和事物的发展画上了句号，人的体力和智慧被框起来，弄得一派死寂。

遗产总归伴随着局限。纪德在书中那种不绝如缕的泛神呼求，看得出其未能摆脱家庭的宗教影响。然而，他的这种局限，总像渐弱的余音尾声，终归被他的强劲的追求所压倒。当他表述着"我等待着早晨一到就动身，让行程去决定我的命运。很久我沉重的头已感睡意。我睡了几小时——接着晨曦到来，我就出发"，你感到他并不被旧的包袱所拖累。而当他喊着"整个的一个民族准备着：从钟楼的顶上我听到街上的喧声。天将黎明！这在喜庆中的民族已迎向太阳前进"的时候，简直就撩拨了我的心弦。

本书采用意识流表现手法，比乔伊斯的《尤利西斯》早二十多年。全书表现的点彩，如光线般播撒，使人联想起上世纪末艺术潮流转型期梵高的作品。梵高的画面，现出一种跃动性，好像不是用油彩，而是用自己的鲜血在上面喷撒。现今不少现代派抽象派作品（包括文字与绘画），搞变形，搞幻觉，仅得前辈大师之形，未领会其神，未见出作者那种欲罢不能、非如此不可的内在驱动力，弄得篇篇变形，各人作品大同小异。联系《地粮》结尾时说的："如今你已使我烦厌；你纠缠着我""抛开我这书，别在那儿觅得你的满足"，不禁令人感慨系之。

1996 年 5 月

廊桥留下了什么

沃勒真鬼,他不像劳伦斯那么激进,也不同于《金瓶梅》的笑笑生那么沉陷于两性细节。他能为世人所接受,激进者、保守者似乎都能从中找到自己的话语。然而,他的《廊桥遗梦》给世界留下的惊诧与议论,却久久不能平服。

这是同一般作品写"第三者"迥然有别的爱情故事。摄影师罗伯特·金凯驱车去廊桥拍照,路遇牧场农夫之妻弗朗西丝卡,他俩在四天中把爱情的灵与肉推向了顶峰。之后,是思念终生而不得相见,死时以骨灰合葬了愿。故事浪漫而又凄绝。一般写"第三者",总是说前二者是如何错误的结合,其中之一是如何糟蛋,第三者介入是如何合理。本书不同。女主人公有一个虽平淡也算"平稳"的家庭,丈夫"敦厚善良",妻子也"平静地"爱着他。只是由于丈夫带孩子去州里参加博览会,这两个人才"忽逢桃花林",成就了这惊世骇俗的爱情。

男主人公可概括为"自然之子"。他作为远游客,洞悉自然和人生的真谛,孤独地追求艺术。他行动有如羚羊,柔韧得更像豹,像荒野上遗留的"最后的牛仔",对充满规章、等级、商业化以及电脑、机器人、组织化的社会极为反感。女主人公善解人意,富于激情,具有"能感动人也能受感动的细致的心灵"。他俩的最初相遇,就像两只孤雁在神力召唤下向对方走去。他俩都喜欢诗人叶芝。他送她一束野生黄菊花,她想到自己一生还没有人给自己献过花。在那个只谈天气、价格、生老病死,不谈艺术、不谈梦想的县城里，在众多缺乏激情、感觉结了硬痂、由平静而走向平庸枯燥的世俗家庭中，他俩的四天相聚，闪烁着人文精神的旖旎风光，他俩仿佛创造了第三个生命，创造了一个新的宇宙。

如果生活质量的优劣有很大幅度，人们该如何活着？如果把爱情比作一根琴弦，是永远沉沦于底部，还是不能或者不愿跃升到顶端？是被规章、俗见所驯化，最后导致灵与肉的萎缩、创造力的消解，还是燃起追求、理想之光，创建一个使人的本质得到充分发展的新的生活天地？

书里描写了女主人公为了"责任"，决定不弃家出走。因为那样做，她的丈夫和孩子承受不了县城的"闲言碎语"。这是两位主人公高翔之后对地面的俯视，是现实主义的处置。然而，这种"责任"引出一个悲剧性的悖论。"责任"使他俩依从世俗，珍藏他俩一生中在这个宇宙"只能出现一次"的爱情，留下一个"此恨绵绵无尽期"。他俩用死后的骨灰合葬，否定了生前的世俗家庭。

作者故意安排女主人公有丈夫和孩子，给人物也给读者留下一个深深的"遗憾"，是有含意的。作品实际上在昭示，在一个更加理想的社会环境里，这种"闲言碎语"的舆论应该避免或得到纠正。作品并没有判定这种"责任"的永恒合理性。此外，这个故事还有着强烈的辐射力，从人的爱情生活到人的事业追求等其他领域。人们不能满足于承担"责任"，不能满足于社会程序化、平均数的道德规范与价值标准，不能满足于照章办事，唯有投入激情，投入非凡的个性追求，才能超越世俗，跃升到霞光万丈的才情焕发的至美境地。作品给世俗击下了一石，给枯燥麻木的男女生活（扩展到事业追求，也是如此。罗伯特的爱情追求与摄影艺术都体现这点）带来了春汛般的东风乍起。如果本意在此，那些认为此书是鼓吹偷情、颂扬外遇的看法，是何等皮相之见。

是警醒，也是发问，是审视，又是探求，促成此书在世界的引人注目和畅销。本书不同于《金瓶梅》的"性——丑"的表现，沿着劳伦斯的"性——美"的观点，比劳伦斯写得更提炼、更雅致。

1995年8月

灵魂的自我审判

活着，还是死去？换成另一种语境，苟且，自欺，恶劣行事，还是认真，坦荡，举止高尚？奥地利作家施尼茨勒在他的《一个作家的遗嘱》里，只是借生命的存毁对这同一类性质的问题，作了一个戏剧性的选择。

一位颇有名气的作家同美丽的玛利亚在一次舞会上邂逅，他们双目对视，一见钟情，在瞬间就似乎决定了彼此的命运。他向她的母亲提出婚事。这位相当高雅的贵妇，对此有点受宠若惊，因为她对这位"著名剧作家"的名声并不生疏。她只是有一点保留：得先和家庭医生商量，并请他拿出意见。然而，作家的自我选择恰恰为这种商量构成了分水岭。

这之前，作家就同玛利亚在舞蹈的飞旋中入了梦境，终因女伴的心脏病发作而坠倒在他手臂里。作家的求爱是强烈的，他控制不住自己的情欲冲动。当家庭医生经过再一次检查，以玛利亚病情严重、任何由恋爱而婚姻的兴奋激动都会很快置她于死地为由，劝作家取消这门婚事，作家作了相反的选择。在母女二人并不如医生和作家那样十分知情的情况下，作家和玛利亚协商，采取闪电式的出走私奔。

这是人生常有的选择，简言之，就是利己还是利人。这位作家只是遇上了一个特例。于是，这一对情侣，一个明知故犯者，一个痴情者，开始了由离家而那不勒斯、而罗马、而佛罗伦萨的旅游生活。这位作家十分清醒，"我是同时作为恋人和凶手怀着既忧郁又美妙的心情踏上旅途的"。他们似度蜜月，纵情欢乐使作家有时怀疑医生是糊涂虫或傻瓜，他也有时能找到平服自己的羞愧和悔恨的借口，然而，玛利亚日益疲乏无力，经常晕厥，加上新的医生的诊断和证实，他无法永久自欺。

在一种油耗灯尽的爱情场景里，扮演着一出人生悲剧，是这篇小说一大特点。玛利亚因为爱他至深，有时瞒着自己的病状，作家也不愿正视事实，故作视而不见。及至新的医生规劝他"只能和玛利亚过一种兄妹般的共同生活"，也因此"显然恢复了一些"，毕竟，大势已去。

作品向作家的灵魂作深一层开掘。这位作家面对玛利亚的即将离去，作了种种估量，在良心上展开了善与恶的激烈争斗。或者，她死了，就地埋葬，然后他回到家乡，继续创作，靠写作吃穿用度，末了找一门有钱人家结亲。他甚至还可以将他的这段经历化为新的作品，使之在"新的感受中脱颖而出"。或者，在心灵上作认真的巡视，于是，他忽然"惊慌战栗"地感到，"我从一个无比富有的人一下子变成了一个乞丐"，"我觉得我这个人卑劣不堪，非常可耻"，尽管在法律上不会追究，构不成"恶棍"，在道德上确是"内心空虚，精神贫乏，没有灵魂"的"小人"。到了最后，他们连面面相视相对微笑也感到疲倦了，他们只能泛舟在小河里，或躺卧在树荫下，所能表达爱情的方式也只能紧握对方的手。这是爱情的绝境，又是对选择的惩罚。终于，在悔悟和深思之后，他决定自杀，赶在玛利亚注定两三天死去之前，用手枪对准了自己的太阳穴。

话说回来，怎样界定这位作家的事业呢？当一个人出名之后，像这位作家的剧本初次获得舞台演出成功之后，获名者本人以及周边环境应该怎样看待他的价值呢？我认为，作品在此含意很深，警人心魄。现实有时使一个人"一举成名"，而名与实又呈不等式。作品剖析，这位作家有"才华"，但他写作"毫不费劲"。他的作品显得"冷淡""光滑""空洞"。原因是他"不知道痛苦",这导致他创作的致命弱点,缺少"激情和深度"。书中暗示,玛利亚读他的作品就"相当反感",只是因为区分了作者本人与作品人物才感到释然。这位作家因为情人反感,居然表示可以"放弃写作"。可以设想,一个人表示随时可以放弃事业,他哪里有庄严的使命感?哪里焕发得出"激情"呢?

一个人的人格不可能不同他的事业他的成就发生联系。这位作家经历了从悔恨到醒悟到彻悟,他对以往的作品也作了十分严肃的评估:"不出几十年,谁也不会再理睬我的作品了。"他终于从这次爱情中获得了再生。他对比了两种创作,与其她死后自己继续写作,写些不三不四的作品,不如用自己的死完成一部创作:"我将创作一部无可比拟的佳作,我将用这本书在上帝面前,在我自己和全世界面前,为我自己开脱。"他视此为一个平凡女子"死后值得享受的一份献礼"。

自审自判,较之他审他判,是一个社会更加健康的标志。亏心人、负心人的自省是能否做一个真正的人的分水岭。

这位作家在他的遗书里十分清醒,他觉得他的殉情悲剧,"这样的事不该发生,这样的事不许发生"。扩展开去,这又是人生道路具有普遍意义的选择,人们从中可以作种种联想和推衍。无疑,作品重在灵魂的判决,无意推崇死亡。恰恰相反,它是以死催促生,一种庄严、光明、富于创造精神的生。

1996 年 8 月

温哥华岛抒情

纯属偶然。余因亲缘新迁,得以客居纳奈莫(Nanaimo)半月,主人驱车携余游览,不禁为岛上风光倾倒,遂感慨系之。

1

温哥华岛呀,你依傍大陆,又游离大陆。你与世界城市居住环境排名首位的温哥华相连,又借太平洋之水,将自己与城市分割。你拥有优势,只是追加一个"岛"字,真是合群而又特立独行。

2

在纳奈莫住宅,当我静静地面对一缕缕白云在青山前自由嬉戏,我这个满身旅尘者,不免要对之哭泣。

3

海洋,湖泊,河流,森林和山峦随意在全岛交织,是一条带状的道路将它们勾连牵引。汽车在绿色屏障里穿行，岛上才有的黄色金雀花（Broom）将这绿色底衬镶嵌成黄边，这是你在道路上的自我装饰。

4

海豹在海边不远的小船旁时出时没，岸上的两三只乌鸦正追逐着小兔。只有野鹿站在宅前的草地里，将这一切静静地张望。野鹿用不着担忧，即使在汽车疾驶而过的道路上，每隔不远都竖起它的形象的警示牌，那是野鹿安全的身份证。

5

道格拉斯冷杉和印度松从不弯曲身躯，旁生枝体，它们总是把空间让给同伙，密集而又笔直地指向天空。这个麦克米伦原始森林里，从被风刮倒的树干的年轮可以追溯到公元八百年前，数倍于加拿大的历史。树干压着树干，树干又生出新的小树。树干长及近百米，在溪流上架为自然的桥梁。树根形似茅屋，经过啄木鸟的事先经营，避雨时可容纳数人。

6

忽然噼里啪啦掉起雨点，探头一望又骤然停歇。常常是午前雨落，午后天晴。汽车在路上溅起的水雾同空中的云雾连成蒙蒙一片。太阳在前面等得有点着急，迅即雾散天开。是这雨水的清道夫，将房屋和道路清洗得纤尘不染，草儿更鲜，花儿更艳。我真愿趴在地下，将它们一一亲吻。

7

老人哟，你为何独坐在这橡树湾（Oak Bay）的海边，引诱如此众多的鸟儿在你身边腾起腾飞？白色的是海鸥，深色的是鸽子。你撕碎面包，抛向空中，如同以石击水，溅起生命的欢乐。当我挨近你时，你泛出笑容，随即拿出三个面包，邀请我的参与。你从哪里来？又到哪里去？你携带的面包袋是否太大太沉，你要诉说什么，又打算停留多少时辰？

2006年6月，纳奈莫

从寻梦遭捕到炼狱超越

——读《梦断得克萨斯》

恕我说，曾晓文此作在人物情节提炼上尚未见优势，却以激情的宣泄和哲理的收敛为读者所称道。然而，舒嘉雯八年美国寻梦之后，那双"写过情诗"的秀手突然被铐进监狱，这情节是够镇人的。

她保有一般知识女性的纯正和热情，并不显示非凡和怪异。相反，在寻梦途中，还一度误入赌途。万万想不到，在她殚精竭虑开发餐饮业时，因招进别人介绍来的几名外来工，被扣上"窝藏非法移民"的罪名，她本人也因发签证的公司倒闭，被视作"非法停留"。

"法治"并非上帝的天庭。"法"的解释存在着蒙混和差异，"治"又因人而异。嘉雯在据理抗争中，很快获释。在她的监禁和见闻中，我们看到了移民遭遇种种，真是阅尽人间暗色。中国女孩有的为了移民，嫁给一个美国公民；或交一笔钱，办理一个与有公民身份的"假结婚"；为了生存，受到职业流氓的调戏和侮辱；行无照按摩，兼作暗娼；拉进毒贩吸毒；偷渡时，有时被蛇头憋死在暗舱里。一个判刑一年的越南移民，因越南不接收，又在美国坐监五年。一个年逾四十的伊朗妇女，三岁就来美国，因犯法，移民局要把她遣送回她"不懂伊朗话"的伊朗。加上作品独有的美国监狱的详尽画面，小说一览世间移民千灾百难。但是，如果把这个长篇看作对美国移民司法的诉讼，把嘉雯离美去加

（拿大），看作国别的是非褒贬，就失之表面了。她的被监禁，是经历的一个偶然，得克萨斯又是美国的一个偶然。世上作品千万，人间偶然千万。

作品升华出一种境况：把监狱变成炼狱，让寻梦渗入清醒，在普泛人生中修炼生命的真正超越。嘉雯在监狱铁凳上作了一个梦：小时候在家乡火车站看见一朵白色雏菊在铁轨间露出稚脸，她想去采摘，忽然车轮滚过，菊花依然迎风摆动。她觉得自己应该像"铁轨上的那朵菊花"，不在监狱里消沉、堕落、吸白粉，相反，从狱中获得了一份平生难得的从容和反省。她甚至觉得自己"多年来都是一个囚徒"，"被金钱、地位、荣誉的手铐和脚镣束缚着"。读者朋友，我们周边繁杂日子是否也罩上了一座座看不见的"精神监狱"呢？

这位并未脱去俗气、只是一心寻梦的女子一下变得好自主、好自由啊！从"惩罚"中获得"给予"，"在焚烧之后重生"，生存不只是人的肉体、身体，更重要的是精神和灵魂，"一颗永远看重辛勤的劳动，真诚的热爱，和精神自由的灵魂"。她移民加拿大了，让我们互道一声：一路走好。

2006 年 9 月 26 日

再见吧，我的爱土

傍晚，我爱在住处四周的斜道小巷独自穿行。凉风习习，树叶微动，鸟儿正轮着最后的啁啾。我探望着夜空，高大的枫树树冠支撑着我的诸多寻思和盘问。这是我经历的一个难得的凉爽的、静谧的夏夜。这周边的住宅，如同绿色海洋中的点点船帆。汽车寂然滑行，窗户晕然亮灯，恰似那归鸟各投林。对于这些白天可能擦肩问好、也可能根本不识的生息在这块土地上的人们，我只能向他们的灯光一一致意问候。

在慢行中，我扪心自问：我能成为这点点船帆式的宅室里的主人吗？

自从我们三个女儿都在加国工作，我是被动地、又欣然主动地多次前来探亲。北京的朋友责怪我太"傻"，不扣留一个在身边；又有熟人劝说我，可以迁徙养老。我均笑而不答。加国的西头和东头，我都客居过。在横亘绵延的、夜以继日的穿越领土的行程中，我慨叹，加拿大，你真是博大而又年轻。你虽然没有多少地下文物可挖掘，也就没有背上沉重的历史包袱。在现代化上，你又年长于我的祖国。你不是没有历史劣迹，但懂得要改正。而陌生的广袤的土地，似乎天然的就要求栖息着的移民们互爱互存、多元共处。不像欧洲的某些民宅，此地住宅前的一块草地、一条车道，都不互设围栏，路人可径直叩响门扉。一株高大的枫树，可荫庇数户。当我路遇陌生人，一涉及"从哪里来"，无论是有数以百年计的外裔家史的老移民，还是新移民，都面露报颜和谦和，都说,加拿大,好居住。

然而,对于我,一切都过于迟暮。在这夏夜踽踽独行中,我近乎冥冥中匍匐于命运之神,祈求给我一个回应。一个潜音总提醒我,我依然是我,我必须归去。这意念似无从理喻,也不可明辨。

对于这陌生的、可爱的土地,我几近老朽,无力效劳。而我,依然不能忘情于我的故土。我的几乎整个生命消磨在那里,我经历了她的曲折和苦难,我需要在那里耗尽余年,亲睹她的转折与发展。对于我的女儿生息下去的这块土地,我祝福她。我会再来探望的,如果可能,如果我尚能走动。

2006 年 8 月,写于多伦多、渥太华

宽待独行者

法国前总统密特朗在去世前同诺贝尔和平奖获得者埃利·维瑟尔的最后一次谈话里，作为一位文学爱好者，他比较了世界文学大师后，特别提到了纪德。他说，纪德的《窄门》跟陀思妥耶夫斯基的《卡拉马佐夫兄弟》（他曾认为是"最好的书"）相比，也"很重要"，又"大相径庭"。

纪德的立身行事，一直被视为独特、异类、特立独行者。纪德同罗曼·罗兰年龄相仿，都是诺贝尔文学奖获得者，都批评资本主义，又都访问过苏联。罗曼·罗兰1935年夏访苏后，留下一本《莫斯科日记》，扉页上写着："没有我的特别的准许，在五十年内都不得发表"。纪德1936年夏访苏后，发表了《访苏归来》，公开地、尖锐地批评了苏联。

纪德最初也是怀着热爱苏联、赞赏这个"没有阶级"的社会主义国家的心情去的。他感受到"浓厚的同志加兄弟的情谊"，"我们将捍卫苏联"。然而，深入访问后，他发现苏联的实践同革命当初设想的避免官僚的措施相反，"民主并没有征服人，而是被征服了"，他们"不仅仅谈流放，还谈工人的贫困、工资的不足或过高，还谈重又攫取的特权、阶级重又暗暗分化、苏维埃的消失、1917年取得的所有成果的逐步丧失"，工人最低月工资七十卢布，高级官员、专家高达一千五至一万卢布，甚至二至三万卢布。他看到苏联"正在形成的这一新资产阶级"。

他对个人崇拜尤为反感。每所住宅，"都挂着同样的斯大林像","斯大林的名字挂在所有人的嘴边"。到了格鲁吉亚，他想给斯大林发一封感谢电，当写到"我由衷地感到需要向您……"，翻译叫停住，他们说"我绝对不能这样讲话。如果'您'是指斯大林，仅仅称呼'您'根本不够"，要加上"'您，劳动者的首领'，或者'人民的导师'"。这样，"在苏联，所有的'反对派'，就是自由批评，就是思想自由。斯大林只容忍赞同，凡是不鼓掌的人他都视为对头"。

纪德生性还很倔。对于苏联的款待，客气话不多，常常直抵问题的本质。那些高级饭店、豪华客房、专列和高级汽车，"这种大吃大喝，我不仅厌恶，而且反对。这种宴席不仅荒唐，而且有悖道德——是反社会的"，他们"为了把我笼络住，竟然向我展示我在旧世界深恶痛绝的所有特权"。对于当局要修改他的电文、讲话，加进一大堆个人崇拜称号，他火了，"不久我就声明，在苏联逗留期间，任何用俄文发表的我的讲话，我一概不予承认"。此外，他在苏联看到颁布的"反对同性恋的法规"，他说，"那项法规把同性恋者和反革命分子相提并论（须知'特立独行者'，甚至在性的问题上也受到追究），要判处他们流放五年，流放期间如不改悔还要加刑"。

而纪德本人，虽儿孙满堂，却是同性恋者。他曾咨询医生，医生称结婚后会自行消失，结果并非所料。像纪德这样的人，苏联当局当然容纳不了。在国内，容纳不了任何独行者，如政治家布哈林、作家索尔仁尼琴等人。索尔仁尼琴1945年在书信中批评斯大林，遭捕并判刑八年，1974年因出版《古拉格群岛》，以"叛国罪"驱逐出境。布哈林是俄共早期领导人之一，1928年因对斯大林的工业化和农业集体化持异议而受批判，1937年开除出党，1938年以"反革命叛国罪"被处决。纪德这次到达莫斯科的第二天，接待过布哈林的来访。他说，布氏"独自前来"，前脚刚进客厅，后脚就有人"不请自来"，进行监视。三天后，布哈林见到他还说"我希望同您谈谈",当然,当局不会允许。

纪德本人获诺贝尔文学奖也有意思。他和罗曼·罗兰在文学界齐名,罗氏1915年就评上此奖,他于1947年高龄78岁时,始获殊荣。他创作初年,作品初版印数极其有限,不少是自费出版,社会不容易接纳他的思想和形式。他出书又不给任何批评家赠书,评论界和报刊也不予理睬。他的命运使人联想起中国的沈从文。如果说,纪德活着时,让"右翼和左翼的正统者联合起来反对他",沈从文在左右两方面也都有朋友,在政治上又受到左右两方面的夹击,作品一度在海峡两岸都不得出版。历史烟云滚滚而过,时光跨入世纪之交,使得过往的一些纷争纠葛渐露分晓。不同意见,独见异见,乃社会常态,民主机制要求平等相待,自由竞争;专制主义以我画线,将对方统统打成敌人,虽得逞于一时,却失道、失民心于永远。中国在改革开放、推进以人为本、和谐社会的民主潮流中,像沈从文这样的作家,在晚年恢复了声誉,仅因去世早一年,错过了考虑授予他的诺贝尔文学奖。索尔仁尼琴1974年获诺贝尔文学奖,流亡国外二十年后也终于回国,去年获俄罗斯国家奖。俄国总统普京今年6月专程拜访,称"他把一生都献给了祖国"。这都是文坛上的一些新的动向和消息。纪德当然得知访苏时约谈未果的布哈林,第二年即被处决;大概,他1951年长眠地下时,不会料到,自己去世三十七年之后的1988年,布哈林被苏共中央恢复名誉了。

2007年8月29日

贵有"血色"

恕我说一句，我们许多散文的一个共同弱点，就是缺乏"血色"，一种真正的、在脉管里流动着的、透现出生命活力的、连接着心脏搏动的那样一种殷红的"血色"。

我们并拢五指，对着阳光透视，看见的就是这种血色。把小小花瓣置于指头细视，把阔大绿叶置于掌上观察，遥看岩隙劲松的摇曳，人体在冰上浪尖雪山的跃动，我们都看到这样一种"血色"。散文不论是"重"型、"硬"性的，和"轻"型、"软"性的，只要是作家用心血浇灌出来的，都理应饱含这种"血色"。

对散文的界说很多，一个"散"字就意在其中。从好的方面，可以说它散而粹，从不好的方面，说它散而碎，人们都容易把它同散文拉扯到一起。但是，好的散文，必然是在这种大集纳的各种各样的"散"的形态中，流贯着作者的"血色"。我觉得鲁迅先生许多对文体的解释和评论，都可以用来说明散文。如"几个小钉，几个瓦碟"，"一鼻，一嘴，一毛"，"一雕阑一画础"，"匕首，投枪"，"东方的微光，林中的响箭，冬末的萌芽"，虽然其中有些是用来评论诗歌和短篇小说的，都可以用作散文的恰当形容。这里，大概如人们常说，散文是一切文学创作样式的原材料，作家的写作功底是散文，鲁迅先生作为世界散文小品大师，即使是他的论文和小说，我们都可以明显看出是以散文作为基本组成细胞，他的上述诸多比喻无意中道出了自己钟爱的散文的秘密。但是，鲁迅一方面作了这样一些比喻，同时，又有一个根本的贯注其中的说法："借一斑略知全豹，以一目尽传精神。"这就是散文的灵魂。

我国当代散文，有不少优秀之作。从解放后的发展脉络来看，这些优秀作品常常要面对"生硬"和"疲软"两种倾向，是在它们的夹缝中生长出来的。解放后相当长一个时期，包括散文在内的文学，受"阶级的喉舌"这个理论的强大控制。应该说，这个理论针对一种特殊的文学现象，作为阶级斗争激烈时期所表现出来的尖锐对立的文学现象的描述和评论，它有其合理性、针对性。但是，这个理论本身有很大的缺陷，特别是它作为创作论，作为指导作家创作的出发点，它就成为艺术创作中摒除自我，抹杀自我的理论。我们还记得，在极"左"盛行时期，就是在所谓"阶级代言人""人民代言人"的美名下，把文学变成阶级在各个领域里实行专政的各种"政策文件"的。散文创作深受其害。"文革"时期那种每每在文章、讲演、广播之前必然出现的"革命的无产阶级现在开始战斗"的自我标榜，就是突出的例子。受这种理论和风气影响的散文，满纸虚夸辞章、空洞豪情，作家的自我和个性一丁点也找不见。过去，我们经常阅读过这一类散文。它们是一种很不好的"重"型、"硬"性散文，它尖端、重大，但是，内底贫血，"硬"而发"生"。

到了"文革"期间各省市革委会成立时给毛主席"致敬电"里所表现的文风，更是发展到了极致。思想感情上是无限崇拜无限信仰无限忠诚，写景状物上是辞章华丽语言类型化，再冠以"最最最"的叠加，如"高山作笔、大地作纸写不尽豪情"，"倾长江之水东海之波说不尽恩情"等等。

之所以要提到这些历史现象，是因为我们观察当代散文的流变时，这是一个谁也避开不了、抹杀不掉的事实，也是一个反思过去、发展散文的谁也绕不开的课题。这一类生硬的所谓阳刚之作，曾经雄踞我们的散文文坛，而且至今不能说已经销声匿迹。有人说，这是我们民族文化传统中那种重群体、轻个性的消极积淀的大勃发，我们应该认真研究。

面对这样一种现象，在常见的情况下，我们往往出现消极的反拨。后来，我们的散文出现转势，由阳刚转阴柔，由豪言壮语转向浅吟低唱，由硬性转向软性。当然，散文的品类的多样本应是正常的，但如果以为凡书写豪情壮志，必不讨好，那是有一点简单化了。这里，我引用英国哲学家罗素一篇很短的散文《我为什么活着》里的头一段：

> 三股简单而非凡强烈的激情一直控制着我的一生：对爱的渴望，对知识的追求和对人类苦难不堪忍受的怜悯。这三股激情，像阵阵飓风，把我在痛苦的海洋的路途中吹得任意东西，变动无常，直吹到了绝望的边缘。

这三股激情，爱、知识和人道主义，对一个人的一生来说，是够壮丽的。然而，他平实地、直白地道来，毫不掩饰自己内心的痛苦和真实，甚至连自己的人生追求中那种无常、难以自主、面临现实路途而几乎陷入绝望的心境，都向世人诉说。我们看到他的伟大，也感受他的平凡，豪迈而不矫饰和自炫，高洁而不脱尽人间烟火，我们为他的心所感动。

在那些诸如写风物、写人情、写生活小事、写昔日旅痕的散文中，我们经常见到的是笔端流泻不出真情，缺少个人独有的沉醉、迷恋和发现，感受不多就大加铺排，见地不深就支撑全篇，内底里拿不出真正货色，读者一读便能嗅出做作、矫情的气息。其实，这一类散文是很难驾驭的。那些重大题材的作品，事情本身也许就很轰动、吸引人，这一类散文所写人所共知的日常景物、凡人小事，更见出作者的功底。法国作家普鲁斯特谈到自己上中学时特有的敏感，大概道出了写这一类作品的秘密。他说：

> 一片屋顶，阳光映照在一处平原上，一条小路的芳香，都会使我产生奇异的快感，使我顿时停下脚步来；我之所以停下脚步，还因为除了我见到之处，这些景象似乎还隐匿着什么，热切地希望我前来获取。可是不管我怎样努力，我竟然无法发现这些东西。正因为我感觉到这些景象具有这种东西，所以我呆呆地站在那里，纹丝不动，凝望，呼吸，尽量怀着我的意念越过形象或芳香。

既然他呆呆地站在那里，总会发现和写出一些常人所见景象之外的东西的。

沈从文在1934至1935年，写了一组精美的湘行散记。作者回到阔别十五六年的湘西故土，精神上是可以轻松一下、放松一下的。对于当时的时代大潮，它们大都比较远离。但是作者又那样一往情深地、饶有风趣地写出了风土人情。他写多情水手与多情妇人，写寄宿吊脚楼的水手"从妇人热被里脱身"匆匆归船，写妇人"和衣靠着窗边"发出"你有良心你就赶快来"的叮嘱，写水手拿到客人送的苹果又匆返河岸给妇人送去……湘西那种特有的风情如同长河流水一样，缓慢而又悠长。我们当然不能说作者赞同那种吊脚楼式的露水夫妻，但作者超越了旧礼教旧道德的褒贬，高层次悟出了湘西人特有的生命意识和生存意识，里面不很纯正，又真诚善良，显示人性的泼辣追求，真是混沌而又斑斓。他怀着排遣不开的挚爱，产生从大都市返视故土的一种莫可名状的慨叹。在《一九三四年一月十八》一文中引发出一段可与果戈理的《死魂灵》里那一段三套马车文字相媲美的抒情：

> 我坐到后舱口日光下，向着河流清算我对于这条河水这

个地方的一切旧账……

……山头一抹淡淡的午后阳光感动我,水底各色圆如棋子的石头也感动我,我心中似乎毫无渣滓。透明烛照,对万汇百物,对拉船人与小小船只,一切都那么爱着,十分温暖地爱着!我的感情早已融入这第二故乡一切光景声色里了。我仿佛很渺小很谦卑,对一切有生无生似乎都在伸手,且微笑地轻轻地说:

"我来了,是的,我仍然同从前一样的来了。我们全是后来的样子,真令人高兴。你,充满了牛粪桐油气味的小小河街,虽稍稍不同了一点,我这张脸,大约也不同了一点。可是,很可喜的是我们还互相认识,只因为我们过去实在太熟悉了!"

我们从这些文字里感受到的是充实,饱满,气势如注,里面流贯着一位湘西作家浓浓的血。它一扫常见的贫弱、苍白、疲软现象,我们被它所牵引,所征服,无暇去进行挑剔。

什么是散文的"血色"呢?它的真实内涵是什么?笼统地说,是思想感情,是真情实感,是带有个人特色的见地感受。这些说法都不错。但是,我们不满足,必须作深层透视。在理论上,我们常常把散文分成述志、抒怀、爱国、乡思诸多类别,我们自以为有真情实感,这一篇是为了写爱国,那一篇是为了写乡思,但往往收效不佳。散文的"血色",绝不是那种先验的、程序的理性内容和感情归类,作者也不应把自己的那点见闻去填塞这些模式和框架。它里面融汇着作家躁动于心灵深处的艺术蕴含,有边界又无边界,可言明又不可言明,理性又非理性。正是这种混合、丰富如血液状态的东西,形成一种内驱力,召唤着作家执笔为文。根底是作家的人格和气质,涌流出来的自然是美丽的散文。罗素不单纯是为了述志,他把自己的意向同不安与痛苦一并表达出来。

普鲁斯特不满足那种"阳光带来温暖""小路象征人生"之类的套语，他要获取隐匿在景象背后的他自己感悟的东西。可以设想，如果是一位外地的汉族作家，带着传统的观念和规范，去欣赏湘西山水，很难写出沈从文那样好的散文。

"血色"是一个比方。有没有那样一种知、情、意，炽热、滚烫，冲击得你噙泪欲出，难以自持，你觉得它的涌流成文实属人生之非虚度，这是散文的根本。再打一些比方，散文是鲜花，是硕果，是青枝绿叶，但它不应是纸制、玻璃制、玛瑙玉料制，也不是最现代的合成塑料制。

1989 年 7 月

以生命的形式呈现出来

当然，在创作中把自己的生命倾注进去，还只是就作家的主观体验而言。作家从躁动于内的冲动，到完成一篇具有独特生命的艺术品，这期间，还有距离。只有在读者的感受中，作品像生命那样生气灌注，浑然一体，作家的创作激情才能得到实现，也才能得到承认和通过历史的检验。

这是艺术表现上具有宏观意义的头等重要问题。

相传，荷马死后，古希腊七个城市国家（那时，每个城市是一个国家）都在争辩，说荷马是自己城里出生的。如今，对荷马是如何创作的，我们不得而知，就连是否真有其人，在历史家中间也还有争论。据说，他是一个孤独的瞎子，衣着褴褛，到处流浪，靠朗诵自己的诗篇过日子。但是，他完成了一个重大飞跃，以他的名字出现的诗篇活下来了，古代的英雄和神借助这些诗篇获得了生命。也就是说，作者的生命消失了，作品却以生命的形式永传后世。

当代美国学者苏珊·朗格在开设艺术理论讲座的时候，专门有《生命的形式》这一讲。他以威廉·布莱克的名诗《爱的秘密》为例，他说，这首诗的头两行："永远不要诉说你的爱情，爱情永远是无法诉说的。"出现了"永远""诉说"和"爱情"的两次重复，意义和深度各不相同。"永远"在这两行中意味不同，"诉说"的语法形式也不一样；"爱情"这个关键词所处的位置正好相反，在第一行中是作为"诉说"的间接宾语，暗指一个人，在第二行中是"诉说"的直接宾语。此类宾语概念与汉语有别，暗指一种情感，而且起连词的作用。他由此得出结论，艺术作品的某个个别成分与整体结构发生多样性联系，如同一个生物的有机结构一样，如果将其中任何构成成分分离开来，整个形象和作品也要随之破坏或消失。

应该说，完整性一直是中外美学理论中的一个重要范畴。但是，用"生命"来解释艺术作品，比完整性这个概念大大前进了一步。它已经不只是机械的排列组合的完整与统一，而要求内在的有机的生气灌注。这种用"生命"比喻艺术作品的说法，可能是近代的事，可能同生物学的发展作用于社会科学和文学有关。我们看到，在歌德的言谈里，就经常拿艺术作品同生物相比拟，要求艺术作品是"有生命的""健全的""神灵气息吹成的"完整体。到了黑格尔，虽然把"生命"作了客观唯心主义的解释，贬低自然美，但是，他论述人物性格的言论："每个人都是一个整体，本身就是一个世界，每个人都是一个完满的有生气的人。而不是某种孤立的性格特征的寓言式的抽象品"，已经成为艺术的名言。

今天，扩而大之，一个人物，一篇作品，都用"生命""生气灌注""一个世界"来解释和要求，已经被国内外一切艺术家所接受。我国新时期的文学出现了初步繁荣的局面之后，许多作家、理论家都爱用这样的概念来衡量作品。高晓声就谈到"每一个短篇，都要有人物，细节，意境……都要有一个'世界'"，"每一篇都要另外开创一个新世界"。

当然，这只是个比喻，并非指作品具有能呼吸、能排泄的新陈代谢的生物功能，或者像世界那样复杂和完整。从人们的解释里，是要求艺术作品本身构成一个独特的完整体，它本身具有某种脆弱性、排他性、不可侵犯性，像"生命"那样。它既不能截肢，又不能换头，也不能插入异物，各部件之间是一种有机的联系。随意的伤害或附加，都会使它丧失原貌，或者遭到致命的一击。而且，它同工业产品不同，不能用机械的办法成批地制造，只能由作家长期孕育而成，跃动着独特的灵魂和生命。

　　从我们过去艺术上的成败经验来看，它远较其他艺术枝节问题更为重要。且不论那些思想平庸、艺术低劣、毫无血色的作品，就是那些思想正确，不乏某些生活气息的场面和细节的作品，也因构不成一个完整的生命体，而难以流传和保存。卢那察尔斯基拿某些作家同罗曼·罗兰相比，说有些人较之罗曼·罗兰思想更正确和博大，但作为艺术家却比他苍白，就是这个意思。这就要求我们把思想标准与艺术标准结合起来，把灵与肉统一起来，大而至于结构的安排，小而至于一字一词的使用，都不能有任何主观随意性，而必须看作生命的一个组成部分。

　　由于"左倾"错误的长期影响，由于机械论在批评和创作上的根子较深，我们有许多反面的教训。我们有过给作品穿靴子、戴帽子之说，那是为了遮人耳目的前缀。我们也有过给作品加一个浪漫主义的光明尾巴、以追求人为的"亮色"的主张，那实际也是没有生气灌注的外加的东西。前些时，我们出现了某些思想低劣、艺术粗糙的两截子作品，前一半出现对性爱、对女性体态、对情场角逐的自然主义描写，到后一半就让公安局把这个女性或男性抓起来，似乎破案定性可以说明作者终归有褒贬，可以免去读者对作者那种不高尚的艺术情趣的责难。当然，这种作品在艺术上也不可能是完整的。

　　我们经常谈的问题小说、问题戏剧，在这里应该加以区分。易卜生的著名社会问题剧《玩偶之家》出现后，有两种创作倾向。一种是提出的社会问题与独具生命的艺术形象相融合，或者说问题是从形象里自然涌现出来的；另一种，是用形象演绎问题，作者对问题的认识优越于形象的孕育，形象成为问题的傀儡。这种在创作和评论中惊喜于问题的发现，而忽视艺术形象的生气灌注的要求，在我们当中是影响较深的。这种作品惊动于一时，像水面上掠起一层薄薄的波纹，很快也就被人遗忘了。

我们还看到另一种现象，这发生在某些有一定独创性的作家的作品里。这些作品，主干上、总体上不失其特色，但因作者勉强地灌输自己的思想和企图，因而带来美中不足的对生命整体的伤害，是很可惜的。从维熙是一位在独特的领域里有一定艺术功力的作家，《大墙下的红玉兰》在新时期的文学中，较早以新的题材、新的人物为人们所注目。但读者也普遍反映他在作品结尾处安排一个久经锻炼、饱有经验的老公安干部登梯攀摘红玉兰以至殉命的场面，有失真实和人物的完整。他最近发表的《雪落黄河静无声》中可以看出，作者那种兼具诗的抒情与写实的细腻的艺术特色的进一步圆熟，主人公范汉儒和陶莹莹写得真切动人。但同样，作者让莹莹以叛国罪大白于读者的面前，借以突出爱国主义的主题，让读者感到比较突兀、勉强、不合情理。读者并非强行要求他们大团圆，但对于这位深沉、勇敢而富于内秀的女性，而且作品一再点明"她外表懦弱，她是一个很坚强的人"，这种安排较难让人置信。也许，作者较多听从自己的理性判断、时代契合或戏剧效果，对人物和作品这个完整的"生命""世界"考虑不够。

新时期文学蓬勃发展的一个重要特征，是恢复了文学是"人学"的命题，把文学不应该承担的、应由别的意识形态承担的职能免除了，或者说，通过"人学"的深而广的开拓和掘进，扩大和丰富了文学的审美职能。这里，联想起罗曼·罗兰在给苏联初学写作者的信中对苏联文学的批评。他肯定苏联所面临的"最伟大的变革过程"，又指出"近代苏联作家目前大多数作品的缺点，是在于他们限制自己仅去作那种种建设事实的浮面的描写"，要求他们"绝不要满足于那皮相的、混乱的、表面运动的描写，要深入到灵魂里去，深入到集体的灵魂里去"，要求"在客观的写实主义之上，还必须加上使它温暖的心灵的抒情主义"。这种要求，我们可以从一个方面理解为作品应是灵与肉的统一。也就是它们不应成为客观现实的人与物的浮光掠影的罗列，而应成为生气灌注的具有完整生命的艺术品。从种种迹象来看，我们的文学也经历了苏联文学曾经有过的曲折，目前，我们正在越过它，迎接更新更好的局面。

1984 年 7 月

从反思到自省想到的

诸多迹象表明，文艺思潮的发展态势正由过去的历史反思，走向当今的个人自省。至少，这是转向之一，令人欣喜。

反思一般说来是把审视和批评的矛头指向历史，指向社会背景，指向极"左"政治，指向"四人帮"，指向一场接一场错误的政治运动。自省是将批评的锋芒指向自我，指向自己的历史表现，指向自己不能摆脱的局限和为人所知、不为人所知的心灵行为，即使是冤屈受害者，事实证明也不乏自省的真实内容。

这一转向似乎是由韦君宜的《思痛录》触发出来的，当然，也应该说早有表现，早有准备。知青作家作为当今具有活力的创作队伍，面对韦君宜的"只写了自己如何受苦"、没有"写出当年自己十六七岁时究竟怎样响应'文化大革命'的号召，自己的思想究竟是怎样变成反对一切，仇恨一切，以打砸抢为光荣"的诘问，理所当然地同意做出红卫兵一代人的应有的自省。事实上，在文学发展、社会发展上，如果一味地把自己看成过去极"左"政治运动的受害者、对立面，看不到自己也是参加者，至少也是被裹胁者，看不到"历史与人"的辩证关系，那一场场在凯歌声中结束的政治运动就不好理解了。拿反"右"运动来说，把五十多万人划成"右派"，具体划谁，划的根据，就不是一股脑儿推到上面、推到当时历史背景所能了事的。最近披露的事实证明，冯雪峰之所以被打成"右派"，除了当时的政治背景，还夹杂个人的历史恩怨。当时就是以冯雪峰从瓦窑堡到上海"违反党的指示而撇开周扬和夏衍"、先找了鲁迅和胡风、冯为鲁迅起草的文章提到"四条汉子"以及两个口号的提出等等论罪定罪的。事实上，这些都构不成大是大非和敌我问题，中央并没有作结论。临到作协划"右派"，中央当时已经把权力下放到省部级，作协党组有权处理。而且有关负责人还提到冯作为大革命时期的党员，全国只剩有七百人，可划可不划的不划。最后据说，周扬在家里与人研究以"不划摆不平"为由，定冯为"右派"。

　　这件事情的细节可能有出入，但大的脉络基本清楚。今天，人们追寻这段历史，无意抓住不放、秋后算账，但是，作为过来人、当事人，做出认真自省、做出自我批评，是完全应该的。对此，我们有时觉得丁玲对周扬迟迟不能原谅，并非难以理解，但同时，周扬作为文艺界的长期的负责人，及至晚年醒悟后，痛苦忏悔，执笔上书中央，承担冯错划"右派"的全部责任，也同样是可以理解的。

　　面对文学艺术的创作，也应如是。一事当先，不是怪别人，怪外界，而是省视自己。眼下，读者和观众已经看到这种自省精神的许多表现。诗歌界面对读者流失、诗人改行、诗刊相继停办，反省到创作中存在的诗的私化、贵族化、非诗化，诗人思想狭窄化、情绪琐屑化、语言油腻化以及过于醉心心灵生命的个人体验等等问题。电影界这种自我检视更是令人感佩。作为影片《大决战》的编剧李平分，获得的荣誉不算少，他看了美国影片《拯救大兵瑞恩》后，有感于中国战争影片往往写成战略影片，讲到中国战争电影过于注重从战略上讲清楚战争，过于理性化。他说，你看看中国电影里领导人运筹帷幄、稳操胜券，显得很虚假。哪像《拯救大兵瑞恩》，战场拍得悬念丛生、扑朔迷离，战争就应该是那个样子。他说："战争片还是要写好战争中的人，不要一写战略就把人给忘掉了。"

　　这种自省连同对历史的反思一样，它们自身不是目的，是为了求得对历史与人的完整认识，使前进的步伐能够真正前进。而且，反思与自省，不能截然分割，或先后，或并行，或交叉，皆无不可。值得提及的是，在思考这类问题的时候，有些似是而非的观点和说法，困扰我们自己，应该加以辨析：

前与后：要向前看，也要认真清理过去。只有向后看，才能真正做到向前看，向后看是为了向前看。

粗与细：宜粗与宜细，要看情况，是非原则问题，恐怕不能粗，艺术问题的反思与自省，非细不可。

如果本着惩前毖后、继往开来、前事不忘后世之师的精神，这里就不存在前与后、粗与细的笼统界限。对于错误、失误和局限，不应该护短，甚至也不应该存在个人隐私。而且，恕我直言，在涉及相关的历史运动，作为过来人，至少在自省这个领域，我们不妨提倡一下人人有份，人人过关。这是一个不需要法庭的人人皆可实施的内心自我审判。在面对中国历史过去长期存在的循环反复步履艰难，它关乎提高整体民族素质。

老一辈艺术家为我们树立了榜样，巴金在《随想录》中就解剖了自己，谈到"要拿刀刺进我的心窝，我的手软了"的这种复杂心情。徐迟在辞世前也讲到要说真话，甚至检查到"我的《江南小镇》也是说假话"。如此等等，我们应该看作老艺术家严格解剖自己的赤子之心。徐迟说，写不出说真话的作品，"不论是谁，都进不了新世纪"。明年就将跨入新的世纪。世界一体化进程从未如此鲜明地摆在每个人的面前。美国影片《泰坦尼克号》的播放，从全世界赚走三十二亿美元。文学艺术作为商品，不可避免地要加入全世界的大竞争、大选择、大淘汰。对于艺术的发展，只有从社会到个人，对历史和现实、思想和艺术、内容和形式、管理体制和技术手段诸多方面，做出全方位的反思与自省，才能真正提高自己。对问题的认识可以各有所需，各有坚持，各有保留。但当一切物化为产品或成品，无论是物质的还是精神的，市场是不给你留情面的。

1999 年 1 月

"多"并不拒斥"一"

像我这样的1950年代大学生知识结构的人，当初倡导文学的多元，思想上真有一点犯嘀咕：提"多元"行吗？"元"能多吗？有没有"一"，"多"与"一"的关系又是如何呢？

无疑，我对文学的多元是拥护的。当时的一个大背景就是"四人帮"留下的烂摊子。那时候，不仅创作方法搞一元化，人物排列搞"三突出"，作品也推出人人尊奉的"样板"，可以说是一元到底，一切都逼上死角。思想解放的春风催发了文学的多元化、多样化，从创作模式的多元到理论批评的多元，促成了中国当代文学发展的一个伟大的转折。然而，一些年事偏高的知识分子，对"多元"的提法比较慎重。我记得，当时在世的冯牧同志在发言时也表示过这种慎重，和我犯着同样的"嘀咕"。

"多"与"一"是文学实际存在的一个问题，关涉甚大。末后，我又查询了一些资料，现在看来，"元"有两义，一是"本原"义，一是"原则"义。过去用前一义较多，现在后一义日渐通用。在确认世界本原于物质的问题上，我们当然是"一元论"的信奉者，但问题也仅止于此。即使是这种"一元"的认定，从古代的唯物论到现代的唯物论，真理并没有走向绝对和封闭。另外，从总体上观察"一"与"多"，只能说"一"会生成和发展"多"，"多"也会丰富和推动"一"，"多"中寓"一"，"一"以总"多"，这是"多"与"一"的辩证法。即使是唯心的"一元论"或"二元论"，在人类总的认识长河中，也会不断地流向

"一"，发展人类的整体认识。哲学家威廉·詹姆斯认为"一"与"多"的问题是"一切哲学问题的最主要之点"。

新时期文学多元化的呼求，实际是"原则"意义上理解"元"的。开初，进入久冷乍暖的历史突破口，人们倡导"多"，并没有否定"一"，或者说，只是暂时隐伏了"一"，并没有拒斥"一"。比如在方法上摆脱了唯典型化是崇之后，出现了抽象化、荒诞化、世俗化，出现了新写实、新历史、新体验、新状态。这种探求，还会层出不穷。这中间，仍然存在"一"。只要是好的，有益于心智和情致的，合乎真善美要求的，大家都喜欢。

然而，对"一"与"多"的关系要加以客观的理解和运用，符合改革开放的趋势。从过去的经验来看，谈百花齐放、谈多样多元容易，实际推行起来又很难。这其中，有一个对"一"的理解。一个人形成了自己的价值观，就会总依自己的看法，就会肯定自己认同的"多"，对自己认识尺度、价值尺度之外的东西加以排斥，"一"会总缩住"多"。反之，一个人对"多"的容纳程度，也会验证他对"一"的信念内容和执着范围。这里举一小例。王朔的世俗化追求，同其他多元化表现一样，并非偶然。王朔创作的得失妍媸当然可以进行讨论，但明眼人和读者观众也看到，王朔加以调侃和否定的对象是伪理想、伪崇高。如果说任何人的批判不可能不以自己的肯定作为内衬，王朔也不例外。在王朔作品的俗人形象纠葛中，并没有失去理想的光辉。问题在于，当人们对王朔有较为恰当公允的评价的时候，某些学人却指斥他为反理想反崇高的彻头彻尾的痞子，必欲击倒而方快。不仅存在对王朔的误读，对王蒙评王朔的"躲避崇高"（也是指伪崇高，也属于一种反语式的表述）也存在误读。如果在这种误读上批判对方，借以建立自己的理想与崇高，总归自己的"一"，那将是什么样的理想与崇高呢？

当然，这种"一"，是一个发展的动态的结构。我们可以用精神文明、人文精神、有益于人民来规范它。不同层次，宽窄又不尽相同。作为海内外炎黄子孙，爱国主义可以成为我们统一的文学追求。另外，在更大范围内，又有更为宽广的尺度。毛泽东跟何其芳谈到文学的"口之于味，有同嗜焉"，涉及文学的共鸣和审美的共同人性。汤因比在综观人类文化的共同性时说："人类事物中永恒的和合乎规律的因素是人性——一个人的整个身心的统一体。如果你相信这种研究普遍性规律的科学的方法在人类事务中是有可能实行的，那么我可以说，客观的标准就是这种人性的一致性和永恒性。"许多优秀作品都存在这种共同的人类性。在扩大开放、加强交往的今天，这种共同的审美追求，是谁也抹杀不了的实际情况。

　　为了推动文学的繁荣昌盛和健康发展，办法也许是两个。一个方法上的，提倡宽容，不急于排斥异己，容纳自己不习惯不喜欢的艺术追求，甚至在某个时期对某个问题提倡"不争论"。这不是不辨是非，而是在彼此知识准备不充分的情况下，不争论比争论好，不急于问姓"社"姓"资"。另一个观念上的，提倡在改革大潮中，转变我们自身的观念。应该看到，我们过去确立的某些观念，以及崇高与理想等等，不少是在小农经济基础上建立起来的，有的同极"左"政治纠缠不清。我同意这样一种说法，以社会良知、忧国忧民、坚守理想为己任的知识分子，大喊救国救人的同时，首先要"救出自己"。

1997 年 2 月

"村庄"的爱情

一个人走进了村庄,可以写些什么呢?写村舍,写乡民,写景物,写贫富悬殊,写民俗风情,写流传故事,以及其他。

可写的方方面面太多,可以说具有多面性,不可约束性。

然而,德国大文豪黑塞在"流浪者"名篇《村庄》里,写到他第一次去南方村庄在酒店见到的一个女子:"浅金色头发,两颊红晕。"于是,他大发感慨:"你呵,天使!看着她既是享受又是痛苦,我在那整整一小时里是多么爱她!我又成了十八岁的青年。"

这是他的瞬间感受,潜意识的勃发,他顿时坠入了情网。他一下子爱得那么主观,在心里对她诉说:"谁也及不上我那么爱你,谁也不曾像我那样给予你那么多的权力,不受制约的权力。"他大概有一点像我们西部民歌里唱的"愿意跟她去放羊,愿意她拿着皮鞭打在我身上"了。

大凡,人们在世间的风云际会中,偶尔被异性的容貌和风度所吸引,为此一往情深,是常有的事。只要不是弱智和生理不全,都难免于此。黑塞作为满怀浪漫精神的流浪者,充满对美和生活的热爱,凑巧有这样一次奇遇。这关口,似乎给我们的文学立下一块戒石:是好,还是坏?能写,还是不能写,或者应该写?如何面对自己的心灵,进而开掘人的心灵?

黑塞正视了自己的心灵。西方文学中诸多名家也都能正视自己的心灵。法朗士写过一篇谈他童年观剧时爱上了舞台上一位美丽而又善良的公主的散文。卢梭、乔治·桑剖白过自己的浪漫心灵史。现在看来，如果我们仔细加以琢磨，本来这些属于个人隐私的事情，发生了，体验了，处置了，也就完了。他们要在作品中正儿八经地公之于世，这里面存在着一种十分严肃的理性精神。

一个人的潜意识的涌动，又伴随以理性的深思，就能使他的情与智这两个领域，都得到宣泄与净化。爱情并不反对理性，爱的内涵也不能由性来填塞。黑塞在掩饰不住对那个女子狂风骤雨般的、实际上"我同她没说一句话"的单恋式的爱的同时，他又自忖自省。他守住"流浪者"的追求与情怀："我们流浪者最得心应手的是，恰恰为了爱的愿望不能实现而去培育爱的愿望，并把本该属于女人的那种爱，嬉戏地分给村庄和山峦，湖泊和峡谷，分给路旁的儿童，桥头的乞丐，牧场上的牛，以及鸟儿与蝴蝶。"他把爱同对象分开，不以占有为目的。他对那个女子喃喃自语："我不想养育和丰盈我对你的爱。你不是我的爱的目的，而是它的推动力。"流浪者从不寻找目的地，而仅仅满足于"永远在途中"的流浪"天性"。

从"德国人是一个哲学民族"（恩格斯）来看，黑塞不同于卢梭等人。德国人历史上向来把英国人法国人的实践加以哲学的总结。与卢梭抒情的汪洋恣肆难以约束不同，黑塞显得严谨深沉。黑塞要写他的爱，写他梦中的金发女子："我疯狂地热恋着她。如果她留在我身边的话，我早就为她付出我的余生以及流浪者的一切欢乐。"然而，这也是"假如"。他要从"村庄"走出去，把对女子的爱让大自然的山川河流和飞禽走兽来分享，从情爱通达一种博爱。

当人性的某个领域不能被美的光束所照射的时候，人性本身就得不到充分的发展，文学的使命也得不到全面的展示。我国的散文遗产十分丰富，特别在言理、述志、忧思、信义等方面。同时，由于封建礼教的长期禁锢，"爱"被视为与"礼""天理"相对立的"人欲"，以"非礼勿言"加以处置。英国哲学家罗素从批判旧制度出发，认为"在中国，爱的情感是罕见的"，"中国的传统文化反对一切浓厚的感情"，值得我们深思。正统文学、正统作家不敢言情，更不能言自己之情。文化心态得不到充分的陶冶和疏导，必然会受到某种惩罚，承受某些负面效应。君不见，我们的村舍城镇，在数不清的电线杆和土墙上，张贴那么多粗俗不堪的性诱导性治疗性描述，不就是一例么？

似乎可以说，黑塞笔下的"村庄"，在文学上成为一块戒石，又是一个隐喻，你深进去，或许可以升入天堂，你避开它，也可能沉入地狱。

1995 年 1 月

说"书虫"

你看他，有时紧张得满头大汗，有时又显得镇定自若，在话筒前一个劲儿念讲稿。满纸的别人说古人说外国人说，不顾下面听众需要他讲什么，自己打算给听众提供什么。

书虫，不论是甲虫类还是蛾蚁类，钻进书本，蛀洞营巢，靠吸取残余纸浆为生。它怕见阳光，在书中产卵研粉，一离开书本就会死亡。

蜜蜂完全不同于书虫。同是昆虫，蜜蜂在鲜花中采集和传授花粉，由蜜囊酿成蜜蜡王浆，贡献于人类。

或者说，一个民族一个社会的活力与兴衰，表征之一，是看知识界的书虫状况，他们的控制能力，以及读书人沾染书虫毒害的深浅。《红楼梦》里的贾政训子，就是要求贾宝玉"把《四书》一起讲明背熟，是最要紧的"。《儒林外史》的马二先生谈写文章，标明"文章总以理法为主，任他风气变，理法总是不变"。批文章，则"总是采取《语类》《或问》上的精语"。从书本教条中讨生活，以不变应万变。人的智慧受到"匡正"，让孔孟之道牢笼千秋万代，这个社会不停滞腐朽才怪！

当然，书本有好有坏。但即使最好的书本，也只是体现人的认识与求知的有限适应性，也就是真理的相对性。世界不存在无限制的个人，也不存在无限制的终极的绝对的书本知识。在这个意义上，可以说不存在某种知识的放之四海而皆准，用之千秋而皆灵。对此，人们只能慨叹：宇宙何等浩渺，世界何等辽阔，社会何等丰富，人的认识又何等有限。任何贤哲与巨匠，在流动不居的大千世界里，他们的立言立说，只是像银幕摇镜头似的，一幕一幕推过去。

马克思在1865年一份问答式的《自白》里说过："您喜欢做的事：啃书本。"同时又表白："您所喜欢的座右铭：怀疑一切。"喜欢读书，又怀疑一切，这是最科学的态度。这里的"怀疑"是"审视""批判"的意思。马克思在里面表示自己热爱的诗人是莎士比亚、埃斯库罗斯、歌德，热爱的散文家是狄德罗。但对于一切先贤和书本，他又取一种"怀疑"的批判的非迷信盲从的态度。

马克思的这种态度，是适于古往今来的。其根本原因也在于书本知识的有限指涉性。马克思主义的关于知识与真理的相对性与绝对性辩证关系的思想，爱因斯坦的相对论对哲学思维的启发，都为此作了佐证。值得注意的是，有人认为过去的书本可以批判怀疑，现在的就不能，某类可以，另一类则不能。恕我直言，这实际上是半个"书虫"的观点。看来，真正摆脱"书虫"习气，确非易事。我国改革开放的重大思维成果，就是批判这种态度，批判"一句顶一万句"的"凡是"观点。用"实践检验"来代替"凡是"，同马克思的"怀疑一切"是相通的。

说到此，大有笔者身居"书虫"之外指手画脚之嫌。非也，笔者自身也有过"书虫"的经历和体验。唯一可慰的，笔者愿意把自己摆进去，同其他读书人一道，期望警醒自己，从"书虫"中蜕变出来。

1995年11月

味 儿

　　当音乐不仅是出自某个机巧的编写者的手笔,不仅是出自某个金嗓子的吟唱,而是律动着生命的呼唤与欢悲,仿佛经由几代人的咽喉而被保存下来,或者说,唱者相继而去唯有这声音让你获得回忆,那么,这样的音乐将永远不会失去生命力。

　　音乐的圣境就是让你进入这样一个特殊的生命世界,你完全能察知它们哪怕是一种微弱的心灵颤抖,并为此而心旌动摇。这也就是我们说的味儿。

　　陕北民歌的高亢与悠长,你会联想到那条状山脉,那高八度低八度的直起直落,你也会如见陡峭的梁峁,更重要的是这里面的人,是与这山川共存的人的思绪与情绪。青年男女对天地呼唤,引吭高唱,倾诉他们的身世、追求与苦衷。在那里,吴侬软语不管用,人们听不见。浅吟低唱只能保存在华彦钧的《二泉映月》里,那里面凝结了踯躅街头的流浪人的苦难,你仿佛听到盲人用竹竿敲打石板街的声音,察觉出他们月夜泉边的全部感伤。生命铸就了音乐的不朽。如果说这词儿曲儿是音乐艺术的第一大关口,那么,演唱就是第二大关口。前者只是符号,是生命的烙迹,后者才是转化,是艺术的实现。

　　恕我直说,自从郭兰英唱了《一条大河》,王玉珍唱了《洪湖水,浪打浪》,她们的后继者诸多都失败了。一些著名歌星都演唱过这两首歌曲,不是她们的嗓音和技术不行,而是某种命中注定的准备不足。她们唱不出那个味儿。这种准备不是你用勤学苦练所能立刻奏效的。郭兰英的演唱，显示一种难以匹敌的厚实与沉稳。这一方面与她唱山西梆子出身有关，梆子声腔练就了她音色的一种特殊韵味。更主要的是她自身的遭遇和经历，她演唱时投入了感情与生命，达到了对歌曲的深邃的掌握。王玉珍唱"洪湖水"，不在于她咬字带有湖北口音，仍然在于她自身的积淀与投入。"晚上回来鱼满舱，呵——"中的"呵"更难把握，这非实义词"呵"声，才是音乐的精魂，许多演唱者在此欠火候，摔跤子。它要求你对洪湖的民情谙熟，洞悉洪湖女儿的心灵，仿佛你能把那块土地的特有咏叹带上舞台。我甚至认为，不会唱湖北渔鼓的人是唱不好这首歌的。

　　艺术是残酷无情的，它在无言无形中逼视你，一眼就看出你是动真格儿的，还是耍滑头，是有真货色，还是糊弄人。当你有权占据观众的视觉形象和声音形象时，你千万要小心。艺术有时又像个慈祥的长者，它抚摸一切从艺者的头，有时对你说，你的技术不错，你也精心练习，但你对处理某件艺术品准备不足，条件尚不充分，上帝让你再等一会儿。

1995 年 7 月

音乐电视应向深度进军

音乐电视，现出蓬勃生机，惹人喜爱。它借用电视传媒，显示综合艺术新类型。可以说，它是音乐，是声乐，以诗词散文为内骨，又可把戏剧的场面、小说的情节若隐若现地编织进去。无论是微观事物的精细，还是宏观历史的苍茫，星海沉浮，都可以加以容纳，让观众饱饱眼福，体味再三。

任何艺术的质量，是根基于民族艺术深厚沃土的，体现着创造者的实力和功夫，你急也急不得。

核心是词曲，是歌星的演唱，德德玛演唱的《我的母亲》，音域宽阔，浑厚深沉，动人心弦。一首《九月九》，唱出"回家的打算，始终在心头"，唱出只有家乡"才有自由，才有烈酒，才有九月九"，家乡味、民间味很浓。孙浩演唱的《中国民谣》得力于词曲，民族味儿极浓，词语跳跃性大，浓缩了历史与人生，内涵深邃广远，让人兴叹，又不消沉。

收视者也普遍认为，民歌名曲的生命力最强，如果加以精美的制作，都可以作保留节目。同优秀民歌相比，即使是质量上乘的流行歌曲，也难以匹比。这些民歌名曲，比如陕北民歌，让人百听不厌。它们把悠长的人生况味，把民间大地的苦难与挣扎，都融汇进去了。我想也有道理，它们实质是中华儿女年复一年、代复一代吟咏而成的，经过他们的嗓子，倾诉着他们的衷肠，里面凝结了血与泪。词曲家只是做了天才的编录。既然历史付出了如此代价，历史当然也会以长久不衰作为回报。

功夫在诗外，在音乐电视外。文学艺术的根底不深，没有非同凡响的独到造诣，任何现代精美的包装，也遮藏不住。还是得来真格儿的，拿真货色，来不得半点滑头。笔者以为，音乐电视的向前发展，根本上要呼唤文学的发展，艺术的发展。有才者可以把词、曲、唱集于一身，但艺术法则并不因此对你而放宽尺度。

无疑，我们需要鼓舞，需要振奋，需要健康的或庄严或轻快的旋律。接受者绝不要成天愁眉苦脸。但激昂的乐曲，要扎根于民族的土壤，不能同现实生活中大众的思绪情趣搞风筝断线。一首音乐电视要求在几分钟内容纳众多制作人员的艰辛的创造性劳动，要求演唱者把自己整个艺术生命所能焕发的灵感与才华投入一瞬。它是综合艺术，有赖于集体创作。青年歌唱家张迈演唱的《爱的港湾》《黄河源头》之所以反应较好，既有她超水平的发挥，也得力于导演、拍摄等工作人员别开生面的设计和制作。同时，音乐电视形式精短，容不得其他艺术种类（如肥皂剧、长篇小说等）可能出现的藏拙和平庸过渡，又是一门最严格的艺术。

1996 年 4 月

湘西人

由地域性的自然地貌、经济结构和文化传统而培育、而濡染的湘西人在华夏大地上，也是蔚成一帜的。所谓人杰地灵，也包含着环境的"地灵"培养着"人杰"。而且，这种人文现象，并不能类推其他一切地区和地方，仅这一点，就值得学人好好研究。

这次参加"1998国际沈从文学术讨论会"，众人对此深有所感。湘西拥有张家界这个闻名世界的自然保护区，天子山上耸立着贺龙的铜像，他的两把菜刀闹革命的故事流传神州近一个世纪。在名山环抱、沱江穿过的凤凰古城，先出了民国第一任总理熊希龄，后来又出了大作家沈从文、画家黄永玉。沈从文以写湘西人名垂文坛。湘西人以拥有自己的人物、自己的文化来认识自己、发展自己。

湘西历史上盛行楚巫文化，又融合中原文化，长期杂居的苗汉各族在自然经济和奇山异水中发展了自己的想象。放蛊（由草蛊婆施放虫类于果物中，致使孩子中蛊得病）、行巫设坛念符咒、女子落洞人神恋、辰州符赶尸以及游侠等传说故事，曾经侵入我湖北儿时的心灵，此次又成为与会者感兴趣的话题。如果我们拂去历史留给它的非科学尘垢，湘西人勤劳强悍、敢爱敢恨，男子豪侠、女子追求性自由的浪漫情怀，得到了曲折的或者变态的反映。

德夯苗寨一直以它的黄昏和黑夜的形象保存在我的记忆里。

我们参加跳歌晚会安排在傍晚时入寨，只见村寨四周由奇异如云的山峦围合。进寨要喝拦门酒，坐在场坪上，就有唱歌的苗家姑娘手持鲜花在我们面前寻访。她们再三甄别，准确地把鲜花投在旁边的沈从文的儿子沈虎雏的手里。人山人海的观光客因为这一发现，纷纷前来找他拍照。这时，一轮明月忽然从山峦四围探出头来，银辉泻地，可以让每个人看见自己的身姿倒影。场坪的篝火熊熊，欢迎沈从文国际讨论会的横幅闪烁耀目。我联想到湘西出产的酒鬼酒因黄永玉的包装设计而名声大振、行销全国。湘西人善于利用特有的山水日月款待客人，利用自己的文化资源发展旅游，推动经济。

这是我第二次游张家界。当我穿行在金鞭溪这条奇峰万状的山间走廊时，已经是平整的石板路了。天子山已经架设了两千多米长的缆车索道，就在索道旁，一个湘西人欲与缆车试比高，用绳索在山峰间作空中表演。湘西人也有保守的一面。在茶峒这个边城小镇，有的居民坐在阴森的堂屋里，从半掩的古旧木门里望着过往的行人，他们目光平和，行动悠缓，满足于粗菜淡饭，不考虑"个人创造价值和财富的质与量决定民族的命运"这个现代性课题。在金鞭溪行走，一个刚放学的孩子要求给游客唱支山歌，你得给钱让他创收，当他唱到"张家界呀好风光，奇峰秀水美名传，欢迎您呵来作客，保佑（您）将来做大官"，众人捧腹大笑。

由地域历史和文化环境形成的地方和地方人，还使人想到苏北人、宁波人、上海人，想到扬州、绍兴等文化古城和红安将军县等等，都有特定的内涵。它应该重传统，能更新，能自立自强，不封闭排外，赶上新世纪，走出去请进来，有如涓出源头故地，又汇入大江大海，为民族为人类贡献自己。

湘西矮寨的盘山公路是有象征性的，它在1937年抗战时期修建，以工程艰险闻名全国，仅牺牲的路工就多达六百多。我们乘车攀缘山峦，还能看到山上一尊修建者的塑像，那应该是湘西人的具象。如今，从茶峒通重庆市通贵州，交叉着两条国道。湘西的开发路途艰难，但湘西人都为湘西而骄傲。

1998 年 12 月 7 日

"注水肉"的联想

在京郊一所医院一个专门输液的大病房里,笔者加入了这些来自四面八方的、或卧或坐、手臂都吊着输药管的人群。众人正在议论"注水肉":"我不敢吃肉,集贸市场上的猪肉我不敢买,怕买不到不注水的肉。""现在的肉也怪,烧得不香,吃起来没有味道。""到大菜场、大超市买,买价钱贵的肉,也许可靠些。""你能担保那里边的肉就没有注水吗?"大家议论现在什么东西都有假冒伪劣,连钞票都有假的,防不胜防,流露出一种无可奈何的唉声叹气。"注水肉"的制作很简单,先把猪打死,剖开心脏,再插进水管或水泵,像充气似的,一头死猪便变成了一头粗鼓鼓的大猪。据说一头猪注水可多达50斤。

一位来自工商管理部门的输液者说:"这是注水的,还有注胶的哩!注胶的猪肉看起来发黏发亮,跟新鲜的好肉一样。很难分辨,吃起来更糟。"病房的众人听到注胶肉,更是一阵心寒。他接着说:"这种注胶肉可以从猪头上检查出来,如果猪嘴被切开,咽喉上拉开了一个口子,那绝对是往里面注过胶的。"

在"打假"的声浪中,注水肉也反了好多年了,就是杜绝不了。据说河北衡水市市面上充斥着注水肉,你根本买不到不注水的肉。在那里,市郊的个体私人屠宰房往猪身上注水,你可以说它是黑店黑作坊,就是那些法定的、政府指定的、公开挂牌的肉联厂屠宰场,也照样往猪肉里注水。

原因很多,良心的、人性的、教育的、管理的、制度的、监督的，就连我们这些输液者也往往只能忍气吞声，不能起来斗争，也可以说是一个因素。我们说，利欲熏心、见利忘义、一心要钱可以使一个人变坏。但是作为一个社会应该有一个良好的、有效的管理秩序，又是须臾不可或缺的。那位工商部门的输液者说："我要是个体卖肉的，我进货也会进注水肉。因为它便宜呀，别人卖的注水肉价贱，你的肉价贵，生意做得下去吗？"问题还在于管理部门。对于制假者售假者来说，中央的法令可以置之不顾，官儿再大也不怕，但是对于直接的、垂直而上的顶头上司可就不同了。中国有一句老话，不怕官，只怕管。制假者、售假者只对这种顶头上级负责，要依赖他们存活，也只听从和服从他们。如果这种环环相扣的领导和管理部门被收买了，腐败了，假冒伪劣就畅行不止了。

从记者偷拍的镜头里可以看到，衡水市的肉联加工厂可以公开地肆无忌惮地注水。那两位上级委派的、穿着白大褂的检疫女士，就坐在这种屠宰场旁边办公，给注水猪加盖蓝戳。打假中的"打"家、"管"家，变成了打假中的"保"家。

这种只对垂直而上的、单一的顶头上级负责，把其他一切都不放在眼里，不管老百姓死活，是事情的关键。笔者有一次买肉，肉主公然说今天这个菜场有四条母猪，管理部门可以不闻不问。另一位输液者说有一次炖牛肉，感觉不像，像是骡子肉马肉，拿着肉去找管理人员，他不查询，用"我们这里没有假牛肉"给你顶回来。一位质量检查部门的负责人就批评到地方保护主义，以及"打假"活动中缺乏应有的"联合力量"。其实，湛江走私案、厦门远华案其弊端也在这里。

2001 年 1 月 20 日

偶发于一瞬的真情

像我们这些七十开外的人，总觉得，在人情交往上，已经处于维系和收缩的阶段，不会有新的开发了。年轻时频繁交往的走南闯北，已成过去，剩下的是守住退休的岁月，同长期结交、沉淀下来的亲朋密友保持联系，时不时地相约聚首叙谈。

然而，我们每个人也都有另一种经历和体察：有的真情厚谊是缺乏交往的，它偶发于生活的一瞬，又断然失去后续的交往联络。它的闪光点，却给人们留下了美好的回忆，历久不衰，由青年而中年而老年，直至照亮他的一生。大概，这一切，归因于人生际遇的复杂奇巧，在友情上，也留下一些别样、异类、变数，不让人际关系的常理、常规、常数尽性占据了去。

我记得，上个世纪50年代读中师时，学校从武汉搬到了汉川乡下。有一次，我护送一个同学回武汉治病。走水路，坐木船，经蔡甸，整整折腾了一天。晚上，我不得不投宿一个亲戚家里。可能路途饮食不干净，我夜里腹泻不止。当时找不到消炎片，吃大蒜又管不住。那两三天，衣服被褥全弄脏了。我自觉不好意思，又没有办法，狼狈之极。亲戚也渐渐怨我、责我乃至凶我了。忽然，有一天，班上另一个男同学来看我，见我如此处境，殷切表示要接我到他家里养病。我一怔，心里特别感动和感激。另外，还有一次，中师毕业时，我们少数几个人第一次不分配教小学，直接保送上师范学院。我们高兴极了。我的家境并不宽裕，衣着是低档次的。有一天，班上一位定下来教小学的女同学，当面对我说："你上学有什么困难，我可以接济你。"我望着她，感到特别的欣慰。

　　这两位同学并不是我中师三年的密友，之后，我们也没有联系。然而，时光驰去半个多世纪，无论寒暑晨昏，静下来的时候，他们的言行身影，总是活现在我脑海里。我留在武汉上学，后来又调到了北京。我只知道这两位同学分配到湖北县城工作去了。我常常默念，你们在哪里？你为什么当年愿意把一个染上痢疾、连他亲戚都厌烦（他们让孩子躲开我，我是完全能理解的）的病人，接到你家里去呢？你作为女同学，年长于我，我们只是参加一个合唱团，我们不曾萌生任何爱意，你为什么愿意接济一个同学上大学呢？

　　这些年，各类校友频频聚会。我几次去武汉，没有见到这两位同学。在同学录和通报中，只是列出他们的名字、地址、单位、电话号码不详。我知道，像我经历的这种缺乏交往、未能联系的真情厚谊，每个人都有。而且各有不同的故事，有的会更精彩、更动人。它们都不是以关系密切、感恩图报为前提，却共同闪耀着一颗真心。

　　这种交情，当然不是那种酒肉朋友，也不是那种索取交易。它不同于礼尚往来，不讲那么多礼节，也缺少往来。它像亲朋密友那样真心，却彼此并非亲朋故友，其结果是使对方永存感念，无法回报。它是对一般性同学、同事、相识者的困境的洞察，以及洞察之后的忘我的、舍身的关爱。从施惠者来说，它只考虑付出，不计酬报。从受惠者来说，除了感受温暖，还能长期从中受到滋补，受到启迪。我设想，若能联系见面，我定会诉说原委。然而，眼下我无从传递，即使"欲尽此情书尺素，浮雁沉鱼，终了无凭据"。

　　史怀哲在接受诺贝尔和平奖时说："我们最愚昧的错误就是不肯认真去冒险为善。我们常常不使用能帮助我们千百倍力量的杠杆,却想移动重物。"一个人从心地善良到勇于行善、冒险为善,是精神境界的一次飞跃。有了它,人与人之间的关系才会有所改变。至此,我发现我开头的行文有误了。我虽已年老退休,但人际交流绝非全然处于收缩无为阶段。只要摆脱慵倦,敏于发现,勇于为善,无论是作为施惠者或受惠者,都会感受、呼应和创造人间更多的亲爱和美丽。

1997 年 6 月 8 日

审慎与执拗

文学评论与评论文学

　　文学评论是属于文学，还是属于非文学、非艺术呢？向来意见歧出。作家和艺术家有时瞧不起评论家，把评论家比作寄生虫或其他讨厌的动物，认为他们只会空发议论，拿不出作品来。教科书常常把评论划在文学种类和体裁之外。

　　这个问题的分歧又与下面的看法有一定的联系：文学评论只是阐释作品、阐释作家心灵还是它本身又在创造作品、展示自我心灵，评论家要求自己泯灭个性、充当公正无私的法官还是应该表现个性、成为富于创造性的艺术家，评论是走向科学还是走向艺术。应该说，随着文学史的长期演变，人们的认识已经逐渐由前者向后者倾斜，评论的自身表现和评论家的自我意识，也日益体现这种倾斜。

　　这与进入本世纪哲学领域中对于辩证思维和人的主体性的新认识有关。人们看到，人的思维形式，根本不存在纯客观的公正公平，其间无不打上个性和主体的烙印。文学评论不可能还原原作，也不可能穷尽对作家作品的认识。任何评论，即使是杰出的，都是在一定时空条件下，以评论家的个性切入作家作品。但是，过去存在一种奇怪的现象，一些杰出的批评家、评论家都讳言个性，逃避自我。圣勃夫认为批评家应该是"他自己没有艺术，没有风格"，别林斯基强调批评的"理性""公理"，"不是代表自己个人去进行判断"等等。这些说法都是他们在当时历史条件下采用的障眼法，他们骨子里认为自己的评论最公平正确，对此我们不必信以为真。

如果我们不拘泥于这些批评家、评论家的口头声明，而实际观察他们的评论业绩，比如圣勃夫的入微剖析，别林斯基的热情澎湃，应该说，这些评论都是渗透个性的，构成一种文学文本，成为评论文学。蒙泰居比喻"批评是第十个文艺女神"，福楼拜呼吁过"评论家是艺术家"，王尔德认为"最高的评论"是"创作的创作"。在下曾经把作家的作品比作第一次曝光，评论家的评论则是第二次曝光。评论是阐释心灵的、作出判断的、分析说理的，但这是不够的，它也应该是突出个性的、充满激情的、美文表述的，评论并非先天就隶属于、俯仰于作家作品，它自身在建立一个独立的艺术世界。

优秀的评论文学都体现这些基本品质。巴尔扎克评论雨果，是以自己的现实主义艺术个性推崇对方的诗歌，而贬低对方的戏剧。雨果评论拜伦，就可看出他们之间个性相投、心心相印，他迸发出如下文字：

> 拜伦爵士以他忧郁的天才、高傲的性格、充满风暴的生活，的确可说是他作为一个诗人所属的那种诗歌之典型……他的话语反映了深沉的灵魂，他的叹息表述了整个的生涯。他的心扉，似乎每当一个思想从中喷射出来的时候，就要张开一下，犹如一座狂吐火焰的火山……
>
> 拜伦的逝世在整个欧洲大陆引起了普遍的悲痛。希腊的礼炮长时间地向他的遗体致敬，在国难深重的时候，希腊人以国丧的仪式把这个外国人的逝世当作全民的灾难。威斯敏斯特高傲的大门仿佛自动地开放，让诗人的灵位来给国王的陵墓增添光荣。

读着这样的评论文字，我们无不为之所激动，它的艺术力量绝不在作者的诗歌文字之下。评论一旦成为评论文学，就同诗歌、散文、小说等姐妹艺术一样，成为读者的审美之源。而且，文学评论的形式可以多种多样，陆机以赋论文，莎士比亚借戏剧发表评论，曹雪芹、海涅在小说中评论文艺，尼采以格言进行批评，评论可以越出各种体裁的畛域，借为己用。

进入20世纪，评论在文学中的地位日趋重要，评论家的独立自主意识日渐增强。但是，从以往的经验来看，作家撰写的评论常常富于艺术魅力，又容易固守自己的个性，失之于以己度人。哈代的一本小说曾被一位名家拒绝过，纪德审稿时退掉了普鲁斯特的名作，托尔斯泰错误地贬损过莎士比亚。作为专职评论家，如何做到既表现自我个性，又敏于发现他人，在主体的自我表现和客体的广阔容纳、博采众长中建立起微妙的平衡，将艺术激情同理性分析结合起来，这是一大难题。这也是评论文学自身发展的一大难题。现实对评论提出了新的挑战，评论会以新的姿态回应这种挑战。

1998年6月

审慎与执拗

当评论工作者最初面对一部作品的时候，他是审慎的。这不仅因为他应该十分尊重作家的艰巨的创造性劳动，而且，作品作为一个对象，作为一个客观实在，他需要细心阅读，反复揣摩，方能体察其中奥妙。何况，一篇文章往往只能探测作品的某个方面，而那些巨著，那些内蕴既深且广的作品，常常需要评论家不断地加以认识。

于是，我们看到，历史上一些权威批评家，即使拿着一部篇幅不长的作品，也要阅读许多次，唯恐自己的见解有所疏漏。杜勃罗留波夫把莱蒙托夫的《当代英雄》读了三遍，感到越读下去，越能了解人物形象和作品的美。在我国，何其芳同志写作《论〈红楼梦〉》，整整花了十个月的时间，反复研究作品和有关的资料。有的批评家总是建议读者先读原作，害怕自己的转述会伤害原作的诗意以及它给读者带来的特有的激情。有的评论家把名作比作宏伟的建筑物，认为需要从外到内、从不同角度进行观察，需要在阴晴圆缺的不同光波中进行观赏，有时，甚至要在自己的不同阶段做出评价，使自己前一阶段的意见得到补充或匡正。

为此，还需要深切地了解作家。丹麦文学史家勃兰兑斯赞成批评家"深入调查作家的家谱、他的体质和健康、他的经济情况"。对于一个死去的作家，他推崇以一种"草堆里寻针"的毅力，去发现死者埋葬在内心深处的、尚未被人发现的东西。这对于批评家需要具备的严密的科学态度，是讲得非常好的。

然则，批评家不能就此止步。批评家不是服膺作家及其心曲的忠实阐释者，批评也绝不是附属作品之后的可有可无的装饰品。

　　法国一位批评家把批评比作文艺九个女神之外的"第十个文艺女神"。他俏皮地说这个女神是"歌德的神秘的新娘；正是她把他变成了二十个诗人"。我们还看到，一些优秀评论家评论一部作品，由于能够把它放到作家的作品系列中进行比较，有时，把作家作品放到社会和历史的横向和纵向的宏观世界进行考察，他的评论就能深刻透辟，见人之所未见。这时，他坚持正确的意见，虽与作家发生异议，而毫无惮色。

　　历史上有过许多这一类佳话和趣闻。冈察洛夫回顾自己的创作时，极力推崇别林斯基和杜勃罗留波夫的评论。当杜勃罗留波夫指出他在《奥勃洛莫夫》中显示的巨大才能，又批评他决定埋葬奥勃洛莫夫性格是"不真实"的，说他"给我们写墓前悼词，那还太早"的时候，冈察洛夫表示赞成。他在一封信里说，读了杜勃罗留波夫的评论，自己对于奥勃洛莫夫性格今后没有什么可说的了。

　　屠格涅夫同杜勃罗留波夫在1860年发生的一场争执，更是发人深省。杜勃罗留波夫在评论《前夜》的文章里，肯定了作者对"新的要求""新的观念"的敏感，肯定了作者塑造叶琳娜的成功。他又把保加利亚人英沙罗夫的形象同歌德和莱蒙托夫的笔下人物加以比较，把俄国社会同保加利亚社会对照分析，指出英沙罗夫"苍白"，不是有充分材料和颜色的"心领神会的创造"，并预言俄国的英沙罗夫即将出现。屠格涅夫对此非常不满。他要求主持《同时代人》杂志的涅克拉索夫不要发表这篇评论，并威胁要在他和杜勃罗留波夫之间选择一个。当时，屠格涅夫是发表过《猎人笔记》《罗亭》《贵族之家》以及其他一些短篇小说和剧本的声名赫赫的四十多岁的作家，而杜勃罗留波夫不过是一个年仅二十四岁的文学编辑。结果，涅克拉索夫坚持原则，选择了杜勃罗留波夫。这是俄国文学史上一件引人注目的事件。后来，谢德林回顾这件事，认为屠格涅夫同《同时代人》编辑部的决裂，是对屠格涅夫的"损害"。它给后人的教益，是很多的。

批评在文学中的地位和作用，是许多作家一再肯定的。对于我们今天来说，批评同创作应该情同手足，结伴同行。当然，从评论工作的角度来说，重要的是审慎，是不懈的探求，是对时代、思想、生活、艺术的更深更准的把握。唯其如此，才能跃入真知灼见的执着。

1983 年 5 月

稳实的批评品格

这里所说的稳实，沉稳而又求实，并不为某个年龄层次的批评家所独有。它是新时期文学觉醒着和发展着的一种艺术精神，是批评家从历史深处走来，呼应现实要求，应和八面来风的开放局面而升华出来的一种艺术品性，也是当今批评家自主参与文学艺术发展的一种可贵心态。

这种艺术上的稳实性格，可能较多为中年批评家所具备，它明明又是从老一代批评家那里承传而来，在频频引进的滚滚波浪中又沉淀下来，并且播撒到青年批评家中间去。它取得了越来越多的共识。

当文学批评完全组合到政治机制、附庸而为政治工具的时候，就无性格和个性可言。新时期文学批评蓬勃发展的一个突出标志，就是批评家自主意识的觉醒，是批评的艺术个性的认定和形成，是批评向艺术本体的回归。现在看来，新时期批评家获得这种自觉，是付出了惨痛的代价的。一代资历较深的批评家，亲历过旧中国的苦难，也欣喜过建国初年的欢愉，此后又饱尝了"左倾"教条和文化专制的种种苦楚。他们并非生来干净，也许正因为其中不少人受过"左"的危害，身居营垒，反戈一击，更体味到一种历史的深重感和沧桑感。批评从政治的附属物挣脱出来，是批评生产力的大解放。

批评回到了艺术。当批评家不再从文件领取指示、从领导获得思想，就可能真正进入对创作的艺术把握。新时期的批评家，仿佛久违了似的，重新审视了被"四人帮"篡改了的历史，他们从上个世纪的别林斯基、圣勃夫那里受到启发，从"五四"时期至30年代的鲁迅等名家那里吸取智慧，传统的借鉴加上本世纪西方批评流派和方法的大量涌入，促使他们不断充实和丰富自己的艺术个性。批评家的情致和思想得到解放，评论就不再是某种"异己"的庸俗社会学文字。批评家对待作家，开始以心灵阐释心灵，以个性理解个性，当作家写出了和着泪水和激情的作品，批评家也回报以和着泪水和激情的文字，评论逐渐成为一个独立的艺术世界。

批评家深知，批评历来为作家艺术家所轻忽和诟病。这与其责怪作家艺术家，不如检视批评家自身。本世纪50年代，美国作家福克纳还表示"评论家的大作我是从不拜读的"，"评论家其实也无非是想写句'吉劳埃到此一游'（指二战时的美国兵——吉劳埃走遍世界各地）而已"，究其根由是批评家拿不出像样的东西。如果批评家拥有强大的艺术个性，如同鲁迅当年作为批评家评论青年作家艺术家那样，被评论的作家就绝不会等闲视之。

应该说，21世纪的西方批评家看出了这一点。他们为了同作家独立对话，为了真正切入作品的艺术分析和形式分析，为了写出超越作家超越读者超越文本的批评文字，他们在批评理论上作了长足的发展。语言哲学、符号学、精神分析、人类文化学的倡导，打开了对文学艺术这个文化结晶体的多层面的认识，俄国形式主义、新批评和结构主义，又更多在艺术形式的认识上使人们耳目一新。同本世纪以前的批评始终滞后于创作、跟踪于创作的现象不同，20世纪出现了批评引导创作乃至规范创作的例证。

然而，中国的批评家对这一切采取了冷静的态度。他们从自己的实情出发，始终执着文学的人文主义精神。他们不像本世纪西方批评家走一条理论家、纯然建构批评流派的道路，历史的局限固然使他们只能在几年的瞬间接受了西方几十年的流变，同时，西方的历史经验又使他们免除了许多绝对化、片面化的弯路。当形式主义发展到结构主义，扬言找到了万应灵药，以为可以对文本做出最终的科学解释，接踵而至的解构主义、接受美学、阐释学就破除了这种幻想。当今世界的哲学和艺术从科学主义向人文主义的演变，加深了中国批评家采取一种沉稳和求实的态度。另外，当我们着眼于作品的艺术分析、形式分析的时候，也不能全然仰仗于科学主义、形式主义的技术手段。福克纳就反对把艺术技巧理解为"外科医生""泥水匠"的技法，而主张视艺术为"神品妙构"。这里，一方面说明，科学主义的方法手段同文学艺术这个对象存在某些差异和错位，同时，即使理解文学批评的人文精神，也要研究它的审美的全部复杂性和丰富性。

历史是形成性格的一种基因，在某种程度上，历史又影响人的方法论。一些资深的批评家历尽风雨变幻，身负沉重的使命感，趋于宽和，避开狭窄，赞同容纳，反对排他，在艺术创新和实验上，宁取容忍、静观，不主张独断。新时期初期，当现实主义的力量很快得到恢复，批评家没有把现实主义法则神圣化、绝对化。他们认清了把文学的发展归结为现实主义与反现实主义斗争的机械唯物论实质，支持和倡导艺术方法的多元化。随着意识流、生活流给当代文学吹来第一股清新的风，寻根文学、新写实主义、新历史主义以及先锋派实验相继各领风骚，中国批评家顶住了僵化的外来压力，支持了一切积极的探索。

当今的批评界艺术界也出现了一股后现代主义潮流。这股潮流秉承尼采的"上帝死了"的名言，赞许对一切理想和价值进行消解和颠覆。应该说，尼采的立论作为反对绝对的理想主义，作为对以往历史的深度回眸，有它的针对性和合理性。中国研究后现代的诸多智士们，也从中国的历史变迁以及"文化大革命"的苦难中，找到这种思潮的某些现实依据。然而，这种绝对的否定和虚无的观点，又是一种极端化和片面化的。从哲学角度上讲，

"上帝死了"只有一半可取，当一种绝对化的理想主义破灭，一种新的理想又在萌生，又在再造。可以说是，"上帝"死了，"上帝"又在重生。这是不以人们意志为转移的人类智慧辩证法。我们抛开后现代主义关于大众艺术的种种试验不谈，仅就倡导者断言文明走向没落、一切价值和理想均属虚妄、启蒙和教化就是施暴、文学不过是语言游戏等等，不难看出他们某种干预现实的精神可取，而背离真实、背离真理的浮躁情绪十足。中国批评家对此应采取一种沉稳的宽容的态度，加以分辨和处置。

当前的批评界和艺术界，在数经波折之后，日益升华着、荡漾着一种沉稳而求实的艺术精神。这种艺术精神不是要求舆论一律、性格一律。中国的文学艺术不可能像西方那样，逍遥得一尘不染，去沉醉那种语言符号的无限飘移，现实土壤不允许他们这样做。如果我们不以言废人，即使是某些后现代、先锋派的执言者，在他们某种狂放的言辞背后，依然可以察知他们对人文精神的执着。

世界临近跨世纪之交，如果我们把眼光从文学艺术挪开，有许多现象令人振奋和深思。在政治舞台上，南非的种族冲突得到和解，巴以的民族矛盾和宗教矛盾得到协调，极端主义思潮和势力受到扼制。历史似乎又回过头证明，在他们的众族众神众教之上，还照耀着一个新的人类理性"上帝"。跟这种新的政治迹象相较而言，哲学和艺术似乎感到汗颜。时代在呼唤伟大的哲学和艺术，来回答世界的问题。如果从这种种历史现象和现实发展的错综变化来看，我们就会感到，当一种极端化、绝对化的思潮畅行无阻，与之对应的另一种极端化绝对化就有机可乘，就有用武之地。眼下，西方中心论在国外受到批评，赛义德的东方主义又不幸走向了对人类统一价值尺度和文化成果的某种拒斥。与此同时，我国在批判全面西化的时候，又容易招致民族复古主义的抬头。也许，后现代的虚无主义也助长了这种复古主义的复活。文学艺术的发展同现实的发展一样,要求我们采取辩证的求实的态度,避免从一种极端摆向另一种极端。牢牢把握住文学的人文精神,以"人的解放"作为一个永恒主题,在文学发展的历时与共时两个维度上,做到目光深邃、眼界开阔而又头脑清醒,今天的批评家似乎越来越认清了这一点。

1995 年 2 月

其势难挡的两个涌动

严格地说，文学艺术的真正竞赛、决胜场地不在各种域定（地区、国家、世界）的颁奖仪式，而在接受者的心灵领域。它同体育不同，体育竞赛在锦标赛、运动会上，球王、拳王、体操王子和皇后等等就铁定地决定下来了。这种区别应该成为我们思考文艺问题的基本出发点。

而且，到了本世纪末，人们已更加从对文艺的被动接受转向主动选择了。信息时代传媒工具的新革命，特别是多媒体逐渐走入案头和家庭，已经摆脱了以往出版社、报刊和电视台决定读者和观众的艺术视野的状态。当今，地球村、地球街坊的居民们，已经越来越可能超越现实地域乃至地球表层正在提供的读物和演出，把眼睛指向互联网，指向太空，指向卫星载体这个高高在上的传媒和舞台。文艺的竞争在于占领人们的心灵，表现形式是每个人的案头和视域选择，具体动作就是按鼠标和拨动按钮。

这里，自然要联系到文艺的功能，既是文艺自身的属性又是读者观众对文艺的需求。文艺的功能，向来说是三种，有的说是四种基本的，又细分十四种具体的，还有分成三四十种。实际上，从文艺诞生就具有的审美特性而言，与之结合的社会功能可以说多种多样，可分而不可穷尽，全靠各种功利主义者的取向而定。从时代发展来看，文艺功能又是一个内涵不同的历史动态结构。许多学者认为，中世纪艺术的补偿功能占主导地位，艺术把人们引向天国。启蒙时代的文艺，着力于人的觉醒和启发。到了19世纪，艺术大师们寻求人生之迹的认识与解答，认识功能占重要位置。进入本世纪，我以为，文艺的意识形态功能占突出位置。这是由于本世纪频繁的政治冲突以及各种性质的大小战事使然。这种意识形态功能适应了本世纪长时期的阶级斗争、反法西斯战争的组织群众、宣传群众的需要。

进入90年代，文艺的发展和作用，出现了一些新的变化。当世界性的热战以及随后而来的冷战基本结束后，过去那种壁垒森严的意识形态功能就相对削减了，淡化了。和平与发展，已经逐渐成为人们认同的两大主题。世界各国存在的多元化格局，又必然贯穿着人类发展的统一价值尺度和进步标准。近年出现的南非种族冲突的和解，巴以和谈协议的签订，以及最近波黑签署和平协议，是本世纪末最具有启示性的事件。它标志种族主义、民族主义、原教旨主义日益为人们所放弃，人类平等相处、和平发展的新的人文精神，日益成为人类精神召唤的一面旗帜。特别是放弃犹太复国主义主张和侵占土地的拉宾总理死于犹太极端分子之手而自我塑造完成的悲剧英雄形象，更是时代心灵历程的新的征候。人文精神已经构成时代潮流的一个新的涌动。

如果把人文精神的思想取向看作当今文艺发展的第一个涌动，那么，在艺术自身轨道上，它的观赏娱乐乃至消闲功能，又形成第二个涌动。战争结束后，人们有更多的时间休息娱乐了。冷战的淡化与远去，也使人们不必把过多时间用于唇枪舌剑和森严防范。今天的双休日是在人们失去农业社会的牧歌情调而辗转于人与机器繁杂交往之后，他们要求从文艺等方面获得解脱与回归。人们的现实日常生活已经提供了这种精神需求的可能性、必要性和迫切性。

然而，当我们提到文艺的观赏性和娱乐性时，切忌作表面的肤浅的理解。它绝不是一种粗浅的逗乐，有如旧戏舞台上的白鼻子丑角式的插科打诨。喜可提供观赏娱乐，悲亦可提供观赏娱乐，它既包括捧腹，又容纳沉思，它要求文学艺术本身体现深度的智慧，别开生面的境界，以及超越常识常见的独到的发现与展示。

电影的发明，计算机信息网络的蓬勃发展，使影视艺术构成本世纪特大景观。单纯的纸面载体和声音传媒，相对缩小了自己的范围。人们更加乐于从影视形象中获得直接生活的可感性，戏剧艺术也要求借助荧屏摆脱时空的局限。人们看到，影星、歌星、笑星很快就能获得超过大作家的知名度，从艺者争相包装，争相触"电"。但是，全国已有三亿多台电视的现状，这与其说是提供了机遇，不如说是更严厉的挑战。"星"们可在一夜之间得到亿万人的喝彩，也可在同一时间得到否定，而且在影视上受到否定，是一种更为残酷的否定。影视艺术不可能取代纸面传媒。许多优秀作家宁愿直接面对读者诉说，不愿凭借他力外力。于是，影视艺术往往从文学这个富矿里进行挖掘，甚至从名著巨著中进行节选和改编，以期获得自己的声誉。毕竟，当荧屏上大量节目过于平庸，人们乐于关掉电视，在书案上读一篇散文、一本小说，或者在拥挤的电车汽车火车上争读一份报刊。有品位的读者也宁愿借助纸面，直面作者的诉说，甚至认为独坐孤灯下的心灵交流和对话，是观赏和娱乐的另一种境界。准备荧屏录制的艺术家们，面对一群沉寂的不曾谋面的广大观众，如果拿不出像样的东西，只是借助一些花里胡哨的包装，你被抛弃了还不知怎么抛弃的。文学艺术的观赏性、娱乐性，最终回到了自身的艺术质量。

文艺的观赏性娱乐性历来又是一个含混不清、难以规范又屡遭轻慢的概念。有时候，人们把它同思想性艺术性加以并列，似乎是艺术外加的配餐佐料。持这种看法的人，总认为艺术的娱乐问题容易解决。历史上的主管者统治者又总是担心老百姓娱乐多了，消闲轻松多了，不好管理，千方百计用"载道"和教化加以规定和约束。把娱乐交给别人，自己只抓"载道"和教化，往往形成"教"与"乐"两张皮。实际上，如果把文艺的观赏性娱乐性看成它自身的本质属性,看成渗进思想与艺术、内容与形式的不可须臾分离的特性,或者,看成检验总体艺术质量和艺术效应的东西(当然,艺术表现与要求的层次多不相同,不能整齐划一),就比较好办了。不是站在上面轻慢它,站在旁边挑剔它,而是从里面提高它,站在前面引导它,才是应有之举。在诸多艺术争夺人心、人们又能主动选择的现代信息社会,你不得不认真处置这个问题。

1996 年 2 月

文学语言在本质上是反规范的

语言是思维的工具，有时又是思维的桎梏。语言是感情涌动其中的肌肤，有时又是滞塞感情的某种物质外壳。

于是，人们同时又使用和祈求其他符号，其他信号，包括声音、造型、动作，有了音乐、绘画、雕塑、舞蹈以及综合艺术的戏剧、影视等等。但是，这一切加起来，在人的思想感情面前，在世界万事万物面前，仍有不甚或不能得心应手之处。艺术大师们苦恼了。这是作为本体的符号的最终不可能克服的局限。刘勰说的"言征实而难巧""暨乎篇成，半折心始"，只不过是反映了使用文字符号的文学家们的苦恼。

比如，我们习惯把光谱按波长分为红、橙、黄、绿、蓝、靛、紫七种颜色。其实，宇宙何止这七种颜色呢？它们的分类还只是可见光谱，不包括红外光谱和紫外光谱。另外，人的眼睛感觉也绝非这七种。歌德说："颜色词的关键在于严格区分客观的和主观的""这样我们在一切知觉中就经常可以分清哪种颜色是真正外界存在的，哪种颜色只是由眼睛本身产生的貌似的颜色"。他说的"分清"是在"知觉"上分清，而且只是"貌似"，真正要用语言符号来分清来表述，就不尽如意了。中国陶瓷红色釉有所谓"霁红""豇红""鸡血红""铁锈红""胭脂红"等符号的限定，实际上很不科学。为什么只是"鸡血红"而不是"鸭血红"？为什么深色的红就是"胭脂红"，难道没有浅色的胭脂吗？仅此一例，就看出语言符号的种种拙象。

语言的规范是对作为交际工具的语言的最一般的抽象和概括。如上所述，由于语言本身存在局限，规范本身就自然摆脱不了这种局限。文学家为了充分表现主观世界和客观世界，常常去超越规范，突破规范。文学语言同语言规范的关系，也可以算作个别与一般的关系。列宁说："任何一般只是大致地包括一切个别事物。任何个别都不能完全地包括在一般之中。"这样，文学语言同语言规范相差异相抵触，就是很自然的事了。

我们似乎可以袭用这样的套话：生活语言和文学语言是最活跃、最革命的因素，它们总是不断地突破规范。语言发展的历史，就是规范不断重建又不断突破的历史。语言规范固然有纯洁语言的积极作用，同时，它又是历史的惰力，需要不断变革、更新和发展。毛泽东用过"宣传群众"，人们常说"这哥们儿够哥们儿的""家走啦""游它一下午泳"，这些都突破了规范，在特殊语境（context）中又非常必要，恰到好处。穆卡波夫斯基把语言分为科学语言、生活语言、文学语言、诗歌语言等四个层次，可以说一级胜过一级。以包括诗歌语言在内的广义的文学语言，最难以规范，也最远离规范。在作品中，诸如词性的改变，词义的多样化，通感的繁复，加上作家个性色彩的张扬，常常使读者和语言学家在感到新鲜、有趣、够味的同时，也感到头痛。

值得注意的是，就文学发展本身来看，从古典文学到现代文学，从现实主义到现代主义，文学语言乖离规范的步子越来越大，文学语言的自律性得到越来越充分的发展。有的西方学者把19世纪西方的文学语言称为"透明"语言，把20世纪西方的文学语言称为"滤色镜"语言。语言符号的能指与所指的稳定关系日益受到挑战，能指的"自由漂移"作用更加活跃，语言的个性色彩、主体色彩得到充分的展示。拿乔伊斯、普鲁斯特的作品同托尔斯泰的作品相比，拿王蒙、冯骥才、莫言等当代作家同老前辈作家相比，都可以看到这种迹象。现代作品中出现了成段文字不加标点，直接引语不用引号的现象。这些违背规范的语言现象在一定条件下都可以丰富文学语言的特有功能，拓展符号的指涉空间。

　　读者和作家对这种反规范的文学语言现象是抱欢迎态度的，越来越多的语言学家也满腔热忱地正视这种现象，力求不断革新规范、发展规范，使规范的不可避免的历史惰力减少到最低限度。当然，我这里讲的是真正的文学语言。文学语言有它的自尊自立。至于那些语言混乱、错别字连篇、食古不化、故作时髦而又内底空虚浅薄等等现象，就无资格谈什么反规范，因为它们的作者在发蒙学语中就压根儿不懂规范。

1995 年 5 月

新情况，新处置

语言的唯一使命就是表征事物，表征生活，尽量体贴入微地表征人的思维感情。

语言唯一听从的就是生活的指令，人际社会的指令，它从不听从任何个人的指令，任何团体的指令。

语言符号和语言法则存在着相对的稳定性，但是，稳定不是语言的目的。人们往往卓有成效地对这种稳定性的语言进行抽象，但是，这种抽象也不是语言的目的，不是研究者真正的家园。

人们一致同意，语言是荫庇社会的最有代表性的符号，它随社会的发展而发展。当社会处于僵滞封闭的时候，语言也显得一潭死寂，水波不兴。社会的繁荣兴旺，必然带来语言的生机、繁衍和丰富。唐代的兴盛使得哲学和宗教话语由一元走向多元，由独尊儒术变为儒释道三教并盛，对外贸易和文化交流又带来音乐、舞蹈、绘画、建筑语言的多样化，文学上出现了"千汇万状"的景象。到了明清，为了钳制思想，提倡八股文，限定了以"四书""五经"为题，要求"无一语作汉以后，亦无一字不出汉以前"，你可以想见语言的僵化与贫乏了。

观察新时期特别是近些年我国语言的流变，也应作历史的分析。在相当长的极"左"盛行时期，特别是十年"文化大革命"，计划经济从上至下，从中央到生产队，控制了经济领域的话语，"无产阶级全面专政"控制政治话语，从报纸题头、社论决议、山河一直镶嵌到机关门楣、新婚枕巾被面，无不成了"红海洋"。戏剧要遵循"样板",音乐舞蹈语汇程序化,各地革委会成立的致敬电,从文体到语式语汇,出现了"豪言壮语"式的新八股。如果把服饰也看作社会的符号与代码,人们不难回忆当时的那种语境。

新时期的改革开放带来了语言的大丰富、大发展。文学艺术摆脱"三突出"后,又由现实主义恢复走向了方法多元化,地方作家群的蜂起,创作主体的思维自由度加大,艺术流派的开门引进,形成了建国后文艺创作和理论语汇从未有过的生气蓬勃、繁复多样。

语言的规范,文学语言的健康发展,是一个动态的、流动不居的概念。在语言发展中,可以说,规范确立之时,同时又是规范突破之日。历史剧变时期,尤其如此。当改革开放和市场经济使物质生产力和精神生产力都得到一定的解放的时候,作家艺术家感到跟不上趟,语言学家理论批评家感到应对不暇,这是很自然的。语言之墙上,不存在一把固定的可以衡准语言规范、语言健康的标尺,我们需要在语言实践中修正、充实和发展我们的理论。我们可以回顾"五四"新文学运动,旧有的文言文和语言规范适应不了现实的转变,严复用文言文翻译西方著作总让人读了不对劲,白话文的出现既顺应了民众的要求,又似乎开始了与外来语言的第一次"接轨"。历史经验要求我们,在语言大发展时期,总体上应采取拍手欢迎的态度,采取整体接纳肯定、局部具体分析、顺势利导的态度,不宜墨守已有习惯,随意指责"引车卖浆"者流。

特别是文学语言,无论是小说还是诗歌散文,更带有个人创造性。法国美学家杜夫海纳谈及艺术与语言时说,"每一件伟大作品在继承过去的同时取消过去、开辟未来:这就是艺术的历史性"。可以说,既继承又突破,既遵循规范又突破规范。谈到艺术家的创作问题,他说:"传统与其说是重复,毋宁说是一个创造者对另一个创造者的响应。"他认为"艺术是单独创造者的结果",是"出于个人的决定",而"个人决定的发明往往是在离经叛道中完成的"。如此论述,说明文学语言在全体社会语言中,更有它的特殊性。

从宏观上思考文学语言的民族风格、时代特色并促进其健康发展时,应联系文化发展的新态势。世界文学从上个世纪进入本世纪,大致可以看作是从"古典型"转入"现代型",或者说从（古典）现实主义转向现代主义。如果说,现实主义艺术以描摹人物和生活的精确令人叹服,那么现代主义色彩很浓的作品则是以表现宇宙的繁复叫人玩味不已。古典型的现实主义文学语言的指涉主要是客体,指向客观现实的事物。到了现代主义,语言的功能则向主体转移,向作家自我倾斜,语言的主体性、个体化色彩越来越浓。这样,就给语言学家、理论批评家带来新的课题。当语言指向具体的人与物,词语符号和语言规律往往容易认识和把握。语言一旦倾斜于主体的奇思异想,符号的能指功用加大,语言现象复杂多变,理论家们便难以驾驭了。假如我们对现代型的文学艺术仍然绳之以古典型的文学语言规范,就会发生抵牾。

似乎与这种文化流变相伴随,从上个世纪发展到本世纪,特别是到本世纪后期,出现了精英文化向大众文化的过渡。大众文化的地位越来越突出,过去那种精英文化占绝对统治地位的现象不复存在了。美国批评家杰姆逊说:"在19世纪,文化还被理解为只是听高雅的音乐,欣赏绘画或是看歌剧,文化仍然是逃避现实的一种方法,而到了后现代主义阶段,文化已经完全大众化了。"大众日益参与文化生活,文学语言中的通俗成分加大,这在现实生活中越来越明显。这种变化与工业发展、市场经济日益向文化领域渗透、文化教育普及、文化传媒日益现代化都有密切关系。

如果从上述两个角度来看待文学语言的发展,许多问题容易得到解释。比如拿"谈话"这件事来说,文学作品中出现了"会谈""切磋""交换意见",也出现了"聊""侃""扯淡""胡抡"等。它们指涉的事情大同小异,但读者可从中辨认说话人的主体特色。"胡吃海塞"比"狼吞虎咽"更有色彩，它表现出当今某些"散仙"们能吃上山南海北饮食的本领，吃的量多而且质高。王朔作品中有的语言是相当文雅的，有的也很通俗。作品中出现的"你，风华正茂，英姿飒爽，一表人才，加上才华横溢才气逼人才大志疏合成一个才貌双全，怎么能不说你超群绝伦超凡脱俗超然屹立一万年才出一个"，表现出"顽主"们的狂语和狂态。这些语言现象，自身具有特有的审美价值和认识价值，不能因为听起来有些粗有些俗，就摈除在文学语言之外。新趋势新情况新现象，需要用新眼光加以观察。这里可以借用一下王蒙评论王朔的话：不论"承认不承认，高兴不高兴……表态不表态，这已经是文学，是前所未有的文学选择，是前所未有的文学现象和作家类属，谁也无法视而不见"。

　　社会的大变革，就像一次大潮汐。无疑，海底的一些沉渣也会卷上岸来，语言垃圾、脏字脏话也不可避免会出现。"五四"时期，鲁迅先生就把"他妈的"列为"国骂"，如果加上"操你妈的×"的流布，再野再脏也难以复加了。我们应在普及教育、社会交往中树文明新风。语言研究和文学艺术要作具体分析和正确引导，对满纸污言秽语的下三烂作品要进行严肃批评。当然，文学语言有个细致分辨的问题，哪些是鲁迅的语言，哪些是阿Q的语言，要注意区分。我们要注意作家驱遣语言的态度。有一篇很有名的作品，标题是《狗日的粮食》，看起来很粗俗，但我读这篇作品时感到它表现了"一大二公"时期农民的特殊心理，把那种渴求粮食、得不到粮食以及缺粮、无粮带来的种种灾害所产生的怨愤心理，写得入木三分。如此等等，情况十分复杂。理论研究面临着新的挑战，为了满足时代和人民的新要求，应把语言建设推上一个新台阶。

1995年4月

读书杂谈

如果头一天睡了一个好觉，一早又在晨曦轻风中作了一次小小的散步，你回来把门关上闩好，在一方整洁的桌面上，铺开你要读的一本好书，你感到同一位哲人才士作了一次精神的际会，在特定语境上兴奋而又坠入情思，有一种说不出的美滋滋的感觉。

每每遇到这种情景，我就感到这一天没有白活，活着蛮有意思，这种情绪可以持续好几天。如果在疲惫中，在心绪不宁中读书，那就糟了。即使是一本好书，也活该它的作者倒霉。读书要安静，有时要有一种心灵上的熏香沐浴式的准备。有时一天忙碌下来，临睡前总觉得不读读书这一天就过得可惜。这时读书效果往往不好。

最善于支配时间的人，就是分出整时间与碎时间。上下午晚上，当然是整时间，可以读专门一点的书。如果只有二三十分钟，读大文章大本书，就得不偿失。培根说："如智力不集中可令读数学，盖演题须全神贯注，稍有分散即须重演。"看来，各有各的招数。

我年轻的时候，总相信"开卷有益"，年纪大了，就怀疑它的绝对可靠性了。这不单是说书有好书坏书，也不单是说要处理好"学"与"思"的关系，处理好读纸面书与读人生一本大书的关系，处理好读书与实践的关系，同时也包括不能把书读偏了。也就是说，要真正走向"读书自由""自由读书"，让世界一切好书为自己敞开大门。如何做到既读线装书又读洋书，古今中外兼顾，确实不容易。我50年代上大学后来教书，读的书也都是好书，但那时候只能读一部分书，根本谈不上我等读书人有马克思在大英博物馆的读书的条件。到了"文化大革命"，就更玄了。读来读去，社会科学只讲一个经济基础决定论，这个危害现在是看得很清楚了。

世无完人，一个人的精力有限，在读书的广度与深度、覆盖面与精深处方面很难做到恰如其分。但读书影响人的识见、运思方式、行文表达乃至创造成果，又是不可小视的。有的人过于硬搬套用，求新而蹈空。有的人沉湎于国故旧典，在旁征博引中拔不出来，偶尔借用西学，但思维迂腐出不了新意。回顾我们这些读书人，过去却常常是把人读笨了、读傻了。我曾经对一位作家说，摸爬滚打救了你，苦难经历成全了你，你如果同我们一样中文系毕业，你就写不出好作品来了。此话十分严肃。鲁迅讲的"人生识字糊涂始"，叔本华讲的"有许多学者就是这样，因为读书太多而变得愚蠢"，都切中了死读书的要害。

当然，读书是为了致用。如何确保"知识就是力量"，已经日益成为世界各国的热门话题。我国的改革开放把尊重知识、尊重人才提到了新的高度，为清除积弊、开创未来奠定了基础。美国社会学家米尔斯对美国历史的检视和反思是意味深长的，他说："美国开国之初，事务家们同时还是有文化修养的人；那些手握重权的人在相当大的程度上也是文化界的精英"，但是，到了本世纪中期，出现了"知识和权力并没有有机地结合起来"的现象。他批评由此而引起的美国在决策上的"平庸""陈词滥调"。这也应和了爱因斯坦这样一个见解："但我认为无可怀疑的是：追求真理和科学的知识，应当被任何政府视为神圣不可侵犯；而且尊重那些诚挚地追求真理和科学知识的人的自由应该作为整个社会的最高利益。"这也是这位伟大科学家观察世界、关心社会发展的宝贵的声音。

1996 年 7 月

自赞与他吹

正常情况下，一个人写完了作品，也就了了一件事。剩下的应该是静下心来，倾听外界的反应。最好是悄没声的，你会听到真实的、比较客观的意见，相信社会自有公论。

然而，经常出现一种现象：拉人吹捧。熟人、朋友、学生，一概打打招呼，弄得对方不吹捧下不了台。或者，借此暗示对方，来个"礼尚往来"，达到互相吹捧。有的巧妙些，把一些大人物的私函、谈话摘编出来，广为散发，既昭示于人，又借以呼吁乃至强求出版社再版。时下，还有一种用钱买名的做法，开个发布会，留个版面，除请吃，还塞红包送礼。这时候，有点邪乎了，作家作品评论有可能变成金钱的较量。谁弄到的钱多，谁的后台老板资金雄厚，谁就可以在一夜之间，名噪天下。

其实，这些作者本来想自吹，因为自己出面招人议论，就采用他吹的办法，借他吹达到自吹。当然，有时比较复杂，因为某种交易和需要，一个企业一个单位要把所属某个作家"推出来"，采用这种他吹的做法，其目的也不仅仅是吹捧某个作家，而且也顺带扬名推销自己的产品，甚至后一目的更为主要。这种非正当的、非求实的、人为拔高的评论方式，都应该叫"他吹"。它自身不具备一种自愿的、自由的、独立的文学批评品格，被文学批评之外的他力、外力所左右。当然，正常的文艺沙龙、集会研讨不属此列，各抒己见乃至争执不下的批评活动不属此列，与会者胸襟开阔、人格独立，即使褒贬失当、分寸失准，也不能叫胡捧乱吹。就是在前述那种"推出"式的发布会上,也有参与者吃了拿了,该说的话照说,弄得当事人大失所望。不过,当报刊记者在场,摄像机调好焦距,灯光骤然通明,加上嘴软手短,总是容易拣好的说。此外,有的作者和当事人还借用权力,目的还是"推出",方法还是"他吹",在此不赘。

如果把作品评论不甚恰当地比作产品推销,本应有一种健康的风气和调节机制。对读者、消费者不负责任,宣传广告搞壳里空,文学评论就与推销假冒伪劣无异。

与此相对照,还存在一种特殊的、非正常的境况。近读惠特曼有感,当环境险恶、社会价值标准颠倒的时候,真正的文学批评就需要起来抗争。《草叶集》面世后,作者被视为恶魔,"猪猡""毒树""畜生的表演""失恋的蠢驴""无聊的脏话"之类的咒骂铺天盖地而来。惠特曼不仅无幸得到"他吹",反而遭到"他骂",甚至可能受到"他杀"。他说他指望不了别人"为我说话",于是,匿名为自己写书评,他为自己画像,来一个"自赞"。他痛感评论家们的麻木和愚钝,几乎是耳提面命指点他们应该如何看待他的作品。他呼喊着:"请注意,评论家们!不能以使用别的钥匙的方法来开这位多思者的心扉上的锁呀!"他用连珠似的语言向世人诉说:"他是纯粹美国种,个头大,精力充沛——行年三十六(1855)——从未服过药——从未穿过黑衣服,总是穿着宽舒的、干干净净的结实衣服——露着脖子","他的诗歌产生的作用不是艺术家和艺术的作用,而是一种有独创性的眼睛或胳臂或当时实际气氛的作用,或一棵树、一只鸟的作用"。他"这个人的古怪其实并不古怪——和他接触不会令人眼花缭乱,或心醉神迷,不需要毕恭毕敬,可以从容被他的平易近人所吸引——就像是一个你在等候着的熟人——这就是沃尔特·惠特曼,他为文学增添了一个新的后代"。他的这篇《〈草叶集〉:一本新出版的诗集》话语构造奇特,像珠串,像链条,意象接着意象,一节挨一节,被激情所贯穿。它本身就是世界散文绝品，其价值不亚于《草叶集》自身的名篇。

　　本来，批评按勃兰兑斯的比喻，"是人类心灵路程上的指路牌。批评沿路种植了树篱，点燃了火把"，批评应该在社会审美意识上，起保护、张扬、鉴别、引导的作用。作品由作者出面说话，抑或别人出来说话，是无关紧要的。看看惠特曼的抗争，联想到中国人向来谦虚（加上忍耐力），有的作家宁可含冤十载，不愿申诉一句，致使作品在他死后才得到"平反"的现象，不禁为惠特曼的自赞所感动。当然，既可"自赞"，亦可"自责"。批评家的自立自强，也完全可以把"他吹"转化为"他赞"，转化为不受外力干扰的或赞或责、嬉笑怒骂无所挂碍的指点评论。也许，作家的成熟，批评家的成熟，两者皆具成熟的健康的心灵，才是文学批评完整的成熟。

1995 年 11 月

人·死亡·权利

贵阳一名晚期肝癌病人，脸部消瘦得只剩下两只大大的眼睛，有感于医治无望、家人拖累、经济负担以及打杜冷丁都无法抑制的痛苦，向一家媒体表示请求死亡。然而，他的家人不答应，主治医生又坚持一种自认是"无奈"的挽救，病人在绝望中想到了跳楼、割腕、放腹水等自杀手段。此事引发了一场关于"安乐死"的讨论。

本文无意卷入这场讨论。尽管在一份调查中，上海有72.5%、北京有91%的受访者赞成"安乐死"，但因此事牵涉到严格的法律规定，民情民意都要做好充分准备，真正的立法实施有待条件成熟。

然而，笔者对这场讨论中提出的一个问题很感兴趣，那就是：死亡是人的一种权利。北京大学医学部终身教授严仁英和中国临终关怀专业委员会主任委员崔以泰都认为，人应当有选择死亡、结束痛苦的权利。笔者无缘同这两位先生共商切磋，但把"死亡"提到"权利"的高度来认识，至少在自己的阅读视听范围里，极感新鲜。

工具书都把"权利"解释为人享有的权力和利益，或人拥有的自我支配力量和正当利益。显然，权利是人类的一个范畴。动物界无权利可言，动物也有死亡，但不是一种权利，动物永远是求生惧死的。司马迁说死有重于泰山、有轻于鸿毛，就是指一个人选择死亡、行使从生命到死亡的权利有高下之分、伟大与渺小之别。我们从来就歌颂在战争中为革命为祖国而牺牲的战士和在和平环境中勇斗歹徒拯救他人的英雄，他们在死亡这个关口上，支配了自己的力量，执着自己的价值观、利害观，做到了生的伟大，死的光荣。

具体到人患绝症、面对死亡的问题上，情况要复杂些。无疑，医疗保健、老有所医、病有所治是社会应该保障的公民权利。但是，关键在于界限，在于每个人需要认真分辨、躲闪不了的界限。界限不分，就会是非混乱，正误混乱。当一个人面临无可疗救、徒延痛苦、给家人和社会带来无谓的拖累和消耗时，他的死亡观和正确选择，就有可能体现一种人文精神，一种人的无私无畏的自立和觉醒。当一个人病得失去自我意识，灵与肉中失去了灵，这种境况下在病床上、在手术台上的长期延续和折磨，明眼人就会感到失去了人的生命应有的那份庄严那份神圣。这时候，人面临着选择。曾有一位知名人士，在身患癌症、享受特殊医疗、可以长年血透析的情况下，他提出不要继续这种透析。西安9名尿毒绝症患者联名投书，请求有关部门立法准许他们安乐死，如能实现，他们将捐献遗体以示感谢。法国前总统密特朗因工作长期隐瞒身患的绝症，终于，有一天他问医生除了止痛药停服其他药物会怎样，回答是三天之内就会死亡，他当即决定停药，选择了长眠的日子。周总理临终时，清醒而又当机立断地表示，我这里没事了，你们去照顾别的同志吧。所有这一切，都看出一个人所能做出的对死亡的自主选择、对自己拥有的最后权利的珍重和处置，体现一种高尚的风范。

或者，在另一个侧面上，死亡又折射出生者、折射出家人的文化素质。一个民族有它自己的死亡观，或者叫作死亡文化，包括抚恤、丧事、葬事。有时候，笔者又看到，有的生者和家属不是珍视患者和濒危者应有的人格和权利，在某种程度上把"权利"当作"筹码"，甚至拒绝火化，提出无端要求和各种要挟。至于有的大款，生前就建起豪华墓地，占用耕地面积，就不仅仅是在文化层面上加以评议，而需要建立法规，予以制止了。

人固有一死，对于濒危者，迫在眉睫，对于年少者，又相隔遥远，也许，只有人人认真对待这人生的最后一环，把死亡当作人的权利来珍重，比起争讼不已的诸如立法规定、医疗处置、后事安排等等，是更为重要的，更为基本的。

2001 年 9 月 10 日

孤独与共鸣

前一阵，钢琴家傅聪来北京演奏时，电视台"东方时空"有一席采访。傅聪说，艺术家、音乐家、钢琴家是"孤独"的。

"孤独"一词，现在接受起来，不十分困难。但是，在"政治挂帅"的文化一元化时期，有人会问，大家都"齐心协力"，你孤独什么？至少，得扣你一顶"小资"。

傅聪说，艺术家都是孤独的，伟大的艺术家存在一种伟大的孤独。傅聪并非自我溢美，故作玄妙。当主持人说到世界只有两种人的手指最灵巧：绣花女与钢琴家，傅聪摇头不同意。他说，小提琴家的手指很灵巧，而且直接产生音乐。钢琴家接触的是"机械"的声音，比较"抽象"，他要通过演奏转化为个人的艺术。他还表示"我非常反对把《傅雷家书》看成一种艺术的图腾"。对于书中的许多细节、体验、见识，他显出某种不以为然，他说他记不住，也希望读者不必在意。但是，父亲教给他一种"态度"，对人生、社会、自然、世界应取的"态度"，这一"态度"就是"独立思考"。

我以为，用"独立思考"来诠释他说的"孤独"，触及了问题的内核。傅聪先生现年七十一岁，每天还练琴七八个小时，对于从事音乐"觉得只是十七岁"。在他漫长的音乐生涯中，音乐是他永恒追求的一个"谜"，是他的"宗教"。这些，都可以视为他的孤独感的另一种心态和表述。他甚至说他演奏时，根本不考虑听众的接受和反应。北京演奏会上，只是素淡的背景，上面仅有

"傅聪钢琴演奏会"的文字符号，没有报幕和解说，一架孤独的钢琴和孤独的演奏者，琴音通达全场听众的心灵。

傅聪在波兰学习过，曾获波兰玛祖卡独奏曲演奏奖。他说，他演奏此曲不是在波兰求师学得的，而是他自己的体察和表现。但是，波兰音乐家和听众听到他的演奏，感到惊异，他以他的解释和再创造，打动了波兰人。

从孤独抵达共享共鸣，也只有通过独自追求、那种前无古人后无来者的自我奉献，才能丰富和充实，共享共鸣。艺术一旦强调"楷模""样板"和"标准件"，就会走入绝境。最近涌现了一名新的民歌手，叫阿宝。演出时，他扎着白头巾，一身农民装束，摇头晃脑，低头弯腰，只求发声，不讲形体，把陕北黄土梁峁高亢悠长的风情全唱出来了。他的全部自我设计和表演，肯定不为音乐学院派所称道，却又丰富了、繁荣了中国和世界的声乐艺术。

艺术家这种孤独的特立独行，同科学家的学术探索，有许多相通之处。他们与时俗常常格格不入，显出同常理常法的独自乖悖。诺贝尔物理学奖获得者丁肇中曾说："最好的学生，是不听教授话的学生。"爱因斯坦上大学时，觉得课堂笔记是"一堆垃圾"，"每考完一次试，就会难受半年"，教授们不满意他，反对留任他做教师。然而，他独自苦心钻研，终于成就辉煌卓著。爱因斯坦爱弹钢琴，有时记下一点东西。有一次他弹琴后即上楼去，告诉家人不要打扰他，在楼上闭门工作了两个星期，发现了"相对论"。

由孤独走向共鸣共享，达到共建精神文明，一切巨人创造家、发明家又各有不同，艺术同科学也各有特点。艺术杰作不像科学发明可以借助实验，可以验证。鲁迅《野草集》的一篇《雪》，王蒙的解释就同冯雪峰不同。艺术共鸣中，存在许多想象的巨大空间和细微差异。这些，不必急，留着。但，这一切不是影响而是促成我们对艺术家、科学家的孤独行事、独辟蹊径，要去理解，要去尊重。而且,只有这种理解与尊重,才能催生更伟大的科学与艺术。

2005 年 8 月 5 日

荣誉与业绩

荣誉是用以表彰业绩的，荣誉是名，业绩是实。然而，阴差阳错，这名实之间往往不能统一，令人感叹。

引发笔者如此联想的，是最近看到的一场球赛。在大阪举行的第46届世界乒乓球男子团体半决赛中，中国小将刘国正迎战韩国名将金泽洙，由于刘国正勇敢拼搏，反败为胜，终于使中国队进入了决赛，为中国队捧回斯韦斯林杯奠定了基础。这场球赛的精彩和激烈可以永载乒乓球史册。李富荣说，这是他乒坛四十年生涯中目睹的打得"如此艰苦、激动人心"的一场球赛，"历史上空前"，"也可能绝后"，刘国正是"中国队的骄傲"。

如果从个人荣誉来讲，刘国正所得不多，他本人至今尚未获得过任何世界冠军称号。然而，说刘国正在这次比赛中创造了辉煌的业绩，相信很多人是会同意的。

反观历史与现实的诸世相，在荣誉与业绩存在的不等式关系中，名（荣誉）不副实（业绩），实至而名不归的情形绝非鲜见。曹雪芹写作《红楼梦》，生前连排字出版的机会都得不到，遑论稿费和荣誉。20世纪诺贝尔文学奖得主名单中，像托尔斯泰和鲁迅这样的对本民族产生了巨大影响的作家，与此无涉。在诺贝尔奖评委会第一次评文学奖的1901年，它撇开了托尔斯泰和左拉，颁给了法国一个二流诗人。这位诗人的作品后人所知不多，托尔斯泰和左拉的作品却生命永存。

大概，世上无完事，尽在意料中。诺贝尔奖评委会是一个严肃、郑重的机构，自身工作程序不断完善。然而，弗洛伊德在1915年后诺贝尔奖的多次提名中遭到拒绝，又是一例。于是，明眼人看到，与其指望根据荣誉奖项来评价人物，不如从业绩上切切实实考察一个人的贡献。

　　如今，在市场经济运作中，社会用荣誉奖励事业有成者，事业有成者希望获得荣誉，这都是可以理解的，也是正常的。但是，在特殊境遇中，在个人处理荣誉和业绩的纠葛中，笔者倒是欣赏某些著名人物的人格和作风。托尔斯泰表示退出诺贝尔奖评选，认为金钱"只会带来邪恶"。鲁迅谦虚，无意考虑中国作家获此奖项。1964年，萨特拒绝已经颁给他的这项奖，说"如果我接受了诺贝尔奖，或许就给收买了"。如果说奥斯卡奖最佳主角奖是一个演员一生的最高荣耀，偏有人对此不以为然。美国著名演员、巴顿将军扮演者乔治·斯科特不仅拒绝接受这项最高荣誉，而且从总体上否定奥斯卡奖，把它的颁奖晚会臭骂一顿。毕竟，究实说来，业绩要大于、重于、高于荣誉，荣誉是抽象的，业绩是具体的、鲜活的、常青常绿的。正是业绩，体现人类文明的万紫千红，显示人的智慧和创造的无穷魅力。

2001 年 5 月 26 日

佚名与包装

书籍报刊中常有一些佚名者的作品。佚名的情况是复杂的，有的无从传其名，像《诗经》中录下的一些民间流传作品，有的是因为"犯上作乱"，作者被迫隐去其名。还有其他的境况，但终归作者要舍弃个人名声，让作品在世间流传下去。

以前，中国的消费品，货真价实，因为包装不善，致使低价压价，销售不畅。有的外商干脆把原货重新包装，价格由此上升很多。如今倒是开始讲究包装、迷信包装了。有的作者醉心于包装，借广告词和出镜率扬名显名，评论界批评过这种现象；有的作者自我包装用心太多，在创作上投入心血反而减少了，这也是观众和读者所担心的。

包装是当然需要的。作品一产生，就存在一种包装。如果名实相符，众人会觉得作者为人为文都很实在。如果名大于实、名过其实，甚至名不符实，名反其实，出现欺名盗名，事情就走向反面了。

佚名者在客观效应上是与这种追名逐利的恶性包装格格不入的。举一例，上个世纪三四十年代，《达坂城的姑娘》《在那遥远的地方》等经典歌曲在国内和缅甸、马来西亚等国家传唱的时候，世界著名歌唱家罗伯逊后来将它们作为保留节目，巴黎音乐学院将它编入教材的时候，它们是佚名的。它们的作者先后两次被投入监狱近二十年。当然，世人也有一种心态，太喜欢太珍爱作品了，就想追究其人其名。据载，迟至1988年，《歌曲》杂志才将它们署名"王洛宾歌曲"。

  作者名气大了，因名而传文自然是需要的、少不了的。但比较起来，因文传名更是正理、正道。巴金晚年自励淡泊名利，"不做盗名欺世的骗子"，值得大家效法。

  我们经常赞赏"不以成败论英雄"这句古语，但"不以生死论得失"，似乎在境界上更高、更洒脱。在创作追求上，把名声、把生死，置之度外了，这是大志趣，方可产生流传人间、震撼世界的大作品。在这点上，一些在世的、不在世的优秀的佚名者，和一切献身者一样，他们在心灵上是契合的。他们历尽人生，以作品的思想感情力量和鲜活的生命力感动读者。

2003 年 10 月 31 日

揳进一个"情"字

一般性的生活购物，我不喜欢寻摸一家又一家，挑挑拣拣，特别是那些经常要买的东西，比如买米、买鸡、买蔬菜、买西瓜。我总是在附近集市上，认准了那么一个摊位，老是在他（她）那里买。这不，有三四年了，我买西瓜，总是买老郑的。

我们老两口，到了热天，三两天得吃一个西瓜。大一点的，吃三天。切开，剩下的用保鲜纸盖好，放进冰箱，第二天还是很新鲜。老郑在瓜车上一见到我，就知道我是来买他的瓜的。他也拿我给周围顾客做宣传："这位大爷这几年都是买我的瓜，包好！"我总是能吃上好瓜，不生也不过，皮薄，挨着边儿也沙也甜。尽管我拍瓜、看瓜的技术也不错，但我一切信他的，不问每斤多少钱这个瓜几斤几两，他报我一个总价就行了。相差三五毛，我和他都不在意，而且都谦让。我每每想来，老郑为给我挑瓜，上下左右翻动，有时汗水直往下滴，巴不得我拿走一个最好的，在路上，吃瓜时，我都为他的情意所感动。

有时，老郑那车瓜剩的不多，别的摊位新上瓜，正红火，我也不改变摊位。老郑见此，也是尽量给我挑上个像样的。生活不能那么绝对，打得那么满，百分之百地只考虑自己的要求。我买的米，总是那对夫妇给我送，把米背到家里，保证是新米，保质保量。那位卖鸡的妇女一见到我，就露出笑容，知道我又找她了。我发现她给我装进塑料袋里的鲜鸡，毛总是钳得特别干净，有时还塞进一个软蛋。

还是七八年前,我们刚搬到石景山来住,周围都是土路。马路上一对小年轻摆一个奶制品的摊位,我们在他们那里订奶购奶,寒暑不移。男的爱鼓着眼睛:"大爷,还是你们好,国家发给你们退休金,我们得自谋出路。"女的叫小李,高中毕业,抱怨只因政府动员她腾迁,离开了过去很好的"秘书"工作,进了一家新商场,不久整个倒闭,全部走人,不得不在郊区另谋出路。我没别的辙儿,只是好言相劝。后来,他们也真能想办法,不仅进的货是当时最好的"东直门鲜奶",还比别的订户每袋少收顾客三分钱。每天营业十一小时,还为老人送奶上门,旁边放个打气筒,免费让顾客打气,对过路汽车司机说:"师傅,要什么奶说话,摇摇玻璃就行了,不用下车。"我亲眼看见他们的生意越做越红火。

生活有那么一点怪,买者对卖者,卖者对买者,掺进那么一点"情",就大不一样,事情就变了。后来,小李一家生意做大,在附近独门独户,开了一个"祥征商店"。我和老伴有时去串门,在店里唠嗑。那个卖瓜的老郑,新近也让他的弟弟从农村来,和他一起摆摊儿,我算是和他们哥儿俩交上了朋友。

2004 年 7 月 20 日

"绝人"与"人绝"

"天无绝人之路",是中国一句古话,却激励着一切活人。

我拜读加华作家朋友的作品时,深深为一些人物的命运所打动。世人路途本多艰辛,移民华人艰辛更多。漂泊,迷茫,挫折,困顿,欺凌,悔恨,泪水,乃至想自杀,都或然经历过。然而在闯荡、苦斗之后,又都趟出了自己的人生之路。他们仰天长叹并证实:天无绝人之路。

老天不会"绝人"。宇宙无限,道路无穷,个人有限,不会穷尽。尽管世态炎凉,苦海无边,自强者都能八仙过海,各显神通。

同时,从另一个角度,又都看出,人们在苦斗中,不同程度进入"人绝"之路,"人绝"之境。

所谓"人绝"之路,可比作拓荒,又不能视作旷古荒原上的孑然一身,孤独无伴。而是在征途跋涉上勇于独行,敏于创新,不是人云亦云,因循守旧。恰当的解释就是"特立独行"。

不要小看餐饮业,它同样要求创新,追求多元文化的高层审美。何况加华移民不少人把餐饮业作为进入更高文化创造的停歇点和中转站。

对于"人绝",打个比方。一个人要发一次言,讲一堂课,写一篇文章,从事一项科学艺术事业,从常规常理估量,有 A 方案,B 方案,还可能出现 C 方案,D 方案,大致如此。但是,自觉探寻"人绝"之路的人,会把全部 ABCD 方案打上叉叉,探索一个 Y 方案,即"You only"("只有你")独有的方案。有此探求的人,有个成长过程，一个学生的作文一时拿不到高分，一个作家的作品一时评不到奖项，一宗设计一下得不到社会公认，但是，不要紧，沉住气，坚持下去，历史终归会给予回报。一个极端例证：梵高不是坚持独创，曾一生穷愁潦倒，画作卖不出去吗？世上巨匠、杰出者不都是在凡人凡路之外，辟出"人绝"路径吗？

　　对于独创跋涉者，他们在前无古人境遇中独自探取文化成果，恕我借用柳宗元《江雪》一诗的意境："千山鸟飞绝，万径人踪灭，孤舟蓑笠翁，独钓寒江雪。"

2006 年 7 月 26 日

自然之唤

自然之唤

晨练

当公共汽车的第一声"咿呀",惊动了沉闷的长夜,竹扫帚开始刷刷地扫去地面的渣滓,我依然在日与夜的混乱纠葛里。

只有晨曦使窗户泛白,树梢镀上了一层金色,天空现出海洋般的澄明,我才意识到和准备着新的一天的来临。这时,鸽群发出银铃般的哨音,把我唤出室外。天与地,仍然沉浸在诗一般的静谧里。鸽的飞翔与我的行走,构成这天与地的两个动影。

鸽群绕着树枝反时针地飞翔,它们振动和拍击自己的翅膀,在一夜睡眠之后。我在树下舒展肢体,谛听它们发出的时强时弱的嗡鸣。忽然,哨音消失,鸽群悠忽不见。一会儿,它们又从高大建筑的背侧,呼鸣而来,完成一个更大的回环。这时,你可以看到,两三只,三四只,似乎是对建筑物畏怯,中途折返,依旧绕树梢飞行。它们经过片刻犹豫,立即加入了浩大的队伍,进行着例行的操练。

在那数不清的环行飞翔之后,鸽群相约歇息在树杈上、屋檐边、地面上。它们发出咕咕声,点头行走,频频啄食。那尾背翘起铃哨的两三只鸽子,也夹杂在它们中间。

紧接着,地面四周涌起沉沉的车轮声,人们从四面八方出来,太阳对这一切作了最初的巡视与亲吻。

当鸽群开始另一轮飞翔,我已经钻进了室内,把自己封闭进小屋。我把桌面擦得锃亮锃亮,把书报摞得整整齐齐,翻开要用的第一页书和纸。是的,照例会有的,待到旭日高升、阳光明媚之时,准有一两只鸽子,飞到我窗台。它也许不知道室内有我,认不认识这个我,我也不知道是不是昨天那个它,是否换了一个它。"叮,叮!叮,叮!"秀美的鸽子用嘴喙敲击我的玻璃,向我发出叩问。

人,变了

如果你要观赏黄山天都峰,你不能仅仅加入登山的人流,不能仅仅满足于徒步跋涉,看万山下伏,进入那"天上的都会"。你最好拉开一点距离,借助影视的推拉摇镜头,或者有可能,乘上直升机,围绕天都峰作些盘桓。

这时,你不仅可以看峰,还可以看人。你不仅可以看到绝顶那"登峰造极"的石刻,还可以看到峰顶密密麻麻的人群,他们像是被自然举起的高高的手臂托起,凌驾于浩空之中。

人,变了。登上天都峰的人都变了。那些山下原本不怎么起眼的女士,变美了;那些原本长得不错的女士,变得有英气了;那些众多男士,平平凡凡貌不惊人甚或猥猥琐琐的,变得富于豪气了。他们抖动纱巾,解开襟怀,叉着两腰,挥舞双手,而一切自我拥有自我充足之情,那天之骄子的独领风骚之情,都从他们的眼神中泄出。

自然改造了人,自然给他们灌注了新的灵气和血液,自然对他们进行了精神的洗礼。他们仿佛向世人解说:你不上山不知道,我上了山的感受也无法让你全知道,一切得你上山后才知道。

然而，亲自登临，揽得此人间奇境，确非易事。你得付出，你得受苦，甚至作一点牺牲。大凡无心旅游者，无由得之；终其一生足不出户半径三十公里者，不能得之；满足于书斋纸面生活不愿身体力行者，不能真正得之。

明代大旅行家徐霞客曾两游黄山。第一次在1616年，他三十岁。他在二月初六大雪那一天，挂着竹杖，看见"天都独巍然上挺"，"余独前，持杖凿冰，得一孔，置前趾，再凿一孔，以移后趾"，终因天都峰无路可寻，只是在峰侧作了一些攀缘。1618年9月，他二游黄山。他对上次未能实现的"生平奇览"，抱憾于心。他不听僧人不可登"只宜近盼天都"的劝告，"余不从，决意游天都"。于是，攀草牵棘，跨石越崖，终于"历险数次，遂达峰顶"。

徐霞客饱览这奇景，他也变了。他说他"独上天都，予至其前，则雾徙于后；予越其右，则雾出于左"，俯眺山下，获得了"别一区宇"的感受。他的眼界胸怀气宇，又获得了一次新的荡涤和充实。我想到了杜甫登泰山，那"会当凌绝顶，一览众山小"，是泰山对比众山，它们都小呢，还是诗人心目中的"众山"因这次登山感兴都变小了呢？说不清楚。我又想起了世界著名登山家、珠穆朗玛峰的登临者。他们登山后的心境，那环球险峰给他们投射的心灵影像，纵令作家有生花妙笔，也不可状写不可企及吧。

沙漠的眼睛

在记忆的一种混沌幻象中，我总觉得那泉，那沙漠中一湾清泉，像是睁着明亮而又焦灼的眼睛。

敦煌南边不远有鸣沙山，莫高窟本身就是建造在鸣沙山上的。

此山东西绵延四十余公里，周身覆盖着沙砾。从鸣沙山顶往北麓一望，就可以看见一湾月亮似的月牙泉。

山是奇山。史书记载，天晴之时，沙鸣如丝竹管弦之音。常书鸿说，流沙撞击摩擦，"如同乘坐飞机时所感觉到的微弱震动的声音"。沙粒且有红、灰、紫、黑各色，俗称"五色沙子"。更为奇绝的就是这一眼永不干涸的清泉。照情理，像月牙泉这样被沙山包围，只要狂风大作，沙粒一夜之间便可将泉水掩埋填塞的。然而，据记载，历经三千年，月牙泉从不对风沙屈服。相传水产铁背鱼、七星草，已不复寻得。但水碧如镜，间有绿草，我在泉水里洗我手，濯我足。

对这种奇迹的解释很多。较普遍的说法是，风从东边刮，沙子落到西面沙丘上，风从西边刮，沙子落在东面沙丘上，始终不会掉进泉水里。但为什么刮来刮去，东西南北的刮，泉水里不会积存，仍不得而解。大自然总留着一些不解之谜、待解之谜。如果古称山为神沙山，这泉当是神泉、圣泉了。

然而，历史在这城留下了注释。公元366年（建元二年），名叫乐僔、法良的两位和尚来到敦煌，在朝霞中看见山峦起伏，如同千佛静坐，金光四射，于是，萌发了建造石窟的宏愿。那时，丝绸之路早已络绎不绝。从此，开始了敦煌石窟艺术的历史。位于敦煌和莫高窟之间的月牙泉，阅尽了这一段历史。在一千多年流沙侵袭和社会变动中，莫高窟同丝绸之路的中间站敦煌一样，由汉唐盛世走向了衰败。据说，现存石窟四五米下面，埋着更早的石窟，真正的汉唐石窟还埋在地下。月牙泉终于证实，丝绸之路毕竟太漫长、太艰苦、太有限，悠长的驼铃和牲畜的徐行缓步，终究抗拒和阻挡不了沙漠的东移和南迁。到了清代，后人发出了"今寺已久湮"的慨叹。工业文明从海上、从空中、从其他更好的陆路，取代了这条丝绸之路，敦煌石窟几乎尘封在遥远的沙漠里。

当我漫步月牙泉时，忽然看见一个年轻老外，从数十米高的鸣沙山山顶，奔跑着，跟跟跄跄地扑向月牙泉。我惊讶于他的勇敢与体力，兴许是这自然奇迹的召唤，他要情不自禁奋不顾身地做出这种拥抱。我是不行了。登山时我要歇息数次，气喘吁吁，下山时只能插足沙砾，一步步下行。我们的年轻人会的。看看当年的无名氏画工，居住在鸣沙山一些"画工洞"里，洞穴高不容身，正是他们，创造了千余个石窟，给中国和世界留下了辉煌的敦煌艺术。

月牙泉似乎仍然睁着眼睛，在那沙漠里。今天我们同世界联系，完全有新的交通和媒体，较之敦煌石窟，我们理应创造更加光辉灿烂的文化艺术。

雪中行

一早起来，外面已是白茫茫的一大片。这是北京近几年少有的一场大雪，昨晚还说是小雪，预报不准也。

我打伞出游，走向田野，走向公园。这北方的雪，如灰，如沙，如粉，待到略感伞面厚重起来，我轻轻一转，积雪纷纷滑落，不见一丝水痕。

雪花以非凡的魔力，将大地千差万别统一于白色的覆盖之中。雪被又似隔音板，地面万物原有的声响都被遮盖了。只见麻雀在雪地里发出啾啾的觅食声，喜鹊嘎嘎地在树枝间飞行，把大朵大朵的雪花弹动下来。在远远的、见不到人影的树林里，泛出清脆的男女青年的嬉笑声。

朋友，如果你也打一把伞，透过笼罩四周的纷纷飘落的雪帘，你会感到一种强劲的生命力，在充沛着、横溢着、涌动着、展示着：

一个孩子不好好走路,撩起地面的雪花,拂去树干和一切物体的积雪,他的行动路线现出一种散乱性、无目的性、不可预见性。

一对情侣偎依在硕大的伞面里,他们在调换胶卷。女士鼻尖泛红,脸颊显得红润美丽,男士裸露脖颈,眼神更富魅力。

一丛丛竹子,虽不如南国的竹林青翠,但顽强得发黑。它们不愿意承受白雪的积压,这一丛,那一丛,一大片一大片积雪依次滑落而下。

一群群男女青年在树林里打雪仗,女孩子互传经验,对付男孩子不能一对一,必须五比一,最好是十对一。另一处,一名女生被一名男生背着,行走时羽绒服摩擦生声,与其说是表现亲密,不如说更多看出他们之间的纯洁和敬意,我断定,他们绝不是相恋的一对。

一丛芦苇,挺立在冰冻的湖面里。芦花与雪花相混,似鸡冠,似马尾,弄得岸上一名摆弄机子的摄影师忙来忙去。

一个还在流鼻涕的孩子,生着走在前面的母亲的气,满脸泪痕,满裤管都是雪,无畏地行走,又始终同妈妈保持一定距离。

一只野鸭在平整如镜的湖面上,徐徐地划开"人"字,后面一只又紧跟上来,套上又一个"人"字形。

在这雪野的漫步里,我坠入了过往的回想。我有过如花的少年、经历过芳草鲜花的春天吗?没有。在我的青壮年,那葱葱郁郁的夏季,更多的是雷电和风雨,我似乎来不及也不曾想到如何伸展我的灌满乳浆的躯干和肢体。是的,我的中年不错,在那黄叶斑斓的秋季,我也独自行走过。我记得,大风一起,我特爱在空寂的街道和树林里行走,漫天黄叶纷飞,如这雪片似的织成叶帘,我眯缝着眼睛,踏着落叶的脆裂声,我奔跑,我狂喜,那是我的秋之舞,秋之恋。

如今,确凿无疑地,我进入人生的冬季了。然而,我自觉存在一种决然的反差与抗拒，或者叫作灵与肉、心智与躯体的对抗。我的眼球晶体发混，牙齿脱落，脸部已经出现老年性赭斑。但多愁善感却甚于敏感的青少年，思维活跃胜于我的壮年和中年。我并不觉得记忆力下降，虽体力已显然不如从前。这雪景实在是太美了，总觉得还有很长很长的路程摆在我面前。

1993 年 12 月

冬之旅

日履至冬，是岁月中最有争议、难以言尽的季节。

然而，我怀念江南的冬日。大雪初霁，人们出户晒太阳。鸡群扒开雪地觅食，如同运动员退步滑冰。猪群拱着带雪的泥土，像一台掘土机，只是露出一圈猩红的嘴唇。男人在后院围上一席，倒一盆热腾腾的水，借阳光进行冬之浴。这时候，太阳越大，屋檐的滴水声越欢，滴滴答，滴滴答，鸣奏这冬日的雨中曲。我曾用生满冻疮的手，擎着一束鲜黄鲜黄的腊梅，那是我冬天的心灵的慰藉。

比较起来，这北方的冬天，人们只能凭借玻璃窗的隔离和护佑，领受阳光的照身。人们出户就得拼搏。雪粉如沙，冰黑如铁。大地把自己隐藏起来，退让出来，让雪和冰布置冬日的舞台，让人们各显身手。只有冬泳者，凿开一泓冒着热气的水域，我总是对这些勇士施以注目礼。这时候，一群鸽子绕过岸上高高的树梢，发出悦耳的银铃般的哨音。

冬天是寂寞的、荒凉的、压抑的、沉闷的吗？冬天是严酷的、残忍的、无情的、令人畏惧的吗？抑或，冬天是含蓄的、忍耐的、积淀的、待发的吗？冬天是摧枯拉朽的，还是孕育生命的？是退却的，还是进击的？是老态的，还是强劲的？为什么树枝形似枯槁，几无生命，却任狂风摧残而不折，一旦春之浆通达顶端，即泛出满树绿色？还有那红之萼，你不是能从这枯节脆皮中，洞悉它那冬之温床吗？

或许说，冬天不是属于那些怯懦者、畏缩者的，对于他们来说，火炉和热被才是不能割舍之地。我爱那少女鼻尖和脸颊上的轻红，那映照在雪野上的美丽的轻红，那是任何季节花朵所不能比拟的。还有，那男儿的英气与力度，即使眉睫沾着雪花，即使穿戴厚重一层，那种厚重也能使其他季节的某些装束相形而见其浅显轻薄。冬天是哲人们最活跃的季节。

冬是秋之后，岁之末，是劳顿之后的稍歇，是全部工程过后的默默地一瞥。无疑，冬天又是最适于忧虑的季节，最令人回忆民族苦难历史的季节。是的，冬天最能正视你，逼视你，使你无从遁形。它不仅录下了你以往的身影遗迹，也将注视你来年的行为品性。冬天也不是属于肤浅者、投机者的，对于他们来说，冬天是自费，是季节的虚妄和僭越。严格说来，冬天是自省者、沉思者的季节。

当我这么揣度着冬季的时候，我对镜自视，明明地，我的鬓角已经泛白。我已经走过一段长长的人生之旅，正在面对在江南冬天生长、又将在北方冬天完成的人生之旅。

1995 年 2 月

春之光

　　春天不是从"柔条"开始的。在冬将尽的时候，如果你仰头望去，仿佛从太空的深处射来一种新异的光，它向你逼近，并同你亲和。这时，天空显得空蒙。如果你再环顾四周，你会明显感觉树梢和建筑物已经涂上了暖暖的色调，远山在那里招人细看，河水开始淙鸣。

　　天空依旧那么空蒙，你似乎深究而不可得。苍穹并没有一丝声音。你感到在那高邈的宇宙，在那目力不及的天庭里，早已进行一场辩论。终于，冬表示退却，春光绮绮而君临。你听不见，待你第一次觉察到春之光，这场辩论早已终止。柔条和花草是后来的事，是春光给它们带来的春的表演。

　　如果你困守在城市里，就不会像在乡村感觉那么明显，冬天仍旧留存在墙角里，在阴暗得只有风才能通过的巷弄里，在积存残冰的洼地里。春与冬有着短暂的对峙。也许，在忽然一阵北风过后，清晨的大地留着一层白白的薄雪花，你可以说是春雪，也可以视作冬天的最后一次美丽的表演，你满心欢喜。

　　春天是少男少女的季节，他们称得上春女春子们。春天似乎刻意装扮他们，是啊，你们美丽，你们清俊，你们聪慧，楚楚动人。然而，平静下来，对于已入老境的我来说，有时又带有保留性地欣赏你们。你们要入夏，还要历冬，深秋时节又是何等景状？"莫等闲，白了少年头"，也许只是时间上的警告，更重要的是选择，是自持。我为青少年喝彩，称羡他们，毕竟，他们才拥有一个我们不可能拥有的美好前程。

春天毕竟是无私的，普施人间的。对于中老年来说，它常常带来回忆，产生留恋。春天是一种提醒，是诱惑又是刺激，当万物生机勃发、姹紫嫣红的时候，你似乎无法懈怠自己，放逐自己。

或许，你还可以作些阐发。你注目于世间，不难发现，在某些中老年那里，他们的眉宇、神态和步履，洋溢青春的活力。年迈而心暮，当然倍感凋零，而某些非年迈的人们，你窥测他们的灵魂，似乎春在凋谢，春在消逝。这些都是人间春的调侃，春的戏谑。

我爱那南国的春天，尽管我在北方经历了更为长久的季节。那是充实的春天，晴得明媚，阴得柔韵，和风抚慰着你不裹胁沙尘，雨声带给你孤独的思索。春装更是尽享其时。北方的春天也有红花绿草，但太匆忙，急切地就把冬天传递给夏天。紫禁城围墙外一排并立的白玉兰，枝干似玉，那无叶的白花更似玉，人们只能赶紧拍照观赏，遗憾它几天便纷纷凋落。当然，同样，春光对于北方与南方，是无私的，是普照大地。

我怀念那江汉关的钟声，在我青少年武汉求学时期无论阴晴风雨传入我耳帘的钟声。我还记得，那钟声伴着春光，招来唐古拉山、各拉丹冬的融雪，从通天河经金沙江而下，换来满溢江波。那江波在阳光映照下，宛如满江金液，滔滔而下。

1995 年 3 月

夏之郁

　　夏天把春天的万紫千红继承下来之后，一律抹去它们的颜色。留下的是一片绿，由绿转青，青得发黑。呈现在我的幻觉中的是，夏之黑，夏之重，夏之郁。

　　天空显得低矮，云层显得厚重。树木的枝干饱和着浆液，叶片青黑肥厚。大地从未如此饱含了水分。或许冬蛰过去后，春墒并未使土壤得到满足。只有夏天，大量雨水才接踵而来。巴颜喀拉山和唐古拉山的冰川开始融化，黄河和长江源流不断，密如网状的支流溪水使得大江小河满溢。草丛葱郁，森林密密匝匝，几乎钻不进人体。我不知道遥远的南极洲和北极群岛的冰融在多大程度上影响了大陆，反正一年之中，只有夏天，占世界淡水总量四分之三的极地冰雪，才开始把温度提升到零度以上。夏呵，雨水的季节，富于流动的可感的汁液的季节。

　　然而，夏天又有最大的不确定，雨水和旱涝的不确定。防洪大军和抗旱大军整装待发，迎接这种不确定。当艺术家歌颂"春花秋月""春华秋实"的时候，将夏天略去勿论，也是因为这种存疑与不确定。我听到遥远的爱尔兰民歌唱着《夏天最后一朵玫瑰》，也是一种惜春的忧郁的调子。夏呵，难道你是诗国里被遗弃的一个季节女儿吗？

　　如果我们将目光和思维把定，夏天实际在铸就一种性情、一种性格，那就是郁闷与力量、炎热与抗争的统一。夏日里，人们清瘦，表情持重，不苟言笑。它将春之活泼、秋之喜悦让出，在显得厚重郁黑的大自然里，人们是十足的轻，却又实在的重。夏啊，难道不是你和你的子民，将春与秋勾连，在四季中扮演一种枢纽和承传的角色吗？

　　回忆中，我一直是季节的被动的、无奈的承受者。我童年的苦夏在南方度过，浑身痱子点缀着疖子。我对北方夏天的沉着表现过急躁，常常在久热的黄昏向苍天发问。我炎热时打赤膊还不解恨，也参加过人们关于夏与冬、热与冷孰善孰喜的种种得失议论。后来，我年事渐高学习换一个角度（难得这种换角度呵），从理性也从经验中吸取力量。我发现炎热时可以不必打赤膊，而热浪与寒潮本属自然的通变，我幼年的肢体成长同夏天植物旺盛生长一样。于是，我着意环顾那些不趋时消夏而坚守如故的劳作者，我听到这样一种人的声音，他们忧虑的恰好是"夏天不热冬天不冷"。我忽然想到骄阳中照常跋涉山路的高僧，穿戴庄严整肃，内宇宙不为外宇宙所动，在那冷峻沉郁的目光中，藐视一切贪凉的俗人。

1996 年 7 月

秋之朗

秋天是从秋风开始的。它萧瑟而又刚劲,扫荡了夏天留给大地的青、湿、重以及郁闷,出现了黄庭坚形容的"净空秋"。然后,一轮明月高悬:秋来了。

花儿早落了,叶儿变黄了,枝干发抽了,一切都转化为营营累累、鲜亮斑斓的果实。在季节的运转中,这秋的来临,有如大地母亲露出微干的乳房,留下环宇活活泼泼的儿女们。

秋是自然的呈献,又是人类的自我展示。一年四季中,似乎一切都是手段和过程,唯有这秋才是目的。于是,秋撩拨了人们的思绪。诗人们悲秋,怨秋,思秋,问秋,寄秋,赞秋,都一股脑儿要在秋天进行整理,自省,寄托与表白。柳永的"对潇潇暮雨洒江天,一番洗清秋",寄托他的归思。李清照的"红藕香残玉簟秋",写她的"一种相思,两处闲愁"。苏轼的"明月几时有,把酒问青天",是苦闷时对宇宙和人生的发问。范仲淹的"塞下秋来风景异",陆游的"秋天边城角声哀",表现诗人担任军职的爱国情怀。在登南京赏心亭时,辛弃疾的"楚天千里清秋",满怀着壮志难酬的寂寥之情。

应该说,在人与秋相对的意象中,杜甫的"无边落木萧萧下,不尽长江滚滚来",堪称诗中绝品。它的境界浩大,既正视了秋的萧瑟不可抵挡,又内蕴一种拍击心扉的自然召唤力。

在秋的信步中,我自问,我老了么?我难道不自觉已经失去青春的活力和壮年的坚实而感到一点悲凉乃至颓意么?我不是明明感到精力下降，即使睡好一个午觉晚上干活也不如从前么？是的，我都有。我年过花甲，眼开始昏花了，腰酸腿痛袭来了。一切都迫使我接受现实。但是，在一种浑然的自视自省中，我又明明感到思绪的活跃和感情的翻滚，出现了我已逝年龄段中不曾企及者。我时或陷入一种精神与肉体呈现反差的痛苦之中，我在惶惑中转向老人们探寻。老画家丁聪相貌和心境都年轻，自称"小丁"。老电影艺术家凌子风说，八十九十不算老，七十八十小弟弟。年逾九旬的老诗人臧克家自称至少要活到一百二十岁。在这些长辈面前，我受到了启发和激励。

我不由得因此而产生一些联想和比较。苏轼年四十，却自称"老夫聊发少年狂"。丰子恺刚过三十，就在散文中自认"我的年龄告了立秋"，心境"也变成秋天了"。这些，也许归因他们所处的时代吧。

如今，当我走路骑车，践踏满地黄叶咔嚓作响的时候，我自认，确已进入秋令时分了。然而，它激起我的兴奋和活力。我在心灵里自语，我说，你在坚持劳作的时候，也适当悠着点，不贪图吃喝的时候，也注意一点营养，不被兼职下海弄花了眼的时候，完全可以靠工资安排好自己的生活。我还是喜欢郭沫若翻译的雪莱的《西风颂》："哦，不羁的西风哟，你秋神之呼吸，你虽不可见，败叶为你吹飞。"我也跟着向西风发出请求："请你把我沉闷的思想如像败叶一般，吹越乎宇宙之外促起一番新生。"我向朗阔的秋天走去。

1996 年 11 月

香山即景

香山作为一个山岭，加入西山的行列，像一条长长的山龙，侧卧在北京古城的西边。它用背脊挡住西北来的风沙，护卫着东边的这座古城。凭着这种护卫，才有了北海、颐和园的明媚，天坛、故宫的辉煌。

香山顶峰鬼见愁和西山群岭群峰连成一线，似乎构成塞内塞外的一个较为明确的界限。山峦的西侧遭受风沙的掠夺，一派荒漠，唯有山体的东侧，才现出葱绿。香山公园就坐落在香山的东山麓。本世纪，香山公园同两位历史人物打过交道。孙中山先生1925年逝世的葬礼在这里举行，碧云寺存有他的水晶棺和衣冠冢。毛泽东1949年3月由西柏坡迁至这里的双清别墅，指挥"渡江战役"，筹建中华人民共和国。本世纪把太多太频繁的政治冲突推向历史的前台，香山公园的一对"眼睛湖"阅尽了这世间沧桑。就在双清别墅的旁边，留有香山寺的遗址。这座宏伟古寺，因1860年、1900年遇到英法联军和八国联军的焚毁，至今只是空留石碑、牌楼、错落有致的院基和高高的空空荡荡的台阶。它永远在那里提醒人，使游人沉思和叹息。

时代的运转终于把人与人的冲突转向人与自然的关系的审视。当近些年香山忽然迎来爬山大热潮的时候，人们回过头发现：香山好，空气好。人们朝东一看，北京城区灰蒙蒙一片，污染的空气像一个锅盖将北京罩住，那是由燃煤、车辆尾气、工地扬尘排出的二氧化硫、氮氧化物和悬浮颗粒混合而成的锅盖。于是，城里人常常一大早起床，挣脱这个锅盖，来到香山看望蓝天，呼吸新鲜空气。

我抬头张望，香山的天空湛蓝如洗。喜鹊喳喳的叫声悠扬悦耳，它张开那镶着黑边的白色双翼和露出白斑的胸脯。我在"十八盘"盘山道上独行，它拍翅而下，在我前面颠跳着，不时回头向我张望。这时，它又展示一身黑白相间的羽衣，和我始终若即若离。然而，管理人员说，香山的鸟儿太单调，就剩下喜鹊和一种只闻其"嗞嗞"声、难见其形的小鸟。有时，松鼠在前面一窜而过，爬到树上，竖起旗帜似的尾巴。人类怠慢自然、自然疏离人类，已成世界普遍现象。据说，伦敦鸟类保护协会发现英国的小鸟已经淡忘了歌唱，却学会模仿交通噪音，燕雀、刺嘴莺和金黄鹂因为听不到求偶的叫声，致使数量减少。人类太需要倾听天籁之声，美国有人把蟋蟀、纺织娘和青蛙的叫声录入光盘，他们喜欢观察纺织娘如何用一个铲土机似的翅膀边沿摩擦另一个有齿的翅膀锉刀，然后弹唱出美妙的音乐。对于北京的居民来说，香山已成了他们亲近自然、领受自然之惠的停泊地。香山又是守望台，漫山遍野的爬山人总是不时吆喝着，瞭望远远的城区。北京市已下了治理环境的决心，2002年达到空气二级标准，摘掉世界十大污染城的帽子。笔者有时加入这黄昏山坡上的稀疏人迹。唯觉喜鹊更形活跃，到处皆见树枝弹动，喜鹊跃起，林静鸟鸣，此呼彼应。这时，香山又开始积攒它的灵秀，准备迎接明天一早来的城里人。

1999 年 5 月

瞥香山

香山，作为当年的离宫别院，皇上也只是把它视作偶尔外出驻跸之地。进入本世纪，先是遇到列强的掠夺，后由于战争等原因，总给人僻远荒寂之感。人们在长长的一年之中，只是记得到秋天去看它的红叶。

眼下，大变了，如果有一架直升机从上空往下拍摄，那景象是相当动人的。天一拂晓，随着第一辆公共汽车到达香山的第一声"咿呀"，人们就往公园里涌，人群就穿梭在山腰小道。

不分寒暑，几乎每天，香山都成了老人的活动场所。人们发现，公园布局错落大方，景点极富诗情画意，可观"西山晴雪"，可歇"栖月山庄"。人们都说，这里山高树多空气好，释放的负离子远远高出北京其他公园。

有一位独行者说老伴刚"走"了三个月，现在每周爬香山三次。"十八盘"的石板路面微斜而又平整，适于退步行走，临到拐弯处，乘人不在，大呼"呵、呵、呵——"，将胸中的废气吐尽。一位老人微跛，拄着拐杖，向岩石和树木作深情的端详，然后对着山峦的天空报到："平安无事呵！"爬到"平台"，就可以休整了。各路人马在此聚集，"山友"们在此结识。老人学家关于老年可以迎接"第二个春天"的"二春论"在此发表讲演，被医生宣判患了癌症的老人自愿组织抗癌登山队，挂起了自己的旗帜。如果你把登上鬼见愁和香炉峰放在下一次，到了"平台"就可以回转，回家还可以赶上做午饭。

如此香山景象，是我们逐步走向清明的一个表征。人生有作有息有张有弛有拿得起来有放得了手，社会有岗上有岗下有角逐有休闲有庄严的会场有自由舒展筋骨的山林野水，这是生活的一种本真状态。即如这眼前，一位老妇人伴山而下，颈上挂的半导体重复播放着"南无阿弥陀佛"的佛教音乐，口念《心经》，视若无人。然而，她的装束显出并不就是真的居士，这不过是世俗利用宗教获得清静和松弛的一例。另一位老人隔一阵呼喊"二十"，那是她自身经历中隐私的一个代码，别人无从、也不需要破译。这种生活的多样和多元状态，使你咂味再三。

人们一走进公园，就将一切烦恼撇在门外。众人敞怀交谈，从当今时事到历史沧桑，从明星趣闻到各类社会新闻。工资福利中谈到"单位发了一桶油""这次补助工资平均数多少"，直到一些老人发出"够用了"的满足祥和之音。这里有争论，不必担心打棍子。当年的正局副局长同普通工人可以争得面红耳赤，然后回去不妨在棋盘上拼杀一番。还有人说某作品有人情味了，有的说仍有差距，有的引用作家徐迟生前说的，只有写出讲真话的作品，我们才能进入新世纪。人们又谈到了在日本横滨、在匈牙利召开的地区和国际老年学会议，说世界性的老年交流势不可挡。有的单位老年合唱队改词唱出了"太阳下山明早依旧爬上来，我的人生第二个春天放光彩"。

过去，人们查询北京地图的时候，往往只对香山作匆匆的一瞥。现在，香山热闹得很呢。

1998 年 5 月

一景二名

从东门入园，在攀登香山顶峰香炉峰（又名鬼见愁）的路上，有一条修整得很好的"十八盘"石板路。快走完十八盘的山腰间，岔出一处景点，它有两个名字：药石，森玉笏。

香山旅游图上只标出森玉笏，在游人和老百姓的口碑中，只称药石。

沿着陡坡拾级跃上一块平台，顿有被山野老人揽入怀抱的感觉。游人在这台上向南观望，左边一弧山，太阳高照，南风灌入，空气清新，树木苍翠。北京人都传说香山公园的负离子远远高出其他公园，这里的空气又是香山之最。相传一位老人久病不愈，正是在这里采药休养，得以痊愈。石岩上刻有"药石"二字，书法朴拙，各人借此发挥各自的想象。因为岩石磁量高，贴上一个硬币不致坠落，有人干脆背贴着岩石，不断磨蹭。就在邻近不远的另一块巨石上，又镌刻着乾隆的御笔：森玉笏。

两名相争，我发现人们只认"药石"。你要寻问景点路径，路人都可指点药石，你若问森玉笏在哪里，肯定一问三不知。自然，这"笏"字的发音和意思就令人挠头，而且，将山岩胜景、大好山河比作朝廷君臣间交流记事的"手板"，真是岂有此理！看出乾隆专制霸道的口吻！令人感慨万端的是，就在香山所处的西山山脉不远的另一处名胜——八大处，陈希同、王宝森盖了座豪华别墅，那也是山腰间伸出的一块平台，独享风水之胜。历史荏苒，其特权霸道则一。

然而，在行旅议论中，一位颇识文物古玩的老者依然对我说，要说值钱，还是乾隆那几个字，老头那两个字不行。公园路牌和旅游图等书籍记载依然只标出"森玉笏"，"药石"一名只能一代又一代存活在游人百姓的心碑口碑里……

1998 年 8 月

无言的曾侯乙

灯光转暗，笙箫琴瑟之声四起。只见一人，手持彩绘长木棒，向那武士头盔般的编钟撞击。这套悬挂在三层钟架上的六十五件编钟，从最小的两公斤多到最大的两百多公斤，跨越五个八度，音域宽广，音色洪亮。冥冥之中，遥想当年的曾侯乙是否如我等这般静思欣赏，这随州编钟博物馆明明提醒我们相隔已经两千五百年了。

曾侯乙不见经传。当年的曾国、随国，还有与之联系的申国，记载甚少。现在的随州是春秋战国的曾国所在地。从擂鼓墩的出土来看，楚惠王送给曾国君主一件镈钟上镌着墓主名乙，故名"曾侯乙"。然则，就是这位小小君主，自从他的墓和编钟曝光以来，他的名字已经蜚声海内外，成了中国音乐史、乐器史不得不提的一位显赫人物。

我忽然感到，中国的历史记载应该感到惭愧，音乐史应该改写。钟体上载有近三千字的乐律铭文，堪称一部音乐专著。我不知曾侯乙是不是一位大音乐家，但至少是这编钟的策划者、拥有者和鉴赏者。然而，曾侯乙无言无语。

最令人触目惊心是曾侯乙墓两侧一圈，陈列着二十一具殉葬者的骸骨，姿态各异，骨色雪白。据考证，墓主曾侯乙为男性，年约四十五，殉葬者为年仅十三至二十五的女子。

这一圈雪白的尸骨，一直烙迹着我的脑海。我查询过有关殉葬的资料，所获不多。埃及的金字塔，一位开罗记者告诉我，不存在殉葬。《左传》较早记载秦伯任好死时，用人陪葬，也只是三个。我尤其难以推想殉葬的程序，是强迫还是自愿，是他杀还是自杀，是借工具还是用药物。殉葬大概是人类一种最特殊形式的死亡。如果说，判罪处死有施者的明知要施与被施者的自知之所以施，弃世自杀者是自知不得不以此而为之，殉葬就很难猜度了。据载，商朝是杀人殉葬，用人充祭品。范文澜说，"秦始皇尸体入墓，没有生子的宫女，全数殉葬。不待工匠出来，封闭墓门，工匠都被活埋在里面"。西安的秦陵至今未开掘，不知打开后，那些殉葬者的尸骨呈何等模样。

　　曾侯乙用人殉葬就无从索解了。他呈现于世的不是政绩，而是音乐建树。照说一个懂韵的人，不该出此下策。更令人难以索解是那些陪葬的年轻女子。其中有他的侍妾八人，乐女十三。是她们敬佩、爱戴这位君主，甘愿与他同死么？还是因为她们同他共享过编钟的音乐世界，她们受音乐召唤，情愿与主人与这庞大的编钟群同归墓穴呢？或者相反，如果是被迫派定的，这一幕惨剧是如何扮演的呢？曾侯乙无言，女子们亦无言。

　　毕竟，殉葬作为历史的一页已经过去了。就在我伫立墓穴栏杆参观的时候，就在我翻阅资料索解的时候，有两个语言符号回应了我。旁边参观的一位女士说："这些女子也许还争着殉葬哩！"历史上是汉高祖下令才禁止用人殉葬的。另外，据载，历史如果是这两种历史的解释，也许是更令人感到悲哀的。

1995 年 5 月

"诸葛庐"观后

现代人总希望拥有自己的历史。

从西南角进入南阳，赫然矗立着一尊诸葛亮塑像，基座上直书："臣本布衣，躬耕于南阳"。有此《出师表》文字为证，加上卧龙岗，南阳人认为诸葛亮当年隐居此地无疑。襄阳人有自己的解释，权威的根据就是隆中山。襄阳人说，古时襄阳的范围不像现在这么大，城西的万山就是襄阳与南阳的交界处，隆中山在万山西边，故诸葛亮隐居隆中山，而称"躬耕于南阳"。

我先后参观过襄阳的隆中山和南阳的卧龙岗。我虽然觉得隆中之说比较确凿，但对于一心求访真迹的我，都有些扫兴。两地景点的名称大同小异，都有武侯祠、三顾堂、草庐。我在隆中看到的草庐，是前些年拍电影留下来的仿造物，花了七十万。里面的新木和油漆味可闻，却标明哪是诸葛亮的居室、待客的厅堂，哪是诸葛亮弟弟的住房，不禁令人一哂。

隆中山和卧龙岗是我国南北的交接地带，是中原文化与楚文化的交汇点，那里培育过这位纵论天下大局的才智之士，均为可信。刘禹锡的《陋室铭》里的"南阳诸葛庐"，属模糊处理。有一位名气不大的顾嘉衡写了一副对联："心在朝廷原无论先主后主，名高天下何必辨襄阳南阳"，很高明地和了稀泥。

我的印象中，隆中山更现葱郁，南方色彩较浓，卧龙岗略感寥寞，更近北国风光。两地的参观，都只能付出半天时辰。同其他各地文化古迹的游览一样，都是心仪良久，临到现场，往往都是紧赶快赶，匆匆掠过。

然而，这种参观，与其说是现场带给我多少印象，不如说是过后留给我的思索。每当我走进一座座古建筑，看到屋脊廊檐石阶庭柱的剥蚀，我总是说，历史，我见到你了。当我被铺天盖地的古文化所包围，匾额楹联条幅碑刻令我转身不开、应对不暇，我又从心底里说，告别了，我很抱歉，我不能消化你。这些文化遗迹是令人惊叹的，每件文物都是智者的生命显示。它们似乎是历时性地相约而聚，争相向我倾诉、向我指点。我总是尊敬地略加端详，连浏览也是粗疏的，我要赶路。

我还是那句老话，我无法理清，我不能消化。我朦胧地感受到一种精神的重压，接着，是我离去后的思索，是接连几年的回味和一幕幕现场的闪现。我有时觉得不如在伦敦公园参观那么简单明了。你面对一种植物，一种珍禽，向眼前的装置塞进硬币，录音自动播放，讲解它的历史、性能、用途和前景，你可以获得对象的全面知识。我参观古迹，总是久久难以释然。

我不知古人参观古迹是如何感受。如果说文化是已有智慧的结晶，又是对未来智慧的限定，岳飞当年参观武侯祠是可资佐证的。他三十六岁那年中秋前夕，"过南阳，谒武侯祠。遇雨，遂宿于祠内。更空秉烛，细观壁间昔贤所赞先生文辞诗赋及祠前石刻二表，不觉泪下如雨"。于是，在道士拿出的纸笔墨面前，挥写《出师表》。我在南阳武侯祠看到的就是岳飞书写的《出师表》碑刻，字迹峭拔，令人流连。然而，再过三年，岳飞就受冤入狱了。如果联系到投降卖国的宋高宗的"岳飞特赐死"的批示，再看看他那舞龙般的字迹，那"臣鞠躬尽力，死而后已"等名句尽在其间，就令人慨叹了。如果再加上他的背刺"精忠报国"，不都是历史文化对他的昭示么？清朝乾隆皇帝评论岳飞一语中的："知有君而不知有身,知有君命而不知己命",悲哉。

　　人们拥有历史,但历史是对后人、对参观者的最大挑战,智者和英雄均不能幸免。

1995 年 5 月

潭柘寺的故事

　　古老的寺庙总有许多故事，讲解员就是讲解这些故事。
　　三十多年前，我第一次游览潭柘寺的时候，就感受到潭柘寺同北京有一种隐秘的精神上的联系。那表面的理由，自然是游览时注入耳中的一句俗语："先有潭柘寺，后有北京城。"它比史书上记载的"先有潭柘，后有幽州"，要来得准确。那时，它给我留下了一些故事，至今不能忘怀的故事。
　　对于历代香客来说，潭柘寺离北京有一点偏远，需要一点跋涉。不像城里的广济寺，轻车漫步可及。这个坐落在城西约四十公里的古刹，依傍一个名叫宝珠峰的山峦，周围由马蹄形的燕山山脉九个山峰衔环着，显得封闭，深幽如同隔世。它确实比北京作为古都城的建成要早，仿佛那深山里坐着的一位历史老人，偏头向东，遥望着北京城的沧桑变化。
　　从那以后，就留下故事。晋唐初建时的庙堂祖师殿，早已因兵火而湮灭了。人们只能从石碑僧塔中寻觅一点金元古迹。然而，凭什么呢？潭柘寺凭什么牵连着外人和北京呢？凭它的古老，凭信仰，凭精神实用，或是一方难得的修行圣地么？明代时，一位日本僧人无初禅师来过，他对禅学深有研究，主持过寺院整修。一位名叫底哇达思的印度僧尼也来过，她认为此地"幽胜寥绝"，住院修行直至九十岁"圆寂"。他们有着自己的信仰和追求。历代住持和高峰时的三千僧人，都在那里皓首穷经，留下僧塔和山峦里遮掩不见的地下骨灰与白骨。

历代帝王频频垂顾过。金代熙宗和章宗"驾幸"过，明代的几位皇帝也"关注"过，或降旨整修，或委派高僧住持，孝定太后多次来寺"进香敬佛"。到了清代，更是出现了香火鼎盛时期，康熙来过三次，乾隆也来过数次，有时骑马来，因路途遥远，要在行宫院留宿数日。他们题匾题诗，游客均可登临观赏。

不管怎么说，这些帝王的驾临，实属平平。康熙乾隆的书法诗词平平，可以说毫不动人。这种平平，不仅在于书法体势的蹈袭，诗词用语的俗套，而在于他们的治世实用之心，缺乏一种高远的神思与激情。他们只是想来这里松弛一下。所谓"翠嶂丹泉""金林净土"的御笔，不过是让世人分享他们的"盛世"。康熙为山门匾额书写的楷体"敕建岫云禅寺"，显得霸气十足。乾隆为流杯亭题诗中诸如"引流何必浮觞效，岂是兰亭修禊人"，构思用典都太一般。帝王的来临只是徒有空名，游人离去，也就淡忘了。

唯有一个动人的故事闻名遐迩，它成为一种口碑，承载着潭柘寺的特殊价值。相传忽必烈的小女儿在此修行。这位妙严公主，有感于父亲征战杀伐、涂炭生灵，为了替他赎罪，在寺内削发为尼。一个年轻女子，放着帝王之家的荣华富贵不过，为什么把青春年华空掷于此？当她在青灯古佛前耗尽她的热血生命之时，她的脑际翻滚着外界尘世一幅幅怎样的图景呢？她首先是出于世俗目的而不是信仰需求来到此地，从根本上是以生命告白于人间世界。她的善良、自我牺牲的坚韧毅力，远远超越宗教信仰的涵盖。她没有留下诗词手迹，唯一留下的是一方"拜砖"。她笃志在观音殿长年跪拜，在方砖上留下的凹下三十厘米深的膝痕，令人悚然一震。后人把这块"拜砖"镶嵌在一个花梨木匣之中。我第一次参观时还亲手触摸过，这一次目睹的已经是"文化大革命"砸毁后而出现的一件仿制品了。

进入斋堂院，景色依旧，参天古木依旧，黄绿相间的"金镶玉"和"玉镶金"竹丛依旧。然而，三十多年过去，这里传出新的故事。东边方丈院的古柏年龄依然最长，树干有如老人皲裂的皮肤，仰视显得高邈。南侧的两株佛门弟子视为神树的娑罗树（又名七叶树，相传释迦牟尼就是在这种娑罗树下涅槃的），树皮浆液依然饱满，枝叶葱郁如华盖。再北，就是"帝王树"，因乾隆"御赐"而得名。这棵高达四十米的银杏树生长奇特，连干共生，有如巨大排笔，传说清代每一位皇帝继位，即自根间生一新干，久之与老干渐合。这自然是清人攀附皇上而编织的故事。这一次，我于1996年10月11日参观，一位善于辞令的讲解员又讲了一个故事："你们看见没有？树顶断裂了一根枝杈。按过去的说法，每位皇帝驾崩，都要掉下一根树枝。这个新的裂口，正好是1976年毛主席逝世前一个月，于八月间掉下的，它是一根活的树枝，而且正好向东北方向折断，砸毁了方丈院内一座古建筑。东北方向正好是毛主席居住的中南海紫禁城。"他讲解得十分认真，深怕我们不相信。我环顾良久。我无意对断枝进行考察。我在想，时过二十年，毛泽东已经从神坛上走下来，然而，那些神坛下的人们并没有离开神坛。

改革开放之后，已经有一条很好的盘山公路通向潭柘寺。对于今天的北京，它已是一个纯然的旅游景点。寺内现无僧众，人们敬香而不焚香。潭柘寺曾经有过的嘉福寺、龙泉寺、万寿寺这些历史旧名，只能从典籍说明书中找到，人们已不再提及。潭柘寺东侧山上有"龙潭"泉水，它滋养着寺前柘树和整个寺院，潭柘寺这个俗名留存下来，很好。

1996年10月

钧　魂

我总记得第一次去看钧瓷，正好是夕阳西下时分。我从北京广播大厦西侧进入真武庙集贸市场，远远望去，在阳光映照下，那些摆着的钧瓷摊，就像一摊摊血。

不知为什么，我一直保留着这种印象，或者说，这构成我对钧瓷的第一印象：初觉灿烂，又感凄然。

这些河南禹县个体户贩卖的钧瓷，瓶、壶、炉、碗、洗、盆，造型各异，五色相煊。一尊尊浑如血肉之躯，或卧或立，或蹲或跌，辉煌而生气勃勃。我傻眼了。古人爱钧，有"瓷痴"之称，我至少此后成一名"瓷迷"了。

钧瓷是瓷类中最具个性者。它胎体厚重，釉厚而润，以神奇的、不可驭使的窑变而自成一体。按化学分析，很好解释。釉料中的铜、铁、钛、钙以及硅、铝，在高温下还原成红、蓝、青、白、紫各色，乳浊釉面中的磷分子，又促成波光四射，使釉面有深度，如玉如蛋白石。窑工手执胎体底部，蘸上釉液，一切就听从火与物的神奇创造。"入炉一色，出窑万彩"，瓷器因釉料不同的化学构成，凭借位置、温度、火热的细微差别，仿佛经过母体的孕育，又像火中的凤凰，一尊尊独具特色的钧瓷面世了。正是这种"钧瓷无对，窑变无双"的个性，使它不随人俯仰，不模拟他人。陶瓷的其他各类，因千人一面的人为设色和构图，在它面前都要低下三分。

它似乎是由那些血性儿女幻化而来，是中原子孙的投胎转世。

抚摸一尊尊钧瓷，你有如抚摸一具具生灵的肌肤和骨骼，里面附着一个个灵魂。瓷艺中，人们对其他陶瓷，从未像对它那样，加以强烈的拟人化，生命化。它诞生在河南禹县神垕镇的群山环抱、风景秀丽之地，有"南山的石，北山的土，东山的色石，西山的坩子"的哺育。人们用玫瑰红、海棠红、茄皮紫、梅子青、月白天青、雨过天晴、骡肝马肺这些生命现象来形容它的颜色，又用高山流水、星辰满天、峡谷飞瀑、翠竹生烟、寒鸦归林来状写它的整体画面。它的周身全体，有所谓紫口铁足、细皮、橘子皮、蟹爪纹、鸡血拉丝、蚯蚓走泥，加上传说"开片六十年"，往往夜深寂静之时，还听到胎体收缩、釉层开裂的细微声响，它长期内还在完成自己的生命过程。

于是，有"跳窑"之说，有血的祭祀的种种传说。说某朝老窑工有两个女儿，一个叫姹紫，一个叫嫣红，都是采料、成型、烧制的好帮手。皇帝派人要他限期烧出光彩夺目的精品，他连烧失败，凄然落泪。女儿嫣红见此，说一声"您只管开窑，事在人为"，说罢飞身入炉。顿时窑壁迸裂，火光四射，一尊红艳艳的妙品便烧成了。皇帝听此，称她"神圣"，她成了"圣后"。"金光圣母"的传说，禹县"神垕镇"的得名，由此牵连而来。

大凡族类的繁衍兴盛，都以维护和发扬它的本性特色为其表征。日月星辰，山川河流，人文建筑，智力开发，莫不如是。然而，这一切得之不易。在陶瓷烧制中，任何人为设色，都经不住高温的考验。浅近者，依样画葫芦，低温烤制，唾手可得。只有高手，才敢于在钧艺中显露身手，不惜在经年累月的窑炉里，谋得一两件精品。钧瓷可培育，不可役使，"黄金有价钧无价"的声誉，是无数窑工用鲜血和生命换来的。

瓷艺经过宋代的官、哥、汝、定、钧五大名瓷的高峰期，延续到了清代，是发展还是衰落，在学术上可以争论下去。窃以为，至少，清瓷中的五彩和粉彩的恶性膨胀，绝不是上品。更而甚之，戗金镂银，烦琐堆砌，弄得黄不拉几，花里胡哨，让人联想起刘姥姥那张胡涂乱抹的脸。瓷器折腾得与漆器、木器、铜器、金银器、景泰蓝器无异，失却了陶土和釉料的本性和本色。等而下之，涂上福禄寿三星，或八仙祝寿，以迎合攀附宫廷趣味，完全抛弃了瓷品与作者的个性。

　　尘世繁杂，往事如烟。古人云，玩物丧志，但"玩物"亦可"兴志""助志"。那是当我成天忙忙碌碌，得以暂时避却世俗的纠缠，钻进斗室的时候。寂然独对书架上一尊尊钧魂，反复加以体验把玩，此乃人生另一境界矣。

1994 年 4 月

把个性带入收藏

如果把收藏看作对人类创造和自然美物的一种爱护和保存，那么，收藏就不应仅仅是博物馆的事业。恰恰相反，只有人人力所能及地搞点收藏，才能使珍品美物不至于遗弃、毁损和湮灭。

我最初喜欢收藏是从钧瓷开始的。那"钧无双"的色彩形态，"入炉一色，出窑万彩"的烧制程序，极具独创性。钧瓷釉厚而润，开片延续时间长，像天青、月白、鸡血红、玫瑰紫这样的一些颜色定名，蟹爪纹、蚯蚓走泥这样的一些片纹联想，丰富了人们的想象。有一段时间，我神不守舍，一到星期天就去钧瓷摊寻摸。我不敢涉猎古瓷。年长月久，留下了那么几十件新的钧瓷，朋友们看见了，无不叫绝。钧瓷窑变万态无方，神来的一抹一笔，可遇而不可求，搓摩在手，极具生命感。钧瓷素称国之瑰宝，据说，至今国外不能仿制。

后来，我又喜欢上了硬币。一枚在手，看出了历史，看出了国情，看出了文化。我的钱少，也做不到"以钱养钱"。靠出国时积存一些，靠跟别人交换一些，靠女儿在国外搜罗一些，靠朋友赠送一些，有时贴钱买一些。至今，我存的硬币超过了一百个国家，中国古币也有那么七八本。

我收藏的硬币没有稀世珍品，无意、也当不了收藏家。我觉得，你不必跟大收藏家比阔，跟博物馆比美，你选择自己爱好的角度，独辟蹊径，不必求全求珍。在中国古币里，我除了力所能及照顾朝代，特别注意硬币的书法和形式美。王莽时制作的篆体钱币，欧阳询书写的开元通宝，到了宋代，司马光、苏轼以及徽宗书写的钱币，更是异彩纷呈。有时纳篆、隶、行、真、草各体，铸造同一币值的钱币。书法钱币是中国有别于别国的一大特色，如能收全，很有意思。加拿大收藏家弗兰克，亲自装帧，送我一册硬币，专挑我出生的1935年世界各国发行的硬币，令我感动不已。

实际上，一个人出门，看见好玩的东西，总想把它买来。多数家庭，都有几件珍爱的宝贵东西，这就是收藏。我不为专一兴趣所囿，镇纸、茶壶、笔筒乃至拐杖，无论新旧，我都喜欢。它们逼着我查词典、翻资料，你不得不辨别各种木质石质，考查其渊源。在工作之余把玩在手，寄托了闲情，松弛了神经，觉得这世界满好满有意思。

个性独具只眼，个性伸入各个角落。张扬个性，不一窝蜂随大流，又一味追求高精尖，让个人收藏与社会收藏形成一种对流与张力，这将是人类社会一大幸事。

1996年7月

再到凤凰

和 1990 年那次开会途中我孤独地访问沈从文故居——凤凰不同，这次是去参加研讨会。而且，我也想松弛一下神经，再离城市，重新阅睹一下奇异的湘西山水。

"98 国际沈从文学术讨论会"在湖南吉首大学召开，成了这个学校和凤凰县城的一个节日。重要场合、晚会都悬挂出欢迎的标语，会议的规模和影响，再次显示出沈从文从湘西走向了世界。如今，海内外不少投资人和旅游观光客，都知道凤凰"名山抱古城"，湘西出了个沈从文，都希望把踪迹留在这里。

会议安排了两场具有湘西地域文化特色的晚会。一场在凤凰朝阳宫看傩戏。在静静观赏中，忽然一轮明月从剧场上空探出头来，成了这坪院唯一的照明。呀，久违了，我的明月。你翻开了我童年的乡间记忆，如今你又满盘银辉，又可以将我的身姿倒映在地面了。另一场晚会安排在德夯苗寨，这个村寨被周围奇异如云的山峦围合着，月亮挂在黑黑的山影中间，月的光和会场燃起的熊熊篝火上下相映，时闻溪流淙淙。我又一次感受到了大自然给我这个靠电灯照明、住鸽笼楼房的城里人的恩惠。

进德夯苗寨参加歌舞晚会，会让你浸润到浓郁的苗家风情里。我们一进彩门，鞭炮齐鸣，一群苗家姑娘边唱歌边端着酒，客人得先喝下这拦门酒，才能进入村寨。节目中，有两个苗家姑娘手持鲜花踏歌向我们走来，对坐有沈从文儿子沈虎雏的我们这排人作了仔细辨别，然后准确地把花丢在他手里。他到篝火边为大家唱了一支歌，姑娘把苗家织锦彩带佩戴在他头上，周围的游客也纷纷找他拍照合影。

和沈从文故居隔着一条沱江的听涛山，有1992年他逝世四周年时迁葬的墓地。沈从文一生爱山爱水爱土，老子说："上善若水"，流水润泽土地，养育生命。沈先生的骨灰一半埋在山下，一半拌着由夫人张兆和在京居室多年培育和积累的玫瑰花瓣，由家人用一叶扁舟撒入沱江。墓地不设坟冢，就山采下一块五色花岗石，正面碑文取自先生手迹："照我思索，能理解'我'，照我思索，能认识'人'。"背面是沈先生的妻妹张充和的手书刻文："不折不从，亦慈亦让；星斗其文，赤子其人。"旁边立着张兆和为《从文家书》一书撰写的《后记》碑刻，里面浓缩了对先生一生的观察和感情。不远，一块石头立起，上面刻着画家、沈先生的表侄黄永玉的题字："一个士兵，要不战死沙场，便是回到故乡。"山下还有其他石碑，记录凤凰的历史文化，这里已形成一处重要的文化景点。

据介绍，先生家人体会他生前意愿，不追求墓地的辉煌不朽。墓地占地面积小，费用由家属自理。而且，墓石碑不设栏杆，放牛娃累了，可以把绳索套在碑石上，牛身子发痒，还可以靠在石碑上蹭蹭痒。

如果不到沈从文的家乡，你很难感受到，沈先生所取得的文学成就，有一半受惠于这湘西的日月和水云。

1998年10月

心火传递

作一点世纪反思

人文精神为何在中国在世界得到如此张扬，很需要对本世纪的发展作些切实的估量。

笔者认为，本世纪的精神文明建设滞后于物质文明，这是拿本世纪同上个世纪、同以前某些世纪相比较而言的。如果从精神文明与物质文明的发展水平与进展速度来说，上个世纪是齐头并进、双峰并峙，本世纪则出现了一先一后、一快一慢的现象。

上个世纪的科技领域和人文领域都取得了辉煌成就。恩格斯在总结19世纪自然科学三大发明时下过断语。科学的发展推动了哲学思维的变革，哲学家们思维宏阔，尽管存在绝对主义局限，但都以提出与解决世界问题为己任。与此同时，文学艺术业绩卓著，以至于我们今天的文化消费在很大比重上阅读上个世纪文学家的作品，欣赏绘画大师的名作，倾听音乐家的名曲。我们今天谈论的文学艺术的现实主义与现代主义两大潮流，或在上个世纪发其滥觞奠定基础，或它本身就创造了难以企及的高峰。如果再回溯这之前的文艺复兴时期，那更是一个全才辈出（身兼艺术家与科学家）、文学艺术与自然科学、精神文化与物质文化都得到协调发展的时代。

本世纪有两大因素人们不得不考虑：一是战争，二是政治。本世纪两次世界大战的死亡人数超过前十九个世纪的总和，本世纪大规模的政治冲突频仍。由于这两大因素和实际需要，与物质文明相关的科学技术得到突飞猛进的发展，哲学文艺等精神文明的建设则或多或少受到旁落。政治实体自觉不自觉地转到"实力"较量中去，科技成为重要手段，作家艺术家哲学家则饱受战争之苦，生活上颠沛流离。眼下，世界一些学人和文化人在回顾本世纪文化成就时，几乎都有这种共识：科技发展较之哲学文艺已经遥遥领先。英国作家、诺贝尔奖获得者格雷厄姆·格林曾对记者说，称我是优秀作家可以，伟大作家就谈不上，伟大作家是上个世纪的托尔斯泰和巴尔扎克。他甚至认为本世纪没有出现世界性的伟大作家。对于这种现象，可以解释说，本世纪科技既为政治所急需（较少受政治干扰），又直接关系到武器优劣，它的重要性和创造业绩就使文艺和哲学等人文领域相形退后了。当然，估量本世纪在整个人类历史进程的地位时，应该看到，它是一个英雄辈出的世纪，是一个实践理想的世纪，是一个饱经忧患的世纪，同时，又是一个发展不全面不平衡的世纪。

　　精神文化落后于物质文化的另一个表现，就是科技发展带来的生态环境的破坏。有的专家估计，现代科技发展对自然的破坏，超过农耕文明时期的几十万倍几百万倍。恩格斯早就批评过片面追求物质生产的观点，批评过"那种把精神和物质、人类和自然、灵魂和肉体对立起来的荒谬的、反自然的观点"。沙化、酸雨和臭氧层受破坏现象，在今天已经引起全世界的忧虑和关注。

　　当今，人们注意到，社会生活出现了物质主义的诱惑，世界各大城市的广告文化充斥着衣、食、住、行及两性物质生活的招徕与刺激，似乎现代化就是物质生活的现代化，理想与精神追求受到轻慢和冷落。在经历战争和政治动荡之后，有人仅仅抓住了一个物质享受。面临科技发展和生态破坏，有人不作整体反思，只图一个高质量高科技的物质享受。

　　人文主义的呼唤应运而生了。在热战和冷战基本结束之后，在新旧世纪转折之时，人们热衷在人文精神的追求中取得共识。

事实表明，当物质文明的发展与精神文明失调，科技开发失去人文精神的照耀，就会产生灾难性后果。一些有见识的政治家希望下个世纪要从政治冲突、意识形态冲突转向人类生态平衡的携手合作，从军备竞赛、科技大战转向全世界的和平发展。我国提出的当今世界的和平与发展两大主题，正顺应这种要求。文学的人文精神问题离不开整个世界的文化格局，只有对本世纪的历史进程进行深度反思，问题才可能会解决得更好一些。

1995 年 12 月

文化不文

那一年，我们分社几个人到离伦敦不远的格林尼治参观，在标有子午线的地方照了相。我一只脚踏在线的东边，一只脚踏在线的西边，表示脚踏东半球和西半球，觉得很有意思。

前些时，我在一本书上看到一件国宝的图片，那是明代嘉靖皇帝留下的髹金雕龙大椅。这件御座金龙盘踞，气概煊赫，清代的皇帝也在上面坐过。它安放在太和殿的中轴线——子午线上。世上本无路，地球本无线。格林尼治子午线最初是作为航海测量之用，由英国设在这里的最古老的天文台在《航海天文年历》中加以记载。后来这本年历在航海人员中广泛流传，到上个世纪被采纳为地球本初子午线（0度经线），并为国际计时起点。英国这个靠海洋起家和发迹的国家，当它的文化触角伸向世界的时候，你愿意也好，不愿意也好，这条本初子午线逐渐为世界所承认。放在太和殿中央的那件龙椅，作为中轴子午线，只是把紫禁城划了一半。那是明清时期中华帝国构想的"天下之中"的华夏中心主义的自我写照。

文化不文，文化不搞什么温良恭俭让。当历史的发展需要进行选择的时候，捷足先登，优胜劣汰，都是原则。至今，人们依从已有的经纬时区划分，觉得没有必要去更动。各国的文化使者把智能和精力投入许许多多其他领域。当人们把目光投向地图的南极洲这个最冷多风、无人定居的大陆的时候，连考察的线和点都标上探索者的名字，诸如以法国人布韦命名的岛，以英国人罗斯命名的路线，后人都得依从。到本世纪上半叶，有七个国家宣布南极洲某些地区归属已有，大有瓜分无人领土的味道，后来在国际条约中才得到制止。

实际上，在世界各国的竞争中，各种形式的殖民欺压，都与文化相联系，或以文化为先导，或借文化作底衬。于是，进入近现代时期，一切有眼光的治理者，发达国家也好，发展中国家也好，都抓文化教育，抓人才培养。

甚至，文化教育的实施，也不能温文尔雅，这已成了实践的经验。义务教育中的"义务"二字就带有法令性和强制性，有官与民的互相约束。英国政府规定有权对不送学龄儿童入学的家长起诉，法国乡镇要求只要学生不少于十二人，小学就得办下去。据说，意大利一个小岛上只有一名学龄儿童，经投诉，政府决定派一名教师每天坐船去上课。这说明必须采取铁的措施。

世界的竞争将由陆地转向海洋。我们欣喜地看到，南极的两侧设有长城站和中山站，这是第一次在那里打下中国人的印记。未来的海洋和空间开发，将像奥林匹克竞技项目一样，谁领先，谁占压倒优势，谁就在那里升起自己的国旗。

1996 年 10 月

心火的传递

奥运会的火炬接力,对于人类来说是非常有象征性的。每次奥运会开幕前,都要从希腊的奥林匹亚点燃火炬,沿途跑步接力,不管路途多远,逐站传递到举办国现场,作为仪式的开始。接力者都是运动员,起点和终点由著名运动员承担,特别是最后一个传递者,得是创造世界纪录的明星,由他将会场的大火炬点燃。

人类的一切创造,都由这种火炬接力表现出来了。与体育不同的其他文化创造,大多属于心灵和心智的,似乎可以比作心火的接力和传递。应该说,奥运会的火炬接力是极为明晰,极为鼓舞人的。我不举别的数字,我只记得,奥运会开办刚过一百年,最初男子创造的跳高纪录,早已被女子超过了。如此类推,再过数十年,当今的男子飞人的纪录定可被女性超越。逐类旁及,代代接力,在未来的一个接一个世纪里,人类的体能和技能不知要展示多么动人的奇观。

心火的传递不像体育那样明晰可感,但也引起类似的联想。最近我读到一个场景,孙冶方逝世前,有吴敬琏、张卓元二位弟子去看他,他叮嘱他们日后整理文集时,一定要把一个《后记》附上,不得遗漏。这是孙冶方1956年发表的著名论文《把计划和统计放在价值规律的基础上》的《后记》,里面提到:"还在今年初夏,吴绛枫(即顾准)同志就提出价值规律在社会主义经济中的作用问题,来同我研究。"后来印出的论著,没有附上这个《后记》,对此,孙冶方深以为憾。他在临终前,嘱两位学生办理此事。张劲夫说这是"一件重要史实","在五十年代能提出这样重要的看法是很难得的"。孙冶方和顾准当时提出的价值规律,自然受到批判。这要在二十多年后,从经济发展的曲折经历中,为价值规律这一经济思想平了反,复了位。一种学术观点的产生,如同奥运会创造的成绩,要继承,要创新,也要同伴队友的相互影响。孙冶方治学的科学严肃态度和崇高风尚,令人感佩。他不没他人之功,要标明那个真实的历史标记。自然,他举起的精神火炬,又由他的弟子们接力下去了。

当然,不能把人的肉与灵分开,它们相互促进,共同发展。据说,史前人类的寿命只有十八岁,未来学家估计,进入下个世纪,人可望活到二百岁,甚至三百岁。这些都有赖于人的心灵和其他文化创造。奥运健儿擎起的火炬有赖于心灵的火把。不过,心灵之火的接力有其自身特点。奥运健儿苦练拼搏之后,能立马赢得观众的喝彩。他们年富力强,荣誉也接踵而来。心火的擎举者,常常贫病交加,不少人年老体弱。许多人的创造,是在我们今天规定的退休年龄之后。亚里士多德甚至说"世界上没有年轻的哲学家"。齐白石老人和健在的版面家彦涵都是年过花甲之后来个衰年变法,革故鼎新,画风遽变。萧伯纳获诺贝尔文学奖的剧本《圣女贞德》,写作于他六十八岁。意大利科学家伽利略六十八岁发表支持哥白尼的论著,第二年被罗马教廷宗教裁判所判处八年软禁,到了三百五十年后的1983年才由罗马教廷平反。

人一生下来,就有赖于先人的创造。一个人清醒的时候,既感到自己是人类文明的受惠者,又自知是这个社会的负债者。他需要把接力棒传下去。上述人物活到老工作到老,大都明白自己对世界始终是个负债者。英国作家巴里莫尔说到这样一种进入老年的人,"一个人在他仍然对生活充满希望而不是充满遗憾的时候,他就不是一位老人"。

放眼于当今世俗景象,是令人兴奋的。五彩斑斓的舞厅和街头公园的空地绿地，青年男女交谊舞中的旋转是迷人的，老年秧歌迪斯科也饶有兴味，六七十岁的妇女抹上红脸蛋，潇洒亦何妨？他们大都在消闲之后，各自去承担自己的那份责任和使命。然而，在各种不同年龄段中，经常冒出一种声音："都什么时候，还去讲那个原则？""都什么时候了，还去费那个劲儿？"于是，你总会在人类社会总体进程中，感到这是一种难以苟同的不和谐音符。因为，心灵之火的熄灭，对一个人来说，是最可怕的。

1997 年 5 月

勇于孤守

人们从计划经济的蜂巢中飞翔出来之后，可以考虑由被动分配转入主动选择了。然而，许多方面似乎松动了，但在这松动的方面似又没有合理的政策及时地被制定出来。

世界上各行各业都钻研出新门道，唯独劳酬关系的研究，进展甚微。我们常见的按学历定职务、定工资，是极其表面的。同一职称，拿相同报酬，贡献相殊。词曲作者拿的稿费可怜，歌星一上台就不得了。有一位著名作曲家在餐馆就餐，照价付款。她问老板，你听我的音乐为什么不付钱？你用音乐招揽顾客为什么不付钱？这一诘问很值得深思。梵高在世时，作品价格低廉还卖不出去，穷得自杀前住在低劣的小饭馆，还要靠弟弟寄钱接济。如今，国际艺术市场上拍卖售出价最高的十幅画，梵高占了三幅，他的《加歇医生肖像》名列第一，售价8250万美元。他的作品的钱，全让那些收藏家倒腾去了。

而且，越是庄严的事业，越是处境拮据。都知道文学创作是影视艺术的基础，基础理论研究是科技发展的基础，但是，在今天荧屏、舞台、赛场成了精神消费的主要媒体和场所的时代，单凭你的笔耕、你的实验室研究，想谋求发展，哪怕是著作的发表和出版，你试试看？

我不相信一个人与生俱来就清心寡欲。陶渊明的辞官，是在历尽坎坷之后，何况他归田还有房产，还有童仆。每年为评职称弄得关系紧张，争执者说职称事小，几个钱事小，它关系到对个人的劳动价值的评估,你不能说没有道理。

从业者感到惶惑,也容易浮躁。人们指望社会作合理的调节,但是,任何调节都不可能做到绝对的合理。于是,我们需要冷静下来,重新审度一下世界与自己。克尔凯郭尔认为:"在存在着的个人面前总是展现着两条道路"——"或者他可以竭力忘记自己是存在着的个人","或者他可以把自己全部精力集中在他是存在着的个人"。如果用人本主义的观念加以分辨,前一条道路是满足一己的物质欲望,因循苟且;后一条就是守住追求与创造,不忘记人的存在价值。我们容易为一些速富、分配不公、人欲横流的现象而暗自叹息,甚至怀疑世道人心。但是,我们又必须承认一个清楚的事实:对理想的追求是不会毁灭的,那些坚守理想、奋斗不息的人数只会越来越多。

创造性劳动在本质上是孤独的,追求者都是孤守者。梵高一生孤独痛苦,守住艺术,自称可以没有上帝,但不能没有创造。爱因斯坦被称为"一个孤单、沉默和寂寞的真理追求者"。

当然,职业不分贵贱高下,一概贬损经商富有是偏激的。现在有人想先经商、后治学,做到富有与成名兼得。如果有这种能耐,不妨一试。但即使有了钱,也面临着忘记人的存在价值与坚守人的存在价值的选择,面临着挥霍庸碌与创造作为的选择。诺贝尔慷慨捐助,拿财产设立国际最高荣誉的诺贝尔奖奖金,实业家陈嘉庚生活俭朴,资助文教事业和救国活动,他们无疑也是人生道路上摆脱俗见俗流的独行者。

1995 年 8 月

自我抗争

一个人头脑清醒并有志于做一点事情的时候，他是乐观进取的。他会觉得世界满好，准备在维持生计之外，再为世人为社会的总业绩中加入自己微小的一份。

逆境是人生的第一大阻碍。自己的家人忽患癌症，儿女妻子因家电爆炸致使毁容或终生残疾，这时候，他感到投入自己的全部精力和财力，还不足以免除灾难。有时，自己遇到七灾八难，失恋离婚，家庭不和，都说"各家都有一本难念的经"，自己总觉得自家那本经最难念。于是，当初的踌躇满志变成了心灰意冷，不仅事业目标无从提及，连自己的生存也开始怀疑起来。

这都是一些外力强加给一个人的负面牵制，如果再加上政治命运的坎坷，很多有识之士，他们的学识、才情和能力因此而受到糟践，或者无从施展。人们经常哀叹这种惨重的人间损失，是比地震更为严重的人类劫难。然而，人们十分清楚，这似乎是古今中外概莫能外的现象，难以幸免。

这些单个人，身临其境的命途多舛者，向外界抗争，向周围环境出击，讨个说法，求个公道，到外奔波，劳苦终生。这期间，或成或毁，历史提供万象，供人们谈论。

窃以为，至为关键的应该是从求诸外转向求诸内，从求诸人转向求诸己，向自我抗争。当一切注意转向旁人转向外界的时候，他仍然是为外力左右的被动者，是被施与被发落者。他可能因偶然因素，自暴自弃，自虐自狂，甚或消沉而走向自毁。一旦人们转向自我调节，自我审度，他就把主动权操持在自己手里。他需要避免意志的委顿，能力的不逮，避免波斯哲人说的那种"奋力去做许多事，却又一事无成"的"最凄绝的悲痛"。他需要苦练自己，沉着应战，就像一个舵手，劈波斩浪，驶抵彼岸。

历史上有"文王拘而演周易，仲尼厄而作春秋，屈原放逐，乃赋离骚，左丘失明，厥有国语，孙子膑脚，兵法修列"之类的人生壮举。西方音乐中，莫扎特的贫，贝多芬的病，都没有影响他们的创作。贝多芬耳聋后，曾立下遗嘱，准备自杀。后来，经过自我调适，迎来了最伟大的、最富思想性作品的创作期。爱因斯坦长期与妻子不和，分开卧室，家中不能坐在一起，中断了彼此的"所有个人联系"，这一切没有阻挠他的科学研究。

在这种自我调适、自我抗争的坚持创业中，还有一种境界，那就是向自身的欲望挑战，不受名缰利锁的羁绊，守住自己的人格和价值取向。这是一种更为崇高的境界。不少人在人生苦斗中，容易执着现实名利的回报，行销于世，见容于上上下下，既有功绩，又享尽荣华。只有那些不求闻达，甘于寂寞，唯事业追求人类福祉是问的献身者，才能跃入这种境界。梵高一生不屈从学院派的趣味和压力，创作了一千五百幅作品，尽管只售出一幅作品。曹雪芹辛勤写作，既无市场效应，连一个作协理事之类的头衔也没有，他的《红楼梦》只能以手抄本流传，连清样也看不到，最后在贫病交加中，含着辛酸泪去世。他们寄希望于身后的未来，是一种最无私、不计现世回报的境界。

1996 年 12 月

羞怯·忘却·透明

羞怯

羞怯大概是人们最初临世面世的一种心态。它露出真性真情，不佯装故作，让人清澈见底，人见人爱。玷污它，取消它，是后来的事。

婴儿在襁褓之中，只能是承受。当他稍有自我意识，对外界的最初反应，便是羞怯。他把头调过去，脸色变红，不管你是抱他抚爱他，还是善意地撩拨他。对于这个世界，他太无把握，谈不上参与，宁可退让。

一个女人，清晨对镜妆扮之后，进入室外的天地，固然有矜持，更多是羞怯。她对于新的一天开始的外面世界，近乎本能地表现出谨慎和敏感。她投入繁杂的迎面涌来的人流，怀有警惕心，再三掂量自己的应对能力，有时，自觉不自觉流露出"高处不胜寒"的赧色。

一个人求学，就业，甚或年高功成名就之后，也常常表现出这种羞怯。

羞怯不仅仅是一种自谦，而且是一种坦诚，一种善良。他把世界的责任，人心的期待，看得极为庄严和神圣。他担心一己之心之力，即使纯正无瑕，也因种种不足和局限，承担起来有所不适，有所伤损。

于是，我们看到，一个雄才大略的政治家，一旦涉足自己的生疏领域，常常露出天真的谦逊与好问。一个世界级网球明星，因失误的一击，在场上持球小步，自责作摇头状。他们不怕裸露自己的心迹，不怕公开自己的弱点，求实之心压倒个人的面情。人们此时对他们赤子之心的赞扬，绝不亚于他们雄姿英发之时。

一个有羞怯之心的人，从不包裹自己，故意作态。他有时孤独，即使暂避人世浪迹旷野，他也敞开心扉，同自然对语。他才情焕发，但对自己承担的职责，自我苛求甚于他人评估。孤独的卢梭和贝多芬，与树木对话，同小草为伍，心地坦荡。我们看见已享盛名的柴可夫斯基，总是认定自己的成就是"多么的微小"，自觉某部作品写得"平庸"，甚至怀疑自己"干枯衰竭"。

然而，羞怯与消极无缘，它绝不是一味的自弃。一个人在成长的过程中，他的羞怯越强，他的责任感就越浓，他的承受力和应对力也同时得到蕴积和磨炼。柴可夫斯基创作最后一部《第六交响曲》（《悲怆交响曲》）的时候，屡经波折，又每每为之流下热泪。他自认这是自己"最好的""最真挚的"作品，但第一次指挥演出，演奏乏力，听众冷淡。待到下一次成功的演出，那一天清晨他已去世。现今，世界各地的音乐会上，他只能从自己的肖像画的凝视下观赏这些演出。这部交响曲以表现整个俄罗斯的苦难与渴求的悲剧旋律，震撼世人的心灵。

在现实的较量中，羞怯者考虑的是进取，是不倦的创造，自封自炫自夸者则着眼于获得。于是，羞怯可能给豪取让开一条路。当羞怯者自谦自省自励的时候，平庸者无能者贪利者争相获取而自炫。他们不愿、甚至不能与世人真诚相处，坦诚相见，仗着的是讳莫如深的佯装高明深沉。自炫自封的本身就根源于虚弱和无力，为求实者所不容。或者说，那是一个虚华的、滑稽的形式，包裹着一个贫弱的内容。

不是说，人的本性是绝对完美的，也不是说，有绝对完美的人是不受不良风气沾染的，但是，可以说，我们应该随着时代的滚滚浪潮，不断识别和减少自身一些不良习气。从我个人议，总是对羞怯者怀有亲爱之情，他让人亲近，让你原谅。自炫是一种招摇，是一种强制。羞怯是一轮刚露出半边脸的旭日，自炫是残照，是流星。我宁愿赞赏和敬服一个未涉世者、潜心进取者的羞怯，不怎么看得起名家、赫赫功勋者的自炫。

忘却

人类为了摆脱忘却，作过种种努力。

人们叹息生命的有限与易逝，于是，求助于物质，求助于物质的自我对象化。亭台楼阁、庙堂碑塔的建造，既是建造者对被拥戴者的纪念，又可以使建造者自身不致被忘却。当时代的车轮从悠长的历史烟云中滚过，散布于我们这个星球的名胜古迹，就企图把这一切都记录下来。即使，在一个严格的历史学者看来，这一切都不完整、不齐全。

这种记录，是为了避免忘却，同时，又是一种提醒，是对人群的召集和召唤，如同旅行家所做的那样，让他们记住立下的界碑，以便于前行。

然而，物质本身也是有局限的。埃及国王即使配上香料用细麻布包裹自己的尸体，外层覆以近百米高的三角形金字塔也依然摆脱不了时间的剥蚀。至于佛僧的塔林，更不用说。自然的风雨和社会的变迁，使历史变得十分无情。希腊许多神庙仅存孤立的圆柱，罗马竞技场的高耸围墙已经残缺不全，年龄较短的圆明园被焚毁得只剩下一片废墟。即使原建筑被保存下来，也面临着年久的维修。布达拉宫、巴黎圣母院、英国威斯敏斯特宫需要维修，比萨斜塔需要扶正，古老的金字塔和斯芬克司更需要重新修整。

维修毕竟是维修，而不是原初面貌。至于改建，中国的岳阳楼、黄鹤楼、滕王阁等三大名楼，都经过重建，与原貌相去甚远。所以未来历史的千年万载，我不知道现存的古迹，毁损的维修的与重建的，将是何等模样。

大概，最能给后人保存原貌的，得依靠文字和图片。文字和图片是物质的映象，又同物质持有不同的生命。人们为了记住历史，文字与图片起着不可替代的作用。不过，众人皆知，这纸面的媒体，可以被焚被毁。秦始皇的焚书，南北朝的焚经，均是先例。前不久，参观房山石经山藏经洞，颇有感慨。僧人为了避免北魏与北周的"法难"，抵制皇帝下令焚毁经像和手写经卷，重新将纸的媒体物质化，用艾叶青石和汉白玉的镌刻代替可燃的纸本。从隋代起，"凿岩为石室，即磨四壁，而以写经。又取方石，别更磨写，藏诸室内"，前仆后继，房山留下了镌刻一千多年的一万五千余块石经板。

历史毕竟不可能留下绝对的完美。那些藏在房山云居寺地宫和白带山岩洞的石经，也有部分因自然风化而漫漶不清。元代一朝鲜和尚，见雷音洞石经残破，遂化缘补刻了石片，把已损部分镶嵌进去，如同稿纸上的修改剪贴。这种精神可喜可敬，然而，杯水车薪，无补于全局。

于是，我想到了心灵。人的心灵超越于物质，超越于媒体，不可毁，不可焚。心是靠记忆得以流传，文化的发展也依赖于这种心灵的载体。大概，人类的文化成果，有一部分保存在各种有形的符号里，有一部分也依然保存在代代相传的口头传说与心灵载体里。朋友，我们是相知相识的，或者，我们并不相知相识，这些都不要紧。在我们有意与无意的对视中，你我不应该躲躲闪闪。我们可以坐下来，坦诚相对。我们不必隔膜。如果忘记是历史路程的某种碑文，我们完全可以对语，携手而前行。

透明

把自己的心交给别人，换取别人也把他的心交给自己，然后，将这种人际交往扩散开去，直至全体社会，当然，这是最美好不过的。

大概，一些先圣哲人和一切真诚的、善良的人们，都憧憬过这种人际关系。然而，在冲突繁多、利害较量的历史时期，这种憧憬也往往只是憧憬，或者叫理想。在一种特殊的境遇中，人与人之间的某种干预和提防同他们的存在一起俱在，透明常常让位于隔膜。

不过，有些身体力行者，不顾这种理想境界是多么遥远，坚定地去实践。他们从自身做起，把自己交给世界。这些人信奉亲和与真率相处的人生哲学，无芥蒂隐秘于心间，将欲求与心愿坦露于世，不好的与好的，晦暗的与光明的，恶的与善的，如同清晨打开窗户，让阳光把室内照个透亮。众人皆知，整饰得如同豪华商店精心陈设的小屋绝不是凡人终日如此的小屋，美丽的固然不必遮掩，不怎么美丽的也尽可以兜一兜，说一说。打一个辉煌的比喻，人生如日月经天，江河行地，其中晦明风雨，迂回曲折，你知我知他知。

一切伟人，在激烈搏斗的年代里，将意志与生命所系的目标愿望昭示于天下，然后，用自己的行动和生命加以证实，做到心明如镜。另外，在一个并非激烈搏斗的、并非不生存即死亡的年代，人际关系呈现出一种繁复与多方，摩擦与纠葛隐匿在悠云闲水之中，透明似乎更难能可贵。盗贼是首先反对的，他离开诡秘一天也不能生存。阿谀奉承和投机钻营者，其良苦用心也决定了他们做不到坦诚。除此而外，好人与正直善良的人，都向往一种透明的人际关系，或多或少地程度不等地朝这个方向努力。

萨特就说："我尽可能地做到透明"，"我觉得自己在这方面走得最远"。是否他就真的"走得最远"，很难说。至少，他没有留下像卢梭的《忏悔录》那样一部著作。又有人说纪德的自传性作品《假使种子不死》比《忏悔录》在真率坦诚上或有过之。真实情况如何，有待评说。他们都看出了这一点，在人类社会由古代走向现代、由封建等级走向自由平等成分渐多的过程中，人际关系将不断地由封闭走向透明，人们会越来越相互了解、和谐相处。有的人说，人们终归要把身体交给人类与自然，连两性关系也终归如此；同样，作为人的自我意识和感情，它们都是来自身体的，也应交给人类和自然，不应该保存什么秘密。此说好不潇洒。

保持一种透明，或者说，敞开你的心扉，确实是一件美事。萨特这一点说得很对："一个人的存在必须完整地被邻人所感知，同样他的邻人也必须如此，这样才能建立真正的社会协调。"据一则报道，苏格兰有一个孤独的科伦赛岛，岛上有九十六个居民，六个小学生，两只山雕和一个名叫阿尔奇·麦康内尔的警察。档案记载，这个岛的最后一次犯罪活动是三百年前一起不忠于国王的事件，此后，人们遵纪守法。为什么这个岛如此和谐协调呢？麦康内尔说："这里的人相互都认识，没有什么事是秘密的。大家的举止都很得体。"这名警察最后一次得到的警报是两个足球迷在小酒馆吵架，他一去，他们已经四散溜走了。

当然，这不是一种抽象的人性与社会心理，它与社会管理联系密切。巴金把将心交给读者视作毕生的信念，这种信念使他的文风通晓畅达，不追求辞章华丽与艰涩，只为直抒胸臆。就这样一位真诚的作家，也存在着深沉的痛苦与忏悔。他反省在那不正常的动乱的年月，讲了自己不想讲的话，他检讨在他的朋友沈从文受到"不公平的对待"，连首次文代会代表也当不上的时候，自己没有站出来为他讲话，"我不敢，我总觉得自己头上有一把达摩克利斯的宝剑"。他怕这剑，他自觉是自己一度离开了读者，在

"制造废品"。老人的沉痛所启示的方方面面很多。

不过，自我选择毕竟是自我定位的。细数起来，一身清白者容易做到透明，但是，他们往往是孤独得与世无争。胜利者乐于透明，失败者怯于透明，失败后复成功者也能勇于透明。那些历尽坎坷、诚实面对自己的成败得失、做到不隐恶扬善的人，更显得可贵。特别是其中功成名就者，做到永远在历史面前检视自己的负疚与过失，像清除眼中一粒粒砂似的公开自己的心灵隐秘。人们会报以钦佩的目光。

1995 年 5 月

马路上那盏灯

冬天,北京城西的远郊区,有时晚上天黑刮大风,我屋外的马路上还亮着一盏小灯。

一对年轻夫妇正忙着出售各种鲜奶。过往的行人依然络绎不绝,围着那盏灯,一种双管交流充电灯,生意正红火。

当初,还是天气暖和的时候,我在马路拐弯处碰到这两个年轻人。小伙子鼓着一双大大的眼睛,对我说:"大爷,还是你们好,国家发给你们退休金,月月生活有保障。我们得自谋生路。"我看见旁边摆着两箱鲜奶。女方抢着说:"我原先是昆虫学会的秘书,全国到处出差。政府动员腾迁,我们搬到这里来,离工作单位太远,我转到近一点的一家商场。工作不计报酬,担任柜台顶班,结果整个倒闭,从经理到售货员走人,由另一家公司接管。我们养一个六岁孩子,一袋奶赚六分八厘,就这么凑合着过吧。"我望着他们笑了笑。后来,他们对这种状况似乎也认了。

箱上贴着一张纸,标明"东直门鲜奶"。这是北京市最好的奶,原厂原汁,奶厂由联合国资助,设备先进。我喝过一次,奶质纯净、白嫩、细腻,比我原来喝的石景山奶要好,那种奶明显感到兑了奶粉和水。

事情慢慢有了变化。有一天他们贴出通知,为订户订奶,每袋七毛五,比零售八毛少五分,比我院子订的七毛七便宜两分。质优价廉,我决定改在他们这里订奶。他们一天营业十一个小时,取奶时间长,可多取少取。而且说明愿为老人病人送奶上门,只要告诉楼号房号。

很快，周围院子的订奶生意被他们抢过来了。原来负责订奶的人奇怪年轻人为什么能远从东直门进到优质奶，打电话给工商所，要他们查问年轻人有没有执照。

他们卖的品种越来越多，有鲜奶、酸奶、活性奶乳，酸奶有瓶装稠奶和袋装稀奶，配果料的有可可奶、草莓奶、菠萝奶、哈密瓜奶，还有袋豆汁。他说，我得根据顾客需要，不能哪种利多就推销哪种。他说，马上要进一种无糖酸奶，适于糖尿病人饮用。还有一种带杆菌的奶，拉稀的人可以止泻，便秘的可以使排泄通畅。

过些时，他们又贴出通知：便民服务，自行车免费打气。如果是老人和带孩子的妇女，可以帮助打气。

遇到上下班高峰时间，生意也真好，需要两口子同时出动，一个装奶，一个收钱。有汽车开到旁边，小伙子发话："师傅，要什么奶说话，摇摇玻璃就行，不用下车。"

最近，老伴对我说，他们不再抱怨了，取奶时满脸笑容。他们卖奶的箱子堆得越来越高，把人头都埋进去了。晚上回家把盒子里的钱一数，他们心里有底。

笔者性喜为人瞎出主意，我说，你们到一定的时候见好就收，你夫人可以学电脑，你可以另处开业。他又鼓着眼睛，寻思了半天，他说那是将来的事，现在周围的群众需要我们这一行，我要设法让大家喝到优质便宜奶，宁可挤厂家，也不要挤顾客。是的，他们当初的那股抱怨劲儿消失了，我似乎从他们的精神状态中体察到他们经历了一次飞跃。从过去计划经济派定给他们的那种被动型角色，那种围着那口可怜的大锅饭、满足于终身保险、到时上下班的角色，跃变为主动自主谋生的角色，靠自己的德行和本事争取多一些收益的角色。他们开始把从业和奋斗的命运牢牢攥在自己手里了。

往后呢,我问。他说准备在住处开个门面,把一套冷藏设备配齐。天热外面不行,一两个钟头奶就会馊,但是这马路地点好,可以摆早卖和晚卖。灯呢,准备换个更亮更好的。

1998 年 2 月

精神产品的上帝是谁

"顾客就是上帝",对于物质产品,对于一般商品的产与销,这已成了共识。对于精神产品,对于文化艺术产品,是否能把观众、听众、读者当成"上帝"呢?

物质产品具有直接现实性,属于经济领域,如果产品不过关,服务态度不好,顾客不上门,上了门不买,厂家和商家就面临亏本和倒闭的危险。精神产品和文学艺术品似乎难说,至少它们不具有直接现实性,它们对观众、听众、读者的关系也比一般商品对顾客和消费者的关系远为复杂。有时,顾客看到次品和假冒伪劣可以不买,观众、听众则是看到演出、读者买了书籍之后,他们才能鉴别,表示好恶,这时已经过第一次消费了。

然而,用"顾客就是上帝"的观念来看待精神产品,也是完全适用的。这一比喻,实际上就是"为人民服务"的说法的另一种运用和表述。好的精神产品要为群众喜欢,它不能媚俗,它要求提高人民,这也是从更高角度上满足人民的利益和要求。

改革开放后,文学艺术经历拨乱反正,许多问题正本清源了。作品和艺术品的生产和接受出现了建国后从未有过的繁荣景象。但是,事物的发展不能一蹴而就,各个方面也不平衡。前些时,在《每日电讯报》上读到新华社记者刘茜、刘燕采写的第六届中国电影金鸡百花节的一篇报道,标题是《中国电影为谁拍?》使我大吃一惊。它提到"近年来,电影观众递减,票房下降"这一严峻现实。记者引用了著名影片《蒋筑英》《留村察看》和《离开雷锋的日子》的编剧王兴东的如下问话:"中国电影是拍给电影局的,还是拍给电影院的?是拍给评委的,还是拍给观众的?拍电影是向国家要钱,还是向市场找钱?"记者还介绍了电影节期间专家们关于"解决电影为谁拍问题"的呼吁,令人警醒。切到本题,就是要求拍摄者明确为观众拍电影、观众是电影的"上帝"这一明白无误的主题。

联系到王兴东的三个发问,我想到最近进口的影片《泰坦尼克号》。此片的炒作和火爆在此不赘。影片投资二点七亿美元,福克斯公司不得不拉派拉蒙公司分担费用,政府没有投入一分钱。播出后,在世界各地卖座惊人,票房已逾十二亿美元,捧走十一项奥斯卡大奖。它以震惊世界的历史船难为背景,并将这种现实人性与历史船难巧妙地结合起来。这次船难不同于迅雷不及掩耳的空难和地震,"泰"号从触撞冰山到沉没水面历时 2 小时 40 分,人们有足够的时间对如何处置自己的生命做出选择。影片有抗拒社会等级的爱情,有对虚伪上流社会的揭露,有舍己救人的英雄,也有自私偷生的懦夫杀人犯,八名乐队成员临危不惧,在甲板上用演奏来抚慰旅客的心灵,更是激动人心。一位心理学家说:"人类最易在观赏灾难事件中表达出真诚的感受。"影片满足了人类这一心理需求。

在艺术上以满足群众的精神需求为己任,把观众和读者们看成"上帝",道理不深,执行起来不容易,真正办到就更难,必须勤奋创作,拿出货真价实的精品来。不唯上唯书,不左顾右盼,不追名逐利,不以获得通过为满足,投入毕生的心血和生命,包括勇气,你才能赢得观众和读者。

"上帝"的选择,电影和精神产品争夺观众,是十分残酷的,对此,我们只能奋勇进取。

1998 年 8 月

十个臭皮匠顶不了半个诸葛亮

总觉得，前不久中央电视台"实话实说"节目中播出的《翁冀中的烦恼》带有一种时代的征候，或者叫作社会转型期转轨期的心理反应，我把它称为个性或个体的自我醒悟。

这位现年五十二岁、头发花白的知识分子，当过兵，上过大学，进过研究所，下过海，他把自己的经历总结为两个字：失败。他入伍时，没有想过要当将军，只想当一辈子兵，后来面临复员，未能如愿。他化工学院毕业，被分配到航空学校，又转到制药研究所。领导后来又调他到"我实在不会做"的纪律检查委员会，他感到又一次失败。最后下海求职无门，觉得比前两次的失败还失败。他认为自己过去"我无所求，只想做事，可就是做不成"，"实话实说，真不知干什么"。他表情平实，表现了人生追求的无奈。

在过去特殊的战争和革命时期，一定条件下提倡"指到哪儿打到哪儿""甘当齿轮螺丝钉"，是人人都能理解的事业需要。然而，进入建设时期，我们这种思维方式没有及时得到调整。过去的大学生毕业分配，是计划体制下的指令包干，常常出现学非所用，用非所长，而且个人很难提出异议。再加上旧的教育体制的种种弊端，在人才培养上出现事倍功半，或者难以成才，成不了大才、通才、天才、大师和独领风骚的大科学家。中科院院士柯俊用"守成"二字概括过去中国教育的弊病，对学生是"赶鸭子""填鸭子"，最后学生变成"板鸭子"，"很难有创造性"。他介绍说："冶金部长过去跟我讲，他说我跟外国人谈判，人家来一个工程师，我得带五六个，还得外加翻译。学钢铁的人不懂有色，学有色的人不懂钢铁。"北京大学原校长吴树青说，建国以后，我们缺乏大师级的人才。

智慧被强行镶嵌在一个个格子里，智慧得不到尊重，随意指令调遣，是与计划经济伴生的现象。它对于个人，造成一种智慧的痛苦，给社会带来无形的智力资本亏损。如果说，创造性是人的最具有积极性的活力，它一旦被激发出来，不仅使个人个体得到解放，也使人生焕发出耀眼的光华。爱因斯坦说："对我个人而言，在人类生活的壮观行列中，真正有价值的东西，并不是政体，而是有创造力、有感受性的个体与人格"，正是"这种特立独行的人却能创造出崇高与卓越的东西"。他这样形容一味守成、缺少创造力的人，"任何人对于不知的事物，不感到徘徊，不感到惊异，那么他的心虽生犹死，他的眼睛虽明如瞎"。窃以为，"实话实说"节目中翁冀中正是在当今市场经济、人才开发的良好环境下感悟自己的身世，他的"烦恼"导源于此。

改革开放和"科教兴国"方针的提出，大学生由被动分配改为主动择业，带来了人才培养的许多新气象。也应该看到，我们已成的思维定式和集体无意识的改造和革新非一朝一夕之功，特别是处于知识经济的世界大潮之中。新加坡一位学者认为，在东西文明比较中，东方受农业经济的经验式思维、封闭思维的主导性影响，靠经验、靠偶然、靠权威行事，只有科学式思维才是开放性思维。我们过去常说三个臭皮匠顶一个诸葛亮，那是农业经济的思维定式，到信息时代，应该改为十个臭皮匠顶不了半个诸葛亮。西方有的跨国公司总经理说，过去认为选中一个人才能顶十个、十五个普通员工，现在变了，一个尖端人才顶五十个、一百个，他们都亲自上第一线挑选人才。据统计，目前亚洲国家对"信息系统"的年投入只有美国和西欧的三分之一，在第三次浪潮中如何迎头赶上，仅在如何开发人才资源上就艰难着哩。

1998 年 8 月

未能书传

"到景山观景去"。我院子里邻居们都如是说。

地处北京市中心的景山公园，东南西北四门向外敞开，门票才收三毛，精彩的群众文化活动似乎容易在这里展示。我是慕名奔景山北侧那台歌会而去的。听说有五六百人的大合唱，每星期天从早九点多直唱到下午三四点，不分寒暑，坚持了六年。

"景山星期合唱团"由一位七十多岁的老人发起和倡导。今天，他由妻子搀扶着，迈上石级，登上唱歌的门厅。他一站在凳子上，精神就焕发了。他戴黑眼镜、黑帽子，身穿黑外衣，佩白围脖，手带白手套。他先讲唱歌发声不同于自然呼吸，要用胸腹，做到腹腔、胸腔、口腔和脑腔共鸣。他的音乐知识，使你联想到声乐教授；他讲解的得法，可直比特级教师。他说"我今年已经七十四，诸位更是没问题"，引起全场哄笑。由他开头，接下是换人指挥。有时主持人插话，我们合唱团不点名、不签到、不收费，来者欢迎，去者不留，参加唱歌的都是合唱团成员。众人都传诵着这位老人，我不知道在多大程度上，是由这位老人的风度、魅力和献身精神支撑了这数年如一日的歌会。

这景山合唱团的参加者，男女老少，有的领着自己的孙子，有的抱着背着自己的孩子，我不知道如何估量它的社会效益。当然，景山只是一个举例。实际上，这类未能演出、未能出版、未被记载的文化现象，何止千万。它对社会的贡献，构成人类文化财富的一个分支。沈从文曾说，地面上只有一部二十五史，地底下有十部、百部二十五史。被湮没者、被发掘者或尚未发现者，不乏文化精品，它们被同时所轻忽，为未来岁月所重估重识。

　　艺术的本质在于自然、率真，在于审美心灵的授者与受者之间的会心的交流。或者说，艺术的本质主要不在于包装，不在于华丽的服饰、灯光和舞台，不在于统一布置的鼓掌喝彩。我环顾这公园里的各类表演家，那情不自禁、自告奋勇的独唱者，那要求舞者领会神韵的教练者，再看看那位站在凳上已经一个多钟头的老人，你们那布满皱纹的面庞，包藏着哪些深邃的人生积累和底蕴呢？你们历尽沧桑，奔公园而来，乘当今群众文化情绪大放松之际，你们怀抱着怎样的秘密要来此献艺呢？你们编排出诸如"遇事不钻牛角尖，人也舒坦心也舒坦；领取些许退休钱，多也不嫌少也不嫌；清淡如水心不贪，有也相安没也相安"（老乐歌）之类的幽默，看似难登大雅之堂，不也看出心灵深处的那种自律和正直吗？

　　笔者是一名艺术欣赏的吹毛求疵挑剔者，特别对于电视节目，有时面对一场场晚会的策划、主持、安排和唱念做打演出，经常中途退场关机，宁可遛弯儿去。总觉得那过于花哨的"形式"，包装着一个贫弱的、做作的"内容"。也许，这些公园的未能书传者，许许多多默默无闻的文学艺术耕耘者、创作者，反倒能为正在书传者输送血液、传播灵魂哩。

1998 年 3 月

香山盲艺人

朝香山公园东门走去，就感受到大自然赐给旅人的一股清新和凉意。忽然，远处传来《梁山伯与祝英台》的二胡琴音。初听像是播放录音磁带，近看，原来是一位盲人在拉二胡。他前面还摆着一架电子琴，琴声借扬声器播放出来。

以他演奏的旋律的细腻、力度的舒卷自如，至少我挑不出什么毛病。我端详这位壮实的中年汉子，他是以满腔的激情驱动这手指的运转，然后化作一缕琴音，把久积的忧伤传递出来。旁边一位可能是熟悉情况的街坊细声说："他过去结过婚，后来离了。"

琴音伴着我进入了东门。这琴音又久久不散，主宰了我这一天的爬山旅行。我一直对盲人怀有敬意，我又古怪地联想，依我性情的急躁和忧郁，如果我双目失明，我不知如何存活下来。我童年时，隔壁住着一位瞎子大伯，他完全凭借手指的触觉，成为一名熟练的篾匠。一截竹筒，一头用篾片绾住，一头用篾刀将竹子不断地破开，成为一把很好的刷子。村里有个算命瞎子，他能借竹竿过独木桥，边拉二胡边穿行在小镇街上，那忧伤的民间小调牵动着全镇人的心，这时，只听到各家用扇子扑打着苍蝇蚊子。这位香山艺人明明是一个活着的阿炳，一个90年代能操纵电声乐器的阿炳。盲人的多难身世，在各地不知抑制了多少音乐才华。他们不知道世界的色彩和形状，却能对世界做出有形有声有色的贡献。

我复出东门，琴音又把我召唤到他的身旁。这时，时过正午，他不知道他前面除我而外已空无一人,只有微风,只有树叶的摆动。他依然睁开那对红里泛白空洞无物的盲眼,依然满脸微笑,注满激情,时而左手按动电子琴的和弦,时而右手秉弓运弦,唱着他自己创作的《香山情》:香山美呀名扬北京城/远方的客人欢迎您/问一声朋友呵您可好/祝您旅途愉快玩儿得开心……

1999年8月

进一步　天地美

　　一个现代社会，对一般公民的作息、任期与离职做出统一年限规定，保持社会秩序的正常运转，是十分自然的。像前些时报道的如金大中七十三岁任韩国总统，宫泽七十八岁任日本大藏相，是属于社会现象中的个别。从社会尺度来讲，你离休了，退休了，你可以名正言顺地休息了。

　　中国进入了十分之一的老龄人口的老年社会，北京公园广场街头空地成了老年人休闲娱乐场所，早晚不时见闻的秧歌锣鼓和穿红戴绿的舞动，成了京城一大景观。香山公园的清晨头班车挤满了老人，因爬山而结识的"山友""歌友""拳友""剑友"以及癌症患者加入的"癌友"，成了一种新的人际集合群体。而且，现今的老人大都从战争年代过来，在我国又经历了政治运动频仍、下班后晚上照常开会的漫长岁月，眼下随着经济条件日益好转，人们就说："辛苦一辈子了，折腾一辈子了，该好好休息了。"对比前辈人和过去，当今老年人休闲生活时常泛出一种放松感、既得感、卸累感，也是完全可以理解的。在盘山道上，你会看到，老人或一对对单个人或三五相约，敞开衣襟，来往穿梭，从谈天说地到哼唱吆喝，迎来了百年未遇的老年幸福图景。

　　另外，也要注意到，不少老人面对眼前的大轻松大放松，又产生一种往事如烟、若有所失之感，觉得过去宝贵年华的荒废与折腾，太可惜。有所失，便有所憾，有所期。我的一位朋友在大学教书，到了六十岁退休，他说，怎么呐，刚刚明白一点事，自己也能够做点事，忽然要退休了。这位朋友当年身体极好，手榴弹掷远拿过全校第一，前些时听说在一次心肌梗死中不幸去世。老年又是一个对生命力充满召唤力的年龄段，常常是青壮年对时针移动浑然不觉，不知老之将至，到老年才加倍珍惜。于是，有的老人不觉得自己老，不服老，活力永驻，志在千里。华西村党支部书记吴仁宝现年七十岁，表示要干到八十岁。在他的带领下，全村发生了翻天覆地的变化，家家住上了部长级小楼。未来十年干什么？他说："把过去的错误改过来！"说得真好。有的老人还抗拒体力的衰退，中央电视台"东方时空"前不久就报道过"古稀徒步全国行"：余金生现年六十九岁，身着印有"徒步行走全中国"的外衣，已经走了东边九个省。他原计划八年时间行程十到十二万公里走完全国各个省会，现在决定提前一到两年完成。他要创造老人徒步走中国的纪录。

　　使收视者感兴趣并为之思索的是这位徒步老人同记者的一番对答。记者根据当今社会心理针对性地问到，您此举引起的各种反应中会不会有人认为没有必要、不如待在家里休闲养老、炎天暑热中步行是受罪是"傻帽"。他说他对此完全料到，并表示漠然一笑。他说这是我的自愿选择，没有任何人任何组织强迫我这样做。记者问到会不会有人又怀疑您走着走着又坐了车，他微感刺痛，又掠过一笑。他再次表示这是我的自愿，如果坐车搞假，暴露出来，岂不"前功尽弃"？老人面孔黧黑，目光有神，显示一种庄严和坚毅。至此，我推想收视者都会稍作停顿，是不是我们众人过于看惯和沿袭养老的常规，对当今如此特立独行者好奇、难解，继而产生苛问、挑剔？对比之下，美国那位坚持健美和举重的七十八岁的纽林老太太的心理压力要小一些。她最初对被告知参加健美比赛要穿三点式比基尼，表示"没门儿"。她是在训练人的盛情之下参加比赛的，结果此后夺得二十五项比赛冠军。她强调老年人要改变观念，自己的信念是："只要人活着，就会变老，而我认为，只要我活着，我就能干点什么。"

讲"老有所为"，当然应该因人而异，不能绳之一律。同时，作为一个现代社会，脱去旧的观念和陈规，对于有突出作为和贡献者，应该呐喊、鼓掌、助威，又是生活中应有之义。中国俗语有一句话：退一步，天地宽。那是讲忍让，讲迂回。在诸如职务职称房子乃至爱情追求等利益攸关事情上，不要顶得太死。另外，对于那些不服老、有条件、有能力、有抱负者，又真是：进一步，天地美。他们给我们人类生活带来信息，带来振奋，至死之前，维护人的尊严，显示人的自信、意志和创造，写下历史新的篇章。

1999 年 2 月

情　歌

有时候，我喜欢抬头看蓝天白云，天湛蓝湛蓝，云白成一团，如雪皑皑。我不知大自然怎样蔚成此种景观，我伫望良久，它凝然不动。大城市已经很难看见这种景色了，只有在晴和之日，炊烟和一切燃烧都稍稍停歇之后。我被鸽笼式的建筑封闭得太久了，繁杂的事物又使我很少或无暇去顾及。难忘在新疆天池，天是那种沁人心脾的湛蓝，白云一朵朵，一丛丛，在它们下面静卧着起伏的博格达群山，山峰覆盖着白雪冰川。这一切，又都倒影在如镜的天池里。我轻轻对自己说：我不忍离去。

然而，在去新疆的路途上，进入关卡似的天山山脉之前，感慨太多。列车沿着河西走廊，蠕蠕而行，满眼都是大漠戈壁，寂无人烟。不见绿色，唯有癞痢头似的骆驼草在呻吟。一切都是明证，人类在这里留下一片败绩，恕我用一个词：逃匿。残留的是断墙颓垣，楼兰古城已经消失，即使是莫高窟，也压迫在沙丘之下，据说莫高窟下还埋着一个莫高窟。敦煌似乎在那里孤独地抗争。当历史上人们津津乐道人与人之间的战绩，却在人对自然的溃败面前很少提及。

如果说历史的刺激终归会带来反弹，人类也终归不会忘记。大概同地震一样，人们虽一时无力抗拒，也终归会寻求对策。闲暇、闲静之时，我反省自己也许有点过于急躁，如同炎热夏天黄昏时的烦闷。当久旱不雨，一夕复一晨，我往往仰天发问。忽然，狂风大作，雨点击地，空气充满灰尘，人们关闭窗门。到了夜半梦醒之时，淅沥沥，淅沥沥，从屋檐、从管道、从树枝滴下水珠，充盈着诗韵。这时，我方感悟到黄昏时的烦闷过于急躁。或者，暗自一笑，那炎夏的闷热不过是自然一个小小戏谑。当然，地震是自然的狂暴与反常，造成遍野哀号。或许，从整体上看，也不必过于急躁与悲痛。如果说世道本是毁灭与创造共生，人类终归不会永久被动地承受下去。用科学眼光看，地壳无处不发生过地震，无时不在发生地震。地震是地球的呼吸和律动。强烈的地震往往裂变出奇美绝伦的自然景观，把地心无从采掘的珍贵矿藏挤出地面，人类借此演出新的戏剧。我们还是赞成法国哲学家霍尔巴赫的看法，自然并无善意和恶意，"在自然和它的产品中，我们看不出有什么卑劣的东西"，"人只因为对自然缺乏认识才成为不幸者"。一切都表明，还是罗素说的："我发现人是值得活的。"

怎么了呢？怎么在自以为对某些事物有了某种些微的领悟之后，我就已经衰老了么？我解开衣襟，露出胸脯皮肤上一些白斑时，寻问得了什么病，天真的女医生对我一笑，你这是老年斑，不碍事。我忽然感到过往时光的荒疏。这种荒疏感，如同我过去不曾发现蓝天白云的美丽一样。

一个人如果不是遇到太多的灾难和打击，他是感谢这个世界的。即使饱览了人间的苦难，有志之士也会为别人而献出自己。我以为，对中国人来讲，改革开放启迪了人们的心智，启迪了人们的审美，人们开始知根知底，明白真实状况。记得年轻上学的时候，一位理发师边剪头边说："三十岁前人压病，三十岁后病压人。"意思是三十岁以后，人就开始走下坡路了。抗战那阵子，觉得人到二十已十足成人，年届花甲，已是长寿，近乎老朽。当今，随着人均寿命普遍提高，生理年龄已大大推后。女士年过五十，只要不老态，还有叫"小×"什么的。然而，各人又有心理年龄与生理年龄的差异，有心灵与肉体的差异。有人未老先衰，或仅存肉体，心灵早已死去。或者相反。我同龄的一些朋友和熟人们，已越来越多地传来讣告，举行遗体告别了。他们大多是肉体衰亡过早来临，心灵却方兴未艾。有的在癌症病房，精神清醒乃至充溢，明知死亡即将降临。人类不同于动物，不仅在于自觉自己的死亡，而且在于清醒这种死亡，勇对这种死亡，把死亡置于人类的生命之链，自信而不失乐观地加以处置。身患绝症的密特朗去世前几天说："现在我有自己的人生哲学。"他问医生如果除止痛药外停服其他药物会怎样，医生回答只能活三天。于是，他当天停止接受治疗，第三天便死去。眼下，我敏感到自身心理年龄和生理年龄的差异。恕我直言，我也加入了某些人的行列，甚至觉得身入老年，而自己的青春时令才来临不久。我无疑对当今的青少年满怀钦羡之情，然而，夕阳确是好，何必怨黄昏。可做、待做、将做的事情很多很多，历史会在曲折中前进。在世人对世界的恋情中，我也会加入自己的情歌。

1996 年 8 月

说"老年"

时下，老年人中盛传着"五有"：老有所养，老有所医，老有所乐，老有所学，老有所为。讲得很好、很全面。如果我们读读两千多年前古罗马大演说家、大散文家西塞罗写作的《论老年》，不得不惊奇地发现，时至今日，他不仅在论述上毫无疏漏之处，而且雄辩幽默，极富乐观进取精神。

老人的心态很复杂，总的是容易"烦恼"，不愉快，一般人也觉得人到老年就"不幸"。西塞罗高屋建瓴，一句话就揭老底："凡是靠自身不能过美好、幸福生活的人，无论什么年纪都会使他们感到烦恼。"关键不在你是老年，而是怎么对待老年。这位自身当时已经是老年的作家，琢磨来琢磨去，认为有四条理由使老人感到烦恼或不幸：老年要"退出事业"，它使人"身体朽弱"，使人"失去感官娱乐"，老年"离死期不远"。应该说，两千多年来，他把老年人的全部心病（包括社会误区）概括无遗。

人到老年，要退出原来岗位。如果说退出事业，他问，退出什么事业呢？退出年轻力壮的人的事业，就没有适合老年人的事业吗？严格说来，我们现代人用的"退休"一词是不科学的，退下来了，许多老人完全没有休息，依然从事各种各样的、甚至极为辉煌的事业。至于身体衰弱，记忆力衰退，"不会再奔跑纵跳，投标枪，掷短剑"，但是可以"运用自己的思想、智慧和判断力"。人的一生，如草木果实，如日月四季，各有所属，春天有春天的芬芳，冬天有冬天的深沉。西塞罗提到演说那一行，就说老年的声音"格外浑厚",以"沉静、温和""镇静而平和的语调"吸引听众。

"失去感官娱乐"之说,似乎不难辩驳。离开美德,贪欢纵欲,吃喝嫖赌,是一切年龄段都应避免的。作者由于古罗马以农为本,提倡农田之乐,其实,对于老年,健康的乐事多着哩。第四条理由——怕痛怕死,也许是更核心的。有病痛,要治疗;人要死,这是自然规律。西塞罗的见解豁达而又深远,他说不必"介怀"死亡,要"蔑视死亡",要有"宁静的心境",只有"贪求一切的人才贪生"。他认为,"凡合乎自然的,都应视为美好的",死亡就像"睡眠"一样。"我觉得成熟而死是快乐的,因为我越接近死亡,越觉得好像一个人在远航之后望见了陆地,终于可以进港泊岸了"。说得真好。

历代学人都谈到,人对死亡的自觉意识是人类高出世界万物之处。但是,这一自觉意识可以消极转化为终日烦恼,惶惶难以度日度年,也可以积极促成乐观进取,走完生命的光辉旅程。在我们上面提的"五有"中,应该以有所学、有所为带动有所养、有所乐。西塞罗论述老年,强调至死要维护人的尊严,不要动物化、低俗化。他讲到"最适合于老年的养身之道莫过于研究学问和培养美德",赞扬柏拉图八十一岁在写作时死去,伊索拉格底九十四岁写了一篇演说辞。当然,西塞罗在哲学上倾向于柏拉图和斯多葛派的唯心论,相信灵魂不死,这是他的局限。但是,他因为相信灵魂永生而强调勤奋工作、建立功勋、享誉后世的思想又可以被我们改造过来,这也就是我们常说的生命易逝,让精神、创造和贡献长存人间。

西塞罗的时代已经远去。他在地域纷争中维护古罗马的国家利益,在当时至多只具有地中海眼光。今天,全球化、一体化已成为新世纪的潮流,老年人和非老年人面临的是世界竞争的新图景。在人均寿命增长、老人比例扩大的现实环境里,我总觉得西塞罗提出的"抵御老年"的口号更响亮,更令人警醒。它包括调理身心饮食起居,也包括克服"老年性的昏庸"。他说,怠惰、昏愦等等,不是老人的共性,又是确保老年光辉而必须加以克服的。

1999 年 2 月

还是有点不满足好

我的桌面上摆着两份"教导"——一份东方哲学,一份西方哲学。当我闲静下来、省视自身的时候,它们就会在我心中轰然鸣响。逝去时光之可惜,未来安排之难以把定,思虑中,我常常感到惶然不安,乃至心烦意乱。我祈望心灵间的交谈与对话,包括从先贤哲人那里吸取人生的体验和教益。有时,觉得自己思维空间过于狭小,再看看世界的智慧海洋,无论是它的豁达、深厚、崇高、悲壮和伟大,都使我自惭形秽,挤压着、对照着一个"小我"。

有一种声音向我呼唤。它讲求一种超脱,弃却世俗的欲求。我在苦闷中,似乎感到它那高邈的淡泊与宁静,在对我发出嘲笑。我大概太执着尘世的俗念,活得太累。"知足者常乐",一再被人们引用,我是将信将疑,弄得糊里糊涂。如果说周围某些人养生有术,有滋有味地安排自己的朝会夕课,并不令我称羡的话,那么,某些成就不小、名气颇大的人,也加入这种合唱,我就动摇起来了。不少人热心地征引禅宗,提倡悟透人生,突出自我满足,反对跟别人比较,认为那样做就是白寻烦恼,活得不轻松。你看,人家成就那么大,尚且淡泊名利,知"足"且"乐",你瞎忙什么?

在这种苦闷的寻觅中,我也听到另一种声音,那就是人生的永不满足,永恒追求。这种人生哲学,以人文精神为先导,相信知识与科学的力量,把不满足大痛苦大求索当作己任,甘愿以自身的成毁换取人生的光华，换取社会的发展与进步。抱着这种人生态度，永远抛弃自我面壁，以搏击于大自然大世界为生命旨趣，为之而痛苦而幸福。

绝对地、笼统地指称前者就是东方精神、东方哲学，后者就是西方精神、西方哲学，未必是妥当的。中国文学史上的屈原、司马迁、曹雪芹、鲁迅，就是大痛苦者、大求索者。而现在西方某些后现代思潮的才智之士，翻开他们某些精神上的自我唠叨，我怀疑他们也受了佛学和禅宗的消极影响。但是，我们也不得不承认，世界历史也是各民族的智慧与力量的较量史。中华帝国数千年，即使发展到后期的"乾嘉盛世"，也长期保留着固守疆土、夜郎自大、怯于同外界比较、交流和竞争的品性。我们传统的人生哲学，作为黄土文化的产物，固然积累了一些丰富的生活智慧，但就其对大自然大宇宙的根本态度而言，它是固守的，自足的，封闭落后的。黑格尔在《历史哲学》里对比西方那种开发海洋、开拓世界的"胆力"和"理智"，这样谈到中国，他说，"在他们看来，海只是陆地的中断，陆地的无限；他们和海不发生积极的关系"。中国封建君主把漫长的海岸线当作边界，以长城作为不中断的要塞与城堡，依靠山脉的屏障，关起门来自我经营。正是在这一点上，梁漱溟比较东西文化时，说到西方文化是不满足的、奋斗的、改造的态度，传统中国文化是自我满足的、绕开困难的、调和持中的。中国古代的方孔钱，隐含着天网地方的观念，这是黄土文化的观念，是不包括海洋的。孔子说的"挟泰山以超北海"，成了畏惧海洋的口头禅，成了对征服海洋、超越海洋者的反讽。凡此种种，都应引起我们严峻的、积极的反思。

进入新时期的改革开放，从根本上校正了中国历史的航向。行不行，比比看。当今，文化思想杂陈，各种思想形态和人生哲学，可以任人选择。越是这样，越要以一种健康的开放的文化心态来画对世界。如果说，旧的思想形态总是存在一种历史的惰力，我们就要防止用那种黄土文化的闭关自足心理,来参与世界的大角逐。各式气功和绝活,当然有益处,但毕竟代替不了到奥运会上拿金牌。我们津津乐道"菩提非树,明镜非台""空手握锄头,步行骑水牛"的禅机禅悟时,固然可以欣赏它的某种辩证的机巧,同时,也要看到那种有若无、无若有,得即失、失即得的处世哲学,从根本上消解了人生的进取精神和奋斗精神。在跨世纪之交,我们不能再经受历史的滞后与拖累。

人有上智、中智、下智,终身有大成就、中成就、小成就,但不自我满足,是人人可取的。只有人人都保持应有的那份进取精神,才能维持整个民族的活力。我们经历了历史的曲折,不少人的心力都弄得疲惫了,但只能因之而重新振作精神。尼采把生命比作一条毯子,苦难之线和幸福之线紧密交织。他说:"没有痛苦,人只能有卑微的幸福。"老是自我满足,讲求活得轻松,自以为能够抛弃尘世欲念,在自我面壁中把玩所谓淡泊宁静,但是,跟那些大痛苦者、大奋斗者比较起来,我倒是觉得他们那种"慧根",实际上是过于自珍自爱,卸却了人生应有的承担和责任。

大抵只能如此,欢乐与苦难相伴,人们只能在苦斗中实现自己的人生价值。当人们把巨大的光环加于逝去的伟人时,实际上那些被授予者的付出与获得永隔一段距离。大贡献者永不满足,永恒求索,有的历尽常人少有的痛苦与不幸,临终时仍然抱憾而去。每每想到这里,我只能叹息一声,人生只能如此。在我抬头展目的时候,总感到前面一大堆一大堆烦恼,人微力薄,也只能苦苦前行。我暗自说,在余下的岁月里,再赶它一程。

1994 年 9 月

文艺改革随想

　　自从王安忆对回城知青的"列车终点"提出怀疑，孔捷生认准那个写小说的易杰要回到"南方的岸"，我们的文学原野上就流荡着一股风，一股浓重的怀乡之风。在这股风的浸淫之下，读者确实读到了一批精彩的作品。梁晓声描写了"神奇的土地"，史铁生喊出了"我的遥远的清平湾"，张承志不时向"老桥"和草原的"绿夜"走去。还有许许多多身在城市、心在农村的作家，回忆了往日劳作过、生息过的土地，唱出了深情的歌。

　　我们的当代文学出现了一种生活同创作发生某种不协调的现象。这不是偶然的。一大批知青出身的青年作家，一批错划"右派"、平反回迁的中老年作家，大都回城了。他们经受了苦难的历程，这苦难又意外地成就了他们的文学，上面列举的怀乡之作，是他们迟迟收获的果实。

　　当然，不是说城市生活就不能产生文学。事实也并非如此。但是，对不少作家来说，他们的创作的脐带是连在农村的母怀里，或者，有的至少有一半兴趣在农村。他们往往忙于应酬众多报刊和出版社的索稿，奔跑于各种会议和职务的牵累，还要应付应接不暇的来访者。他们在一天劳顿之后，静坐下来，冷静估量一下自己可能存在的艺术生命里的可能做出的创造，总感到一定的获取中又伴和着一种失落。于是，他们身处都会，又时常动情地把笔伸向遥远的地方。

　　和上述怀乡情绪相联系的，反映在作品里的梦或者给读者以印象的，是一种创作的匆忙感。对于许多作家来说，大乱之后，这几年似乎是一切才刚刚调整，一切又没有最后固定下来。有的作家很希望在自己称心的地方，安置一个据点，或半个据点。而目前某些出版社和刊物组织的各种笔会，常常是把作家集中到一个他们并不熟悉的风景胜地进行写作。另外，有的作家又往往为去一个地方难以成行而发愁。这种种一切，又似乎同下面的现象不无联系：新时期文学出现了空前的繁荣，中、短篇小说的质量大大超过从前，而长篇作品却难以一下子同十七年的某些作品媲美。大家都感受到我们的文学面临着更高水平的突破的难题。如何在有限的时间里，充分发挥自己之所长，攀登艺术的高峰，是每一个富于使命感的作家都会认真考虑的问题。今天的作家，太需要一个长期稳定性的观察、学习、思索和写作的土壤与环境。

如果把眼光再开阔一点，比较一下过去的巨匠和今天世界上某些作家的状况，是值得深长思之的。日本当今一位女作家山崎丰子，为了创作三次来华访问，每一次是分专题、分层次进行调查研究，第三次访问长达半年，今年还要访问我国。目前，我们文艺界面临的一场改革，应该是一个完整的体系，具有丰富的内容。它不仅包括指导思想上克服"左"的干扰，在政治上保证作家的创作自由，而且，也应该在生活调查研究上使创作自由得以保障和实现，在创作上给予优惠的照顾。有志者大有人在，摩顶放踵、舍安乐而求艺术者不乏其人。我们理应采取繁荣创作的最好措施。这场改革的最后检验也只能是出人才，出大作家，出高精尖作品。如此，我们的文学面向世界，走向世界才庶几乎有实现之可能。

1985 年 4 月 18 日

收藏者的拥有

当然，收藏者拥有他的收藏品，拥有某些有文物价值的物件本体。

然而，收藏者的拥有，不同于豪门巨富，不同于帝王将相。他们不单单是所有权的拥有，而是精神的拥有，是从认知与审美上对藏品的一种精神上的掌握。巨富拥有奇石美玉，帝王拥有珍贵国宝乃至整座宫殿，这种拥有又往往像马克思所揭示的，非音乐的耳朵欣赏不了美的音乐，珠宝商人看不到珠宝的美和特性。从这个角度讲，收藏不同于占有，更不是聚敛。收藏者的拥有，打开了人类一个多么美妙的精神世界啊。英国作家兰姆说，"我对古瓷几乎具有一种女性般的偏爱"，一种自己也"讲不出"所以然的"酷爱"。他称瓷器上的人物为"老友"，不知不觉中投身他们的世界。我在北京的一个展览会上，见到东北来的一个青年，他对每件展品都观赏不已。他说他父亲有两件银器，家里困难时卖掉了一件，现在还留下一件，他父亲每天都要把这一件拿在手里观察，有时一个人关在房里反复搓摩，眼里射出一道光来。正是凭着这一种爱好，无论是名家还是普通百姓，人类一切珍贵的创造，绘画、雕塑、瓷品、青铜器、印章古砚和建筑古迹，才得以保存下来。

收藏者又是社会的催化剂，他们的文化品位又波及整个社会层面。清朝衰亡之际，北京琉璃厂兴起一批文物商店，也成长了一批收藏家。他们从潦倒官绅、破落子弟和王宫杂役手里购得大量珍贵文物。他们的存在有利于这些文物的保存，掀起一阵阵收藏热。然而，事物发展有另外一面，这些收藏家又常常是文物商，经他们的转手倒卖，有些珍品又流入英国人、美国人和日本人的手里。日本的古董商茧山正是从中国人手里买到了宋代龙泉窑香炉，把自己在东京开设的会仙堂改名为龙泉堂，轰动了东京朝野。

  无疑，收藏队伍的扩大，古玩市场的兴隆，城市博物馆的建立，常常能提高一个城市的文化品位。私人收藏和社会（博物馆）收藏也能形成一种良性的循环与互补，然而，从更高层面讲，收藏者的拥有，不单是收藏家，也包括博物馆，其最终目的不在于识别和保存古物珍品，而是转化为广大人民的精神财富，为整个社会所拥有。近些年的国际拍卖市场上，一些名画的价格畸形上涨，梵高的《向日葵》被日本火灾保险公司以五十八亿日元的高价买去。这固然有利于珍藏文物，但也遗留不少问题。它需要严格的秘藏和保卫措施，不容易为普通老百姓所欣赏。日本美术研究家大岛清次指出，如果一个展览会上需要《向日葵》级别作品一百件，就要支付保险费十二亿日元，这是任何主办单位承受不了的。他提出只有政府参与的"国家担保"，才能解决这个问题。

  俗话说，赤条条来去无牵挂，生不带来，死不带去。任何个人的拥有都是暂时的，人类的拥有才是永恒的。明智的收藏家往往不惜重金求索珍品，高年时又自愿捐献国家。在群众性收藏的基础上，发展博物馆事业，是一个重要途径。英国的许多大学都建有自己的博物馆，我在名气不很大的达勒姆大学博物馆就看到藏有包括钧瓷在内的中国古陶瓷。近闻美国有一列流动博物馆式的艺术火车，装载着艺术品在全国巡回展出已有二十五年。这都是让文化珍品为民众所拥有、所享用的好办法。

1996 年 8 月 30 日

监督舆论及其他

谈及舆论监督的时候，本文试图倒过来做文章，先考察一下监督舆论，可能更好地实现舆论监督。

近读《世说新语》一则故事有感。"贤媛第十九"（2）说，汉元帝的后宫美人很多，他就让画工把她们一一面出来，要召幸谁根据画像就行了。结果，那些长相平平的女子都贿赂画工，把自己画得美美的。王明君（昭君）非常漂亮，不干这种贿赂勾当，画工就把她画丑了。后来，匈奴来议和求美女，皇上就派明君去。等到亲自召见明君，皇上举目惊艳，感到非常可惜，但名字已经报过去不能再改了。应该说，故事中的画工承担舆论传播者的角色，他的画像就是一种媒体。他本应真实地面出宫女的容貌，却因为对方塞钱和不塞钱而颠倒黑白，混淆美丑。从这个故事也看出，权力并非万能，即使是皇上手下的舆论传播工具，也可以完全不听他的。今天我们只能说，你监督舆论的体制不健全，你眼看一个绝代美人从自己眼皮底下走了，不管你怎样后悔莫及，你自讨，你活该。

从历史状况来看，舆论自身得不到正确的、有效的监督，自身不能自主地、能动地发挥作用，舆论被挪作他用，失去应有的真实性、公正性，表现形式很多。上述例子可以称为收买舆论，用金钱和物质实惠贿赂舆论。我们今天严禁有偿新闻，也是有鉴于此。另外，就是役使舆论。因为在经常情况下，权力是能控制舆论的，不像那位汉元帝。但是，这种控制不是维护舆论作为社会镜子的公正品格，而是借以营私，使舆论成为苟且行事的家丁和团练，"四人帮"可以说是把这一点发挥到了极致。

除此而外，还有蒙骗舆论。据载，前苏联当局为了掩盖索洛维茨等监狱群岛的地狱般生活，动用大师高尔基出面说话。他们用没有根脚云杉装扮"林荫道"，把披着麻袋片的犯人干脆集中起来用大帆布盖上。尽管教养院的孩子指着说："你听着，高尔基，你看的都是假的"，大师视察回来还是写了粉饰真相的文章。去年，我国审计署抽样审计一些国有企业，查出上报的资产、负债、损益数字都有弄虚作假，有的竟达两位数。还有一种是躲避舆论，一切都在暗箱操作，舆论无法行使监督。

从监督舆论达到舆论监督，是一项包括人格培养、纪律约束、机制制约在内的综合工程。中央电视台"焦点访谈"等节目之所以受到群众欢迎，是因为它们在这方面做出了成绩。它们的节目一经播出，就得到亿万人民的鉴定和监督，记者约束较严，干扰较少。去年10月7日，朱镕基总理视察中央电视台，同"焦点访谈"编辑记者座谈，送了四句话："舆论监督，群众喉舌，政府镜鉴，改革尖兵。""群众喉舌"是舆论监督的根本依托和根本使命。然而，改革的路途遥远，不是有上有政策，下有对策的说法吗？说假话，报虚数，所谓"三个小贪官，可骗大清官"时有发生。如果说，在舆论监督方面，我们可以从观察、检视、监督舆论中察知底细，那么，一切妨碍舆论发挥公正镜鉴作用的，都在破除、改革之列，群众就能期望着舆论成为改革的一名"尖兵"了。

1999年7月12日

视点厘定

我住的这个鲁谷小区，三四年前还是一片荒坡野岭，现在已建成与方庄齐名的北京巨型小区了。黄昏，或者清晨，有时是梦醒时分，总看到听到各工种的人从事劳动，挖沟、卸砖、铺路，还有一对对夫妇铲运废渣废石。劳动力的积极性确实被市场经济这只"看不见的手"调动起来了。回想"文革"以前，我数次下农村，看见村里树上挂的钟，太阳老高时敲了半天，社员也难得荷锄肩锹上工，可以说是断然不同的两种景象。

工作的视点是确立在、厘定在人上，在劳动力的智能的积极性上，还是单纯追求不切实际的生产关系，实现那个"一大二公"的乌托邦，这可以说是建国以来经济工作的一个根本性的经验教训。

《世说新语》"言语第二"中讲到一则故事，顾和有两个外孙，张玄之和顾敷，"皆少而聪慧"，但顾和认为敷高出一筹，玄之感到不安。一天，顾和同他们一起去庙里，看见弟子们面对菩萨有的哭，有的不哭，问何以故。玄之说，菩萨喜欢谁谁就哭，不喜欢谁谁就不哭。敷回答，不对，谁忘恩负义谁就不哭，谁不忘恩负义谁就哭。看来，顾敷不把问题推之于菩萨这个说不清道不明的客体，而是从弟子主体找原因，的确要高明得多。

视点厘定就是人们认识问题、解决问题的思考点、着眼点和掘进点，它考验人们对事物的发展规律的把握：见出在哪个点上调动人的能动性，还包括解决问题的量化衡准。改革开放后，我国的战略发展由以阶级斗争为中心转入以经济建设为中心，由于这个基本视点的正确转移，成绩卓著，举世瞩目。今年的教育工作会议提出深化教育体制和结构改革，推进素质教育，高校扩招三十三万，是落实科教兴国的空前大举措。

历史发展铁面无情，它不为任何力量所左右，总是在适当时候检验出、印证出、明辨出人们的视点厘定。而且，事无巨细，从个人到全社会，"修身、齐家、治国、平天下"，都有一个视点厘定的问题。即以民族素质教育为例，可以议论的问题就很多很多。中国社会从农业经济过来，"田园"式的家庭生活对一个人的一生起着极为重要的作用。许多科学家、专家和杰出的人才的培养，除了自身因素，家庭教育至为关键。就是身处农村的孩子，有的家境清寒，也能发愤求学，在考分、成才、贡献方面，佳话不少。但也有些家庭，目光短浅，急功近利，不送学龄期孩子上学，要他们打工赚钱。笔者在北京地铁还看到一种景象，孩子行乞。他们先向乘客行礼，念一段乞辞，然后是作揖，最后是下跪叩头，直到受施为止。这些学龄孩子得到了大把钱，凑到一起，高高兴兴回家。这里面的因素很复杂，其中有的是受家长的管理和控制，他们认为这种方法得钱容易，但乘客对此感慨良多。

据载，以色列犹太人传统上就重视家庭教育。犹太人历史上受尽迫害，到处迁徙，强调孩子学本事，能自立。犹太家庭都要问孩子一个谜题，如果房子被烧，你带什么出逃。如果回答是钱或钻石，母亲就要纠正他，提醒他要带走的是"没有形状、没有颜色、没有气味的宝贝"，那就是"智慧"，它"永远跟着你，任何人都抢不走"。以色列人均读书、拥有图书和出版社的比例，超过任何国家，犹太人产生的专家、杰出人才、诺贝尔奖获得者远远超过其他民族的人口比例。

在切实普及义务教育上，要清除孩子是家庭私有财产的陈腐观念。在发达国家,社区对孩子的培养日益重要,那里流行"现在已没有什么叫作'别人的小孩'",家庭教育要受到社区监督。至于个人,每个人的自我发展,更是直接见出他(她)的视点、眼光和胆识,它同民族的兴衰连着哩。

1999 年 8 月 20 日

听 歌

自从王玉珍唱了《洪湖水，浪打浪》、郭兰英唱了《我的祖国》之后，她们的继唱者就很难达到她们的水平了。一些继唱者更年轻，声音也很好，但是，没那个味儿，那个魅力，总觉得欠那么一点火候。

每次有新人唱这两首歌，我都静心细听。她们一个共同的毛病似乎都是处理得比较仓促，不够稳实，落不下来。自然，这不是唱得快慢的问题。恕我数问：你有足够的阅历么？你的自我积累充分么？或者说，你受过一点苦么？我忽发奇论，没有或不会唱湖北渔鼓的人，是唱不好《洪湖水》的。声乐不同于器乐，它是生命之声，它里面所包容、所反射的丰富的人生内涵和韵味，任何器乐都不能表现，任何歌者也躲不过听者的细微的觉察和鉴定。当然，歌唱家各有自己的个性，各有独到的阐发。即以都唱过《船工号子》并且是他们的代表作的吴雁泽和李双江为例，就各有千秋。李双江唱得充沛，个别乐句有点甜味，甚至略带女性的柔美，吴雁泽在不失细腻之时，在总体上唱得更加高亢和雄浑。他们似乎各自唱出心中的三峡风情和急流险滩、都能载入史册，任人品尝和选择。

历史上大概有许多经典演唱是后人公认的，罗伯逊唱的黑人灵歌、夏里亚宾唱的《伏尔加河船夫曲》，就是这种例子。后人很少想到去赶超他们。但是，仍然有一些歌唱家不甘示弱，要比试比试。其实，歌唱艺术应该像其他一切领域一样。应该排除有人独占某歌、他人涉嫌避开的观念。最近，韩红演唱的《北京的金山上》，就受到广泛的好评。她不避开才旦卓玛曾出色地唱过这首歌。如果说才旦卓玛唱得更古典，她在演唱上就更个性、更浪漫、更现代。韩红以情带声，以声纵情，显示出一种挣脱、一种迸发、一种久积于心的急欲解脱。她不寻求形式，她的自我表现就是形式。她不化妆打扮，不袭用通行的台步、眼神和手势，几乎在站立不动中，从微微发胖的身躯中略借手势与头部和眼神的难以启禁的张合，把真声、虚声和装饰音结合得恰到好处，使歌曲意境得到独到的体现。

笔者无意推崇或评判某些人。只是有感于市场经济催发并涌现出如此大量歌星，更需要倡导独创性、原始性，你追我赶，长江后浪推前浪，各有绝招，彼此互学互补，这绝对是件好事。浑厚深沉的德德玛唱的蒙古族歌曲和胡松华演唱的《赞歌》可以说相得益彰，也许因为她是蒙古族人，有她特殊的醇与浓。关牧村唱新疆歌曲把汉族味和维吾尔族味融合到一起了。那个腾格尔唱起歌来，你总感到他在不断地变化和探索。最近，新出现的年轻歌手李琼，个子不高，其声音的高远与嘹亮，很难有比肩者，大概由于她幼年的经历，对大山大川、山水人情有一种特殊的敏感吧。

一个人的声音好，只是唱歌条件的一半。更重要的是艺术气质，是那种历尽沧桑或对人生苦难的深度体味，以及个人加以综合处理而燃烧出来的艺术激情。激情是独创的孪生姐妹。歌唱家为什么以及如何演唱，不是为了应酬，不是去模仿，不是在技术上加些人工配料，而是生命的奔赴。歌唱家由最初表现自我，最终又达到忘却自我。杰出的演唱不去效仿他人，也为他人所不能效仿。它可以被后人补充，不能被后人代替。它不同于体育，奥林匹克纪录被后人刷新了，也就被替代了。独创艺术永远显示历史的不灭的异样光辉。

有感于此，笔者对有的节目专门安排模仿歌唱有点保留。这些歌者不仅要在声音上模仿某位名家，而且要在发型、相貌、穿着上做到酷似对方。这在艺术选材成才上，是不值得提倡的。如果被模仿者本身就不十分成熟，一折三扣，就更不好了。当然，这种模仿逗逗乐，让人捧腹一笑，偶尔为之，也不妨。

1999 年 11 月 19 日

呀，无边的涌动

今年元旦时节，我女儿从渥太华归来，我在公共汽车上指着让她扫描一下王府井的东方广场，不无自炫地告诉她会认不出老北京火车站那条街，王府井也有点像渥市著名的斯帕克斯那条步行街，只是座椅太少，木条嫌薄嫌窄，没有靠背，人太多环境欠雅静。她说她走时哪里看得到这么多超市呀。我常常穿行城区正在改造的挖掘得如同河沟的街道，有时狂风大作，沙尘漫卷，下面劳作着大量的民工。实际上改革还只是过去长期禁锢的劳动力的初步释放。我联想到各地兴建的高速、立交和建筑，尚待释放的方方面面的劳力和智力，心里又激起这样的符号：呀，无边的涌动。

去年揭出湛江市特大走私案。原市委书记陈同庆独生子陈励生借走私几年间赚取家财几亿元，该市党政公检法一并卷入，走私、通关、拍卖一条龙作业，海关、边防、公安、海警、商检、港务、船务连锁收贿护私，报纸的小标题是"海关不把关，边防不设防，'打私办'变成'走私办'，市委书记成为走私分子的'保护伞'"，新华社和人民日报都点出"没有制约的权力必然导致腐败"。这个命题提醒了人、折磨了人、也费人冥思苦想。陈同庆一案使国家财政收入损失达六十亿之巨，我不知在世界腐败个案史中它占何等名次。我又信步田畴陌巷，和路人对语，笑问客从何来，他们几乎极少不谈到基层的官员腐败，那种权力膨胀、权钱交易导致的腐败。我无法抹杀我的见闻，我的良心不允许我粉饰现实，我经常是和陌生人哈笑挥手作别，然后继续我的漫无目的的散步。我仰望长天，忽然想到一个揭露腐败的长篇小说的名字叫《苍天在上》，我不知作者的无数次激情中在哪些点上同我合拍，同我产生共鸣。但改革与克服的力量，民众的义愤，已如春汛奔腾，势难阻挡，它们积聚着、播撒着，甚至是无形无声的，呀，无边的涌动。

即使在北京每天早班的电、汽车和地铁车厢里。人们普遍看到一种情景，座位上的乘客几乎一律都闭目养神。新来乍到的外国朋友往往不知情，以为这个城市的乘客头天晚上都没有睡好觉。我称它为公交景象，实际这是我们新出现的同异域公交景象颇为不同的一种现象。它使笔者联想到北京老人爬香山的另一种景观，一到上午，满山遍野，川流不息，如此势头，如此带有群体性，这是国外同样进入老龄社会的城市里难以见到的。老人在陌路中，相逢不必相识，几乎在匆匆一瞥中，就通晓彼此的历史。中国人确实在改革开放摆脱长期折腾后迎来了从未有过的大放松，也迎来了个人生活的自主选择。如果联系到在"文革"年月，在公汽、列车和船只行进中，车厢和船舱的人可以命令全部乘客起立，来念一段语录的"早请示晚汇报"，已经不可同日而语了。北京的地铁、公汽起点站一开启车门，人群蜂拥，经常是学生和年轻人争先，余下的是老年人，于是，你又可以看到拥有座位的人立即闭目养神。你会发出慨叹，但是，也请不要着急，在那些貌似闭目的年幼年轻的乘客中，总是有人起立，给站着的老人让座。如果再看看北京傍晚立交桥，不少中年乃至大岁数妇女手持圆镜借微弱的光线给脸上化妆，然后在同样光线微弱的街道上手持彩带扭起秧歌，她们并不指望太多的观众，也不希求在大舞台露脸，那份执着分明是她们人生履历中一个明确的自我表现和自我肯定。

　　于是，车声隆隆，人海茫茫，在众多可解、不可解、非常难解，令你兴奋、令你忧心、令你痛苦的万事万象中，这种莫名的心绪又泛起在我心中：呀，无边的涌动。

2000 年 4 月

阅 读

  阅读是一个灵魂的孤独的探险。它无从结伙和师问，文字作为沿途的路标，幻游的驿站，探寻的不仅是一个外在宇宙，还包括一个无形、无色、无声的心灵世界。

  读者随着作者的笔锋，慢慢流转。阅读沿河而下，旖旎省视，有时又需要逆行回溯，反观景色，这时，你不能松懈，为了整体观赏，又必须赶紧启程前行。太短的时间不宜插入长篇的阅读，疲惫的时候不宜安排富于思索和激情的阅读。阅读不是被动的灌输和填充，而是主动出击，或者说，读者向来在层次上就要求高出于听众和观众。

  阅读借单调的符号，素静的纸面，是自由度最大、最能验证读者心智的文化生活。阅读不要求概念先行，主义介入，它需要从直觉出发，心无芥蒂地敞开接纳，又达到个人的独到发现。我们的阅读正在经历由倡导前者、重视中者、走向后者的变化过程。

  最好的阅读，难得偶逢。那是读者和作者的双幸。日本兼好法师说："一个人在灯下阅文，与古人为友。"无论是古人，还是今人，都应该选择那些写出好书的人。也许，恰好你那天独自闭门，桌面擦得极净，借着窗外的柔光，同作者发生心灵际会，仿佛这个世界只有你和作者，他向你诉说，你潜心回应。你不能静坐，不由自主地吟诵出来，反复咀嚼，感到余香满口，绕梁不绝。这时，你获得甚至是作者无从知晓、无从涉及的发现和欢乐。你会因为这次阅读觉得此生没有白活，亢奋得感到这几天过得满有意思。

是阅读，而不是收视和观赏，成为检验一个民族文化素质的基本标志。

2000年10月31日

写　作

　　春天的土地上，犁出第一缕犁痕，或许可以比喻为作者的第一行文字。然而写作不是现成庄稼的移植，英国诗人扬格认为模仿者只是"月桂树的移植"，唯有真正的写作才是"从满目凄凉的荒原上唤来了一个群芳争妍的春天"。

　　写作本质上是一种表现，它之所以高出它的表现对象，关键在于投注创造性的生命。在激烈斗争的时候，作者的自我表现可以同时是群体的代言人，但从来就不是工具和传声筒。美国的布朗作为白人的废奴主义者被判处绞刑，他需要写作。他深信"自己精神的统治者胜过一个城市的统治者"，"只有用鲜血才能洗清这个有罪的国土的罪行"，认为"自我身陷囹圄以来，我从未像现在这样坚信一个明亮的早晨和灿烂的白天即将来临"。这封绝笔信完成了他的自我塑造。

　　如果把过往的作者也比喻为古生物化石上裸露的一个完整生命的形骸，他们只是用文字组建这种形骸。当蚕从丝腺分泌而出的丝缕长达一千多米的时候，它终止了吐丝，也就终止了创作。严格地讲，写作同一切艺术一样，作为生命的形式，是不可能本真地转述转译的。毕加索有一幅画叫《生命》，解释者多种多样，而他，对自己的画作，只说"这些不是我的作品，而是我的生命"。

　　写作同阅读一样，需要窗明几净，心境宁静，外加激情驰骋的条件、手段和能力。写作方式各不相同，艺术家各有自己的习性。东山魁夷作画前，据说要"斋戒沐浴，身穿白色衣袍，把自己关在一间封闭的静室中，心无旁骛地作画"。

　　写作的核心是最为得体而入微的表达，可以是大众化的，可以是个人化的，可以是传统的，也可以是现代的；"现代性"不应成为故弄玄虚的借口，那种故弄只是用以掩盖浅薄和空虚。探索允许失败，真正的特立独行又是一种严肃、艰苦而又老实的奔赴。

2000 年 11 月 19 日

功夫在"身"外

在我住的这个院子里，有一位友人，这些年我们一直坚持室内游泳。前不久，他告诉我，不能游了，心脏搭了一根支架。他个子比我高，游得比我快。另外一位熟人，也是院子里公认身体好的，不胖不瘦，最近也告知，心脏搭了一根支架。相反，某些年岁较大的，虽非运动能手，由于坚持散步，保持心态平和，身体却一直不错。有一位今年过了八十八，他的兄长快年满一百。

我国爱国名将张学良，被蒋介石关押时年仅三十六，监禁了四十八年，但他却活到一百零一岁。那个权大气粗的蒋介石，在世时间却比张学良要少十多年。张学良无私无畏，心地坦荡。他对自己的评价是："不怕死，不爱钱，丈夫绝不受人怜，顶天立地男儿汉，磊落光明度余年。"他说，"如果明天我被枪毙，今天晚上我仍能睡好觉"。他坚持"清晨登高养生法"，每天登山，喝水、深呼、深吸、发笑、大吼。他"佩服"周恩来，1992年接受大陆记者采访时，表示："只要时机成熟，国家一定能统一，希望国共两党第三次谈判早日实现。"

自然，作为健康的人，身体与脑子，肉体与心灵，这二者缺一不可。中国营养学会第二任理事长、今年一百一十二岁的南京大学教授郑集说："我的长寿秘诀，就是坚持合理营养、平衡膳食、适当运动、勤于思考、树立信心，不要被病魔吓倒，在自己喜爱的事业中不停地工作着，就能坦然地长命百岁。"又说："找到自己喜欢的工作，并且把它做到底，是人生的一件幸事。我的目标是起码活到一百二十岁。"国际上有个维多利亚开会宣言，认定人有这样三个里程碑：平衡饮食，有氧运动，心理状态。

然而，这灵与肉、身与心二者之间，绝非机械的一加一等于二。它们辩证纠结，相互影响。有未老先衰，也有老当益壮；有强体变弱，也有弱后转强。我们常说人有生理年龄与心理年龄之分，二者不能画等号。秦怡八十七岁时说她最喜欢这一段话："年轻，并非人生旅途中的一段时光，它是心灵中的一种状态，是头脑中的一个意志，是理想思维中的创造潜力，是情感生活中的一股勃勃朝气，是人生春色深入的一缕清新。在你我的心灵深处，同样有一个无线电台，只要它不停地在人群、在无限的时空中接受美好、希望、欢乐、勇气和力量的信息，你我就变得年轻。"

我们见识过多少瑰丽的人生老年呵！秦怡在八十七岁时向汶川地震灾区捐出二十万元。苏步青八十六岁还著书立说。张友渔高年九十还坚持深夜写作。列夫·托尔斯泰写作《复活》时，已年满七旬。1984年法国龚古尔文学奖获得者玛格丽特·杜拉斯写作《情人》，也是七十岁。歌德写完《浮士德》是八十二岁。毕加索九十岁还在作画。美国哈里·利伯曼八十岁才开始学面，四年后成为著名画家，举办过二十二次个人画展，一百零一岁还继续作画。

医学上，已经研究出情绪与内分泌的关系。美国著名内科医生、心理咨询大师约翰·辛德勒说，"良好的心情可以刺激人们的脑下垂体"，可以"刺激人体分泌适当数量的荷尔蒙"，这种荷尔蒙能够"加固身体防线"。斯坦福大学做了一个著名实验，用鼻管搁在人的鼻子上让他喘气，然后把鼻管放入雪地十分钟。如冰雪不变颜色，说明你心平气和；如冰雪变白了，说明你内疚；如变紫了，说明你很生气。把紫色冰雪抽出1—2毫升，给小老鼠注射，它1—2分钟即死亡。此实验得了诺贝尔奖。

达尔文有句名言："寿命的缩短与思想的空虚是成正比例的。"

至此，我们不妨加以引申：寿命的延长与思想的充实也是成正比例的。我们在自己的人生经历中，不应拘泥于琐屑得失而不能自拔，要在各自的事业追求中，争取进入自己构想的、有益身心健康的美好境界。一个人要做到胸怀宽阔。我们想起了法国作家雨果的话：世界最宽阔的是海洋，比海洋更宽阔的是天空，比天空更宽阔的是胸怀。

人，要做到身体健康，不是那么容易的。有时事与愿违，有时医嘱也不全灵。甚至可以说，每个人的健康史只能是他（她）独特的自我创造史。起居饮食，医药卫生，当然有许多共通的法则。然而，任何人都是一个特殊的个体。南宋著名诗人陆游谈及学诗写诗时，有一句名言："功在诗外。"他十余岁就作诗，诗作不断，活到八十五岁，居然自我批评："六十余年妄学诗，功深处独心知。"写好诗，绝不是恪守字句平仄韵脚就了事。在修养自己的身心健康时，不是也看到许多高手都深知"功在'身'外"么？

2012 年 10 月 9 日

觉民同志走了

那天傍晚，文学所老干部处一位朋友来电话，我就意识到，我们的老所长、老革命、1921年生人、十七岁就参加革命入党、不说官话套话、宽和平易又是非分明、笔名洁泯（清洁无迹）、晚年笔耕不辍的觉民同志，走了。

电话里说"太快"，当天下午三时半。

而我，并不太意外。之前十多天，我随同事们去协和医院探视，尽管他神志清醒，能辨认人，他儿子一出门就对我们下结论：不行了，不能吃东西，一切靠输液。他胃癌动手术已七八年，癌变已扩散到胰腺与脑部。我估摸，也就十天、个把礼拜的事。

操办是简单的，不搞遗体告别，不开追悼会。说他生前交代"从简"，还传出"那些都是做给活人看的，没大意思"这句话。是他说的，是他儿子的考虑，还是别人的发挥，不清楚，我甚表赞同并理解。在老干部处，我还说，他是老领导，我们这些后来人应跟上。我现在就向你们报名，将来操办也取消遗体告别和追悼会，只能比他更简单。他们笑我有点急。

不知怎的，他离休我退休之后，我们联络更勤了。谈得来，天南海北，都能叙说一气。打电话，或节假日我去皂君庙看他。论资历学识，他是我的老师长辈启蒙人，但他没有架子。近些年时兴校友、老友聚会，我去年七十整，邀请几位友人来家里坐坐，他老远赶来参加。何西来说他人好，还用一个词，历年风浪动荡中，他能"与时俱进"，真不容易。

还有一个因素，他要赡养老丈母娘，我要照顾老母亲，我们感同身受。他爱人早早去世，守着这位也就大他十多岁的老岳母。我进屋看他，外人来访，她总是站在门口，远远地盯着。他终于没有接（结）上一个老伴。

　　平时谈话，他从来不提那个大家倒是很关切的胃癌，总是说"眼睛不好"，"看东西吃力"。我说，多活动散散步，少读点少写点。他表示认同。但是，过些时，总是看到他在北京、上海、天津、广州等报刊上的新作。他关注社会世情人生，感慨文人命途多舛，不能搁笔。近些年，他出了九本书，有评论杂感随笔，还有短篇小说。那天在医院里，还惦记着不能参加作代会（作为作协理事）。也就在他离世的11月13日，作代会还选他为下届作协的荣誉委员。

　　时间一天天过去。开初我还平静，近几日，反而心情沉重，若有所失，若有未解之结。在我，一位经常通电话、能去探望聊天的老人，不再有了。何西来表示有不同意见，说处置太急太快，像他，应该开追悼会。怎么，我原来的那些赞同表态有什么不妥？一切处置和做法有什么不当？或者，这也是酿成我近日思念重重、情绪低落、所里动议适当时间为他召开"追思会"的一个原因？昨天遇到许觉民儿子，他联系在十三陵买下一棵树，把父亲的骨灰埋在树下，立一小碑，由当地农民照看浇灌。好主意。到时候，我会去那里看他，再作内心的诉说。

2006年11月28日

松与石

植物生长要靠土壤和水分，这是普遍公认的事理。然而仔细品味黄山"四绝"（松、石、云、泉）之一的奇松，却获得了对事物的另一番认知。黄山的花岗岩，像一切石头一样，是地壳的矿物质硬块。如裸露于天地间，太阳晒，大风刮，植物是很难生长于此的。黄山松偏不！它们与石为伍，或破石而出，或抱崖并立，看似猛虎卧岗，又如美女披发，铺展出一道道奇特的风景。

如果对黄山松与岩石作一番科学考察，大致情况是这样：松树一旦在岩石间扎根成长，它的根系能分泌一种有机酸，慢慢溶解岩石，把石中的矿物盐类分解出来，为己所用。另外，松与石又同外界自然密切联系，时有尘埃加入其中，空中飘忽而至的花草枝叶，腐烂之后，又添加了另一种营养源。

黄山松同平原低洼松软土质里成长的松树不同，同苗圃、公园和森林里的各种植物不同，它不畏艰险，恰恰选定在黄山岩石丛这种难以见容、与己为敌的环境里生长。海拔高达一千六七百米，名松的树龄都以数百年计。这些松树因抗风御霜，针叶短粗，冠平如削，绿色深沉，枝干坚韧且富弹性，一株株显得生气勃勃，十分顽强。世界闻名的迎客松挺立在青狮石旁，在玉屏峰与天都峰的风口上，寿逾千年，两只巨臂斜出近十米，向四海宾客致意。从探海松、黑虎松、龙爪松、凤凰松、连理松等十大名松的命名，你就可以想见它们的奇姿异态，难怪它们会作为松树，独享世界声誉，列入世界遗产名录。

这眼前的一株株奇松名松，让人们读出一种精神。诸如人与环境，人与人，变不利为互惠，在竞赛、竞争中通达和谐等等。松树与石头之间，不再是有我无你，你死我活，而是实现双赢和多赢。石头依然是石头，却因松树得到某种滋润和照应；而松树依旧是松树，它从岩溶里吸取养分。松石之间已经是我中有你，你中有我。这样一种顽强而优美的交织，实在也是来之不易。

　　当然，关键的还是黄山松的种子。它们不追求"温室效应"。它们前仆后继。在漫长岁月中，撒向这由花岗岩构成的一千多平方公里的黄山景区。应该说，成长起来的松树是极少数。数万倍、数万万倍于它们的种子消失了，死去了，在岩石上干死烤死了，飘逝于不知何地何方。漫长的岁月过去了，现在，整个黄山被松树的精神和色调充注着。

2008 年 10 月 10 日

灵山行

在北京居住多半辈子，我不知道北京的最高山峰叫什么，在哪里。大概，随着北京市、区、县的变动，市地图也逐步明确，最西边的东灵山就是北京的第一高峰。以"灵"字名山，单是山名，就吸引人。东灵山位于太行山的东端，划归北京市管辖之后，自然，东灵山的"东"字就去掉了。去灵山的路上也有诗意，要绕过妙峰山、百花山，经过雁翅、斋堂，晚上在清水镇江水河过夜。当天中午，要停留一个"爨底下"的石寨村落。"爨"字这样记：兴字头，林字腰，大字下面是火烧。村史四五百年，村民都姓韩，无一户外姓。村舍属明清建筑，布局如桃形，路面由青石和紫石铺垫，意为青天白日，紫气东来。

灵山，你并不陡峻。你不像城里的景山、万寿山，是由人工挖土堆积而成。城里最高的香山、鬼见愁，高度只相当你的四分之一。你依靠四周广袤山地的逐渐推拥，坐落在平和稳实的群峰上。第二天临到上你的山峰，我们先要乘坐北京市最长的、超过三华里的索道缆车，接着是骑马进发，最后是步行登顶。

然而，灵山，你又因为并非地处江河要津，远离文化重镇，你失去了历史经营，一直默默无闻。

山顶上，矗立一块刻字石碑："灵山主峰，海拔2303米"，背面标明"北京第一高峰"。我环行四周，全是杂草野花，没有树木。山下是千亩白桦林、万亩草梁和草甸。周围和天边接壤处，是层层叠叠的起伏山浪。向东望去，北京城已经完全隐没于烟云之外了。

　　灵山，你完全是一座未曾开发的处女峰。山上没有建筑，看不见历史遗迹。没有帝王登临，没有旅行家记载，没有文人墨客题赠，只有周围稀少的山民偶尔涉足。作为太行山余留给北京的一座山峰，你完全像一位孤独的自然老人，侧立一旁，千百年来一直注视着北京的兴替沿革。"山不在高，有仙则名"，固然是一种审美；"山不厌高，海不厌深"，又是人的希求。灵山海拔高度超过泰山、黄山和庐山。旅游者、登临者并不完全为古迹名胜所拘囿。上了灵山，你觉得苍茫广远的天际可以通达环形宇宙，又是这天际笼罩着北京四周。一切都等待着世界新的感应，新的书写。

2008 年 10 月

雪鸿泥爪

未完的絮语

　　古人把人生比喻为"白驹过隙"。尽管今人对宇宙的观察实践、言论行动，令古人无法比拟，但在长流不息的宇宙中，任何言行都不过是短暂的一瞬。

　　我们这一生在历史上是够特别的。从腐朽走向新生，从苦难的昨夜走向自强的今晨。我把自己的经历，以及经历中偶然记下的文字，视为一种絮叨，一种记录。它们的质量无法同别人比，我又把它们刊载下来，乐于求教指正。我的这种絮叨已经过去多半了，未来的岁月，许多也在不知之中。

　　我与老伴曹玉如相伴一生，这一回又是她鼓励、支持、帮助我编成这个集子。顾盼风雨同舟，念故感今，我想起上世纪六十年代暂别时曾经写下的几句心语：

　　　　时间呵，
　　　　你以无情的流逝，
　　　　使我在这别离时分，
　　　　悔不该万倍地珍视我们过去的相聚；
　　　　虽然，在那时，
　　　　我也献上了我的心，我的爱。

　　　　时间呵，
　　　　你又以无情的拖延，

使我在这别离时分，
忍受着这难熬的期待。
我要在未来的相聚中，
加倍地珍视我们的幸福，我们的爱。

时间呵，
你如果能够倒转，
我愿意在童年就结识我的妻，
让我和妻在一起，
度过少年和青春，
更早地享受她的爱。

时间呵，
如果你真能证实有灵魂。
我愿意在来世，
寻找我的妻，
献上我的爱。

最后，我要感谢严谨细致的全保民先生，为出版所尽的心力。
逝者如斯，岁月悠悠。从绿色朦胧的清晨走到黄昏，夕阳又别有一番说不出的美！

2016 年 6 月 30 日

编辑插科

贺兴安，是我们《文学评论》编辑部的老领导，更是一位意气风发的年轻长者，一位忘年交朋友。生于湘鄂间的村镇，游学于都邑，也曾游仕于英格兰、游历欧美，后来寓居京华。他是汉族，却更是楚人；楚文化给他灌注了永不休歇的四溢激情和浪漫，也给他烙上亘古不改的率真和执拗。这样的文化基因、性格禀赋，使之不止形行四海，更驱使他无停歇地神游八极，求索感叹。他当然也坐着躺着过，可从来是"魂不守舍"。他的文字正是心灵的旅迹。

这些履痕，有健步如飞，也有踟蹰徘徊，步步都凿刻在人生的石板路上，历历清晰。他一生追求美，同时也始终不渝地执着求真。因此，他宁可向天下布露曾经的趔趄，也绝不遮掩粉饰，妆裹起"圣睿"。他是诗人化的思想者，自然本真，这也符合楚人三千年来的审美宗尚。然而，这却给彻底出于敬重、亲爱的编辑出了一道难题：他过去的一些篇章，实在不能于文集中重现了，但这些又记载着他的心路情程，不可抹去。矛盾，宇宙从来就是一个永恒的矛盾体，斗争是其运动验力的一种，调和平衡也是一种，最终，只有妥协才使世界成为世界的存在。于是，我们抽去了这些篇章，存留其目录于此，给爱他、将来研究他的人们，保存一份自然的完整。长空雁去，留给人的是依稀的追忆；雪鸿泥爪，却是实实在在的生命载记。

张国星
2016 年 8 月

存目六篇

是血泪史,也是斗争史——读黄声孝家史,《长江文艺》1964年4月号

家史创作散论,《长江文艺》1964年9月号

刘宾雁:拨开云雾、现其真相的勇士,《文学评论》1985年第6期

深沉的忧思——苏晓康报告文学漫议,《人民日报》1988年3月8日

宏大广远的反省与探询——赞电视系列片《河殇》,《文学评论》1988年第5期

一件出版往事的回忆与遐想,《中华文化论坛》2014年第2期